PETER MAY

BEIM LEBEN DEINES BRUDERS

Kriminalroman

Aus dem Englischen
von Silvia Morawetz

btb

Die Originalausgabe erschien 2011
unter dem Titel »The Lewis Man«, zuerst veröffentlicht 2011
unter dem Titel »L'homme de Lewis« bei
Editions du Rouergue, Arles.

Verlagsgruppe Random House FSC® N001967

1. Auflage
Genehmigte Taschenbuchausgabe Januar 2017
by btb Verlag in der Verlagsgruppe Random House GmbH,
Neumarkter Str. 28, 81673 München

Umschlaggestaltung: semper smile, München
Umschlagmotiv: © plainpicture/Millenium/Lee Frost Satz:
Druck und Einband: GGP Media GmbH, Pößneck
mr · Herstellung: sc
Printed in Germany
ISBN 978-3-442-71460-5

www.btb-verlag.de
www.facebook.com/btbverlag
Besuchen Sie auch unseren LiteraturBlog www.transatlantik.de

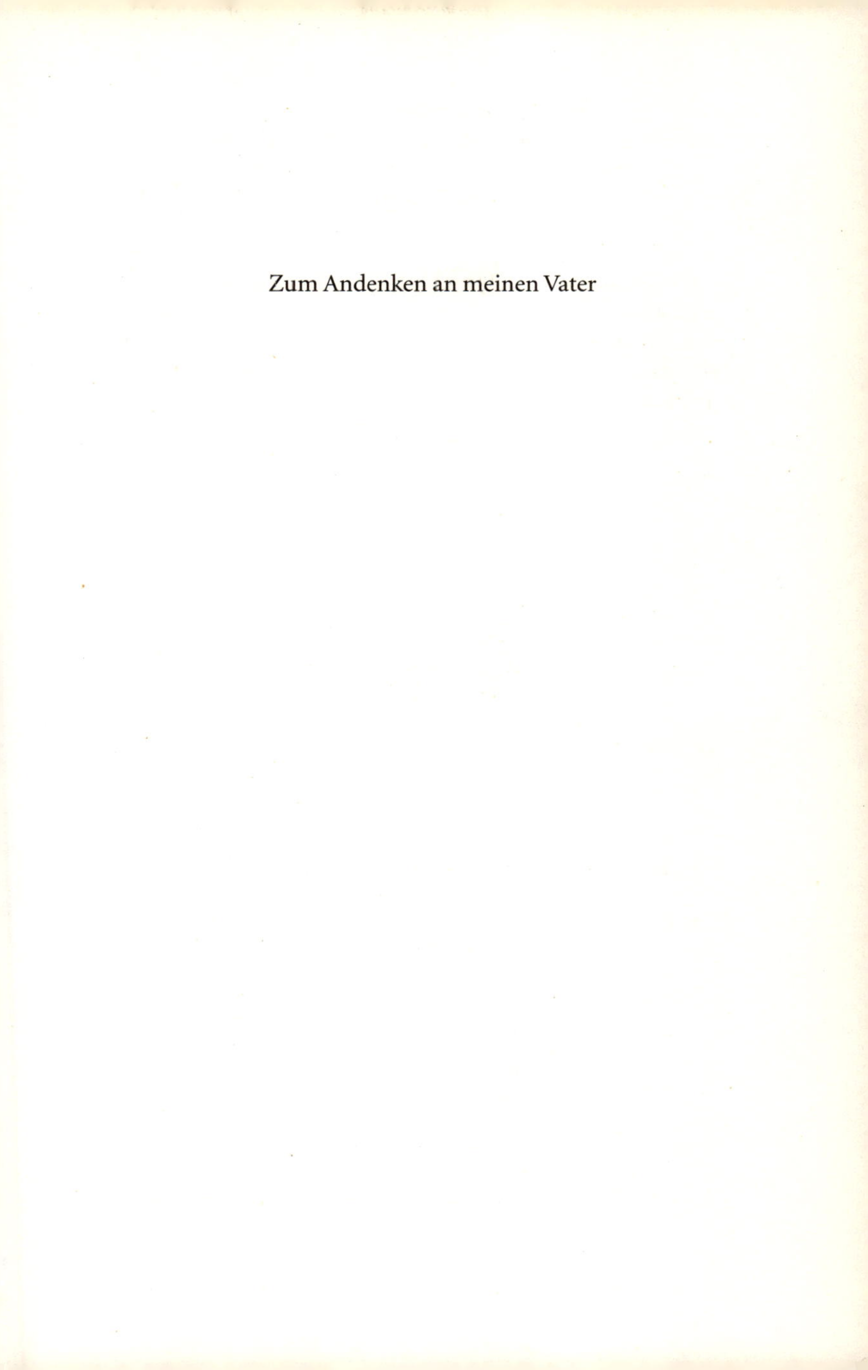

Zum Andenken an meinen Vater

Dort leben sie,
nicht hier und jetzt, nein, wo es alles einst geschah.

aus »Die alten Narren« von Philip Larkin

PROLOG

Auf dieser sturmgepeitschten Insel drei Stunden vor der Nordwestküste Schottlands ist es allein der karge Boden, von dem die Menschen ihre Nahrung und ihre Wärme beziehen. Er nimmt auch ihre Toten auf. Und nur selten gibt er, wie heute, einen wieder her.

Es wird gemeinschaftlich getan, das Torfstechen. Familie, Nachbarn, Kinder, alle sind auf dem Hochmoor versammelt. Ein milder Südwest weht, der das Gras trocknet und die Mücken fernhält. Annag ist erst fünf Jahre alt. Es ist ihr erstes Torfstechen, und sie wird es ihr Leben lang nicht vergessen.

Den ganzen Morgen war sie bei ihrer Großmutter in der Küche des Bauernhauses und hat aufgepasst, als auf dem alten Enchantress-Herd, mit dem Torf vom Vorjahr beheizt, die Eier gekocht wurden. Jetzt ziehen die Frauen mit Tragekörben aufs Moor hinaus, Annag barfuß, das braune sumpfige Wasser gluckst zwischen ihren Zehen, als sie vorneweg rennt über die stachlige Heide, weil heute doch so ein aufregender Tag ist.

Ihre Augen sehen nichts als Himmel. Einen Himmel, vom Wind in Fetzen gerissen. Einen Himmel, an dem für Momente die Sonne aufblitzt und sich über dürre Weiden ergießt, auf denen weißes Wollgras im böigen Wind wogt. In ein paar Tagen werden die braunen Winterbrachen gelb und lila gefärbt sein von den Wildblumen des Frühjahrs und des Sommers, die vorläufig aber noch schlummern, wie abgestorben.

In der Ferne zeichnen sich die Silhouetten eines halben Dutzends Männer in Overalls und Stoffmützen im Gegenlicht der grellen Sonne ab, die über einem Ozean aufblitzt, der an Klippen aus schwarzem Gneis schlägt. Man erkennt fast nichts in dem Licht, und Annag muss die Hand über die Augen heben, damit sie sehen kann, wie die Männer gekrümmt und gebückt neben dem *tarasgeir* hergehen, der durch den weichen schwarzen Torf gleitet und ihn in durchnässten dicken Stücken nach oben wirft. Generationen von Torfstechern haben das Land mit Narben überzogen. Gräben, zwölf oder achtzehn Zoll tief, und oben an ihren Rändern die frisch geschnittenen Soden, die hier zum Vortrocknen ausgelegt werden, erst von der einen und dann von der anderen Seite. In ein paar Tagen ist *cruinneachadh*, dann kommen die Torfstecher wieder, schichten die Soden zu *rùdhain* auf, zu dreiseitigen Haufen, durch die der Wind bläst, bis sie ganz ausgetrocknet sind.

Zu gegebener Zeit werden sie auf einen Torfkarren geladen und zum Croft gefahren, trockene, bröselige Torfsoden in Ziegelsteinform, im Fischgrätenmuster zu dem hohen Stapel aufgeschichtet, von dem die Familie den ganzen nächsten Winter Wärme zum Heizen und für das Zubereiten des Essens bezieht.

Auf Lewis, dieser nördlichsten Insel der Gruppe der schottischen Hebriden, leben die Menschen seit Jahrhunderten so. Und in der heutigen Zeit finanzieller Ungewissheit, in der die Benzinkosten in die Höhe schnellen, besinnt sich alles, was noch offene Herde und Feuerstellen hat, auf die Traditionen der Vorfahren. Denn dadurch kostet das Beheizen des eigenen Hauses nur eigene Arbeitskraft und Gottvertrauen.

Doch für Annag ist es nur ein Abenteuer, hier draußen, wo der Wind übers Moor fegt und die linde Luft ihr in den Mund fährt, als sie lacht und nach Vater und Großvater ruft, irgendwo hinter sich die Stimmen ihrer Mutter und ihrer Großmutter, die sich schreiend verständigen müssen. Annag spürt nichts von der Nervosität, die die Schar der Torfstecher vor ihr erfasst hat. Mit ihrer begrenzten Erfahrung kann sie die Körpersprache der Männer nicht lesen, die sich um das Stück Grabenwand kauern, das ihnen vor die Füße gefallen ist.

Zu spät sieht der Vater die Kleine kommen und ruft, sie soll wegbleiben. Zu spät für Annag, noch anzuhalten oder auf die Panik in seinem Ton zu reagieren. Mit einem Mal stehen die Männer, wenden sich ihr zu, und das Gesicht ihres Bruders ist weiß wie die Laken, die zum Bleichen in der Sonne ausgebreitet werden.

Und so folgt Annag seinem Blick auf die abgerutschte Torfwand und auf den Arm, der sich ihr entgegenreckt, die Finger wie um einen unsichtbaren Ball gekrümmt. Ein Bein liegt abgeknickt auf dem anderen, ein Kopf ist in die Furche gesackt wie auf der Suche nach einem verlorenen Leben, schwarze Höhlen, wo Augen sein sollten.

Für einen Moment treibt sie auf einem Meer von Unbegreiflichkeit, doch dann schlägt das Verstehen über ihr zusammen, und der Wind reißt ihr den Schrei von den Lippen.

EINS

Gunn sah die am Straßenrand parkenden Fahrzeuge schon von weitem. Der Himmel war schwarz und blau, rollte als schwere, dunkle Wolkenwand über den Ozean heran. Schon zogen die Wischer erste Regenspritzer über die Windschutzscheibe. Das Zinngrau des Ozeans war durchsetzt vom Weiß drei, vier Meter hoher sich brechender Wellen, und das einsame Blaulicht des Polizeiautos neben dem Krankenwagen ging unter in der Weite der Landschaft.

Hinter den Fahrzeugen duckten sich die verputzten Häuser von Siader in das übliche Wetter, herausfordernd und müde, aber an seine unbarmherzigen Attacken gewöhnt. So weit das Auge reichte, nicht ein Baum, nur Reihen verfaulender Zaunpfähle am Straßenrand und rostige Traktoren- und Autowracks in aufgegebenen Höfen. Zerzauste Sträucher mit tapferen grünen Spitzen klammerten sich mit störrischen Wurzeln in Erwartung besserer Tage an den kargen Boden, und ein Meer aus Wollgras wogte und kräuselte sich wie Wasser im Wind.

Gunn parkte neben dem Polizeiauto und trat in den Wind hinaus, der ihm unter das volle schwarze, am Ansatz spitz zulaufende Haar fuhr und es anhob. Gunn zog seinen schwarzen Steppanorak enger um sich. Verflucht!, er hatte nicht daran gedacht, Stiefel mitzunehmen. Vorsichtig schritt er über den weichen Boden, aber schon bald schwappte das sumpfige Wasser ihm in die Schuhe und durchnässte die Socken.

An der ersten Torfreihe angekommen, folgte er einem oben entlangführenden Pfad und schritt um die zum Trocknen ausgebreiteten Soden herum. Die Techniker hatten Eisenstangen in die Erde getrieben und den Fundort mit blau-weißem Band abgesperrt, das im Wind knatterte und flatterte. Aus den nächstgelegenen Bauernhäusern, ungefähr eine halbe Meile in Richtung der Klippen, stieg Gunn der Geruch von Torfrauch in die Nase.

Um den Leichnam herum stand eine Gruppe von Männern, die sich fast in den Wind lehnen mussten: in fluoreszierendem Gelb die Sanitäter vom Krankenwagen, die darauf warteten, den Toten fortzubringen, und Polizisten in schwarzen Regenmänteln und karierten Hüten, die bis eben geglaubt hatten, sie hätten schon alles gesehen.

Sie traten wortlos auseinander und ließen Gunn durch. Der Polizeiarzt hockte auf dem Boden, über die Leiche gebeugt, und schob, die Hände in Latexhandschuhen, mit sachten Bewegungen bröselnden Torf beiseite. Er sah nach oben, als Gunn über ihm auftauchte, und Gunn erhaschte einen ersten Blick auf die braune, verwitterte Haut des Toten. Er runzelte die Stirn: »Ein ... Farbiger?«

»Nur gefärbt. Vom Torf. Ein Weißer, würde ich sagen. Ziemlich jung. Keine zwanzig oder nur knapp darüber. Eine klassische Moorleiche, fast vollständig erhalten.«

»Sie haben schon mal eine gesehen?«

»Noch nie. Aber darüber gelesen. Das Torfmoos gedeiht hier ja nur so prächtig, weil der Wind Salz vom Ozean heranträgt. Und wenn die Wurzeln verrotten, bildet sich Säure. Diese Säure konserviert den Leib, legt ihn sozusagen ein. Die inneren Organe dürften praktisch intakt sein.«

Gunn blickte mit ungebremster Neugier auf die mumifizierten sterblichen Überreste. »Wie ist er gestorben, Murdo?«

»Durch Gewalteinwirkung, wie es aussieht. Das da in der Brust sind mehrere Einstiche, und die Kehle man hat ihm auch durchgeschnitten. Aber für die endgültige Bestimmung der Todesursache brauchen Sie den Pathologen, George.« Murdo erhob sich und streifte die Handschuhe ab. »Wir bringen ihn lieber weg, bevor es zu regnen anfängt.«

Gunn nickte, konnte aber die Augen nicht von dem Mann abwenden, der da im Torf eingeschlossen war. Seine Züge wirkten zwar etwas geschrumpft, aber jeder, der ihn kannte, würde ihn wiedererkennen. Nur das exponierte weiche Gewebe rund um die Augen hatte sich zersetzt. »Wie lange liegt er schon hier?«

Murdos Lachen verflog im Wind. »Keine Ahnung. Hunderte von Jahren, vielleicht sogar Tausende. Das kann Ihnen nur ein Fachmann sagen.«

ZWEI

Ich brauch nicht auf die Uhr zu sehen, wenn ich wissen will, wie spät es ist.

Ist doch komisch, dass der braune Fleck an der Decke morgens heller aussieht. Die Schimmelspuren an dem langen Riss kommen mir irgendwie weißer vor. Merkwürdig ist ja auch, dass ich immer zur gleichen Zeit aufwache. An dem Licht, das um die Vorhangränder kriecht, kann es nicht liegen, um die Jahreszeit ist es nur wenige Stunden dunkel. Es wird eine innere Uhr sein. Die vielen Jahre, die ich im Morgengrauen aufgestanden bin fürs Melken und die anderen Arbeiten, mit denen die hellen Tagesstunden ausgefüllt waren. Alles vorbei jetzt.

Den Fleck an der Decke ansehen, das macht eigentlich Spaß. Keine Ahnung, warum, aber morgens ähnelt er einem edlen Pferd, das schon gesattelt bereitsteht, um mich in eine strahlendere Zukunft zu tragen. Abends freilich, wenn es finster wird, wirkt es ganz anders. Dann sieht es aus wie ein gehörntes Vieh, sprungbereit, mich in die Dunkelheit zu tragen.

Die Tür geht auf, und als ich hinsehe, steht da eine Frau. Sie kommt mir bekannt vor, aber ich weiß nicht genau, wo ich sie hintun soll. Dann sagt sie etwas.

»Oh, Tormod ...«

Natürlich. Es ist Mary. Ihre Stimme würde ich überall heraushören. Warum sieht sie so traurig aus? Und da ist noch etwas. Irgendetwas zieht ihre Mundwinkel nach unten. Ekel, so etwas. Sie hat mich einmal geliebt, obwohl ich nicht sicher bin, dass ich sie je geliebt habe.

»Was ist denn, Mary?«

»Du hast wieder ins Bett gemacht.«

Und da rieche ich es auch. Ganz plötzlich. Fast überwältigend. Warum hab ich das vorhin nicht bemerkt?

»Du hättest wohl nicht aufstehen können? Nein?«

Ich verstehe nicht, warum sie schimpft. Es war doch keine Absicht. Ich mache es nie mit Absicht. Der Geruch ist noch schlimmer, als sie die Decke zurückzieht, und sie schlägt die Hand vor den Mund.

»Steh auf«, sagt sie. »Ich muss das Bett abziehen. Geh und leg deinen Schlafanzug ins Bad und stell dich unter die Dusche.«

Ich schwinge die Beine über die Bettkante und warte darauf, dass sie mir aufstehen hilft. Früher war das anders. Da war immer ich der Starke. Das eine Mal, das weiß ich noch, als sie sich den Knöchel verstaucht hatte, an der alten Schafhürde, als wir die Biester zum Scheren zusammengetrieben haben. Sie konnte nicht mehr auftreten, und ich musste sie nach Hause tragen. Fast zwei Meilen, mit schmerzenden Armen, aber ohne ein Wort der Klage. Warum denkt sie nie daran?

Weiß sie nicht, wie demütigend das ist? Ich drehe den Kopf zur Seite, damit sie die Tränen nicht sieht, die sich in meinen Augen sammeln. Blinzle schnell, damit sie weggehen. Hole tief Luft. »Donald Duck.«

»Donald Duck?«

Ich sehe kurz zu ihr hinüber und schrumpfe fast unter dem Zorn in ihrem Blick. Hab ich das gesagt? Donald Duck? Das kann ich nicht gemeint haben. Aber was wollte ich dann sagen? Es fällt mir nicht ein. Deshalb wiederhole ich mit fester Stimme: »Ja, Donald Duck.«

Sie zerrt mich auf die Füße, fast grob, und schubst mich in Richtung Tür. »Geh mir aus den Augen!«

Warum ist sie so zornig?

Ich tapse ins Bad und steige aus dem Schlafanzug. Wo sollte ich den noch mal hinlegen? Ich lasse ihn zu Boden fallen und schaue in den Spiegel. Ein alter Mann mit spärlichen Resten weißen Haars und blassblauen Augen starrt mich an. Ich überlege kurz, wer das ist, und drehe mich zum Fenster und schaue über den Machair zur Küste. Der Wind stellt das dicke Winterfell der Schafe auf, die auf dem frischen salzigen Gras weiden, aber ich höre ihn nicht. Ich höre auch den Ozean nicht, der sich an der Küste bricht. Herrliches, weiß schäumendes Meerwasser, sandig und ungestüm.

Das muss die Doppelverglasung sein. Auf der Farm hatten wir so was nicht. Da hat der Wind durch die Fensterrahmen gepfiffen und den Torfrauch durch den Schornstein nach unten gedrückt, und du hast gewusst, dass du lebst. Damals war noch Platz zum Luftholen, Platz zum Leben. Hier sind die Zimmer so klein, abgeschottet gegen die Welt. Als lebte man in einer Blase.

Der Alte sieht mich wieder aus dem Spiegel an. Ich lächle, und er lächelt zurück. Natürlich wusste ich von Anfang an, dass ich das bin. Was Peter jetzt wohl macht?

DREI

Es war dunkel, als Fin schließlich das Licht löschte. Aber die Wörter waren noch da, hatten sich auf seine Netzhaut eingebrannt. Es gab kein Entrinnen ins Dunkel.

Außer Monas Zeugenaussage gab es noch zwei andere. Nur waren diese beiden Zeugen nicht so geistesgegenwärtig gewesen, auf das Kennzeichen des Wagens zu achten. Dass Mona es nicht gesehen hatte, war keine Überraschung. Das Auto hatte sie ja in die Luft geworfen und nach harter Zwischenlandung auf der Motorhaube und den Scheinwerfern auf die Straße geschleudert, wo sie sich auf dem harten Schotter mehrfach überschlug. Eigentlich ein Wunder, dass sie nicht noch schwerer verletzt worden war.

Robbie, dessen Körperschwerpunkt tiefer lag, war umgerissen und überrollt worden.

Jedes Mal, wenn Fin die Worte las, stellte er sich vor, er wäre dabei gewesen, hätte es mit eigenen Augen gesehen, und jedes Mal wurde ihm speiübel. Es stand ihm so lebhaft vor Augen wie eine echte Erinnerung. Ebenso wie die Beschreibung des Gesichts, das Mona hinter dem Lenkrad gesehen und das sich ihrem Gedächtnis eingeprägt hatte, obwohl sie es nur flüchtig gesehen haben konnte: ein Mann mittleren Alters mit längerem, graubraunem Haar. Und mit Dreitagebart. Wie hatte sie das sehen können? Und doch war sie sich in dem Punkt ganz sicher. Fin hatte sogar einen Zeichner kommen lassen, der nach ihrer Beschreibung ein Phantombild anfertigte. Ein Gesicht, das in der Akte blieb, ein Gesicht, das ihn bis in seine Träume verfolgte, auch noch neun Monate später.

Er drehte sich auf die andere Seite und schloss die Augen, konnte aber nicht wieder einschlafen. Die Fenster seines Hotelzimmers standen hinter dem Vorhang offen, damit Luft hereinkam, aber es drang auch der Lärm des Verkehrs auf der Princes Street herauf. Die Beine angezogen, die Ellbogen seitlich an den Körper gepresst, die Hände vor dem Brustbein verschränkt, lag Fin da wie ein betender Fötus.

Morgen war der Tag, an dem alles endete, was er fast sein ganzes Leben als Erwachsener gekannt hatte. Alles, was er gewesen und geworden war und was ihn ausmachte. Wie an dem Tag vor vielen Jahren, als seine Tante ihm gesagt hatte, dass seine Eltern tot waren und er sich zum ersten Mal in seinem kurzen Leben von Gott und aller Welt verlassen fühlte.

Das Tageslicht brachte keine Erleichterung, nur die ruhige Entschlossenheit, diesen Tag durchzustehen. Eine warme Brise wehte über The Bridges, die Sonne warf wechselnde Muster über die Gärten unterhalb des Schlosses. Resolut bahnte sich Fin den Weg durch die plappernde Menschenmenge, die schon in leichter Frühjahrsgarderobe unterwegs war. Eine Generation, die die mahnenden Worte ihrer Vorfahren – *Pankraz, Servaz, Bonifaz machen erst dem Sommer Platz* – vergessen hatte. Für andere ging das Leben weiter wie zuvor; gerecht hatte Fin das noch nie gefunden. Aber wer sollte denn ahnen können, welchen Schmerz er hinter seiner zur Schau gestellten Normalität verbarg? Und wer wusste schon, welcher Aufruhr hinter der Fassade anderer tobte?

Fin machte in dem Copyshop in der Nicolson Street Station, steckte die kopierten Blätter in seine Ledertasche, bog nach Osten in die St. Leonard's Street ein und ging zum Gebäude A der Polizeidirektion, in dem er den größten Teil der letzten zehn Jahre verbracht hatte. Seinen Ausstand hatte er mit einer Handvoll Kollegen schon vor zwei Tagen in einem Pub in der Lothian Road gefeiert. Ein melancholischer Abend, an dem Wehmut und Bedauern den Ton angaben, aber auch echte Sympathie.

Ein paar Kollegen nickten ihm wortlos im Korridor zu. Andere reichten ihm die Hand. Es dauerte nur Minuten, die persönlichen Sachen aus seinem Schreibtisch in einen Karton zu packen: der traurige Rest eines rastlosen Arbeitslebens.

»Ihren Dienstausweis können Sie gleich mir geben, Fin.«

Fin fuhr herum. Detective Chief Inspector Black hatte etwas von einem Geier. Stets hungrig und wachsam. Fin nickte und reichte ihm den Ausweis.

»Ich sehe Sie ungern gehen«, sagte Black. Er sah aber nicht betrübt aus. An Fins Fähigkeiten hatte er auch nie gezweifelt, nur an seinem Einsatzwillen. Und erst jetzt, nach so vielen Jahren, konnte Fin sich schließlich eingestehen, dass Black recht hatte. Dass er ein guter Polizist war, wussten sie beide, allerdings hatte Fin länger gebraucht, bis er einsah, dass es nicht sein Metier war. Nach Robbies Tod war er so weit.

»Die vom Archiv haben mir gesagt, Sie hätten sich die Akte zu dem Unfall mit Fahrerflucht geholt, bei dem Ihr Sohn umgekommen ist«, sagte Black und hielt inne, vielleicht, weil er auf eine Bestätigung wartete. Als sie nicht kam, sagte er: »Die Kollegen hätten sie gern wieder.«

»Natürlich.« Fin ließ die Akte aus seiner Tasche gleiten und legte sie auf den Schreibtisch. »Reinsehen wird da wohl trotzdem keiner mehr.«

Black nickte. »Wohl nicht.« Und nach kurzem Zögern: »Es wird Zeit, dass Sie sie auch schließen, Fin. Sonst frisst es Sie innerlich auf, und Sie kommen Ihr ganzes Leben nicht davon los. Lassen Sie los, mein Sohn.«

Fin konnte dem Mann nicht in die Augen sehen. Er hob den Karton mit seinen Siebensachen hoch. »Das kann ich nicht.«

Draußen ging er um das Gebäude herum zur Rückseite und hob den Deckel einer großen grünen Mülltonne, in die er erst den Inhalt seines Kartons leerte und dann den Karton selbst warf. Er hatte keine Verwendung mehr dafür.

Einen Moment blieb er noch stehen und sah zu dem Fenster hinauf, hinter dem er so oft Sonne, Regen und Schnee über die im Schatten liegenden Hänge von Salisbury Craggs hatte hinwegstreichen sehen. All die Sommer und Winter all der vergeudeten Jahre. Dann schlüpfte er auf die St. Leonard's Street hinaus und winkte sich ein Taxi herbei.

Das Taxi setzte ihn auf der Royal Mile ab, auf dem steilen Stück direkt unter der St. Giles' Cathedral. Mona wartete am Parliament Square schon auf ihn. Sie trug noch ihre tristen grauen Wintersachen, ging fast unter in der klassischen Architektur dieses Athens des Nordens, den von Zeit und Rauch geschwärzten Sandsteinbauten. Ihre Farben zeigten wohl, wie ihr zumute war. Aber sie war mehr als bloß deprimiert. Fin sah ihr die Verärgerung an.

»Du kommst zu spät.«

»Entschuldige.« Er nahm ihren Arm, und sie eilten über den menschenleeren Platz und durch die Arkaden mit den hoch aufragenden Säulen darüber. Hatte er es unbewusst darauf angelegt, zu spät zu kommen? Nicht weil er die Vergangenheit nicht loslassen wollte, sondern eher aus Angst vor dem Unbekannten? Vor der ungewissen Zukunft, die er gegen die Sicherheit einer bequemen Beziehung eintauschte und der er sich allein stellen musste?

Er beobachtete Mona aus dem Augenwinkel, als sie durch das Portal dessen schritten, was einmal der Sitz des schottischen Parlaments gewesen war, bevor Landeigner und Kaufleute, dreihundert Jahre war das her, sich von den Engländern bestechen ließen und das Volk, das sie vertreten sollten, an eine Union verkauften, die es nicht wollte. Auch Fins und Monas Verbindung war ein Zweckbündnis gewesen, eine Freundschaft ohne Liebe, ihr Motor gelegentlicher Sex und ihr einziger Kitt die Liebe zu ihrem Sohn. Und jetzt, ohne Robbie, endete sie hier, vor dem schottischen Zivilgericht. Mit einem rechtskräftigen Scheidungsurteil. Einem Stück Papier, mit dem ein Kapitel ihres Lebens abgeschlossen war, an dem sie sechzehn Jahre lang geschrieben hatten.

Fin sah Mona an, wie schmerzlich es für sie war, und alles das, was er sein Leben lang bereut hatte, überfiel ihn mit großer Macht wieder.

Es dauerte am Ende nur wenige Minuten, die vielen Jahre in den Mülleimer der Geschichte zu befördern. Die guten und die schlechten. Die Kämpfe, das Lachen, den Streit. Sie traten hinaus in den strahlenden Sonnenschein, der auf das Kopfsteinpflaster und den Verkehrslärm in der Royal Mile fiel. Das Leben anderer Menschen zog an ihnen vorbei, während ihres nach einer Unterbrechung jetzt endgültig anhielt. Reglos standen sie wie zwei Gestalten im Zentrum eines Zeitraffer-Films, und der Rest der Welt wirbelte in schnellem Tempo um sie herum.

Sechzehn Jahre, und sie waren füreinander wieder Fremde, unsicher, was sie außer auf Wiedersehen sagen sollten, und fast zu scheu, es auszusprechen trotz der Schriftstücke, die sie in Händen hielten. Denn was gab es schon außer diesem Abschied? Fin öffnete seine Tasche und wollte die Urkunde hineinstecken, und seine fotokopierten Blätter rutschten aus der beigen Aktenmappe und verteilten sich um seine Füße. Er bückte sich schnell und sammelte sie auf, und Mona hockte sich neben ihn und half ihm.

Ihr Kopf drehte sich in seine Richtung, als sie ein paar Blätter in der Hand hielt. Sie sah wohl auf einen Blick, was für Papiere das waren. Ihre eigene Aussage befand sich darunter. Ein paar hundert Wörter, die schilderten, wie ein Leben genommen wurde und eine Beziehung darüber zerbrach. Die Skizze eines Gesichts, nach ihrer Beschreibung angefertigt. Für Fin zur Zwangsvorstellung geworden. Aber Mona blieb stumm. Sie erhob sich, reichte ihm die Blätter und sah zu, wie er sie wieder in die Tasche stopfte.

Als sie an der Straße ankamen und der Abschied nicht mehr zu umgehen war, sagte sie: »Bleiben wir in Kontakt?«

»Hätte das einen Sinn?

»Wohl nicht.«

Und mit diesen dürren Worten war alles, was sie im Laufe dieser vielen Jahre in ihre Beziehung investiert hatten, die gemeinsamen Erlebnisse, Freude und Schmerz, für immer verschwunden wie Schneeflocken auf einem Fluss.

Er warf ihr einen Blick zu. »Was willst du machen, wenn das Haus verkauft ist?«

»Ich gehe nach Glasgow zurück. Bleibe eine Weile bei meinem Vater.« Sie erwiderte seinen Blick. »Und du?«

Er zuckte mit den Achseln. »Ich weiß noch nicht.«

»O doch!« Es war fast eine Anschuldigung. »Du gehst auf die Insel.«

»Mona, genau das hab ich fast mein ganzes Erwachsenenleben vermieden.«

Sie schüttelte den Kopf. »Du tust es. Und das weißt du auch. Du kommst von der Insel nicht los. Sie hat die ganzen Jahre wie ein unsichtbarer Schatten zwischen uns gestanden. Und uns getrennt. Das hatten wir eben nicht gemeinsam.«

Fin holte tief Luft und spürte die Wärme der Sonne auf seinem Gesicht, als er für einen Moment den Kopf in den Nacken legte. Dann sah er sie wieder an. »Einen Schatten gab es, ja. Aber es war nicht die Insel.«

Natürlich hatte sie recht. Er konnte nirgendwo anders hin als zurück in den Mutterschoß. Zurück an den Ort, der ihn hervorgebracht, ihn sich entfremdet und schließlich vertrieben hatte. Es war der einzige Ort, an dem er eine Chance hatte, sich wiederzufinden. Bei seinen Leuten, die seine Sprache sprachen.

Er stand auf dem Vorderdeck der *Isle of Lewis* und verfolgte das sachte Auf und Ab, mit dem ihr Bug das Wasser des Minch durchpflügte, das heute ungewöhnlich ruhig war. Die Berge des Festlands waren schon lange verschwunden, und das Schiffshorn tutete einsam, als sie nun in den dichten Seenebel glitten, der die Ostküste der Insel im Frühjahr umhüllte.

Fin spähte angespannt in wirbelndes Grau, die Feuchte auf seinem Gesicht, und dann trat schließlich ein blasser Umriss aus dem Dunkel hervor. Ein bloßer Fleck an einem noch unkenntlichen Horizont, unheimlich und ewig während, als sei das Gespenst seiner Vergangenheit zurückgekehrt und suche ihn heim.

Seine Nackenhaare sträubten sich, als die Insel in dem Dunst allmählich Gestalt annahm. Das Gefühl, nach Hause zu kommen, war fast überwältigend.

VIER

Gunn saß am Schreibtisch und sah mit zusammengekniffenen Augen auf den Computerbildschirm. Mit halbem Ohr hörte er das Tuten eines Nebelhorns nicht weit draußen im Minch und wusste, die Fähre würde bald anlegen.

Gunn teilte sich das Büro mit zwei anderen Detectives. Von seinem Fenster im ersten Stock hatte er volle Sicht auf die andere Seite der Church Street, wo Blythswood Care einen Secondhandladen betrieb. *Leib und Seele in christlicher Obhut.* Wenn er den Hals reckte, konnte er sogar das indische Restaurant weiter oben in der Straße sehen, das *Bangla Spice* mit den Saucen, bei deren Farben einem das Wasser im Mund zusammenlief, und dem gebratenen Reis mit Knoblauch – unwiderstehlich. Bei dem Thema auf seinem Bildschirm kam ihm kein Gedanke an Essen.

Moorleichen, so las er bei Wikipedia, wurden bereits in Nordeuropa, Großbritannien und Irland gefunden. Es handelt sich dabei um menschliche Überreste oder vollständige Leichen, die im sauren Milieu von Hochmooren sowie durch die niedrigen Temperaturen und durch Sauerstoffabschluss erhalten blieben. Haut und Organe waren in Einzelfällen noch so intakt, dass man sogar Fingerabdrücke abnehmen konnte.

Ob das auch für die Leiche galt, die jetzt in dem Kühlfach im Autopsieraum des Krankenhauses lagerte? Wie schnell mochte die sich jetzt, da sie aus dem Moor geborgen war, zersetzen? Er scrollte weiter nach unten und betrachtete die Aufnahme des Kopfes, die von einem vor sechzig Jahren aus einem Moor in Dänemark ausgegrabenen Mann gemacht worden war: schokoladenbraunes Gesicht mit bemerkenswert feinen Zügen, eine Wange an die Nase gequetscht, weil der Mann auf der Seite gelegen hatte, orange, an Oberlippe und Kinn noch deutlich erkennbare Bartstoppeln.

»Ah, ja. Der Tollund-Mann.«

Als er aufblickte, sah Gunn einen großgewachsenen, drahtigen Mann mit schmalem Gesicht und einem Kranz dunklen, sich lichtenden Haars, der sich zum Bildschirm beugte, um besser sehen zu können.

»Bei der Karbondatierung seines Haars ergab sich ein Todeszeitpunkt um circa 400 vor Christus. Die Idioten, die damals die Autopsie gemacht haben, haben ihm den Kopf abgeschnitten und den Rest des Körpers weggeworfen. Die haben sonst bloß noch die Füße und einen Finger, in Formalin eingelegt.« Er griente und streckte die Hand aus. »Professor Colin Mulgrew.«

Gunn war von der Festigkeit des Händedrucks überrascht. Der Mann wirkte so schmächtig.

Fast so, als ob er die Gedanken des anderen erraten oder sein Zusammenzucken bemerkt hätte, lächelte Professor Mulgrew und sagte: »Pathologen brauchen eine kräftige Hand, Detective Sergeant. Sie müssen Knochen durchtrennen und Teile des Skeletts notfalls aufbiegen können. Sie wären erstaunt, wie viel Kraft man dafür benötigt.« In der Stimme des Mannes hörte Gunn einen Hauch von gepflegtem Irisch. Mulgrew wandte sich wieder dem Tollund-Mann zu. »Erstaunlich, nicht? Man konnte noch nach 2400 Jahren feststellen, dass er erhängt worden und dass seine letzte Mahlzeit eine Grütze aus Getreide- und Pflanzensamen gewesen war.«

»Waren Sie hier auch an der Leichenschau beteiligt?«

»Bewahre, nein. Das war lange vor meiner Zeit. Ich habe den Old-Croghan-Mann untersucht, den sie 2003 aus einem Moor in Irland gezogen haben. Der war aber fast genauso alt. Mit Sicherheit über zweitausend Jahre. Und für seine Zeit verdammt groß. Eins achtzig, stellen Sie sich das vor. Ein richtiger Riese.« Mulgrew kratzte sich am Kopf und griente. »Wie wollen wir Ihren Mann nennen? Lewis-Mann?«

Gunn fuhr auf seinem Stuhl herum und bedeutete Mulgrew, er möge sich setzen. Doch der Pathologe schüttelte den Kopf.

»Hab ich gerade stundenlang. Und auf den Flügen hier herauf hat man nicht viel Beinfreiheit.«

Gunn nickte. Da er selbst etwas kleiner war als der Durchschnitt, hatte ihm das nie Probleme bereitet. »Wie ist Ihr Old-Croghan-Mann gestorben?«

»Ermordet. Vorher aber gefoltert. Wir haben tiefe Einschnitte unter seinen Brustwarzen gefunden. Dann hat man ihm eine Stichverletzung in der Brust beigebracht, ihn enthauptet und seinen Körper halbiert.« Der Professor schlenderte zum Fenster und schaute beim Weitersprechen die Straße hinauf und hinab. »Eigentlich ein Rätsel, weil er sehr gepflegte Fingernägel hatte. Demnach kein Arbeiter. Ohne Zweifel war er Fleischesser, aber seine letzte Mahlzeit war eine Mischung aus Weizen und Buttermilch. Mein alter Freund Ned Kelly vom Irischen Nationalmuseum glaubt, er war eine Opfergabe, mit der man sich eine gute Ernte auf den königlichen Ländereien der Gegend und einen guten Milchertrag erbitten wollte.« Er drehte sich zu Gunn herum. »Das indische Restaurant da oben, taugt das was?«

Gunn zuckte mit den Achseln. »Es ist ganz gut.«

»Schön. Ich hab schon seit Ewigkeiten nicht mehr anständig indisch gegessen. Wo befindet sich Ihr Mann jetzt?«

»In einem Kühlfach in der Leichenhalle des Krankenhauses.«

Professor Mulgrew rieb sich die Hände. »Dann sollten wir hingehen und ihn uns anschauen, bevor er uns zerfällt. Und dann essen wir einen Happen, ja? Ich bin am Verhungern.«

Der Tote, der jetzt auf dem Obduktionstisch lag, wirkte seltsamerweise wie geschrumpft, wie weniger geworden, obwohl er kräftig gebaut war. Er hatte die Farbe von Schwarztee und sah aus wie eine Skulptur aus Harz.

Professor Mulgrew trug einen dunkelblauen Overall unter dem OP-Kittel, eine leuchtend gelbe OP-Maske bedeckte Mund und Nase. Darüber saß eine lächerlich große Schutzbrille mit perlmuttfarbenem Rand, die seinen Kopf kleiner erscheinen ließ, als er war, und den Mann in eine Karikatur seiner selbst verwandelte. Anscheinend ohne zu merken, wie kurios er aussah, ging er flink um den Tisch herum und nahm

Maß. Die weißen Tennisschuhe des Professors steckten in grünen Plastiküberziehern.

Er trat an die Weißwandtafel und notierte die ersten Messergebnisse, ohne sich vom Quietschen seines Filzstifts beim Reden stören zu lassen. »Der arme Kerl wiegt läppische einundvierzig Kilo. Nicht gerade viel für einen Mann von eins dreiundsiebzig.« Über die Brille hinweg sah er zu Gunn hinüber. »Macht fünf Fuß acht nach Ihrer Zählung.«

»Sie meinen, er war krank?«

»Nein, nicht unbedingt. Er ist zwar gut erhalten, dürfte über die Jahre aber viel flüssiges Gewicht verloren haben. Nach meinem Eindruck ist das ein ziemlich gesundes Exemplar.«

»Wie alt?«

»Keine zwanzig oder nur knapp darüber, würde ich sagen.«

»Nein, ich meine, wie lange hat er im Torf gelegen?«

Professor Mulgrew zog eine Augenbraue hoch und neigte tadelnd den Kopf in Gunns Richtung. »Geduld, bitte. Ich bin kein Karbondatierungsautomat, verdammt noch mal, Detective Sergeant.«

Er kehrte zu der Leiche zurück und drehte sie auf die Vorderseite, beugte sich tief darüber und wischte braune und gelbgrüne Mooskrümel herunter.

»Wurden Kleidungsstücke bei dem Toten gefunden?«

»Nein, nichts.« Gunn trat näher an den Tisch heran, weil er hoffte, zu erkennen, was Mulgrews Aufmerksamkeit gefesselt hatte. »Wir haben das ganze Gebiet umgegraben. Keine Kleidung, keine Artefakte irgendwelcher Art.«

»Hm. In dem Fall würde ich sagen, dass er erst in eine Decke gewickelt und dann vergraben wurde. Und in der Decke dürfte er etliche Stunden gelegen haben.«

Gunns Augenbrauen schossen erstaunt in die Höhe. »Woraus schließen Sie das?«

»In den Stunden nach Eintritt des Todes, Mr Gunn, sammelt sich das Blut in den unteren Körperregionen und führt zu einer rötlich-violetten Verfärbung der Haut. Wir nennen das Post-mortem-Lividität. Wenn Sie sich seinen Rücken, das Gesäß und die Oberschenkel genau anschauen, werden Sie sehen, dass die Haut hier dunkler ist, die Lividität aber ein helleres blasses Muster aufweist.«

»Und das bedeutet?«

»Das bedeutet, dass er nach seinem Tod mindestens acht bis zehn Stunden auf dem Rücken lag, in eine grobe Decke eingewickelt, deren Gewebe ihr Muster in der dunkleren Verfärbung hinterlassen hat. Wir können ihn säubern und es fotografieren und, wenn Sie wollen, einen Künstler das Muster abzeichnen lassen.«

Mit einer Pinzette löste er mehrere Fasern, die noch an der Haut hafteten.

»Könnte Wolle sein«, sagte er. »Dürfte nicht schwer sein, das zu bestätigen.«

Gunn nickte zwar, beschloss aber, nicht zu fragen, welchen Sinn es haben sollte, Muster und Gewebe einer Decke zu identifizieren, die vor Hunderten, wenn nicht Tausenden von Jahren gewebt worden war. Der Pathologe widmete sich wieder der Untersuchung des Kopfes.

»Die Augen sind schon zu stark zersetzt, als dass sich die Farbe der Iris noch bestimmen ließe, und dieses rotbraune Haar erlaubt keinerlei Rückschlüsse darauf, welche Farbe es ursprünglich gehabt haben könnte. Das hat der Torf gefärbt, genauso wie die Haut.« Er bohrte ein wenig in den Nasenlöchern herum. »Aber das ist interessant«, sagte er und betrachtete seine Fingerspitzen in den Latexhandschuhen. »Er hat feinkörnigen silbrigen Sand in der Nase, und nicht gerade wenig. Und der sieht genau so aus wie der Sand in den Abschürfungen auf seinen Knien und auf dem Spann der Füße.« Mulgrew fuhr mit den Fingern zur Stirn und wischte mit sachten Bewegungen Schmutz von der linken Schläfe und aus dem Haaransatz. »Großer Gott!«

»Was ist?«

»Er hat eine gerundete Narbe an der linken Schädelvorderseite. Etwa zehn Zentimeter lang.«

»Eine Wunde?«

Der Professor schüttelte sinnend den Kopf. »Nein, das sieht aus wie eine Operationsnarbe. Wenn ich raten sollte, würde ich sagen, der junge Mann ist irgendwann einmal nach einer Kopfverletzung operiert worden.«

Gunn war verdutzt. »Aber das bedeutet, dass der Leichnam viel jüngeren Datums ist, als wir dachten, richtig?«

In Mulgrews Lächeln lag ein Ausdruck von Überlegenheit und Erheiterung. »Hängt davon ab, was Sie mit jung meinen, Detective Sergeant. Die Hirnchirurgie ist wahrscheinlich eine der ältesten praktizierten medizinischen Künste. Dafür gibt es umfangreiche archäologische Belege, die bis ins Neolithikum zurückreichen.« Nach kurzem Innehalten fügte er Gunn zuliebe hinzu: »Bis in die Steinzeit.«

Nun nahm er den Hals und die breite, tiefe Schnittwunde, die sich darauf befand, in Augenschein. Seine Messung ergab eine Länge von 18,4 Zentimetern.

»Ist er daran gestorben?«, fragte Gunn.

Nun seufzte Mulgrew. »Ich schätze, Detective Sergeant, Sie haben noch nicht an vielen Leichenschauen teilgenommen.«

Gunn errötete. »Vielen nicht, nein, Sir.« Er wollte nicht zugeben, dass es nur eine einzige gewesen war.

»Bevor ich ihn nicht aufgemacht habe, kann ich die Todesursache unmöglich bestimmen. Und sogar danach kann ich es nicht garantieren. Man hat ihm die Kehle durchgeschnitten, ja. Aber er hat auch mehrere Einstiche in der Brust und einen weiteren hinten an der Schulter. Er hat Abrasionen am Hals, die darauf schließen lassen, dass er ein Seil drum hatte, und ähnliche Abrasionen an den Hand- und Fußgelenken.«

»Als hätte man ihn an Händen und Füßen gefesselt?«

»Genau. Vielleicht hat man ihn gehängt, und die Abrasionen am Hals kommen daher, oder aber man hat ihn an dem Seil über einen Strand geschleift, was den Sand in der aufgeschürften Haut an seinen Knien und Füßen erklären würde. Jedenfalls ist es für Theorien über die Todesursache noch viel zu früh. Da kommt vieles in Betracht.«

Jetzt weckte eine dunklere Hautstelle am rechten Unterarm seine Aufmerksamkeit. Er strich mit seinem Tupfer darüber hinweg, drehte sich dann nach hinten, entnahm der Edelstahl-Spüle einen Scheuerschwamm und rubbelte die oberste Hautschicht ab. »Großer Gott!«

Gunn hielt den Kopf schief, um die Stelle besser sehen zu können. »Was ist?«

Professor Mulgrew schwieg noch eine ganze Weile, bevor er den Blick zu Gunn hob. »Warum waren Sie so scharf darauf, zu wissen, wie lange der Tote im Moor gelegen hat?«

»Damit ich den Fall vom Schreibtisch kriege und an die Archäologen weiterreichen kann.«

»Ich fürchte, daraus wird nichts, Detective Sergeant.«

»Und wieso nicht?«

»Weil dieser Tote nicht länger als sechsundfünfzig Jahre im Moor gelegen hat – äußerstenfalls.«

Gunn spürte, wie ihm die Zornesröte aufstieg. »Vor nicht mal zehn Minuten haben Sie noch gesagt, Sie wären kein Karbondatierungsautomat, verdammt noch mal.« Voller Genugtuung betonte er das *verdammt noch mal.* »Woher wollen Sie das wissen?«

Mulgrew lächelte. »Schauen Sie sich den Unterarm einmal genau an, Detective Sergeant. Wir haben hier, wie Sie bestimmt sehen werden, ein eher kunstlos tätowiertes Porträt von Elvis Presley über dem Schriftzug *Heartbreak Hotel.* Und dass Elvis vor Christus noch nicht gelebt hat, das weiß ich ziemlich genau. Als eingefleischter Fan kann ich Ihnen, ohne Widerspruch gewärtigen zu müssen, versichern, dass *Heartbreak Hotel* im Jahre 1956 Nummer eins der Hitparade war.«

FÜNF

Nach der Mittagspause, in der er ein Zwiebel-Bhaji, ein scharfes Lammcurry mit gebratenem Knoblauchreis und zum Nachtisch eine Kulfi-Eiscreme verspeist hatte, benötigte Professor Mulgrew noch fast zwei Stunden, um die Autopsie zu Ende zu bringen. George Gunn aß derweil ein Käsesandwich in seinem Büro und hatte Mühe, es bei sich zu behalten.

Aufgrund der lederartigen Beschaffenheit der Haut hatte sich der Brustkorb mit einem einfachen Skalpell nicht öffnen lassen, sodass der Pathologe schließlich auf eine starke Schere zurückgreifen musste, um ihn aufzuschneiden. Danach wechselte er wieder zu seinem gewohnten Skalpell und hob die verbliebene Haut und die Muskeln vom Brustkorb ab.

Die Leiche lag nun geöffnet da wie etwas, was man sonst an Fleischerhaken hängen sieht, die inneren Organe entfernt und in Scheiben geschnitten. Hier handelte es sich jedoch um einen ehemals kräftigen und gesunden jungen Mann, und auch die Funde im Innern seines Leibs ließen keinen anderen Schluss zu als den, dass er durch einen brutalen Mord zu Tode gekommen war. Durch einen Mord, begangen von jemandem, der – denkbar war es – womöglich noch lebte.

»Ganz interessante Leiche, Detective Sergeant.« Schweißperlen hatten sich in seinen Stirnfalten gesammelt, aber Professor Mulgrew war mit Freude bei der Sache. »Seine letzte Mahlzeit war allerdings nicht so interessant wie meine. Bröckchen eines weichen Fleischs und feinste Partikel einer durchscheinenden faserigen Substanz, die an Fischgräten erinnert. Fisch und Kartoffeln vermutlich.« Er schmunzelte. »Jedenfalls freut es mich, dass ich Ihnen nun eine Hypothese dazu anbieten kann, wie er zu Tode kam.«

Gunn war, gelinde gesagt, überrascht. Nach allem, was ihm bisher zu

Ohren gekommen war, legten Pathologen sich höchst ungern auf irgendetwas fest. Mulgrew jedoch machte den Eindruck eines Mannes, der von seinen Fähigkeiten überzeugt war. Er schloss den Brustkorb, klappte Haut und Gewebe über der Brust zur Schnittstelle zurück und wies mit dem Skalpell auf die Wunden.

»Er wurde viermal in die Brust gestochen. In Anbetracht der abwärts verlaufenden Stichkanäle würde ich meinen, dass sein Angreifer entweder deutlich größer war als er oder dass das Opfer kniete. Letzteres erscheint mir schlüssiger, aber dazu kommen wir noch. Die Verletzungen wurden ihm mit einem langen schmalen, zweiseitig geschliffenen Messer beigebracht. Mit einem Fairbairn-Sykes vielleicht oder einem anderen Stilett. Dieser Stich hier zum Beispiel« – er zeigte auf die oberste Stichwunde – »ist ungefähr fünf Achtel Zoll breit und läuft an beiden Enden spitz zu, was mit ziemlicher Sicherheit auf eine schmale, zweiseitig geschliffene Waffe hinweist. Er geht fünf Zoll tief und verläuft durch die linke Lungenspitze und den rechten Vorhof des Herzens bis zur Herzscheidewand. Ziemlich lang also, und dasselbe trifft auch für die anderen drei zu.«

»Und daran ist er gestorben?«

»Nun, tödlich wäre jeder der vier gewesen, nach ein paar Minuten, aber ich vermute, dass er an dem tiefen Halsschnitt gestorben ist, den man ihm beibrachte.« Mulgrew richtete den Blick darauf. »Er ist über sieben Zoll lang und verläuft vom linken Schläfenbein direkt unterhalb des Ohrs bis zum rechten großen Kopfwender.« Er blickte auf. »Wie Sie sehen.« Lächelnd wandte er sich wieder der Wunde zu. »Er durchtrennt die linke Drosselvene, verletzt die linke Halsschlagader und kerbt die rechte Drosselvene ein. An der tiefsten Stelle misst er gut drei Zoll und dringt sogar ins Rückgrat ein.«

»Ist das wichtig?«

»Meiner Ansicht nach deuten Winkel und Tiefe darauf hin, dass der Schnitt von hinten ausgeführt wurde und fast sicher mit einer anderen Waffe. Dafür spricht auch der Einstich am Rücken. Diese Wunde ist anderthalb Zoll breit, hat gerade Austrittslinien und läuft innen spitz zu.

Was auf ein langes, nur einseitig geschliffenes Messer schließen lässt, mit dem sich so tiefe Schnitte besser ausführen lassen.«

Gunn legte die Stirn in Falten. »Wie darf ich das verstehen, Professor? Sie sagen, der Mörder hat zwei Waffen verwendet, ihm mit der einen in die Brust gestochen und ihn anschließend von hinten gepackt und mit der anderen die Kehle durchgeschnitten?«

Ein nachsichtiges Lächeln zog unter der Maske über das Gesicht des Pathologen, für Gunn nur sichtbar an den Augen, die hinter der riesigen Brille blitzten. »Nein, Detective Sergeant. Ich sage, dass es zwei Angreifer waren. Einer hält ihn von hinten fest und zwingt ihn auf die Knie, während der andere von vorn auf die Brust einsticht. Der Stich in den Rücken war vermutlich ein Versehen, als der erste Angreifer Anstalten machte, dem Opfer die Kehle durchzuschneiden.«

Er ging um den Tisch herum zum Kopf des Toten und klappte Haut und Fleisch wieder zum ersten Schnitt über Gesicht und Schädel zurück.

»Ich fasse für Sie noch einmal zusammen, welches Bild sich insgesamt ergibt: Dieser Mann war an Handgelenken und Knöcheln gefesselt. Er hatte ein Seil um den Hals. Hätte man ihn daran aufgehängt, würden die Abrasionen schräg nach oben zum Aufhängepunkt zulaufen. Aber das ist nicht der Fall. Ich vermute deshalb, dass man ihn an dem Seil über einen Strand geschleift hat. Er hat feinen silbrigen Sand in Nase und Mund und in der offenen Haut an den Knien und den Oberseiten der Füße. Irgendwann hat man ihn gezwungen, sich niederzuknien, und mehrmals auf ihn eingestochen und ihm zuletzt die Kehle durchgeschnitten.«

Das Bild, das der Pathologe mit seinen Worten zeichnete, stand Gunn plötzlich lebhaft vor Augen. Er wusste nicht, wie er darauf kam, sah aber eine nächtliche Szene: Das phosphoreszierende Meer schwappt über den verdichteten Sand, der im Mondschein silbrig leuchtet. Und dann wird Blut zu weiß schäumendem Karmesin. Fast mehr als alles andere aber entsetzte ihn der Gedanke, dass dieser brutale Mord hier stattgefunden hatte, auf der Insel Lewis, wo es in den letzten hundert Jahren bisher nur zwei Morde gegeben hatte.

Er sagte: »Ist es möglich, ihm Fingerabdrücke abzunehmen? Wir werden den Mann identifizieren müssen.«

Professor Mulgrew antwortete darauf nicht gleich. Er war damit beschäftigt, die Haut vom Schädel abzuheben, ohne sie zu zerreißen. »Die ist so unfassbar trocken«, sagte er. »Bröcklig wie sonst was.« Er blickte kurz auf. »Die Fingerspitzen sind durch den Flüssigkeitsverlust ein bisschen verschrumpelt, aber ich kann etwas Formalin injizieren und sie rehydrieren, damit sollten Sie passable Abdrücke bekommen. Bei der Gelegenheit könnten Sie auch gleich eine DNA-Probe nehmen.«

»Der Polizeiarzt hat schon Proben zur Analyse geschickt.«

»Oh, tatsächlich?« Erfreut sah Professor Mulgrew nicht aus. »Unwahrscheinlich natürlich, dass die bei der Aufklärung helfen, aber man weiß ja nie. Ah ...« Seine Aufmerksamkeit wurde plötzlich vom Schädel beansprucht, der unter der abgelösten Kopfhaut nun frei lag. »Interessant.«

»Was ist?« Widerstrebend trat Gunn näher.

»Unterhalb der Operationsnarbe, die unser Freund hier hat ... ist eine kleine Metallplatte zum Schutz des Gehirns eingesetzt.«

Gunn sah eine rechteckige, mattgraue Platte von etwa zwei Zoll Länge, die an beiden Enden ein Loch hatte und mit Metallfäden in den Schädel eingenäht war. Stellenweise hatte sich eine Schicht Narbengewebe darüber gebildet.

»Eine Verletzung. Und höchstwahrscheinlich ein leichter Gehirnschaden.«

Auf Mulgrews Wunsch hin ging Gunn hinaus und verfolgte durch ein Fenster zum Autopsieraum, wie der Professor eine oszillierende Säge um die Schädeldecke herumführte und das Gehirn heraushob. Als Gunn wieder hineinging, untersuchte der Professor es in der Edelstahl-Schale, in der er es deponiert hatte.

»Ja ... dachte ich mir's doch. Hier ...« Er wies mit dem Finger auf die Stelle. »Eine zystische Enzephalomalazie des linken Frontallappens.«

»Und das bedeutet?«

»Das bedeutet, mein Freund, dass dieser arme Kerl nicht viel Glück hatte. Er hatte eine Kopfverletzung, die den linken Frontallappen beschädigt hat und nach der er wohl … wie soll ich sagen … nicht mehr der Hellste war.«

Er blickte wieder auf das Gehirn und schälte mit feinen Bewegungen des Skalpells das Gewebe ab, das sich wie ein Film über die Metallplatte gelegt hatte.

»Wenn mich nicht alles täuscht, ist das Tantal.«

»Was ist das?«

»Ein sehr korrosionsbeständiges Metall, das in der ersten Hälfte des 20. Jahrhunderts in der Kranioplastie Einzug hielt. Wurde im Zweiten Weltkrieg ziemlich häufig zur Reparatur von Schrapnellwunden verwendet.« Er beugte sich weiter nach unten und schabte noch tiefer in das Metall hinein. »Gut gewebeverträglich, hat aber häufig zu starken Kopfschmerzen geführt. Das hat mit der elektrischen Leitfähigkeit zu tun. Wurde in den sechziger Jahren durch die dann entwickelten Kunststoffe abgelöst. Heute wird es hauptsächlich in der Elektronik verwendet. Aha!«

»Was ist?« Gunn überwand seine natürliche Zurückhaltung und trat noch näher heran.

Doch Professor Mulgrew wandte sich ab und kramte in seinem Pathologenwerkzeug, das auf der Arbeitsfläche neben dem Spülbecken lag. Er kam mit einem drei Quadratzoll großen Vergrößerungsglas wieder, das er mit Daumen und Zeigefinger hielt und über die implantierte Platte senkte.

»Dachte ich mir's doch.« Ein Hauch von Triumph lag in seinen Worten.

»Was denn?« Gunns Frustration war unüberhörbar.

»Die Hersteller dieser Platten haben oft Seriennummern eingraviert. Und in diesem Fall sogar ein Datum.« Er trat zur Seite, forderte Gunn auf, selbst hinzusehen.

Gunn nahm das Vergrößerungsglas, hielt es behutsam über das Gehirn und beugte sich mit zusammengekniffenen Augen tief darüber. Unter einer zehnstelligen Seriennummer standen die römischen Ziffern MCMLIV.

Der Pathologe strahlte. »1954, falls Sie es noch nicht heraushatten. Ungefähr zwei Jahre, bevor er sein Elvis-Tattoo bekam. Und dem Gewebewachstum nach zu urteilen drei, vielleicht vier Jahre, bevor er am Strand ermordet wurde.«

SECHS

Zuerst war Fin vollkommen desorientiert. In die Geräusche von Wind und Wasser, die er in den Ohren hatte, mischte sich ein stoßweises Hämmern. Ihm war heiß, er schwitzte unter der Decke, aber sein Gesicht und seine Hände waren kalt. Ein seltsames blaues Licht durchdrang die Helle, die ihn regelrecht blendete, als er die Augen aufschlug. Es dauerte eine geschlagene halbe Minute, bis er wieder wusste, wo er war. Das weiße Innenzelt, sah er, atmete stoßweise ein und aus wie ein Läufer, der keuchend das Ziel erreicht hat. Um ihn herum das reinste Schlachtfeld: Kleidung, eine nur halb ausgepackte Reisetasche aus Leinwand, sein Laptop und verstreute Papiere.

In dem schon schwindenden Licht hatte er eine Stelle am Boden gefunden, die ihm eben genug schien, um darauf sein Zweimannzelt aufzuschlagen. Jetzt aber merkte er, dass sie wie das ganze Stück Land doch stark in Richtung Klippen und Meer abfiel. Er setzte sich auf, horchte einen Moment auf die Zeltleinen, die ächzend an ihren Heringen zerrten, schlüpfte aus seinem Schlafsack und streifte sich frische Sachen über.

Das Tageslicht blendete ihn, als er den Reißverschluss des Außenzelts aufzog und auf den Hügel hinauskroch. In der Nacht war Regen gefallen, doch der Wind hatte das Gras schon wieder getrocknet. Er setzte sich barfuß hinein, zog Socken an und verdrehte die Augen zum Schutz vor der grellen Sonne auf dem Ozean, einem ausgebrannten leuchtenden Ring, der noch einmal kurz aufflackerte, bevor die Wolkenlücke sich darüber schloss, als hätte man einen Lichtschalter ausgeknipst. Fin saß da, die Knie angezogen, die Arme darauf abgelegt, und atmete die Salzluft ein, die nach Torfrauch und feuchter Erde roch. Der an seinen kurzen blonden Locken zerrende Wind brannte in seinem Gesicht und sandte einen wunderbaren Schauder durch seinen Leib: am Leben sein!

Hinter seiner linken Schulter sah Fin die Ruine dessen, was einmal das Gehöft seiner Eltern gewesen war: ein altes Whitehouse, dahinter die Überreste des Blackhouse, in dem seine Vorfahren über Jahrhunderte gelebt hatten. Dort hatte er als Kind gespielt, fröhlich und behütet, ohne einen Gedanken daran, was das Leben für ihn bereithalten mochte.

Noch weiter hinten wand sich die Straße hügelabwärts zwischen der Ansammlung verschiedenster Häuser hindurch, die das Dorf Crobost bildete. Rote Blechdächer auf alten Webschuppen, Häuser, mit weißem Mörtel gemauert oder mit rosa Kalkputz versehen, in unregelmäßigen Abständen stehende Zaunpfähle, Wollbüschel, die an Stacheldraht festhingen und im Wind flatterten. Die schmalen Streifen Land, die zum Gehöft eines Crofters gehörten, verliefen ebenfalls hügelabwärts zu den Klippen, manche für den Anbau von einfachen Feldfrüchten oder von Getreide kultiviert, wieder andere reine Weideflächen. Die entsorgte Technik vergangener Jahrzehnte, verrostete Traktoren und kaputte Erntemaschinen, stand auf überwachsenen Grundstücken herum, zerfallende Symbole einstiger Hoffnung auf Wohlstand.

Hinter der Biegung sah Fin das dunkle Dach der Croboster Kirche, hoch überragte sie die Silhouette der Häuser und das Leben der Menschen, auf die ihr Schatten fiel. Jemand hatte Wäsche am Pfarrhaus aufgehängt, weiße Laken flatterten im Wind wie Signalflaggen, die zu gleichen Teilen Gottes Lob und Furcht erheischten.

Fin verachtete die Kirche und alles, wofür sie stand. Die Vertrautheit des Gebäudes hatte aber auch etwas Tröstliches. Dies war schließlich sein Zuhause. Und er spürte, wie seine Stimmung sich hob.

Der Wind trug seinen Namen heran, als Fin seine Stiefel anzog, und als er sich umwandte und aufrappelte, sah er einen jungen Mann an dem Tor des Bauernhauses stehen, an dem er am Abend zuvor sein Auto abgestellt hatte. Er setzte sich in Bewegung, watete durch das Gras und erkannte im Näherkommen den Zwiespalt im Lächeln seines Besuchers.

Der junge Mann war ungefähr achtzehn, knapp halb so alt wie Fin. Er hatte sich das blonde Haar mit Gel zu Stacheln geformt, und seine kornblumenblau leuchtenden Augen glichen so sehr denen seiner Mutter, dass Fin Gänsehaut auf den Armen bekam. Für einen Moment schwiegen sie verlegen und taxierten einander, dann streckte Fin die Hand aus, und der Junge schüttelte sie mit kurzem, festem Druck.

»Hallo, Fionnlagh.«

Der Junge wies mit einer knappen Kopfbewegung auf das hellblaue Zelt. »Auf der Durchreise?«

»Provisorische Unterkunft.«

»Ist eine Weile her.«

»Ja.«

Fionnlagh hielt kurz inne, um seinen Worten Nachdruck zu verleihen. »Neun Monate.« Der vorwurfsvolle Beiklang war nicht zu überhören.

»Ich musste ein ganzes Leben zusammenpacken.«

Fionnlagh neigte den Kopf ein wenig zur Seite. »Heißt das, du bleibst für immer hier?«

»Vielleicht.« Fin ließ den Blick über das Croft schweifen. »Es ist mein Zuhause. Dahin kommt man, wenn man nirgendwohin sonst gehen kann. Ob ich bleibe oder nicht … wird sich noch zeigen.« Er heftete seine grünen Augen wieder auf den Jungen. »Wissen es die Leute schon?«

Sie blickten einander sekundenlang in einem Schweigen an, befrachtet mit Geschichte. »Die wissen nur eines: dass mein Vater vorigen August beim Guga-Fang draußen auf An Sgeir umgekommen ist.«

Fin nickte. »Verstehe.« Er trat zur Seite, öffnete das Tor und ging auf dem zugewachsenen Weg dorthin, wo einmal der Eingang zum alten Whitehouse gewesen war. Die eigentliche Tür war längst nicht mehr vorhanden, am Stein hafteten nur noch ein paar verfaulte Reste des Unterbalkens. Hier und da kündeten abgeplatzte Reste von der violetten Farbe, mit der sein Vater einmal alle Holzoberflächen gestrichen hatte, sogar die Böden. Das Dach war im Wesentlichen noch intakt, die Balken aber waren morsch, und Regenwasser hatte Streifen an sämtlichen Wänden hinterlassen. Die Dielenbretter waren bis auf ein paar störrische Schwellen verschwunden. Es war nur noch die Hülle eines Hauses, in dem nichts mehr an die Liebe erinnerte, die es einst gewärmt hatte. Fin hörte Fionnlagh hinter sich lachen und wandte sich um. »Ich werde das Haus entkernen. Und es von innen heraus wieder aufbauen. Vielleicht möchtest du mir in den Sommerferien ja ein bisschen zur Hand gehen.«

Fionnlagh zuckte gleichgültig mit den Achseln. »Mal sehen.«

»Gehst du im Herbst an die Universität?«

»Nein.«

»Warum nicht?«

»Ich muss mir einen Job suchen. Ich bin jetzt Vater. Ich trage Verantwortung für ein Kind.«

Fin nickte. »Wie geht es der Kleinen?«

»Gut. Danke der Nachfrage.«

Fin überging den Sarkasmus. »Und Donna?«

»Sie wohnt mit ihr zu Hause bei ihren Eltern.«

Fin runzelte die Stirn. »Und du?«

»Mum und ich wohnen weiter in dem Bungalow unten am Hügel.« Er wies mit dem Kinn zu dem Haus hinüber, das Marsaili von Artair geerbt hatte. »Reverend Murray erlaubt mir nicht, dass ich die beiden im Pfarrhaus besuche.«

Fin konnte gar nicht glauben, was er da hörte. »Wieso nicht? Du bist schließlich der Vater des Kindes.«

»Der aber weder seine Tochter noch deren Mutter ernähren kann. Ab und zu kann Donna sich mit ihr rausschleichen und mich im Bungalow besuchen, aber meistens müssen wir uns in der Stadt treffen.«

Fin schluckte seinen Zorn hinunter. Es hatte keinen Sinn, ihn Fionnlagh jetzt spüren zu lassen. Das konnte warten. »Ist deine Mutter zu Hause?« Die Frage war unverfänglich, und doch wussten beide, was darin alles mitschwang.

»Sie war in Glasgow, hat die Aufnahmeprüfung für die Universität gemacht.« Fionnlagh entging nicht, wie überrascht Fin war. »Hat sie dir das nicht erzählt?«

»Wir hatten keinen Kontakt.«

»Oh.« Sein Blick wanderte wieder über den Hügel zum Bungalow der Macinnes. »Ich dachte immer, dass ihr, du und Mum, vielleicht wieder zusammenkommt.«

Fins Lächeln hatte einen Zug von Traurigkeit und vielleicht von Bedauern. »Mit Marsaili und mir hat es schon damals nicht geklappt, Fionnlagh. Warum sollte es heute anders sein?« Er zögerte. »Ist sie noch in Glasgow?«

»Nein. Sie ist zeitiger zurückgekommen. Heute Vormittag mit dem Flugzeug. Ein familiärer Notfall.«

SIEBEN

Die reden im Flur, als ob ich taub wäre. Oder gar nicht da. Oder tot. Manchmal wünschte ich, ich wär's.

Und warum ich den Mantel anziehen sollte, weiß ich auch nicht. Es ist doch warm im Haus. Da braucht man keinen Mantel. Und keine Mütze. Meine schöne weiche alte Mütze. Die hat mir jahrelang den Kopf gewärmt.

Neuerdings bin ich, wenn ich aus dem Schlafzimmer komme, nie sicher, welche Mary ich vorfinde. Manchmal ist es die gute Mary. Manchmal ist es die böse Mary. Sie sehen gleich aus, sind aber zwei verschiedene Menschen. Heute früh war es die böse Mary. Die redet immer so laut, sagt mir, was ich machen soll, verlangt, dass ich den Mantel anziehe. Hier sitze. Und warte. Worauf?

Und was ist in dem Koffer? Meine Sachen, hat sie gesagt. Aber was hat sie damit gemeint? Wenn sie meine Anziehsachen meint, davon habe ich einen ganzen Schrank voll, und die würden da auch niemals reinpassen. Genauso wie meine vielen Papiere. Die Aufzeichnungen, zum Teil Jahre alt. Die Fotografien. Alles. Das würde doch niemals in so einen Koffer passen. Vielleicht fahren wir in Urlaub.

Jetzt höre ich Marsailis Stimme. »Mum, das ist einfach nicht fair!«

Mum. Natürlich. Ich vergesse immer wieder, dass Mary ihre Mutter ist.

Und Mary sagt, natürlich auf Englisch, denn Gälisch hat sie nie gelernt: »Fair? Glaubst du, mir gegenüber ist es fair, Marsaili? Ich bin siebzig Jahre alt. Ich halte das nicht mehr aus. Zweimal die Woche macht er das Bett schmutzig, mindestens. Wenn er allein rausgeht, verläuft er sich. Wie ein blöder Hund. Man kann sich einfach nicht auf ihn verlassen. Die Nachbarn bringen ihn wieder heim. Sag ich weiß, sagt er schwarz. Sag ich schwarz, sagt er weiß.«

Ich sage nie schwarz oder weiß. Wovon spricht sie? Es ist die böse Mary, die so redet.

»Mum, du bist achtundvierzig Jahre verheiratet.« Marsailis Stimme wieder.

Und Mary sagt: »Er ist nicht der Mann, den ich geheiratet habe, Marsaili. Ich lebe mit einem Fremden. Wegen allem gibt es Streit. Er will einfach nicht einsehen, dass er Demenz hat, dass er sich nichts mehr merken kann. Immer ist es meine Schuld. Er macht irgendwas und leugnet es dann. Vorgestern hat er das Küchenfester eingeschlagen. Ich weiß nicht, warum. Hat einfach mit dem Hammer draufgehauen. Und gesagt, er muss den Hund reinlassen. Marsaili, wir haben keinen Hund mehr gehabt, seit wir von der Farm weggezogen sind. Fünf Minuten später fragt er dann, wer das Fenster eingeschlagen hat, und wenn ich ihm sage, *er* selber, sagt er, nein, das war er nicht. Das muss ich gewesen sein. Ich! Marsaili, ich hab's satt.«

»Wie wäre es mit Tagespflege? Er geht doch schon dreimal die Woche dorthin, oder? Vielleicht können wir sie dazu bewegen, ihn für fünf zu nehmen oder sogar für sechs.«

»Nein!« Mary schreit es jetzt. »Ihn in die Tagespflege geben, macht es bloß noch schlimmer. Alle Tage für ein paar Stunden Normalität, ich hab das Haus für mich, denke aber an nichts anderes, als dass er in ein paar Stunden heimkommt und mir das Leben wieder zur Hölle macht.«

Ich höre ihr Schluchzen. Schreckliche stoßweise Schluchzer. Jetzt bin ich nicht sicher, ob das die böse Mary ist oder nicht. Es ist nicht schön, dass sie weint. Das bringt mich ganz durcheinander. Ich beuge mich vor, will in den Flur linsen, aber sie stehen nicht in meiner Blickrichtung. Ich sollte wahrscheinlich hingehen und fragen, ob ich helfen kann. Aber die böse Mary hat gesagt, ich soll hier sitzen bleiben. Marsaili wird sie schon trösten. Was kann sie nur so aufgebracht haben? Ich erinnere mich noch an den Tag, an dem wir geheiratet haben. Ich war gerade mal fünfundzwanzig. Und sie ein schmales Ding von zweiundzwanzig. Geweint hat sie damals auch. Ein hübsches Mädchen war sie, doch, ja. Engländerin. Aber dafür konnte sie nichts.

Das Weinen hat endlich aufgehört. Und ich muss die Ohren spitzen, um Marys Stimme zu hören. »Ich will ihn hier raus haben, Marsaili.«

»Mum, wie soll das gehen? Wo soll er denn hin? Ich bin nicht darauf eingerichtet, ihn zu betreuen, und ein privates Pflegeheim können wir uns nicht leisten.«

»Das ist mir egal.« Ihre Stimme klingt jetzt richtig hart. Egoistisch. Voller Selbstmitleid. »Du musst dir etwas einfallen lassen. Ich will ihn jedenfalls hier raus haben. Sofort.«

»Mum …«

»Er ist angezogen und gehfertig, und seine Tasche ist gepackt. Ich habe mich entschieden, Marsaili. Ich behalte ihn keine Minute länger hier.«

Jetzt ist lange Schweigen. Über wen haben die bloß gesprochen?

Und mit einem Mal steht, als ich hochsehe, Marsaili in der Tür und sieht zu mir herüber. Ich hab sie gar nicht hereinkommen hören. Meine Kleine. Ich liebe sie mehr als alles andere auf der Welt. Das muss ich ihr mal sagen. Aber sie sieht müde und blass aus, das Dingelchen. Und ihr Gesicht ist nass von Tränen.

»Brauchst nicht zu weinen«, sage ich zu ihr. »Ich fahre in Urlaub. Ich bin nicht lange weg.«

ACHT

Fin stand da und betrachtete das Ergebnis seiner Arbeit. Er hatte beschlossen, für den Anfang das ganze verfaulte Holz herauszureißen, das jetzt, zu einem großen Haufen getürmt, im Hof zwischen dem Haus und der alten Steinhütte mit dem rostigen Blechdach lag. Wenn es lange genug nicht regnete, würde der Wind es trocknen, und er konnte es abdecken und für das Novemberfeuer aufheben.

Die Mauern und Fundamente waren noch ganz solide, aber er würde das Dach abdecken und erneuern müssen, damit das Gebäude wasserdicht wurde und innen austrocknen konnte. Als Erstes musste er die Schieferplatten herunterholen und stapeln. Aber dafür brauchte er eine Leiter.

Der Wind peitschte und blähte seinen blauen Overall, zerrte an seinem karierten Hemd und trocknete ihm den Schweiß im Gesicht. Fin hatte fast vergessen, wie erbarmungslos der sein konnte. Wer hier lebte, merkte ihn erst, wenn er einmal aufhörte. Fin schaute über den Hügel nach unten zu Marsailis Bungalow, aber es stand kein Auto davor, also war sie noch nicht zurück. Fionnlagh war in der Schule in Stornoway. Er würde später hinuntergehen und fragen, ob er sich eine Leiter borgen konnte.

Die Luft war noch mild, der Wind kam aus Südwest, aber Fin roch schon den Regen darin, und er sah die blauschwarzen Wolken, die sich am fernen Horizont sammelten. Im Vordergrund jagte das Sonnenlicht in immer neuen Formen über das Land, ein lebendiger und scharfer Kontrast zu dem dräuenden Dunkel. Beim Geräusch eines Automotors drehte Fin sich um und sah Marsaili in Artairs altem Vauxhall Astra. Sie hatte am Straßenrand angehalten und sah oben vom Hügel zu ihm herunter. Es saß noch jemand bei ihr im Wagen.

Fin stand eine ganze Weile so da und sah aus der Ferne zu ihr hinauf, bevor sie ausstieg und auf dem Pfad zu ihm herunterkam. Das lange Haar wehte ihr in dicken Strähnen um das Gesicht. Sie wirkte noch schmaler als früher, und im Näherkommen sah er, dass ihr ungeschminktes Gesicht verhärmt und in dem unerbittlichen Sonnenlicht ungewöhnlich blass aussah.

Sie blieb etwa einen Meter vor ihm stehen, und sie sahen einander für einen Moment an. Dann sagte sie: »Ich wusste nicht, dass du kommst.«

»Ich hab's mir selber erst vor ein paar Tagen überlegt. Als die Scheidung durch war.«

Marsaili zog ihre wasserdichte Jacke fester um sich, als sei ihr kalt, und hielt sie mit vor der Brust verschränkten Armen zu. »Bleibst du hier?«

»Ich weiß es noch nicht. Ich will ein paar Dinge am Haus machen, dann sehen wir weiter.«

»Was ist mit deiner Arbeit?«

»Ich bin aus dem Polizeidienst ausgeschieden.«

Sie schien überrascht. »Was willst du machen?«

»Keine Ahnung.«

Sie lächelte, es war das bittere Lächeln, das er so gut kannte. »Hier ruht Fin Macleod«, sagte sie. »Genannt der Ahnungslose.«

Er erwiderte ihr Lächeln. »Ich hab ja einen Abschluss in Informatik.«

Marsaili zog eine Augenbraue hoch: »Oh! Damit wirst du es in Crobost weit bringen.«

Diesmal lachte er. »Genau.« Marsaili hatte es schon immer geschafft, ihn zum Lachen zu bringen. »Ach, das wird sich finden. Vielleicht arbeite ich eines Tages auch in der Raffinerie in Point Arnish, wie mein Vater. Oder wie Artair.«

Bei Artairs Erwähnung umwölkte sich ihre Miene. »Du doch nicht, niemals, Fin.« Irgendwie war Arnish immer der letzte Ausweg für die Männer von der Insel gewesen, die keinen Job auf einem Fischerboot bekamen und nicht an die Universität auf dem Festland flüchten konnten. Obwohl man dort gutes Geld verdiente.

»Nein.«

»Dann red keinen Unsinn daher. Das hast du in deiner Jugend schon so ausgiebig getan, dass du dein Lebtag davon zehren kannst.«

Er schmunzelte. »Hast ja recht.« Er wies mit einer Kopfbewegung zum Auto. »Wen hast du da mit?«

»Meinen Dad.« Ihre Stimme klang brüchig.

»Oh. Wie geht es ihm?« Es war eine harmlose Frage, doch als Fin wieder Marsaili ansah, merkte er, dass sie eine bestürzende Reaktion ausgelöst hatte. Marsailis Augen waren feucht. Er war schockiert. »Was ist los?«

Doch sie presste nur weiter fest die Lippen zusammen, so als traue sie sich nicht, etwas zu sagen. Tat es schließlich aber doch. »Meine Mum hat ihn rausgeschmissen. Sie sagt, sie hält es nicht mehr aus. Ich soll mich jetzt um ihn kümmern.«

Fin zog irritiert die Stirn in Falten. »Warum?«

»Er ist dement, Fin. Als du ihn das letzte Mal gesehen hast, war es noch nicht so schlimm. Aber er baut rapide gab. Sein Zustand verschlechtert sich fast täglich.« Sie blickte über die Schulter zum Auto hinauf, und ihre Tränen flossen jetzt ungebremst. »Aber ich kann mich nicht um ihn kümmern. Ich *kann* nicht. Ich habe nach zwanzig Jahren mit Artair – und seiner Mutter – gerade erst wieder ein eigenes Leben. Ich habe noch andere Prüfungen an der Uni vor mir, und ich muss mir um Fionnlaghs Zukunft Gedanken machen …« Sie wandte ihren verzweifelten Blick wieder Fin zu. »Das klingt schrecklich, nicht? Egoistisch.«

Er wollte sie in die Arme nehmen und halten, aber es war zu lange her. »Natürlich nicht«, sagte er. Mehr brachte er nicht heraus.

»Er ist mein *Vater*!« Ihr Schmerz und ihre Schuldgefühle waren offensichtlich.

»Ich bin sicher, das Sozialamt findet etwas für ihn, zumindest vorläufig. Wie wäre es mit einem Pflegeheim?«

»Das können wir uns nicht leisten. Die Farm hat uns nicht gehört. Die war nur gepachtet.« Sie wischte sich mit dem Handrücken die Tränen aus dem Gesicht und rang um Fassung. »Beim Sozialamt hab ich schon von meiner Mutter aus angerufen. Ich habe denen alles erklärt, aber sie haben gesagt, ich müsste hinkommen und es dort besprechen. Ich will ihn gerade in die Tagespflege bringen, damit ich mehr Zeit hab, mir etwas zu überlegen.« Sie schüttelte den Kopf, war wieder kurz davor, die Nerven zu verlieren. »Ich weiß einfach nicht, was ich machen soll.«

Fin sagte: »Ich zieh mir was andres an und fahr mit dir in die Stadt. Wir gehen mit deinem Dad in einen Pub Mittag essen, setzen ihn dann bei der Tagespflege ab und sprechen in der Zeit mit dem Sozialamt.«

Sie sah ihn mit wässrigen blauen Augen eindringlich an. »Warum solltest du das tun, Fin?«

Fin griente. »Weil ich mal Pause machen muss und ein Bier vertragen könnte.«

Das Crown Hotel stand auf der South Beach genannten Landzunge, die den Innen- und den Außenhafen von Stornoway trennte. Aus der Lounge Bar im ersten Stock hatte man einen Ausblick auf beide. Die Fangflotte war eingelaufen, ankerte im Binnenhafen, sachte bewegt von der einlaufenden Flut: rostige Trawler und vom Alter gezeichnete Krebsfischerboote, mit Grundfarben noch einmal angemalt wie ältere Damen, die vergeblich versuchen, die Verheerungen der Zeit zu verbergen.

Tormod war durcheinander. Anfangs konnte er Fin überhaupt nicht einordnen. Doch dann erzählte ihm Fin von seiner Kindheit, als er Marsaili auf der Farm besucht hatte, schon damals hoffnungslos verliebt, wie in Vorahnung künftigen Schmerzes, und da leuchtete in Tormods Gesicht das Wiedererkennen auf. An den jungen Fin erinnerte er sich offenbar noch genau.

»Bist ja schnell groß geworden, Junge«, sagte er und strubbelte Fin die Haare wie einem Fünfjährigen. »Wie geht's deinen Leuten?«

Marsaili warf Fin einen verlegenen Blick zu und sagte leise: »Dad, Fins Eltern sind vor über dreißig Jahren bei einem Autounfall ums Leben gekommen.«

Tormods Gesicht wurde traurig. Er blickte Fin aus feuchten blauen Augen hinter der runden silbernen Metallbrille an, und für einen Moment sah Fin darin Tormods Tochter und ihren Sohn. Drei Generationen in seiner Verwirrtheit verloren. »Tut mir leid, das zu hören, mein Sohn.«

Fin führte die beiden an einen Fenstertisch und ging an den Tresen, Speisekarten holen und Getränke bestellen. Als er wieder an den Tisch kam, mühte Tormod sich mit seiner Hosentasche ab, aus der er etwas ziehen wollte. Er wand und schlängelte sich auf seinem Stuhl. »Verdammich.«

Fin sah zu Marsaili hinüber. »Was macht er?«

Sie schüttelte verzagt den Kopf. »Seit neuestem raucht er wieder. Nachdem er vor über zwanzig Jahren damit aufgehört hat! Er hat eine Schachtel Zigaretten in der Tasche, kriegt sie aber wohl nicht heraus.«

»Mr Macdonald, Sie können hier drin nicht rauchen«, sagte Fin. »Sie müssen rausgehen, wenn Sie rauchen möchten.«

»Es regnet«, sagte der Alte.

»Nein«, widersprach Fin sacht. »Es ist noch trocken. Wenn Sie eine Zigarette rauchen wollen, begleite ich Sie nach draußen.«

»Ich krieg die blöden Dinger nicht aus der Tasche raus!« Tormod hatte die Stimme jetzt erhoben. Er schrie fast. Die Bar füllte sich mit Leuten aus der Stadt und mit Touristen, die zu Mittag essen wollten, und Köpfe fuhren zu ihnen herum.

Marsaili flüsterte vernehmlich: »Dad, du brauchst nicht zu schreien. Lass mich mal, ich hol sie dir raus.«

»Das kann ich sehr gut allein!« Noch mehr Köpfe wandten sich um.

Der Kellner kam mit ihren Getränken. Ein junger Mann von Anfang zwanzig mit polnischem Akzent.

Tormod sah zu ihm hoch und sagte: »Hast du Licht?«

»Ich glaube, er meint, er möchte Feuer haben«, sagte Marsaili entschuldigend. Sie sah Fin an. »Er möchte Streichhölzer. Meine Mutter hat sie vor ihm versteckt.«

Der Kellner lächelte nur und stellte die Getränke auf den Tisch.

Tormod fuhrwerkte immer noch mit der Hand in der Hosentasche herum. »Die sind da drin. Ich merk es doch. Aber sie wollen nicht raus.«

Gedämpftes Lachen drang von Nachbartischen herüber. Fin sagte:

»Lassen Sie mich mal, Mr Macdonald.« Und Tormod, der sich von Marsaili nicht helfen lassen wollte, war nun froh, dass Fin es versuchte. Fin warf ihr einen entschuldigenden Blick zu. Er kniete sich neben ihn auf den Boden und schob die Hand in Tormods Hosentasche. Die Zigarettenschachtel war da, er spürte sie deutlich, bekam sie aber so wenig heraus wie zuvor Tormod. Es war, als stecke die Schachtel mehr unter der Hosentasche als darin. Wie konnte das sein? Fin kapierte es nicht. Er lüpfte den Pullover des alten Herrn und wollte nachsehen, ob er eine Geheimtasche am Hosenbund hatte, und bei dem, was er da sah, musste er unwillkürlich auch lächeln. »Mr Macdonald, Sie haben zwei Hosen an.« Woraufhin leises Lachen an den Tischen ertönte, die in Hörweite standen.

Tormod runzelte die Stirn. »Wirklich?«

Fin sah zu Marsaili auf. »Die Zigaretten stecken in der Tasche der unteren Hose. Am besten, ich geh mit ihm zur Toilette und zieh ihm eine aus.«

In der Toilette bugsierte Fin Tormod in eine Kabine. Er gelang ihm mit einiger Mühe, dem alten Herrn die obere Hose vom Leib zu ziehen, nachdem er ihn überredet hatte, aus den Schuhen zu steigen. Als er ihm die Schuhe wieder über die Füße gestreift hatte, brachte Fin Tormod dazu, sich auf das Toilettenbecken zu setzen, kniete sich auf den Boden und schnürte ihm die Schuhe wieder zu. Schließlich faltete er die Hose zusammen und stellte Tormod auf die Beine.

Tormod ließ alles wie ein wohlerzogenes Kind über sich ergehen und sträubte sich nicht. Sondern bedankte sich im Gegenteil überschwänglich. »Du bist ein guter Junge, Fin. Ich hab dich schon immer gerngehabt, mein Sohn. Genau wie deinen alten Herrn.« Dabei streichelte er Fin das Haar. Dann sagte er: »Jetzt muss ich mal pinkeln.«

»Dann mal los, Mr Macdonald. Ich warte auf Sie.« Fin drehte sich um und ließ Wasser ins Waschbecken einlaufen, bis es so warm war, dass der alte Herr sich die Hände waschen konnte.

»Ach, Mist!«

Fin drehte sich gerade zu dem schimpfenden Tormod um, als dem alten Herrn die Brille von der Nasenspitze rutschte und in das Urinal fiel. Trotz des Missgeschicks wurde der Strahl gelben Urins, der in das Becken rann, aber keineswegs schwächer und änderte auch nicht seine Richtung. Tormod schien sogar extra auf seine Brille zu zielen. Fin seufzte. Ihm war klar, wer sie herausholen musste. Und als Tormod fertig war, beugte Fin sich an ihm vorbei beiläufig hinab und hob die urinnasse Brille aus der Rinne.

Tormod verfolgte schweigend, wie der Jüngere sie unter fließendem Wasser gründlich abspülte, sich danach die Hände einseifte und auch sie unters Wasser hielt. »Waschen Sie sich die Hände, Mr Macdonald«, sagte Fin und beugte sich in die Toilettenkabine, rollte etwas von dem weichen Toilettenpapier ab und trocknete damit die Brille. Als Tormod sich die Hände abgetrocknet hatte, befestigte Fin die Brille wieder auf dem Nasenrücken und hinter den Ohren. »Sie müssen aufpassen, damit das nicht wieder passiert, Mr Macdonald. Wir wollen doch nicht, dass Sie jetzt an Ihren Beinen entlangpinkeln, oder?«

Aus irgendeinem Grund fand Tormod die Vorstellung, gleich an den Beinen entlangzupinkeln, sehr erheiternd. Und lachte aus vollem Herzen, als Fin ihn wieder in die Bar führte.

Marsaili blickte erwartungsvoll auf, und beim Anblick ihres lachenden Vaters erschien ein halbes Lächeln auf ihrem Gesicht. »Was ist denn?«

Fin setzte den alten Mann auf den Stuhl. »Nichts«, sagte er und reichte ihr die ordentlich zusammengefaltete zweite Hose. »Dein Dad hat eben immer noch Humor.«

Als er sich setzte, sah er die Dankbarkeit in Tormods Blick, so als wisse der alte Herr, dass es für Fin auch demütigend gewesen wäre, den Vorfall zu schildern. Man konnte nicht wissen, was Tormod dachte oder empfand oder was er von der Außenwelt noch wahrnahm. Er hatte sich im Nebel seiner inneren Welt verirrt. Zwar mochte es Zeiten geben, in denen der Nebel sich ein wenig lichtete, aber es würde auch Zeiten geben, wusste Fin, in denen er sich über Tormod senkte wie eine dicke Wand, durch die kein Licht und kein Verstand mehr hindurchdrang.

Solas, die Einrichtung für Tagespflege, befand sich am nordöstlichen Stadtrand von Stornoway in einem Gebäude namens Westview Terrace, einem modernen Eingeschosser, an beiden Seiten von Parkplätzen flankiert. Direkt daneben schloss sich das Dun Eisdean an, ein kommunales Alten- und Pflegeheim, umgeben von Bäumen und gepflegtem Rasen. Dahinter schimmerten weißgetüpfelte Torfmoore in der letzten Sonne, die jetzt am Nachmittag vor dem nahenden Regen noch schien. In dem schräg einfallenden Licht sahen sie aus wie Felder aus Gold, die sich bis nach Aird und Broadbay erstreckten. Von Südwest rollten dunkle Wolken heran und trieben einen stark auffrischenden Wind vor sich her, der schwer war von Regen und nichts Gutes ahnen ließ.

Marsaili parkte an der Rückseite des Gebäudes gegenüber einer Reihe von Wohnwagen, die man zur Entlastung der bereits überbelegten Einrichtung hier aufgestellt hatte. Die ersten dicken Regentropfen fielen schon, als sie und Fin mit Tormod in der Mitte noch zum Eingang hasteten. Dort angekommen, öffnete sich die Tür nach außen, und ein schwarzhaariger Mann in einem schwarzen Steppanorak hielt sie ihnen auf. Erst als sie aus dem Regen heraus waren, begriff Fin, wen sie vor sich hatten.

»George Gunn!«

Gunn war nicht minder überrascht, Fin zu sehen. Er brauchte einen Moment, dann hatte er sich wieder gesammelt und nickte höflich. »Mr Macleod.« Sie reichten sich die Hände. »Ich wusste nicht, dass Sie auf der Insel sind, Sir.« Er warf Marsaili einen Blick zum Gruß zu. »Mrs Macinnes.«

»Ab jetzt Macdonald. Ich habe wieder meinen Mädchennamen angenommen.«

»Und das ›Sir‹ ist auch überflüssig, George. Einfach Fin genügt. Ich habe meine Marke abgegeben.«

Gunn zog eine Augenbraue hoch. »Oh. Tut mir leid, das zu hören. Mr Macleod.«

Eine betagte Dame mit blasslila getöntem weißem Haar kam, fasste Tormod unter und führte ihn langsam davon. »Hallo, Tormod. Wir haben heute gar nicht mit Ihnen gerechnet. Kommen Sie rein, wir machen Ihnen eine Tasse Tee.«

Gunn sah den Davongehenden nach und wandte sich dann wieder Marsaili zu. »Genau genommen, Miss Macdonald, wollte ich Ihren Vater sprechen.«

Marsaili machte große Augen vor Überraschung. »Was um alles in der Welt könnten Sie mit meinem Vater zu besprechen haben? Nicht dass man was Vernünftiges aus ihm herausbrächte.«

Gunn nickte ernst. »Das habe ich gehört. Ich war in Eòropaidh bei Ihrer Mutter. Aber wenn Sie schon mal hier sind, wäre es hilfreich, wenn Sie mir ebenfalls ein paar Dinge bestätigen könnten.«

Fin legte die Hand auf Gunns Unterarm. »George, worum geht es hier?«

Gunn zog seinen Arm vorsichtig unter Fins Hand hervor. »Wenn ich Sie um Geduld bitten dürfte, Sir ...« Da wusste Fin, dass es sich nicht um eine Routineuntersuchung handelte.

»Was für Dinge?«, sagte Marsaili.

»Familienangelegenheiten.«

»Zum Beispiel?«

»Haben Sie irgendwelche Onkel, Miss Macdonald? Oder Vettern? Irgendwelche nahen oder sonstigen Verwandten außerhalb der engsten Familie?«

Marsaili runzelte die Stirn. »Meine Mutter hat weitläufige Verwandte, glaube ich, irgendwo in Südengland.«

»Väterlicherseits.«

»Oh.« Marsailis Verwirrung nahm zu. »Nicht dass ich wüsste. Mein Vater war Einzelkind. Er hat keine Brüder oder Schwestern.«

»Vettern?«

»Davon ist mir nichts bekannt. Er stammt vom Dorf, aus Seilebost auf Harris. Meines Wissens ist er aber der Einzige von seiner Familie, der noch lebt. Einmal ist er mit uns hingefahren und hat uns das Croft gezeigt, auf dem er aufgewachsen ist. Das ist heute natürlich verfallen. Und die Schule, die er als Kind in Seilebost besucht hat. Ein wunderschönes kleines Gebäude, direkt auf dem Machair und mit einem unglaublichen Blick auf die Strände von Luskentyre. Aber Verwandte hat er nie erwähnt.«

»Kommen Sie, George, warum fragen Sie das?« Fin tat sich schwer, Gunns Bitte um Geduld zu entsprechen.

Gunn warf ihm einen Blick zu und fuhr sich vor Verlegenheit durch das dunkle Haar mit dem spitzen Stirnansatz. Nach kurzem Zögern fasste er aber doch einen Entschluss. »Vor ein paar Tagen, Mr Macleod, haben wir einen Toten aus dem Moor bei Siader an der Westküste geborgen. Es war der perfekt erhaltene Leichnam eines jungen Mannes von knapp zwanzig. Er ist durch Gewalteinwirkung zu Tode gekommen.« Gunn hielt kurz inne. »Zunächst nahmen wir an, dass der Leichnam Hunderte von Jahren alt sein, vielleicht aus der Zeit der altnordischen Besatzung stammen könnte, oder sogar noch älter, aus der Steinzeit. Aber eine Elvis-Presley-Tätowierung auf seinem rechten Unterarm hat diese Theorie zunichtegemacht.«

Fin nickte. »Verständlicherweise.«

»Jedenfalls, Sir, hat der Pathologe festgestellt, dass dieser junge Mann wahrscheinlich Ende der fünfziger Jahre ermordet wurde. Was bedeutet, dass sein Mörder noch leben könnte.«

Marsaili schüttelte konsterniert den Kopf. »Aber was hat das mit meinem Vater zu tun?«

Gunn holte mit zusammengebissenen Zähnen tief Luft. »Nun, die Sache ist die, Miss Macdonald. Wir hatten keine Kleidung und auch sonst nichts, was uns geholfen hätte, den Toten zu identifizieren. Am ursprünglichen Fundort hat der Polizeiarzt dem Toten deshalb Flüssigkeit und Gewebeproben entnommen und die zur Analyse geschickt.«

»Und dort wurde die DNA mit der Datenbank abgeglichen?«, sagte Fin.

Gunn errötete ein bisschen und nickte. »Sie erinnern sich doch sicher«, sagte er, »an voriges Jahr, als die meisten Männer von Crobost eine Probe abgegeben haben, damit sie als Verdächtige im Mordfall Angel Macritchie ausgeschlossen werden können …«

»Die Proben hätten inzwischen aber vernichtet sein sollen«, sagte Fin.

»Das muss der Spender beantragen, Mr Macleod. Er muss ein Formular unterzeichnen. Und das hat Mr Macdonald offenbar nicht getan. Es hätte ihm erklärt werden müssen, aber das ist wohl unterblieben, oder er hat es nicht verstanden.« Gunn sah wieder Marsaili an. »Jedenfalls hat die Datenbank einen Treffer in der Familie geliefert. Wer immer der junge Mann aus dem Moor ist, er war mit Ihrem Vater verwandt.«

NEUN

Der Regen trommelt ans Fenster. Ein ganz schönes Getöse! Draußen im Moor hörte man den überhaupt nicht. Da hörte man außer Wind gar nichts. Spüren tat man ihn aber schon. Der stach richtig im Gesicht, wenn der Wind ihn mit Stärke zehn auf dich niederprasseln ließ. Manchmal horizontal. Ich fand das herrlich. Im Wind da draußen, nur ich und dieser hohe Himmel und der Regen, der mir im Gesicht brannte.

Aber jetzt sperren sie mich immer drinnen ein. Draußen kann sie sich nicht auf mich verlassen, sagt die böse Mary.

Wie jetzt, wo ich in diesem großen leeren Aufenthaltsraum sitze, die anderen Stühle hochgestellt. Alle sehen mich an. Ich weiß nicht, was sie wollen. Sind sie gekommen, um mich nach Hause zu bringen? Marsaili, die erkenne ich natürlich. Der junge Mann mit den blonden Locken kommt mir auch bekannt vor. Der Name fällt mir gleich noch ein. Meistens jedenfalls.

Aber der andere *gille*, keine Ahnung, wer das ist. Der mit dem runden roten Gesicht und dem glänzenden schwarzen Haar.

Marsaili beugt sich zu mir herüber und sagt: »Dad, was ist aus deinen Leuten geworden? Hast du irgendwelche Onkel oder Vettern, von denen du uns nie etwas erzählt hast?«

Ich weiß nicht, was sie meint. Die sind alle tot. Das wissen sie doch, oder?

Fin! Genau. Der junge Mann mit den Locken. Jetzt fällt es mir wieder ein. Der kam immer auf die Farm und machte meiner Marsaili den Hof, als beide noch halbe Portionen waren. Wie mag es seinen Leuten gehen? Seinen alten Herrn konnte ich gut leiden. Das war ein anständiger Mann, ein zuverlässiger.

Meinen Dad habe ich ja nicht gekannt. Nur von ihm gehört. Seemann war er, klar. Jeder, der etwas taugte, war damals Seemann. Als meine

Mum uns ins Wohnzimmer gerufen und es uns gesagt hat, das war ein ganz schwarzer Tag. Weihnachten stand doch vor der Tür, und sie hatte sich viel Mühe gegeben, das Haus festlich zu schmücken. Und wir waren gespannt, was wir für Geschenke kriegen würden. Nicht dass wir viel erwartet hätten, es ging bloß um die Überraschung.

Auf den Straßen lag Schnee. Viel war es nicht, und er war auch gleich zu Matsch geworden. Aber in der Luft lag dieses graugrüne Dunkel, das mit dem Schnee kommt, und viel Licht drang zwischen den Mietskasernen sowieso nicht durch.

Sie war eine hübsche Frau, meine Mum, soweit ich mich erinnere. Viel ist es ja nicht mehr. Ich weiß nur noch, wie weich sie war, wenn sie mich im Arm hielt, und wie ihr Parfüm roch oder ihr Eau de Cologne oder was das war. Und dass sie immer diese blaugemusterte Schürze anhatte.

Jedenfalls setzte sie uns nebeneinander aufs Sofa und kniete sich vor uns auf den Boden. Legte die Hand auf meine Schulter. Sie war schrecklich blass. So weiß, dass man ihr Gesicht im Schnee gar nicht erkannt hätte. Sie hatte geweint, das merkte ich.

Ich kann damals höchstens vier gewesen sein. Und Peter ein Jahr jünger. Er war wohl auf einem Heimaturlaub gezeugt worden, bevor mein Vater schließlich zur See geschickt wurde.

Sie sagte: »Euer Vater kommt nicht mehr nach Hause, Kinder.« Und dann versagte ihr die Stimme. Was dann an dem Tag noch war, weiß ich nicht mehr. Weihnachten jedenfalls war in dem Jahr nicht schön. In meinem Kopf ist alles sepiabraun wie ein Schwarzweißabzug, der aus Versehen Licht abgekriegt hat. Trübe und bedrückend. Erst später, als ich schon etwas älter war, erfuhr ich, dass sein Schiff von einem deutschen U-Boot versenkt worden war. Von einem aus den Konvois, die sie im Atlantik zwischen Großbritannien und Amerika immer angriffen. Und ich hatte das komische Gefühl, mit ihm unterzugehen, endlos weiter durchs Wasser ins Dunkel zu sinken.

»Haben Sie noch Verwandte, Mr Macdonald, die unten in Harris leben?« Die Stimme erschreckt mich. Fin sieht mich eindringlich an. Wunderschöne grüne Augen hat dieser Junge. Ich kapier nicht, warum Marsaili nicht ihn geheiratet hat statt diesen Tunichtgut Artair Macinnes. Den konnte ich nie leiden.

Fin sieht mich immer noch an. Was hat er mich gleich noch gefragt? Irgendwas über meine Familie.

»Ich war in der Nacht, als sie starb, bei meiner Mutter«, erzähle ich ihm. Und spüre plötzlich Tränen in meinen Augen. Warum musste sie sterben? Es war so dunkel in dem Zimmer. Stickig war's und ein Geruch von Krankheit und Tod. Eine Lampe stand auf dem Nachttisch. Eine elektrische Lampe, die ein schrecklich fahles Licht auf ihr Gesicht in dem Bett warf.

Wie alt werd ich da gewesen sein? Ich weiß es heute nicht mehr. Dreizehn, vierzehn vielleicht. Alt genug, es zu verstehen, das bestimmt. Aber nicht alt genug für die Verantwortung. Und nicht darauf vorbereitet, falls man das je sein kann, allein in die Welt hinausgeschickt zu werden. In eine Welt, wie ich sie mir nie hätte vorstellen können. Zumindest damals nicht, als ich ja nichts anderes kannte als die Wärme und die Sicherheit meines Zuhauses und eine Mutter, die mich liebte.

Ich weiß nicht, wo Peter in der Nacht war. Wahrscheinlich schlief er schon. Armer Peter. Nach dem Sturz von dem Karussell auf dem Jahrmarkt war er nicht mehr derselbe. Der Idiot! Einen Moment nicht aufgepasst und von dem blöden Ding abgestiegen, bevor es richtig stand, und dein Leben ist für immer verändert.

Meine Mutter hatte ganz dunkle Augen, und das Licht der Nachttischlampe spiegelte sich darin. Ihr Licht aber wurde immer schwächer. Sie drehte den Kopf zu mir. Es lag so viel Traurigkeit in ihren Augen, und ich wusste, dass sie um meinetwegen so traurig war, nicht um ihretwegen. Sie hob die rechte Hand über der Bettdecke zu ihrer linken und zog sich den Ehering vom Finger. So einen Ehering hatte ich noch nie gesehen. Silber, mit zwei ineinander verschlungenen Schlangen. Ein Onkel meines Vaters hatte ihn einmal von irgendwo aus Übersee mitgebracht, und er war innerhalb der Familie weitergegeben worden. Mein Vater hatte kein Geld, als sie heirateten, deshalb schenkte er ihn meiner Mutter als Ehering.

Sie nahm meine Hand und legte ihn mir hinein und schloss meine Finger darüber. »Ich möchte, dass du auf Peter aufpasst«, sagte sie. »Allein kann er in dieser Welt nicht überleben. Du musst es mir versprechen, Johnny. Dass du dich immer um ihn kümmern wirst.«

Natürlich hatte ich damals keine Ahnung, was für eine Verantwortung das war. Aber es war das Letzte, worum sie mich bat, und so nickte ich ernst und gab ihr mein Wort. Und da lächelte sie und drückte mir ein bisschen die Hand.

Ich sah, wie das Licht in ihren Augen erlosch, bevor sie sich schlossen und ihre Hand erschlaffte und meine losließ. Der Priester kam erst eine Viertelstunde später.

Was ist das für ein Gebimmel? Verdammich!

ZEHN

Marsaili kramte in ihrer Handtasche nach dem Handy. »Entschuldigung«, sagte sie, vor Verlegenheit über die Störung rot geworden. Nicht dass ihr Vater viel mitzuteilen gehabt oder etwas Sinnvolles herausgebracht hätte. Aber nachdem er gesagt hatte, dass er bei seiner Mutter gewesen war, als sie starb, waren ihm große stille Tränen übers Gesicht gekullert, ausgelöst durch eine aufwühlende Erinnerung. Die durch das Läuten ihres Telefons unterbrochen worden war.

»Was zum Teufel ist das?«, sagte er sichtlich beunruhigt. »Hat man nicht einmal in seinem eigenen Zuhause Ruhe?«

Fin beugte sich vor und legte die Hand auf Tormods Arm. »Nichts passiert, Mr Macdonald. Es ist nur Marsailis Telefon.«

»Einen Moment, bitte«, sprach Marsaili in den Apparat. Sie deckte die Sprechmuschel mit der Hand ab und sagte: »Ich nehm das Gespräch im Vorraum an.« Stand auf und lief nach draußen. Die meisten Tagespflege-Patienten waren mit dem Minibus auf einem Ausflug, und sie hatten die Einrichtung mehr oder weniger für sich allein.

Gunn wies mit dem Kopf zur Tür, und er und Fin standen auf und entfernten sich leise sprechend von Tormod. Gunn war vielleicht sechs, sieben Jahre älter als Fin, hatte aber nicht ein graues Haar. Ob er es färbte? Aber der Typ war er wohl nicht. Gunn hatte auch noch kaum Falten im Gesicht. Ausgenommen die Sorgenfalten, die jetzt auf seiner Stirn lagen. Er sagte: »Mit Sicherheit schicken die jemand vom Festland herüber, Mr Macleod. Einen Insel-Cop betraut man mit so einer Mordermittlung nicht. Sie wissen doch, wie es ist.«

Fin nickte.

»Aber der, den die schicken, geht bestimmt mit weniger Fingerspitzengefühl an die Sache heran als ich. Der einzige Hinweis auf die Identität des jungen Mannes aus dem Moor ist, dass er irgendwie mit Tormod

Macdonald verwandt ist.« Er hielt kurz inne und spitzte die Lippen, so als bitte er um Entschuldigung, dachte Fin. »Und dadurch gerät Tormod selbst in den Kreis der Mordverdächtigen.«

Marsaili kam aus dem Vorraum herein und schob ihr Handy in die Tasche. »Das war das Sozialamt«, sagte sie. »Die haben anscheinend ein freies Bett auf der Alzheimer-Station, zumindest vorübergehend, direkt nebenan im Dun Eisdean.«

ELF

Das Zimmer hier ist kleiner als meines zu Hause. Aber es sieht aus, als sei es vor kurzem gestrichen worden. Flecken sind nicht an der Decke. Nette weiße Wände. Und die Fenster mit Doppelverglasung. Wind höre ich hier keinen, auch keinen Regen, der ans Fenster trommelt. Ich kann nur sehen, wie er an den Scheiben runterläuft. Wie Tränen. Tränen im Regen. Weiß man's? Aber wenn du schon weinen musst, dann tu's, wenn du allein bist. Es ist peinlich, vor anderen Leuten mit Tränen im Gesicht dazusitzen.

Keine Tränen jetzt, obwohl ich irgendwie traurig bin. Ich weiß nicht genau, warum. Wann kommt Marsaili denn und bringt mich nach Hause? Ich hoffe, es ist die gute Mary, wenn wir heimkommen. Die gute Mary habe ich gern. Sie sieht mich an, und manchmal legt sie die Hand auf meine Wange, als ob sie mich vielleicht auch einmal gerngehabt hätte.

Die Tür geht auf, und eine freundliche junge Frau steckt den Kopf herein. Sie erinnert mich an jemanden, aber ich komme nicht darauf, an wen.

»Oh«, sagt sie. »Sie sind ja noch in Mütze und Mantel, Mr Macdonald.« Sie sagt: »Darf ich Tormod zu Ihnen sagen?«

»Nein!«, sage ich. Ich belle es richtig heraus, wie ein Hund.

Sie ist verdutzt. »Oh, hören Sie, Mr Macdonald. Wir sind hier alles Freunde. Lassen Sie mich Ihnen den Mantel ausziehen, den können wir in den Schrank hängen. Wir sollten auch Ihre Tasche auspacken und Ihre Sachen einräumen. Sie können sich selbst aussuchen, was in welche Schublade soll.«

Sie kommt an das Bett, auf dem ich sitze, und will mir beim Aufstehen helfen. Aber ich sträube mich, schüttle sie ab. »Mein Urlaub ist vorbei«, sage ich. »Marsaili kommt und bringt mich nach Hause.«

»Nein, Mr Macdonald, tut sie nicht. Niemand kommt. Das hier ist jetzt Ihr Zuhause.«

Lange sitze ich so. Was meint sie? Was kann sie nur gemeint haben?

Und ich hindere sie nicht daran, mir die Mütze abzunehmen, mich auf die Füße zu stellen und mir den Mantel auszuziehen. Ich kann es gar nicht glauben. Das ist nicht mein Zuhause. Marsaili wird bald da sein. Sie würde mich doch niemals hierlassen. Oder? Mein eigen Fleisch und Blut doch nicht.

Ich setze mich wieder hin. Das Bett ist ganz schön hart. Von Marsaili noch immer nichts zu sehen. Und ich fühle mich … wie fühle ich mich denn? Verraten. Getäuscht. Die haben gesagt, ich würde in Urlaub fahren, und haben mich hier reingesteckt. Genau wie an dem Tag, an dem sie mich ins Dean gebracht haben. Insassen. So haben wir uns genannt. Gefangene eben.

Es war Ende Oktober, als wir im Dean ankamen, Peter und ich. Dass die so ein Haus bauen für Kinder wie uns, das konnte man nicht glauben. Es stand oben auf dem Hügel, ein langgestrecktes Gebäude aus Stein, auf zwei Ebenen und mit je einem Seitenflügel am Ende und mit zwei eckigen Glockentürmen an jeder Seite des erhöhten Mittelteils. Nur dass keine Glocken drin waren. Bloß steinerne Urnen. Am Haupteingang war ein Portikus mit einem dreieckigen Dach darüber, das auf vier riesigen Säulen ruhte. Und darüber eine große Uhr. Eine Uhr mit goldenen Zeigern, unter der unsere Zeit dort verging, als liefe sie rückwärts. Aber vielleicht lag das nur an unserem Alter. In der Kindheit ist ein Jahr ein großer Teil des Lebens und dauert ewig. Im Alter hat man die meisten Jahre bereits hinter sich, und sie vergehen nur zu schnell. So langsam wir uns von der Geburt entfernen, so schnell eilen wir dem Tod entgegen.

Wir kamen an dem Tag in einem großen schwarzen Auto dorthin. Keine Ahnung, wem das gehörte. Es war kalt, und vom Himmel fielen Schneegraupeln. Als ich mich oben an der Treppe umdrehte, sah ich unten im Tal die Mietskasernen der Fabrikarbeiter, kalte graue Schieferdächer und Straßen mit Kopfsteinpflaster. Und dahinter die Silhouette der Stadt. Hier waren wir von Grün umgeben, von Bäumen, einem großen Küchengarten, einem Obstgarten, und das, obwohl es nur einen Steinwurf vom Stadtzentrum entfernt war. Mit der Zeit merkte ich, dass man in stillen Nächten den Verkehr hörte und manchmal im Dunkeln sogar rote Heckleuchten sah.

Es war unser letzter Blick auf, wie ich später begriff, die Welt der Freiheit, denn als wir über die Schwelle dieses Hauses schritten, ließen wir alle Freude und alle Menschlichkeit hinter uns und betraten einen trostlosen Ort, an dem die dunkelste Seite der menschlichen Natur ihren Schatten auf uns warf.

Diese dunkle Seite verkörperte der Direktor. Mr Anderson war sein Name, und einen brutaleren und grausameren Menschen würde man erst nach langem Suchen finden. Ich habe mich oft gefragt, was für ein Mensch jemand sein muss, der Erfüllung darin findet, hilflose Kinder zu malträtieren. Zur Strafe, wie er es sah. Ich habe mir oft gewünscht, ich hätte diesem Mann von Gleich zu Gleich gegenübergestanden, dann hätten wir gesehen, wie mutig er war.

In einer Schublade in seinem Zimmer hatte er eine Tawse liegen: ungefähr achtzehn Zoll lang, mit zwei Zungen, und einen guten halben Zoll dick. Und wenn er dich damit schlug, scheuchte er dich durch den Korridor bis zum Fuß der Treppe, die zum Jungenschlafsaal führte, und befahl dir, dich vornüberzubeugen. Du musstest dich auf die erste Stufe stellen, ein bisschen erhöht, und dich bei der dritten am Geländer festhalten. Und dann versohlte er dir den Hintern, bis dir die Knie wegsackten.

Besonders groß und kräftig war der Direktor nicht. Für uns allerdings schon. In meiner Erinnerung sogar ein Riese. In Wahrheit war er aber nicht viel größer als die Oberin. Sein Haar war schütter und aschig grau und mit Haaröl so über den schmalen Schädel nach hinten gestriegelt, dass es wie angemalt aussah. Ein kurzgeschorener, schwarz-silberner Schnurrbart saß wie Stacheln über seiner Oberlippe. Er trug dunkelgraue Anzüge, deren Hosen ihm in Ziehharmonikafalten über die derben schwarzen Schuhe fielen. Die quietschten auf den Bodenkacheln, sodass man ihn immer kommen hörte, genau wie das tickende Krokodil in *Peter Pan*. Er rauchte ja Pfeife und war deshalb immer von einem schalen Tabakgeruch umhüllt, und wenn er sprach, sammelte sich Spucke in seinen Mundwinkeln, wanderte zwischen Ober- und Unterlippe hin und her und wurde mit jedem Wort aus seinem Mund dicker und cremiger.

Er sprach uns nie mit Namen an. Man war »Junge«, oder »du, Mädchen«, und er benutzte dauernd Wörter, die wir nicht verstanden. Wie »Konfekt«, wenn er »Bonbons« meinte.

Ich lernte ihn gleich an dem Tag kennen, als die Leute, die uns dort abgegeben hatten, uns in sein Büro brachten. Er war die Liebenswürdigkeit und Milde in Person und versicherte in einem fort, wie gut man sich hier um uns kümmern werde. Tja, die waren kaum zur Tür hinaus, da erfuhren wir, was gutes Kümmern in Wahrheit bedeutete. Aber zuerst hielt er uns einen kurzen Vortrag.

Zitternd standen wir auf dem Linoleum vor dem großen glänzenden Schreibtisch, auf dessen anderer Seite er sich, die Arme verschränkt, postiert hatte; weiter hinten hohe, bis zur Decke hinaufreichende Fenster.

»Das Wichtigste zuerst: Ihr sprecht mich stets mit Sir an. Habt ihr verstanden?«

»Jawohl, Sir«, sagte ich, und als Peter schwieg, stupste ich ihn mit dem Ellbogen an.

Er funkelte mich an. »Was ist?«

Ich machte eine Kopfbewegung in Richtung Mr Anderson. »Jawohl, Sir.«

Er brauchte einen kurzen Moment, bis er verstand. Dann lächelte er: »Jawohl, Sir.«

Mr Anderson musterte Peter mit einem langen, kalten Blick. »Für Katholiken haben wir keine Zeit. Die römische Kirche wird hier nicht gebilligt. Ihr werdet am Singen und an der Bibellektüre nicht teilnehmen können und bleibt im Schlafsaal, bis das Morgengebet vorbei ist. Gewöhnt euch gar nicht erst ein, denn mit Glück bleibt ihr sowieso nicht hier.« Nach diesen Worten beugte er sich nach vorn, die Hände so auf dem Schreibtisch abgestützt, dass die Knochen in dem Halbdunkel weiß schimmerten. »Aber denkt daran: Solange ihr hier seid, gibt es nur eine Regel.« Er hielt inne, um seinen Worten Nachdruck zu verleihen, und artikulierte jedes einzelne Wort: »Ihr. Tut. Was. Man. Euch. Sagt.« Und damit erhob er sich wieder. »Wenn ihr gegen diese Regel verstoßt, werdet ihr die Konsequenzen zu spüren bekommen. Habt ihr verstanden?«

Peter sah mich zur Bestätigung an, und ich erwiderte seinen Blick mit einem fast unmerklichen Nicken. »Jawohl, Sir«, sagten wir unisono. Manchmal verstanden wir, Peter und ich, uns fast telepathisch. Sofern ich das Denken für uns beide übernahm.

Dann ging es ab zum Zimmer der Oberin. Sie war, glaube ich, nicht verheiratet und weder ganz jung noch ganz alt. Ihre herabhängenden Mundwinkel werde ich nie vergessen, genauso wenig wie die umwölkten Augen, die irgendwie undurchsichtig wirkten. Man wusste nie, was sie gerade denken mochte, und ihre Stimmung war immer so, wie es der verdrossene Mund verriet. Sogar wenn sie lächelte, was nur höchst selten vorkam.

Wir mussten eine Ewigkeit vor ihrem Schreibtisch stehen, während sie für jeden von uns eine Akte anlegte und uns anschließend aufforderte, uns zu entkleiden. Peter schien das nichts auszumachen. Aber ich schämte mich und hatte Angst, einen Ständer zu kriegen. Nicht dass die Oberin irgendwie sexuell reizvoll gewesen wäre, aber man wusste nie, wann das blöde Ding sich plötzlich in Bewegung setzte.

Die Oberin suchte uns beide nach besonderen Kennzeichen ab, glaube ich, und nahm dann unser Haar in Augenschein und suchte nach Läusen. Sie fand wohl keine, sagte aber, unsere Haare seien zu lang und würden geschnitten werden.

Dann kamen die Zähne an die Reihe. Uns wurden die Kiefer auseinandergezwängt, und dann stocherten stummelige Finger, die bitter schmeckten, wie Desinfektionsmittel, in unseren Mündern herum. Wie bei Pferden, die für den Markt taxiert werden.

Ich erinnere mich noch genau daran, wie wir zum Bad gingen. Splitternackt, unsere zusammengefalteten Kleider an die Brust gedrückt, von hinten gestupst, damit wir uns beeilten. Wo die anderen Kinder an dem Tag waren, weiß ich nicht mehr. In der Schule vermutlich. Aber ich bin froh, dass niemand da war und uns sah. Es war demütigend.

Ungefähr sechs Zoll hoch wurde lauwarmes Wasser in eine große Zinkwanne eingelassen, und wir setzten uns zusammen hinein und versuchten uns mit groben Stücken Karbolseife einzuseifen und unter den wachsamen Augen der Oberin zu waschen. Es war das letzte Mal, dass ich im Dean mit nur einem zusammen in der Wanne saß. Am wöchentlichen Badetag, stellte sich heraus, mussten wir zu viert in die Wanne steigen, immer in dasselbe sechs Zoll hoch stehende schmutzige Wasser. Es war also ein Luxus.

Der Jungenschlafsaal nahm den ersten Stock des Ostflügels ein. Die Betten standen in einer Reihe an den Wänden eines langen Raumes. Hohe Bogenfenster bildeten auf beiden Seiten den Abschluss, und kleinere rechteckige Fenster säumten die Außenwände. In späterer Zeit schien die warme, helle Frühjahrssonne in den Raum, am Tag unserer Ankunft aber atmete er Düsternis und Bedrückung. Peter und ich bekamen Betten am hinteren Ende zugeteilt. Als wir an den Reihen vorbeigingen, fiel mir auf, dass am Fußende der akkurat gemachten Betten kleine Leinensäcke hingen, und als wir bei unseren angelangt waren, lag auch bei uns ein leeres Leinensäckchen auf dem einen Bettbezug. Nachtschränke, Kommoden oder Kleiderschränke gab es hier nirgends. Wir sollten, wie ich bald erfuhr, davon abgehalten werden, persönlichen Besitz anzuhäufen. Und Verbindungen in die Vergangenheit wurden nicht gern gesehen.

Mr Anderson kam nach uns herein. »Ihr könnt euren Koffer auspacken und eure Sachen in die bereitliegenden Säcke stecken«, sagte er. »Die befinden sich jederzeit am Fußende des Bettes. Verstanden?«

»Jawohl, Sir.«

Den Inhalt unseres Koffers hatte jemand ordentlich zusammengefaltet. Gewissenhaft sortierte ich meine und Peters Sachen und füllte unsere beiden Säcke. Peter saß für eine Weile auf der Kante seines Betts und blätterte in dem, was uns als Einziges von unserem Vater geblieben war:

einer Sammlung von Zigarettenschachteln, die er schon vor dem Krieg anzulegen begonnen hatte. Wie ein Briefmarkenalbum. Nur dass er statt Briefmarken die Vorderseiten Dutzender Zigarettenschachteln ausgeschnitten und auf die Seiten geklebt hatte. Manche hatten exotische Namen wie *Joystick* oder *Passing Cloud* oder *Juleps*, und alle waren mit bunten Bildchen versehen, mit Köpfen von jungen Männern und Frauen, die begeistert an den tabakgefüllten Stäbchen zogen, die später ihr Tod werden sollten.

Peter bekam von diesen Bildchen nie genug. Eigentlich gehörte das Album ja mir. Aber ich überließ es ihm gern. Ausdrücklich danach gefragt habe ich ihn zwar nie, aber es war, als sei das Zigarettenalbum für ihn die direkte Verbindung mit unserem Vater.

Ich fühlte mich viel stärker mit unserer Mutter verbunden. Und der Ring, den sie mir gegeben hatte, war das persönliche Andenken, das ich mit meinem Leben verteidigte. Nicht einmal Peter wusste, dass ich den Ring hatte. Ihm konnte man kein Geheimnis anvertrauen, weil man jederzeit damit rechnen musste, dass er den Mund aufmachte und es ausplauderte. Deshalb hatte ich den Ring in einem zusammengerollten Paar Socken versteckt. Genau so etwas, vermutete ich, konnte hier konfisziert oder gestohlen werden.

Der Speisesaal befand sich im Erdgeschoss, und dort trafen wir zum ersten Mal auf die meisten anderen Kinder, als sie von der Schule zurückkamen. Zu der Zeit waren wir an die fünfzig oder noch mehr, die in dem Waisenhaus lebten. Die Jungen im Ostflügel, die Mädchen im Westflügel. Wir zwei waren natürlich eine Sehenswürdigkeit. Naive Neulinge. Die anderen waren blasierte, erfahrene Dean-Kinder. Wir waren noch grün hinter den Ohren und, das war das Schlimmste, Katholiken. Ich weiß nicht, warum, aber die anderen schienen das alle zu wissen, und es trennte uns vom Rest der Meute. Niemand wollte mit uns reden. Nur Catherine.

Sie war damals ein richtiger Junge. Das braune Haar kurzgeschnitten, eine weiße Bluse unter einem dunkelgrünen Pullover, ein grauer Faltenrock über grauen Socken, die ihr immer auf die Knöchel rutschten, und schwere schwarze Schuhe. Sie dürfte etwa fünfzehn gewesen sein, also ein Jahr jünger als ich zu der Zeit, aber ich weiß noch, dass ich ihre schon recht großen Brüste bemerkt hatte, über denen die Bluse spannte. Im Grunde hatte sie aber nichts Feminines an sich. Sie fluchte ausgiebig, hatte das frechste Grinsen, das ich je gesehen habe, und sie ließ sich von niemandem etwas gefallen, nicht einmal von den größeren Jungs.

Eigentlich sollten wir, wenn wir in die Schule gingen, einen Schlips tragen, aber mir war schon an diesem ersten Abend aufgefallen, dass sie ihren abgebunden hatte und unter dem offenen Kragen ihrer Bluse ein kleines Christophorus-Medaillon an einer Silberkette trug.

»Ihr seid Papisten, stimmt's?«, sagte sie gleich.

»Katholiken«, verbesserte ich sie.

»Sag ich doch. Papisten. Ich heiße Catherine. Kommt mit, ich zeig euch, wie das hier vor sich geht.«

Wir folgten ihr an einen Tisch und holten uns Holztabletts und stellten uns vor der Küche an, wo uns das Abendessen ausgegeben wurde.

Catherine senkte die Stimme. »Das Essen ist beschissen. Aber macht euch keine Sorgen. Ich hab irgendwo eine Tante, die schickt mir Fresspakete. Damit besänftigt sie ihr schlechtes Gewissen. Viele Kinder sind gar keine richtigen Waisen. Nur aus kaputten Familien. Fresspakete kriegen ziemlich viele. Die müssen wir aber schnell vertilgen, bevor die Mistkerle hier sie konfiszieren.« Sie grinste verschwörerisch und senkte die Stimme noch mehr, bis sie nur flüsterte. »Mitternachtsgelage auf dem Dach.«

Was das Essen betraf, hatte Catherine recht. Sie lotste uns an einen Tisch, und wir saßen inmitten des Tumults erhobener Stimmen, die von der hohen Decke des großen Speisesaals widerhallten, schlurften eine dünne, fade Gemüsesuppe und stocherten in noch rohen Kartoffeln und in zähem, in Fett schwimmendem Fleisch. Eine große Niedergeschlagenheit überkam mich. Aber Catherine grinste nur.

»Macht euch nichts draus, ich bin auch eine Papistin. Katholiken können die hier nicht leiden, die werden uns also nicht lange dabehalten.«

Bei Mr Anderson hatte das zuvor ganz ähnlich geklungen. »Kann jetzt jeden Tag passieren, dass die Priester uns abholen.«

Ich weiß nicht, wie lange sie sich mit dieser fixen Idee schon selbst betrog, denn es sollte noch ein Jahr vergehen, bevor der Vorfall auf der Brücke uns schließlich Besuch von einem Priester einbrachte.

In der Schule konnten sie Papisten auch nicht leiden. Die Schule, die sie im Dean Village hatten, war ein nüchternes graues Gebäude aus Granit und Sandstein, dessen Mauern von hohen Rundbogenfenstern in Gauben durchbrochen waren. Unterhalb des Turms, in dem sich die Glocke befand, die uns zum Unterricht rief, war ein steinernes Wappen der Schuldirektion eingemeißelt, darunter eine gütige Dame in einem einteiligen Kleid, die einem jungen Schüler die Wunder der Welt nahebrachte. Der Schüler hatte kurzes Haar, trug einen Rock und erinnerte mich an Catherine. Er sollte aber wohl einen Jungen aus klassischer Zeit darstellen, nehme ich an. Das Datum war 1875.

Als Katholiken durften wir am Morgengebet nicht teilnehmen, das war den Protestanten vorbehalten. Nicht dass es mir etwas ausmachte, das Gerede über Gott zu verpassen. Gott fand ich erst viel später im Leben. Und seltsamerweise einen protestantischen Gott. Aber wir mussten draußen stehen, auf dem Schulhof, bis es vorbei war, bei jeder Witterung. Wenn wir schließlich reingelassen wurden, waren wir oft bis auf die Haut durchnässt und saßen dann bibbernd in unseren Bänken in eiskalten Klassenzimmern. Ein Wunder, dass wir uns nicht den Tod geholt haben.

Zu allem Unglück waren wir Dean-Kinder. Und deshalb wieder anders als die anderen. Wenn die anderen Kinder nach Schulschluss ungehindert auf die Straße entflohen und zu Eltern und Geschwistern heimgehen konnten, mussten wir unter Gejohle und Buhrufen in Zweierreihe antreten. Dann stiefelten wir bergauf zum Dean, wo wir noch zwei Stunden stillsitzen und unsere Hausaufgaben machen mussten. Frei waren wir nur zu den Mahlzeiten und in den kurzen Stunden am Abend, bevor in den kalten, dunklen Schlafsälen zeitig die Nachtruhe anfing.

In den Wintermonaten hatten wir in dieser »Freizeit« bei Mr Anderson Unterricht im Highland-Tanzen. So merkwürdig es war, Tanzen war seine Leidenschaft, und er wollte, dass wir bis zur Weihnachtsfeier den *Pas-de-bas* und den *Drops of brandy* alle miteinander fehlerfrei beherrschten.

In den Sommermonaten war es zum Schlafen zu hell. Im Juni blieb es bis fast elf Uhr abends hell, und ruheloser Geist, der ich war, konnte ich nicht wach in meinem Bett liegen bleiben, wenn es da draußen eine ganze Welt voller Abenteuer gab.

Ich hatte schon sehr früh eine Treppe entdeckt, die hinten im Ostflügel vom Erdgeschoss in den Keller hinabführte. Dort konnte ich eine Tür an der Rückseite des Gebäudes aufriegeln und in die anbrechende Dämmerung fliehen. Wenn ich sprintete, erreichte ich sehr schnell die schützenden Schatten unter den Bäumen, die den Park säumten. Von da aus konnte ich gehen, wohin es mich zog. Nicht dass ich mich je weit entfernte. Außerdem war ich immer allein. Peter hatte nie Schwierigkeiten einzuschlafen, und falls andere überhaupt mitbekamen, dass ich mich fortschlich, ließen sie es sich nicht anmerken.

Mit meinen einsamen Abenteuern war es jedoch nach dem dritten oder vierten Ausflug schlagartig vorbei. In jener Nacht entdeckte ich den Friedhof.

Es muss schon ziemlich spät gewesen sein, denn als ich mich aus dem Schlafsaal stahl, war aus der Dämmerung Nacht geworden. Ich blieb an der Tür kurz stehen und horchte auf die Atemzüge der anderen Jungen. Einer schnarchte leise, es klang wie eine schnurrende Katze. Einer von den Jüngeren führte im Schlaf Selbstgespräche. Eine noch ungebrochene Stimme, die heimlichen Ängsten Ausdruck verlieh.

Die Kühle der Steinstufen nahm beim Hinabsteigen in die Dunkelheit zu. Im Keller roch es muffig und feucht, hier versank alles in Schatten. Ich hatte immer Angst davor und fand nie heraus, was dort unten aufbewahrt wurde. Der Riegel sträubte sich ein wenig, als ich ihn sacht über die Tür zurückzog, und dann war ich draußen. Einmal kurz in alle Richtungen gespäht, dann mit stampfenden Beinen über den Asphalt zu den

Bäumen. Meistens ging ich den Hügel hinauf und dann wieder abwärts in Richtung Village. Wo sich einst die Räder von zehn oder noch mehr Papiermühlen gedreht hatten, spiegelte sich das Licht der Straßenlaternen auf dem Wasser. Alles lag jetzt still. Verlassen. Licht flimmerte nur in wenigen Fenstern der Mietskasernen, die einmal für die Fabrikarbeiter gebaut worden waren, Bäume und Häuser stiegen steil auf beiden Seiten zu der Brücke an, die gut dreißig Meter oberhalb den Fluss überspannte.

Weil ich an dem Abend aber eine andere Gegend erkunden wollte, ging ich anders als sonst und stieß schon bald auf ein Eisentor in der hohen Mauer, die den Garten an der Ostseite begrenzte. Ich hatte nicht gewusst, dass dort ein Friedhof lag, vom Dean aus gesehen hinter hohen Bäumen verborgen. Als ich das Tor öffnete, kam ich mir ein bisschen vor wie Alice, die durch den Spiegel auf die andere Seite geht, nur dass ich von der Welt der Lebenden in die Welt der Toten übertrat.

Links und rechts zogen sich Reihen von Grabsteinen hin, fast unsichtbar unter den Schatten der Trauerweiden, die um die schon Gegangenen weinten. Direkt links von mir lag Frances Jeffrey, der am 26. Januar 1850 im Alter von siebenundsiebzig gestorben war. Keine Ahnung, warum, aber diese Namen sind meinem Gedächtnis so tief eingeprägt wie dem Stein, unter dem sie ruhten. Daniel John Cumming, seine Frau Elizabeth und ihr Sohn Alan. Seltsam tröstlich, dachte ich, dass sie im Tode wieder alle so vereint sind, wie sie es im Leben gewesen waren. Ich beneidete sie. Die Gebeine meines Vaters lagen auf dem Grund des Ozeans, und wo meine Mutter beerdigt war, wusste ich nicht einmal.

Über die ganze Mauerlänge waren Grabsteine eingelassen, davor gepflegte Rasenstücke und Farne, die am Fuß der Mauer wuchsen.

Ich bin erstaunt, dass ich keine Angst hatte. Ein nächtlicher Friedhof. Ein junger Kerl im Dunkeln. Aber ich habe wohl doch geahnt, dass ich von den Lebenden mehr zu befürchten hatte als von den Toten. Und damit hatte ich sicher recht.

Ich betrat einen gekalkten Weg, an dessen Rändern sich Grabsteine und Kreuze ins Dunkel duckten. Es war eine klare Nacht, und der Mond stand am Himmel, sodass ich gut sehen konnte. Ich folgte dem Weg auf seiner Biegung nach Süden, als ein plötzliches Geräusch mich innehalten ließ. Was ich da vernahm, kann ich heute nicht mehr wiedergeben. Es glich eher einem dumpfen Pochen, das ich nur spürte. Dann raschelte es irgendwo links von mir im Gras. Jemand hustete.

Es heißt ja, der Fuchs mache ein Geräusch, das wie Husten beim Menschen klingt, also habe ich vielleicht das gehört. Doch dann vernahm ich wieder Husten und sah unter den Schatten der Bäume eine Bewegung, viel größer, als ein Fuchs sie machen könnte, und mir blieb vor Schreck doch das Herz stehen. Noch ein dumpfes Pochen, und ich stob davon. Rannte wie der Wind. Von einem dunklen Schatten zum anderen. Fast geblendet von den hellen Sprenkeln des silbrigen Mondlichts.

Vielleicht war es bloß Einbildung, aber ich hätte schwören können, ich hätte Schritte gehört, die mir folgten. Ein kühler Hauch ging durch die Luft. Der Schweiß auf meinem Gesicht wurde kalt.

Ich hatte keine Ahnung, wo ich war oder wie ich zum Tor zurückfinden sollte. Ich stolperte und fiel hin, schürfte mir die Knie auf, rappelte mich wieder hoch, verließ den Weg und ging im Schatten der finsteren Steine weiter. Und hockte mich schließlich ins Dunkel, hinter einen schützenden breiten Grabstein, größer als ich selbst und von einem Steinkreuz gekrönt.

Ich wollte den Atem anhalten, um kein Geräusch von mir zu geben. Doch das Herz hämmerte mir in den Ohren, und meine berstende Lunge zwang mich, Sauerstoff einzusaugen und ihn schnell wieder auszustoßen und Platz für Nachschub zu machen. Ich zitterte am ganzen Leib.

Ich horchte auf Schritte, hörte aber nichts, und als meine Anspannung gerade nachzulassen begann und ich schon meine blühende Phantasie verfluchen wollte, vernahm ich ein leises, behutsames Knirschen von Füßen auf Schotter. Es fehlte nicht viel, und ich hätte aufgeschrien.

Zaghaft spähte ich hinter dem Kreuz hervor und sah vielleicht sieben Schritte entfernt den Schatten eines Mannes, der auf dem Weg vorbeihumpelte. Er zog anscheinend das linke Bein nach. Nach ein paar Schritten trat er aus dem Schatten einer riesigen Rotbuche ins Mondlicht, und ich sah zum ersten Mal das Gesicht. Es war gespenstisch weiß, so bleich wie das meiner Mutter an dem Tag, als sie uns sagte, unser Vater sei tot. Seine Augen waren unter den stark vorstehenden Augenbrauen nicht zu erkennen, fast so, als seien die Höhlen leer. Seine Hose war abgewetzt, und er trug ein zerschlissenes Jackett und ein graues, am Hals offenes Hemd. Ein kleines Säckchen mit Habseligkeiten baumelte an seiner Linken. Ein Landstreicher, der bei den Toten einen Schlafplatz suchte? Ich wusste es nicht. Ich wollte es nicht wissen.

Ich wartete, bis er davongeschlurft und wieder von der Nacht verschluckt worden war, kam hinter dem Grabmal hervor und sah erst jetzt den in den Stein eingemeißelten Namen. Und mir standen die Haare zu Berge.

Mary Elizabeth McBride.

Der Name meiner Mutter. Ich wusste natürlich, dass nicht sie hier unter der Erde lag. Diese Mary Elizabeth ruhte schon fast zweihundert Jahre hier. Doch ich wurde das Gefühl nicht los, dass es irgendwie meine Mutter gewesen war, die mich zu diesem Versteck geführt hatte. Sie hatte mir zwar den Auftrag gegeben, mich um meinen Bruder zu kümmern, es aber auf sich genommen, auf mich aufzupassen.

Ich machte kehrt und floh auf dem Weg, auf dem ich gekommen war, mein Herz wollte mir schier den Brustkorb zersprengen, und dann sah ich das schwarzgestrichene Eisentor, das offen stand. Ich hindurch wie ein Gespenst und im Sprint über den Asphalt bis zur Tür am Hintereingang zum Dean. Es war wohl das einzige Mal in meinem Leben, dass ich mich freute, in seinen Mauern zu sein.

Wieder im Bett, lag ich zitternd noch lange wach, bis der Schlaf mich übermannte. Ich weiß nicht, wann es war, als Peter mich weckte. Er beugte sich über mich, beschienen von dem Mondlicht, das in langen Streifen durch den Schlafsaal fiel. Ich sah die Unruhe in seinen Augen, und er berührte mich am Gesicht.

»John«, flüsterte er. »Johnny. Warum weinst du?«

Es war Alex Currys Schuld, dass das Abenteuer auf dem Dach in einer Katastrophe endete. Er war ein brutaler Junge, älter als wir anderen, und schon am längsten da. Alex war fast so groß wie Mr Anderson und wahrscheinlich sogar stärker als er. Er war schon immer ein Rebell gewesen, sagten die anderen, und hatte die Tawse öfter als jeder andere im Dean zu spüren gekriegt. Innerhalb von drei Jahren hatte er sich so entwickelt, dass seine Körperkräfte seinem aufsässigen Wesen entsprachen. Und das muss für Mr Anderson ziemlich bedrohlich gewesen sein. Neuerdings ließ Alex sich sein dickes, schwarzes Haar nicht mehr schneiden und hatte sich eine Elvis-Tolle und einen Entenschwanz wachsen lassen. Dadurch wurden Peter und ich wohl überhaupt erst auf Elvis Presley aufmerksam. Wir wussten sonst ja nicht viel von der Welt außerhalb unserer eigenen. Körperliche Züchtigungen musste Alex immer seltener hinnehmen, und gerüchteweise hieß es, er solle in ein Heim gebracht werden. Für das Dean war er inzwischen zu alt, und Mr Anderson wurde mit ihm nicht mehr fertig.

Catherine war am Tag zuvor bei uns aufgekreuzt und hatte uns verschwörerisch zwinkernd und lächelnd eingeweiht. Sie und einige andere Mädchen hatten in dieser Woche Fresspakete bekommen, und um Mitternacht sollte ein Festgelage auf dem Dach steigen.

»Wie kommt man denn da rauf?«, fragte ich.

Catherine sah mich mitleidig an, weil ich so ahnungslos war, und schüttelte den Kopf. »Auf beiden Seitenflügeln gibt es eine Treppe nach oben«, sagte sie. »Geh sie dir mal auf deiner Seite ansehen. Am Treppenabsatz ist an der hinteren Wand eine Tür, die zu einer schmalen Stiege führt und nie abgeschlossen ist. Das Dach ist flach und absolut sicher, wenn man vom Rand wegbleibt. Das ist die einzige Gelegenheit, dass Jungs und Mädchen sich mal treffen können, ohne dass die blöden Aufpasser uns sehen.« Sie grinste lüstern. »Kann interessant werden.«

Sofort regte sich tief in meinem Innern etwas. So als rege sich da ein Wurm. Das Masturbieren hatte ich schon vor langer Zeit gelernt, ein Mädchen auch nur geküsst hatte ich aber noch nie. Und an dem Ausdruck in Catherines Augen gab es nichts zu deuteln.

Den ganzen nächsten Tag konnte ich meine Aufregung kaum zähmen. Die Schulstunden schleppten sich aufreizend langsam dahin, und als am Nachmittag Schluss war, wusste ich nichts mehr von dem, was uns beigebracht worden war. Viel aß an dem Abend niemand, alle sparten sich ihren Appetit für das Mitternachtsgelage auf. Es gingen aber natürlich nicht alle hin. Von den Kindern waren manche noch zu klein und andere zu ängstlich. Mich jedoch hätten keine zehn Pferde davon abgehalten. Und Peter war furchtlos.

Es waren etwa zehn von uns, die in der Nacht kurz vor zwölf aus dem Schlafsaal aufs Dach schlüpften. Alex Curry ging voraus. Keine Ahnung, wie er das angestellt hatte, aber er hatte ein Dutzend Flaschen helles Ale organisiert, die er zum Hinauftragen an uns verteilte.

Nie werde ich vergessen, mit welchem Gefühl ich von der dunklen, schmalen Stiege in die offene Weite auf dem Dach hinaustrat, über dessen Teerbelag sich der Mond ergoss. Es war wie ein Entrinnen. An dieses Gefühl reichten nicht einmal meine späteren einsamen Ausflüge ganz heran. Am liebsten hätte ich das Gesicht gen Himmel gehoben und laut gejubelt. Aber das ließ ich natürlich bleiben.

Wir trafen uns alle in der Mitte des Dachs, hinter der großen Uhr und seitlich des riesigen Oberlichts, das das Obergeschoss beleuchtete. Die Mädchen brachten das Essen mit, die Jungs hatten das Bier, und wir ließen uns in einem lockeren Kreis nieder und aßen Käse, Kuchen und Kekse und tunkten die Finger in Marmeladegläser. Anfangs flüsterten wir nur ganz leise, aber als die Bierflaschen herumgingen, wurden wir mutig und leichtfertig. Es war das erste Mal, dass ich überhaupt Alkohol trank, und mir gefiel, wie die leichte, bittere Flüssigkeit auf meiner Zunge schäumte, mir durch die Kehle rann und mir die Hemmungen nahm.

Ich weiß nicht, wieso ich neben Catherine zu sitzen gekommen war. Seite an Seite saßen wir, Schulter an Schulter gelehnt, die Beine angezogen. Durch ihren Pullover hindurch spürte ich ihre Wärme und hätte ihren Geruch mein ganzes Leben lang einatmen können. Keine Ahnung, was für ein Duft das war. Doch er umgab sie immer. Schwach aromatisch. Es war wohl ein Parfüm oder aber die Seife, die sie verwendete. Vielleicht von ihrer Tante geschickt. Jedenfalls immer erregend.

Ich war schon ein bisschen beschwipst von dem Bier und hatte plötzlich einen Mut, den ich an mir gar nicht kannte. Ich legte den Arm um Catherines Schultern, und sie kuschelte sich an mich.

»Was ist eigentlich mit deinen Eltern?«, sagte ich. So etwas fragten wir kaum einmal. Wir wurden ja nicht dazu angehalten, uns mit der Vergangenheit zu beschäftigen. Catherine ließ sich viel Zeit für ihre Antwort.

»Meine Mutter ist gestorben.«

»Und dein Vater?«

»Es hat nicht lange gedauert, da hatte er eine andere gefunden. Eine, die ihm Kinder schenkte wie eine gute Katholikin. Bei meiner Geburt gab es Komplikationen, danach konnte meine Mutter keine Kinder mehr kriegen.«

Ich war verwirrt. »Das verstehe ich nicht. Wieso bist du nicht mehr zu Hause?«

»*Sie* hat mich nicht gewollt.«

Ich hörte den Schmerz in Catherines Stimme und fühlte ihn ebenso. Die Eltern an den Tod zu verlieren war eines, abgelehnt zu werden, unerwünscht zu sein aber etwas ganz anderes. Zumal vom eigenen Vater. Ich schaute aus dem Augenwinkel zu ihr hinüber und sah bestürzt, dass ihr vom Mondlicht versilberte Tränen die Wangen hinabliefen. Kleine tapfere Catherine. Die Erregung, die ich zuvor empfunden hatte, verflüchtigte sich, und ich wollte sie nur noch in die Arme nehmen und trösten, damit sie wusste, dass jemand sie doch haben wollte.

In diesem Moment merkte ich, dass auf der anderen Seite des Oberlichts eine Unruhe entstanden war. Jemand hatte Peter seine noch nicht aufgemachte Flasche Bier weggenommen, ein paar Jungs warfen sie sich gegenseitig zu und ärgerten ihn, ließen ihn im Kreis hinter der Flasche herrennen, die er ja wiederhaben wollte. Anscheinend war Alex Curry der Anführer, der stichelte und die anderen aufhetzte. Alle wussten, dass Peter ein bisschen zurückgeblieben war, und wenn ich nicht für ihn eintrat, wurde er leicht zur Zielscheibe.

Körperlich konnte ich mit Alex Curry natürlich nicht mithalten, aber ich besaß die seelische Stärke, es mit jedem aufzunehmen, wenn es um Peter ging. Ich hatte es meiner Mutter versprochen und gedachte nicht, mir untreu zu werden.

Ich sprang sofort auf. »He!« Ich schrie es fast, und sofort verstummten alle. Das Flaschewerfen hatte ein Ende, und ein oder zwei Stimmen ermahnten mich, leise zu sein. »Lasst ihn in Ruhe«, sagte ich und hörte mich viel mutiger an, als ich war.

»Und was, wenn nicht? Mit welcher Armee willst du dann anrücken?«

»In den Arsch treten kann ich dir auch ohne Armee, Curry.«

Ich weiß, wer in der Nacht in den Arsch getreten worden wäre, hätte nicht das Schicksal eingegriffen. Bevor Curry etwas erwidern konnte, sprang Peter auf ihn zu, um sich sein Bier zu schnappen, und die Flasche segelte, dem Kräftigeren aus der Hand geschlagen, durch die Luft.

Die Stille der Nacht war dahin, als die Flasche das Oberlichtfenster durchschlug und nach kurzem, geräuschlosem Fall mit einer Explosion von Glas und Schaum einen Stock tiefer auf dem Boden landete. Gefolgt von einem Glasschauer. Es klang, als ob eine Bombe eingeschlagen hätte.

»Heilige Jungfrau Muttergottes«, hörte ich Catherine flüstern, und dann sprangen alle auf und rannten, Schatten flogen in Panik in beide Richtungen über das Dach, Essen und Bier in Hast und Furcht zurückgelassen.

Leiber drängten sich auf der dunklen Treppe aneinander, schubsten und rangelten vor Eile, den Treppenabsatz zu erreichen. Wie Ratten strömten wir durch die Schlafsaaltür und schwärmten aus zu unseren Betten.

Als die Türen aufflogen und das Licht anging, lagen alle unter der Decke und stellten sich schlafend. Mr Anderson ließ sich freilich nicht zum Narren halten. Mit fast dunkelrotem Gesicht und blitzenden schwarzen Augen stand er vor uns. Seine Stimme war allerdings vergleichsweise ruhig und beherrscht und daher umso bedrohlicher.

Er dauerte aber noch einen Moment, bis er sprach. Er wartete ab, bis Schläfrigkeit vortäuschende Gesichter unter den Decken hervorgekommen waren, Köpfe sich von Kissen hoben, Schultern von aufgestützten Armen emporgeschoben wurden.

»Ich weiß natürlich, dass ihr nicht alle dabei wart, und deshalb appelliere ich an diejenigen von euch, auf die das zutrifft, sich zu melden, wenn ihr nicht ebenso bestraft werden wollt wie die anderen.«

Hinter Mr Anderson tauchte der Hauswart auf, noch in Morgenrock und Pantoffeln, das Haar zerwühlt. Von allen Bediensteten war er derjenige, der am freundlichsten zu den Kindern war. Heute Abend jedoch sah sein Gesicht kränklich blass aus, und in seinen flackernden Augen lag ein Ausdruck von Angst. Mr Anderson beugte sich zu ihm hinüber und flüsterte etwas, zu leise und zu schnell, als dass wir die Worte hätten verstehen können.

Mr Anderson nickte und sagte, während der Hauswart wieder hinausging: »Essen und Alkohol auf dem Dach. Ihr dummen Jungs! Das kann nicht gutgehen. Also bitte! Hände hoch diejenigen, die *nicht* mitgemacht haben.« Er verschränkte die Arme und wartete. Schon nach kurzer Zeit hoben sich zögernde Hände, wodurch umgekehrt die Schuldigen erkennbar wurden. Mr Anderson schüttelte finster den Kopf. »Und wer hat den Alkohol beschafft?«

Diesmal Totenstille.

»Macht den Mund auf!« Jetzt dröhnte seine Stimme durch die Nacht. »Wenn ihr nicht alle die gleiche Strafe bekommen wollt, sollten die Unschuldigen die Schuldigen angeben.«

Ein Junge namens Tommy Jack, er war wohl einer der Jüngsten im Dean, sagte: »Bitte, Sir, Alex Curry war's.« Danach hätte man in England eine Stecknadel fallen hören können.

Mr Andersons Blick flackerte zu dem aufsässigen Alex Curry, der sich jetzt in seinem Bett aufsetzte und die Unterarme auf den hochgezogenen Knien aufstützte. »Und, was willst du jetzt mit mir machen, Anderson? Mich auspeitschen? Versuch's halt.«

Ein gemeines Lächeln stahl sich auf Mr Andersons Lippen. »Das wirst du schon sehen«, sagte er. Mehr nicht. Und dann wandte er sich an den kleinen Tommy und sagte im Ton tiefster Verachtung: »Für Jungen, die ihre Freunde verpetzen, habe ich nichts übrig. Diese Lektion lernst du bestimmt, noch ehe die Nacht herum ist.«

Er schaltete das Licht aus und zog die Türen zu, und danach war es eine ganze Weile still, bevor Tommys Stimmchen im Dunkeln erzitterte. »Das wollte ich nicht, ehrlich.«

Worauf Alex Currys Stimme knurrend erwiderte: »Du kleiner Scheißer!«

Mr Anderson hatte recht. In dieser Nacht lernte der kleine Tommy, und das auf die härteste Tour, dass man seine Kameraden nicht verriet. Und den meisten derer, die ihre Hand gehoben hatten, wenngleich nicht allen, wurde eine ähnliche Lektion erteilt.

Wir anderen konnten nur ängstlich abwarten, welche Strafe Mr Anderson für uns am nächsten Morgen vorgesehen hatte.

Zu unserer Überraschung geschah nichts. Beim Frühstück war die Anspannung im Dean mit Händen zu greifen, eine seltsame Stille lag über dem Speisesaal, in dem Insassen und Angestellte gleichermaßen, wie es schien, Angst davor hatten, auch nur einen Mucks zu tun. Als es in die Schule ging und wir in Zweierreihe den Hügel zum Dean Village hinuntermarschierten, hatte die Beklemmung ein wenig nachgelassen. Und als der Tag herum war, hatten wir sie schon fast wieder vergessen.

Wir kehrten wie gewöhnlich zurück, und nichts war anders als sonst. Nur Alex Curry war nicht mehr da. Er hatte das Dean endgültig verlassen. Doch dann kamen wir in die Schlafsäle. Und da stellten wir fest, dass die Säckchen mit unseren Habseligkeiten, die am Ende der Betten hingen, verschwunden waren. Alle. Ich verfiel in Panik. Der Ring meiner Mutter war in meinem Sack. Voller Wut und Empörung rannte ich die Treppe hinunter und stieß einen Stock tiefer im Flur mit dem Hauswart zusammen.

»Wo sind unsere Sachen?«, schrie ich ihn an. »Was hat er damit gemacht?«

Das Gesicht des Hauswarts war aschfahl, fast grün um die Augen. Augen, die voller Furcht und schlechtem Gewissen waren. »So habe ich ihn noch nie erlebt, Johnny«, sagte er. »Wie ein Besessener ist er aus seiner Wohnung gekommen, als ihr zur Schule gegangen wart. Er ist durch die Schlafsäle gegangen und hat alle Säcke eingesammelt, und ich und ein paar andere mussten ihm dabei helfen.« Die Wörter purzelten ihm aus dem Mund wie Äpfel, die aus einem Fass kullern. »Er hat sie unten im Keller auf einen Haufen geworfen, und ich musste ihm die Tür zum großen Heizkessel aufhalten, und er hat sie alle hineingeworfen. Jeden einzeln. Vom ersten bis zum letzten.«

Ich war wie geblendet vor Zorn. Alles, was ich von meiner Mutter noch besaß, war weg. Ihr Ring mit den umeinander gewundenen Schlangen. Für immer verloren. Und Peters Album mit den Zigarettenschachteln. Alle Verbindungen zu unserer Vergangenheit für immer gekappt. In kleinlicher Rache von Mr Anderson verbrannt.

Hätte ich gekonnt, ich hätte diesen Mann getötet und es nicht einen Augenblick bereut.

ZWÖLF

Fin war ein bisschen mulmig. Es war ein seltsames Gefühl, wieder in diesem Haus zu sein, das voller Erinnerungen an seine Kindheit steckte. Dem Haus, in dem er und Artair bei Mr Macinnes Nachhilfeunterricht bekommen hatten. Dem Haus, in dem sie als Kinder gespielt hatten, beste Freunde seit den Tagen, als sie auf eigenen Beinen stehen konnten. Einem Haus, angefüllt mit dunklen Geheimnissen, die sie in stillschweigender Übereinkunft beide für sich behalten hatten.

Für Marsaili war es bloß das Haus, in dem sie lebte. In dem sie zwanzig Jahre verbracht hatte, verheiratet mit einem Mann, den sie nicht liebte und dessen Mutter sie gepflegt hatte, während sie gleichzeitig ihren Sohn aufzog. Ohne dass es ihr gedankt worden wäre.

Nach ihrer Rückkehr aus Stornoway hatte sie Fin eingeladen, mit ihr und Fionnlagh zusammen zu essen, und Fin hatte angenommen, erleichtert, dass es ihm auf die Weise erspart blieb, sich auf seinem kleinen Camping-Gaskocher eine Dose Suppe warm zu machen.

Draußen war es zwar noch hell, aber ein tiefer dunkler Wolkenhimmel hatte den Tag vorzeitig beendet. Ein grimmiger Wind pfiff um Türen und Fenster, peitschte in unbarmherzigen Wellen Regen an die Scheiben, drückte den Rauch durch den Schornstein nach unten ins Wohnzimmer und erfüllte das Haus mit dem beißenden, leicht verbrannten Geruch von Torf.

Schweigend hatte Marsaili die Mahlzeit zubereitet. Sie war wohl vollkommen absorbiert von ihrem schlechten Gewissen, vermutete Fin, weil sie ihrem Vater zugemutet hatte, in einem fremden Bett in einem fremden Haus zu schlafen, in dem er niemanden kannte.

»Du kannst gut mit ihm«, sagte Marsaili unvermittelt, ohne sich umzudrehen. Sie behielt den Topf auf der Herdplatte im Auge.

Fin saß mit einem Glas Bier am Tisch. »Wen meinst du?«

»Tormod, meinen Dad. Als hättest du viel Erfahrung im Umgang mit Demenz.«

Fin trank einen Schluck Bier. »Bei Monas Mutter fing der Alzheimer schon früh an, Marsaili. Es war ein langsamer Verfall. Anfangs war es nicht so schlimm. Aber dann ist sie gestürzt und hat sich die Hüfte gebrochen. Sie kam ins Victoria-Krankenhaus in Glasgow, und dort haben sie sie in die Geriatrie gesteckt.«

Marsaili kräuselte die Nase. »Das war für sie sicher kein Spaß.«

»Es war abscheulich.« Die starke Erregung in seinem Ton veranlasste sie dazu, sich umzudrehen. »Es war wie bei Dickens. In der Klinik stank es nach Kot und Urin, und nachts schrien die Patienten. Es gab Schwestern, die bei ihr auf dem Bett saßen, ihr die Sicht auf den von *ihr* bezahlten Fernseher nahmen und sich Seifenopern ansahen während die Kolostomiebeutel überliefen.«

»Oh, mein Gott!« Das Entsetzen stand Marsaili ins Gesicht geschrieben.

»Wir konnten sie nicht dort lassen, ausgeschlossen. Also sind wir eines Abends hin, haben ihre Sachen zusammengepackt und sie zu uns geholt. Ich habe eine Krankenschwester eingestellt, und sie ist ein halbes Jahr bei uns geblieben.« Er trank noch einen Schluck Bier, jetzt einen großen, in die Erinnerung versunken. »Mit der Zeit habe ich gelernt, wie ich mit ihr umgehen muss: über die Widersprüche hinweggehen und nicht debattieren. Zu verstehen, dass sie aus Frustration zornig und nur aus Vergesslichkeit so stur war.« Er schüttelte den Kopf. »Ein Kurzzeitgedächtnis war bei ihr praktisch gar nicht mehr vorhanden. An Dinge aus ihrer Kindheit konnte sie sich aber noch deutlich erinnern, und wir haben stundenlang mit ihr über die Vergangenheit gesprochen. Ich hatte Monas Mum sehr gern.«

Marsaili hing eine Weile stumm ihren Gedanken nach. Dann sagte sie: »Warum habt ihr euch getrennt, Mona und du?« Sie hatte kaum gefragt, da schwächte sie die Frage schon wieder ab. Denn vielleicht war sie ja zu direkt gewesen. »War der Unfall der einzige Grund?«

Fin schüttelte den Kopf. »Da war der Tiefpunkt erreicht … nachdem wir jahrelang mit einer bequemen Lüge gelebt hatten. Hätten wir Robbie nicht gehabt, wären wir vielleicht schon viel früher unsere eigenen Wege gegangen. Wir waren Freunde, und ich kann nicht behaupten, dass ich unglücklich gewesen wäre, aber richtig geliebt habe ich sie eigentlich nicht.«

»Warum hast du sie dann geheiratet?«

Er nahm ihren Blick auf und überlegte, zwang sich, der Wahrheit ins Auge zu sehen, vielleicht zum allerersten Mal überhaupt. »Weil du Artair geheiratet hast wahrscheinlich.«

Marsaili erwiderte seinen Blick, und in den wenigen Schritten, die sie trennten, lagen all die vergeudeten Jahre, die sie hatten vergehen lassen. Sie drehte sich wieder zu ihrem Kochtopf um, nicht imstande, sich dieser Einsicht zu stellen. »Das kannst du mir nicht vorwerfen. Du warst derjenige, der mich fortgeschickt hat.«

Die Außentür flog auf, und für einen Moment wehten mit Fionnlagh Wind und Regen herein. Flink zog er die Tür hinter sich zu und blieb mit gerötetem Gesicht stehen, triefnass, sein Anorak vollkommen durchgeweicht, die Gummistiefel schlammverkrustet. Er war überrascht, Fin am Tisch sitzen zu sehen.

»Zieh das Zeug aus«, sagte Marsaili, »und setzt dich rein. Wir können gleich essen.«

Der Junge kickte die Stiefel von den Füßen, hängte den Anorak auf, holte sich ein Bier aus dem Kühlschrank und setzte sich an den Tisch. »Was ist denn jetzt mit Großvater?«

Marsaili schob sich die Haare aus dem Gesicht und stellte drei Teller Chili con carne mit Reis auf den Tisch. »Deine Großmutter wollte ihn nicht mehr zu Hause behalten. Deshalb ist er im Pflegeheim im Dun Eisdean, bis ich mir etwas für ihn überlegt habe.«

Fionnlagh schaufelte sich das Essen in den Mund. »Warum hast du ihn nicht zu uns geholt?«

Marsailis Blick huschte zu Fin, und er sah das schlechte Gewissen darin. »Weil er jetzt professionelle Betreuung braucht, Fionnlagh. Körperlich und geistig.«

Fionnlagh aber sah weiter unverwandt seine Mutter an. »Um Artairs Mutter hast du dich doch auch so lange gekümmert. Und die war nicht mal dein Fleisch und Blut.«

Marsaili schob zwanzig Jahre Verbitterung ihrem Sohn zu. »Ja, prima, vielleicht möchtest du jedes Mal sein Bett abziehen, wenn er es schmutzig macht, und ihn jedes Mal suchen geht, wenn er wegläuft. Und vielleicht möchtest du ihn ja bei allen Mahlzeiten füttern und bist stets zur Stelle, wenn er etwas verlegt oder etwas vergessen hat.«

Fionnlagh gab keine Antwort, sondern schaufelte sich nur weiter das Chili in den Mund.

Fin sagte: »Es gibt eine Komplikation, Fionnlagh.«

»Ja?« Fionnlagh schaute ihn nicht einmal richtig an.

»Vor ein paar Tagen hat man aus dem Torfmoor bei Siader eine Leiche ausgegraben. Einen jungen Mann, ungefähr in deinem Alter. Nach bisherigen Erkenntnissen lag er da seit Ende der Fünfziger.«

Fionnlags Gabel blieb für einen Moment auf halbem Wege zwischen dem Teller und seinem Mund stehen. »Und?«

»Er wurde ermordet.«

Die Gabel wanderte auf den Teller zurück. »Was hat das mit uns zu tun?«

»Wie es scheint, war er irgendwie mit deinem Großvater verwandt. Und das heißt, er war auch mit dir und Marsaili verwandt.«

Fionnlagh machte ein finsteres Gesicht. »Woher wollen die das wissen?«

»DNA«, sagte Marsaili.

Fionnlagh sah sie für einen Moment verblüfft an, doch dann dämmerte ihm etwas. »Die Proben, die wir voriges Jahr abgegeben haben.«

Seine Mutter nickte.

»Ich wusste es! Die hätten vernichtet werden müssen. Ich hab ein Formular unterschrieben und denen untersagt, meine in der Datenbank zu behalten.«

»Das haben alle anderen auch getan«, sagte Fin. »Außer, wie es scheint, dein Großvater. Wahrscheinlich hat er es nicht verstanden.«

»Und deshalb speichern die ihn einfach im Computer, wie einen Kriminellen?«

Marsaili sagte: »Was hat man zu befürchten, wenn man nichts zu verbergen hat?«

»Es ist ein Eingriff in die Privatsphäre, Mum. Weißt du, wer vielleicht Zugriff auf diese Information erhält und was derjenige damit macht?«

»Der Einwand ist vernünftig«, sagte Fin. »Aber darum geht es im Augenblick nicht.«

»Worum dann?«

»Wer der Ermordete war und wie er mit deiner Großmutter verwandt war.«

Fionnlagh sah seine Mutter. »Na, das muss ein Vetter gewesen sein oder so was.«

Sie schüttelte den Kopf. »Wir wissen aber von keinem, Fionnlagh.«

»Dann muss es einer sein, von dem ihr nichts wisst.«

Sie zuckte mit den Achseln. »Offensichtlich.«

»Wie auch immer, war er halt mit Großvater verwandt, was soll's.«

Fin sagte: »Aus Sicht der Polizei wird Tormod damit zu demjenigen, der ihn am wahrscheinlichsten ermordet hat.«

Bestürztes Schweigen am Tisch. Marsaili sah Fin an. Es war das erste Mal, dass sie das hörte. »Ist das so?«

Fin nickte bedächtig. »Wenn der leitende Ermittler vom Festland hier eintrifft und die Untersuchung aufnimmt, ist dein Vater der Hauptverdächtige auf einer Liste, auf der nur eine Person steht.« Er trank einen großen Schluck von seinem Bier. »Wir sollten also lieber versuchen herauszufinden, wer der Tote ist.«

Fionnlagh verputzte den letzten Rest Chili auf seinem Teller. »Klar, macht ihr das ruhig. Ich muss mich um andere Sachen kümmern.« Er ging durch die Küche, nahm seinen Anorak vom Haken und begann sich die Stiefel anzuziehen, von denen trockene Klümpchen Erde auf die Fliesen krümelten.

»Wo gehst du hin?« Auf Marsailis Stirn erschienen Sorgenfalten.

»Ich treffe mich mit Donna im Croboster Gemeindehaus.«

»Oh, ihr Vater lässt sie also tatsächlich abends raus?« Marsailis Ton triefte vor Sarkasmus.

»Lass es, Mum.«

»Wenn dieses Mädchen auch nur für einen Zehner Mumm hätte, würde sie ihrem Vater sagen, wohin er sich scheren soll. Ich hab dir schon hundertmal gesagt, ihr könnt hier wohnen. Du, Donna *und* das Baby.«

»Du weißt nicht, wie ihr Vater ist.« Fionnlagh fauchte sie fast an.

»Oh, ich glaub schon. Wir sind zusammen aufgewachsen, weißt du.« Marsaili warf Fin einen flüchtigen Blick zu.

»Ja, aber damals hatte er noch nicht zu Gott gefunden, oder? Du weißt doch, wie diese wiedergeborenen Christen sind, Mum, wenn die *curàm* die erst mal erwischt hat. Mit denen kann man nicht vernünftig reden. Warum sollten die noch auf dich oder mich hören, wenn Gott zu ihnen gesprochen hat und sie vor Angst und Sorge nicht mehr ein noch aus wissen?«

Bei Fionnlaghs Worten durchrieselte Fin ein kühler Schauer. Es war, als hörte er sich selbst sprechen. Seit dem Tod seiner Eltern, der nun schon so viele Jahre zurücklag, war sein Leben ein ständiger Kampf zwischen Glauben und Zorn. Wäre er gläubig, hätte er nur Zorn für den Gott übrig, der diesen Unfall hatte geschehen lassen. So war es leichter, nicht zu glauben, und viel Geduld hatte er mit denen, die es taten, nicht.

»Es wird Zeit, dass du ihm Paroli bietest.« Marsailis Stimme klang müde und wenig überzeugt, dachte Fin, dass Fionnlagh sich Donald Murray je entgegenstellen würde.

Fionnlagh hörte es auch und war seinerseits defensiv. »Und dann? Erzähle ich ihm von meinen großartigen Aussichten? Von der wunderbaren Zukunft, die ich seiner Tochter und seiner Enkelin bieten kann?« Er wandte sich zur Tür, und sein letzter Satz ging fast unter im Wind. »Rutsch mir den Buckel runter!« Krachend fiel die Tür ins Schloss.

Marsaili errötete vor Verlegenheit. »Entschuldige.«

»Nicht doch. Er ist nur ein Junge, der zu früh eine Verantwortung übernehmen muss, die er nicht haben sollte. Er muss die Schule fertig machen und an die Universität gehen. Dann kann er ihnen vielleicht wirklich eine Zukunft bieten.«

Marsaili schüttelte den Kopf. »Das wird er nicht machen. Er hat große Angst, dass er sie verliert. Er will die Schule zu Semesterende abbrechen und sich einen Job besorgen. Donald Murray zeigen, dass er seine Verantwortung ernst nimmt.«

»Indem er die einzige Chance wegwirft, die er im Leben hat? Er wird doch bestimmt nicht so enden wollen wie Artair.«

Das Feuer des Grolls loderte kurz in Marsailis Augen auf, aber sie sagte nichts.

»Und eins ist sicher«, fügte Fin schnell hinzu. »Donald Murray würde ihn niemals respektieren, wenn er das täte.«

Marsaili räumte die Teller vom Tisch ab. »Nett von dir, dass du nach den vielen Jahren wiederkommst und uns sagst, wie wir unser Leben führen sollen.« Die Teller klapperten beim Abstellen auf der Arbeitsplatte, und Marsaili stützte die Handflächen auf, beugte sich vor, um den Druck zu verstärken, und ließ den Kopf sinken. »Ich hab's satt, Fin. Alle. Diesen scheinheiligen Donald Murray, der alle herumkommandiert. Diesen rückgratlosen Fionnlagh. Sogar mich selber, weil ich mir einrede, ich könnte für eine Zukunft studieren, die ich wahrscheinlich niemals haben werde.« Sie tat einen tiefen, bebenden Atemzug und richtete sich unter Aufbietung aller Kraft wieder auf. »Und jetzt das.« Sie drehte sich zu Fin um, und er begriff, dass ihre Selbstbeherrschung an einem seidenen Faden hing. »Was soll ich nur mit meinem Dad machen?«

Es wäre ihm leichtgefallen, aufzustehen, sie in den Arm zu nehmen und zu sagen, es würde sich irgendwie schon alles finden. Aber die Situation war nicht leicht. Und es war sinnlos, so zu tun, als wäre es anders. Er sagte: »Komm her, setz dich und erzähl mir, was du über ihn weißt.«

Verdrossen und schlapp stieß sie sich von der Arbeitsfläche ab und ließ sich auf den Stuhl sinken. Ihr Gesicht war gezeichnet von Anspannung und Müdigkeit, wirkte blass und verhärmt in dem grellen elektrischen Licht. Fin aber sah darin immer noch das kleine Mädchen, das ihn vor vielen Jahren schon so angezogen hatte. Das kleine Mädchen mit den blonden Zöpfen, das sich am ersten Schultag neben ihn gesetzt und ihm angeboten hatte, für ihn aus dem Englischen zu übersetzen, weil seine Eltern den kleinen Fin aus einem ihm unerklärlichen Grund in die Schule geschickt hatten, obwohl er nur Gälisch sprach. Er griff über den Tisch und schob ihr die blonden Strähnen über den Augen weg, und sie hob ihre Hand und berührte seine, ein flüchtiger Augenblick der Erinnerung daran, wie es früher einmal gewesen war. Dann ließ sie die Hand wieder auf den Tisch sinken.

»Dad kam aus Harris hier rüber, da war er noch keine zwanzig. Achtzehn oder neunzehn, glaub ich. Er bekam Arbeit auf der Mealanais-Farm.« Sie stand auf, holte eine angebrochene Flasche Rotwein von der Arbeitsplatte und schenkte sich ein Glas ein. Hielt Fin die Flasche hin, aber er schüttelte den Kopf. »Irgendwann später hat er dann meine Mum kennengelernt. Ihr Vater war zu der Zeit noch Leuchtturmwächter draußen am Butt, und da haben sie auch gelebt. Dad ist abends nach der Arbeit immer zum Leuchtturm rausgelaufen, um sie zu sehen, und sei es nur für ein paar Minuten, und dann ist er wieder zurückgelaufen. Bei jeder Witterung. Viereinhalb Meilen hin und viereinhalb zurück.« Sie trank einen großen Schluck von ihrem Wein. »Es muss Liebe gewesen sein.«

Fin lächelte. »Ja, muss es wohl.«

»Wenn im Gemeindehaus Tanz war, waren sie immer dabei. Und wenn die Bauern ein Fest veranstaltet haben. Sie sind schon ungefähr vier Jahre fest miteinander gegangen, da starb der Farmer in Mealanais, und der Hof wurde zur Pacht frei. Dad hat sich darum beworben und wurde genommen. Unter der Bedingung, dass er heiratet.«

»Das hat bestimmt einen romantischen Heiratsantrag gegeben.«

Marsaili lächelte unwillkürlich. »Ich glaube, meine Mum war froh, dass er endlich eine Gelegenheit gefunden hatte, sie zu fragen. Donald Murrays Vater hat sie in der Croboster Kirche getraut, und die nächsten Jahre, Gott weiß, wie viele es waren, haben sie sich von dem Ertrag des Landes mühsam durchgeschlagen und mich und meine Schwester großgezogen. Ich kann mich nicht erinnern, dass mein Vater diese Insel auch nur einmal verlassen hätte. Das ist eigentlich alles, was ich weiß.«

Fin trank sein Bier aus. »Morgen gehen wir zu deiner Mum und fragen sie. Sie weiß bestimmt einiges mehr als du.«

Marsaili schenkte sich noch mal Wein nach. »Ich möchte dich aber nicht von der Arbeit abhalten.«

»Von welcher Arbeit denn?«

»Dem Wiederaufbau deines Elternhauses.«

In seinem Lächeln lag ein wenig Traurigkeit. »Das stand dreißig Jahre lang verlassen herum, Marsaili. Da kann es noch ein bisschen warten.«

DREIZEHN

Unter der Tür sehe ich einen schmalen Streifen gelbes Licht. Ab und zu geht im Korridor jemand vorbei, und sein Schatten folgt dem Licht von einer Seite zur anderen. Ich höre aber keine Fußtritte, merke ich gerade. Vielleicht haben sie Gummischuhe an, damit man nicht hört, wenn sie kommen. Nicht wie Mr Anderson mit seinen tickenden Krokodilschuhen. Der möchte, dass ihr es hört. Der möchte, dass ihr Angst habt. Und die hatten wir.

Jetzt habe ich aber keine Angst. Ich habe ja mein ganzes Leben lang darauf gewartet. Entkommen. All den Leuten, die mich irgendwo festhalten, wo ich nicht sein will. Soll sie der Teufel holen!

Ha! Es hat gutgetan, das zu sagen. Es zumindest zu denken. »Soll sie der Teufel holen!« Ich flüstere es im Dunkeln. Und höre es so laut, dass ich mich kerzengerade aufsetze im Bett.

Falls jetzt jemand reinkommt, ist es aus. Dann sehen die mich in Mütze und Mantel und merken, dass meine Tasche gepackt am Bettende steht. Dann rufen die wahrscheinlich Mr Anderson, und ich krieg eine mordsmäßige Tracht Prügel. Wäre nicht schlecht, wenn die sich beeilen und das Licht ausschalten würden. Bis morgen früh muss ich längst weg sein. Hoffentlich haben die anderen es nicht vergessen.

Keine Ahnung, wie viel Zeit vergangen ist. Bin ich eingeschlafen? Unter der Tür ist jetzt kein Licht mehr. Ich horche eine ganze Weile und höre nichts. Dann hebe ich meine Tasche vom Bett und öffne langsam die Tür. Verdammich! Ich hätte vorher noch mal pinkeln gehen sollen. Zu spät. Macht nichts. Keine Zeit zu verlieren.

Eachans Zimmer ist gleich nebenan. Ich hab ihn heute Abend im Speiseraum gesehen. Und ihn sofort wiedererkannt. Er war beim gälischen Psalmensingen in der Kirche immer die erste Stimme. Ich fand diesen Klang so schön. Ganz anders als die katholischen Chöre in meiner Kindheit. Mehr wie Stammesgesänge. Urtümlich. Ich mache seine Tür auf und schlüpfe hinein und höre gleich, dass er schnarcht. Ich mache die Tür hinter mir zu und schalte das Licht an. Eine braune Reisetasche steht auf der Kommode, und Eachan hat sich unter dem Quilt zusammengerollt und schläft.

Ich will ihn leise rufen, komme irgendwie aber nicht auf seinen Namen. Verdammich, wie heißt er bloß? Ich hab noch im Ohr, wie er diese Psalmen singt. Eine kräftige klare Stimme, voller Zuversicht und Glauben. Ich rüttle ihn an der Schulter, und als er sich herumwälzt, schlage ich die Decke zurück.

Gut. Er ist komplett angezogen, abmarschbereit. Vielleicht hat er bloß keine Lust mehr gehabt zu warten.

»Eachan«, höre ich mich sagen. Ah, ja, das ist sein Name. »Wach auf, Mann. Zeit zu gehen.«

Er ist verwirrt.

»Was ist los?«, sagte er.

»Wir laufen weg.«

»Wirklich?«

»Ja, klar. Wir haben doch darüber gesprochen. Weißt du nicht mehr? Du bist komplett angezogen, Mann.«

Eachan setzt sich auf und sieht an sich hinunter. »Du hast recht.« Er schwingt die Beine aus dem Bett und zieht mit den Schuhen Schmutzspuren über die Laken. »Wo gehen wir hin?«

»Wir verduften aus dem Dean.«

»Was ist das?«

»Scht! Nicht dass Mr Anderson uns noch hört.« Ich fasse ihn am Arm und führe ihn zur Tür, mache sie auf und spähe hinaus ins Dunkel.

»Warte. Meine Tasche.« Eachan hebt seine Reisetasche von der Kommode, und ich schalte das Licht aus, bevor wir wieder in den Korridor schlüpfen.

Am anderen Ende sehe ich einen Lichtschein aus der Küche und Schatten, die in dem Licht herumgehen, das bis in die Diele fällt. Ob einer der anderen Jungs uns verraten hat? Falls ja, sind wir erledigt. Dann sitzen wir in der Tinte. Eachan hält sich hinten an meinem Mantel fest, als wir vorwärtsschlurfen, uns Mühe geben, keinen Lärm zu machen. Jetzt höre ich Stimmen. Männerstimmen, und ich trete flink in die Türöffnung, um sie zu überraschen. Das hat mir mal jemand gesagt. Überraschen ist die beste Waffe, wenn du schlechte Karten hast.

Aber da sind nur zwei. Zwei Alte tapern da herum, fertig angezogen in Mantel und Mütze, die gepackten Taschen auf der Arbeitsplatte.

Einer kommt mir bekannt vor. Er ist sehr aufgeregt und sieht mich böse an. »Du kommst zu spät!«

Woher weiß er, dass ich zu spät komme?

»Du hast gesagt, gleich wenn die das Licht ausgemacht haben. Wir warten hier schon ewig.«

Ich sage: »Wir verduften von hier.«

Er ist jetzt sehr verärgert. »Ich weiß. Du kommst zu spät.«

Der andere nickt bloß, reißt die Augen auf wie ein Kaninchen im Scheinwerferlicht. Keine Ahnung, wer der ist.

Jetzt schubst mich jemand von hinten. Es ist Eachan. Was will er?

»Mach schon, mach schon«, sagt er.

»Ich?«

»Ja, du«, sagt der andere. »War doch deine Idee. Dann mach's du auch.«

Und der Stumme nickt und nickt.

Ich schaue mich um und überlege, was sie von mir wollen. Was machen wir hier? Dann sehe ich das Fenster. Abhauen! Jetzt fällt es mir wieder ein. Das Fenster geht nach hinten raus. Über die Mauer und ab übers Moor. Die kriegen uns nie. Wir sausen wie der Wind. Über den Asphalt zu den Bäumen.

»Hier, hilf mir mal«, sage ich und ziehe einen Stuhl an die Spüle heran. »Jemand muss mir meine Tasche rausgeben. Da ist der Ring meiner Mutter drin. Den hat sie mir gegeben, damit ich ihn sicher aufbewahre.«

Eachan und der andere halten mich fest, und ich klettere auf den Stuhl und steige ins Spülbecken. Jetzt komm ich an den Riegel ran. Aber der bewegt sich nicht, verdammich! Da kann ich noch so sehr probieren. Meine Finger werden ganz weiß, so fest drücke ich.

Auf einmal geht im Korridor das Licht an. Ich höre Schritte und Stimmen, und panische Angst steigt in meiner Brust auf. Jemand hat uns verpetzt. O Gott!

Es ist schwarz auf der anderen Seite des Fensters, als ich mich wieder zu ihm drehe. Immer noch rinnt Regen an der Scheibe hinab. Ich muss unbedingt raus. Freiheit auf der anderen Seite. Ich hämmere mit geballten Fäusten dagegen. Das Glas biegt sich unter jedem Hieb.

»Haltet ihn auf!«, ruft jemand. »Um Gottes willen, haltet ihn auf!«

Schließlich bricht das Glas. In tausend Stücke. Na endlich. Ich spüre einen Schmerz in den Händen und sehe, wie mir Blut an den Armen runterläuft. Ich kann mich kaum halten in den Böen, mit denen mir Wind und Regen ins Gesicht schlagen.

Eine Frau schreit.

Aber ich sehe nur Blut. Es tropft in den Sand. Der Schaum des heranrollenden Salzwassers wird blutrot im Mondschein.

VIERZEHN

Fin fuhr mit Marsaili am Croboster Gemeindehaus und dem sich anschließenden Fußballplatz vorbei. Bei Five Penny und Eòropaidh erklommen Häuser in verstreuten Grüppchen den Hügel; mit der Stirnseite nach Südwesten trotzten sie den im Frühjahr und im Sommer vorherrschenden Winden; vor den Hügelkamm geduckt, kehrten sie den eisigen arktischen Böen des Winters den Rücken zu. Überall an der zerklüfteten Küste schäumte und toste das schlürfende Meer, unermüdliche Legionen weiß gekrönter Wellen, die gegen den unbeugsamen Stein schwarzer Klippen anbrandeten.

Das Sonnenlicht brach für kurze Momente hervor, wenn der Wind den Himmel aufriss und es in hellen Flecken aufs Geratewohl über den Machair jagte, in dem Grabsteine, in die weiche, sandige Erde gesetzt, vom Vergehen der Generationen kündeten. Etwas weiter nördlich war das obere Drittel des Leuchtturms am Butt deutlich zu sehen. Vielleicht war Marsailis Mutter, dachte Fin, im Ruhestand einem Urinstinkt gefolgt und an die Stätte ihrer Kindheit zurückgekehrt. In die Erinnerung an unerwartet sonnige Tage oder heftige Stürme, an eine wilde See, die an die Felsen unterhalb des Leuchtturms schlug, der einmal ihr Zuhause gewesen war.

Vom Küchenfester an der Rückseite des modernen Bungalows, den die Macdonalds sich für ihren Ruhestand ausgesucht hatten, hatte sie klare Sicht auf die Ansammlung weißer und gelber Häuser, zwischen denen sie einmal gelebt hatte, und auf den rotbraunen Backstein des Turms, der unzählige Jahre dem unerbittlichen Angriff standgehalten und die Männer auf See vor verborgener Gefahr gewarnt hatte.

Fin blickte kurz zum Fenster hinaus, während Mrs Macdonald Tee für sie machte, und sah einen sich bildenden Regenbogen, hell leuchtend vor der dunklen Wolkenbank hinter der Landspitze, eine grelle Sonne, die das aufgewühlte Meer brünierte, von seinem Ausguck wie gekräuseltes Kupfer. Der Torfstapel in dem kleinen Gärtchen hinter dem Haus war bereits erheblich geschrumpft, und er fragte sich, wer jetzt für sie den Torf stechen mochte.

Von dem unlogischen Geplapper der alten Dame blieb ihm nicht viel im Gedächtnis. Sie war aufgeregt, ihn zu sehen. So viele Jahre seien seit dem letzten Mal vergangen, sagte sie. Fin hatte das Haus kaum betreten, da stieg ihm schon der Rosengeruch in die Nase, in den Marsailis Mutter immer gehüllt gewesen war. Er löste einen Strom von Erinnerungen aus: selbstgemachte Limonade in der dunklen Bauernhausküche mit den Bodenplatten aus Stein. Die Spiele, die er und Marsaili im Heu in ihrer Scheune gespielt hatten. Die weichen englischen Kadenzen ihrer Mutter, damals seinem Ohr ganz fremd und heute, nach so vielen Jahren, noch genau wie früher.

»Wir brauchen Informationen über Dads Familie«, hörte Fin Marsaili sagen. »Für die Akten im Pflegeheim.« Sie waren sich einig, dass es vorläufig besser war, die Wahrheit vor ihrer Mutter geheim zu halten. »Ich möchte auch ein paar Fotoalben mitnehmen und mit ihm durchgehen. Angeblich regen Fotografien ja das Erinnerungsvermögen an.«

Mrs Macdonald war nur zu froh, die Familienschnappschüsse hervorzukramen, und wollte sich mit ihnen hinsetzen und die Alben anschauen. Sie bekämen jetzt doch kaum noch Besuch, sagte sie im Plural, als habe die Vertreibung Tormods aus ihrem Leben gar nicht stattgefunden. Eine Form von Realitätsverleugnung. Oder eine versteckte Botschaft. Aber dieses Thema ließen sie ruhen.

Es waren fast ein Dutzend Alben. Die neueren hatten grässliche Einbände, grellbunt, die älteren ein gedeckteres grünes Karomuster. Die ältesten, Mrs Macdonald hatte sie von ihren Eltern übernommen, enthielten eine Sammlung verblasster Schwarzweißabzüge von Leuten, die längst tot waren, gekleidet nach der Mode einer anderen Zeit.

»Das ist dein Großvater«, sagte sie zu Marsaili und zeigte auf das Foto eines großen Mannes. Die dichten schwarzen Locken waren unter den Rissen in der Oberfläche der überbelichteten Aufnahme noch zu erkennen. »Mit deiner Großmutter.« Eine kleine Frau mit langem, blondem Haar und einem angedeuteten spöttischen Lächeln. »Was meinst du, Fin? Marsaili noch einmal, oder?« Die Frau sah Marsaili unheimlich ähnlich.

Mrs Macdonald blätterte zu ihren Hochzeitsfotos weiter: die grellen Farben der Sechziger, Schlaghosen, Tanktops und geblümte Hemden mit grotesk tief herabgezogenen Kragen. Lange Haare, Ponyfrisuren und Koteletten. Fin schämte sich fast dafür und fragte sich, was künftige Generationen beim Betrachten der Fotografien aus seiner Jugend denken mochten. Was heute der letzte Schrei ist, wirkt im Rückblick immer irgendwie lächerlich.

Tormod dürfte bei seiner Hochzeit um die fünfundzwanzig gewesen sein; das Foto zeigte einen Mann mit dichtem lockigen Haar, das ein schön geschnittenes Gesicht umrahmte. Fin hätte ihn womöglich gar nicht auf Anhieb als denselben wiedererkannt, dessen Brille er erst gestern aus dem Urinal gefischt hatte, besäße er aus seiner Kindheit nicht lebhafte Erinnerungen an Marsailis großen, kräftigen Vater, den er nur in dunkelblauen Overalls und einer auf den Hinterkopf geschobenen Stoffmütze erlebt hatte.

»Haben Sie noch ältere Fotos von Tormod?«, sagte er.

Mrs Macdonald zuckte mit den Achseln. »Er hatte keine. Oder zumindest aus Harris keine mitgebracht.«

»Was ist aus seinen Eltern geworden?«

Mrs Macdonald schenkte sich Tee aus einer Kanne nach, die in einem gestrickten Teewärmer steckte, und bot auch Fin und Marsaili eine zweite Tasse an.

»Ich hab noch, danke, Mrs Macdonald«, sagte Fin.

»Du wolltest uns von Dads Eltern erzählen, Mum«, sagte Marsaili.

Mrs Macdonald spitzte beim Ausatmen ein wenig die Lippen. »Da gibt's nichts zu erzählen, Schatz. Sie waren schon tot, als ich ihn kennenlernte.«

»Ist von seiner Seite der Familie niemand zur Hochzeit gekommen?«, fragte Fin.

Mrs Macdonald schüttelte den Kopf. »Nicht einer. Er war ein Einzelkind, wisst ihr. Und ich glaube, die meisten aus seiner Familie, wenn nicht gar alle, sind in den Fünfzigern nach Kanada ausgewandert. Er hat nicht groß darüber gesprochen.« Sie verstummte und war für einen Moment weit weg, tief in Gedanken. Fin und Marsaili warteten, ob sie mit einem zu ihnen zurückkommen würde. Schließlich sagte sie: »Eins ist komisch ...« Führte das aber nicht weiter aus.

»Was ist komisch, Mum?«

»Er war sehr gläubig, dein Vater. Das weißt du ja selbst. Sonntagvormittags immer zum Gottesdienst in die Kirche. Nachmittags Bibellektüre. Beten vor den Mahzeiten.«

Marsaili sah Fin aus dem Augenwinkel an, lächelte wehmütig. »Wie könnte ich das vergessen?«

»Ein grundanständiger Mann. Ehrlich und ohne Vorurteile gegen jedermann, ausgenommen ...«

»Ich weiß.« Marsaili schmunzelte. »Katholiken. Die hat er gehasst. Papisten und Fenier hat er sie genannt.«

Ihre Mutter schüttelte den Kopf. »Ich konnte das nicht akzeptieren. Mein Vater war Anglikaner, und das ist ja nicht viel anders als der Katholizismus. Ohne Papst natürlich. Aber trotzdem, wie Tormod die gehasst hat, war mit dem Verstand allein nicht zu begreifen.«

»Ich war mir nie sicher, ob er das ganz ernst gemeint hat.«

»Oh, es war ihm sehr ernst damit, unbedingt.«

»Und was ist daran so komisch, Mrs Macdonald?« Fin wollte sie zurück zum Ausgangspunkt ihrer Überlegung lotsen.

Sie sah ihn verständnislos an, doch im nächsten Moment fiel es ihr wieder ein. »Oh, ja. Gestern Abend habe ich ein paar von seinen Sachen durchgesehen. Er hat über die Jahre ziemlich viel Krempel angehäuft. Bei der Hälfte davon weiß ich nicht, wozu. In Schuhkartons und Schränken und Schubladen im Gästezimmer. Stundenlang hat er immer dagesessen und die Sachen angeschaut. Keine Ahnung, warum.« Sie trank von ihrem Tee. »Jedenfalls hab ich ganz unten in einem Schuhkarton etwas gefunden, das hat mich bei ihm dann doch, na ja, überrascht.«

»Was denn, Mum?« Marsaili war gespannt.

»Wartet, ich zeig's euch.« Mrs Macdonald stand auf und verließ den Raum, kam keine halbe Minute später aber schon wieder und setzte sich zwischen sie auf das Sofa. Sie öffnete die rechte Hand über dem Couchtisch vor ihnen, und ein Silberkettchen mit einem angelaufenen kleinen runden Medaillon fiel auf die offenen Seiten des Hochzeitsalbums.

Fin und Marsaili beugten sich vor, um besser sehen zu können, und Marsaili hob das Medaillon hoch und drehte es um. »Der heilige Christophorus«, sagte sie. »Der Schutzpatron der Reisenden.«

Fin musste den Hals recken und den Kopf schräg halten, um die abgegriffene Gestalt des Christophorus zu erkennen, der, auf seinen Stab gestützt, das Jesuskind durch Stürme und aufgewühltes Wasser trägt. *Der heilige Christophorus beschütze uns* war rings um das Medaillon eingraviert.

»Meines Wissens«, sagte Mrs Macdonald, »hat die katholische Kirche ihm den Status als Heiliger vor über vierzig Jahren aberkannt, aber er gehört natürlich weiter zur katholischen Tradition. Was dein Vater damit wollte, weiß ich allerdings nicht.«

Fin streckte die Hand aus und nahm das Medaillon von Marsaili entgegen. »Dürften wir uns das ausleihen, Mrs Macdonald? Könnte interessant sein zu sehen, ob es Erinnerungen weckt.«

Mrs Macdonald machte eine abschätzige Handbewegung. »Sicher. Nehmt es. Behaltet's. Werft es weg, wenn ihr wollt. Ich hab keine Verwendung dafür.«

Fin setzte eine zögernde Marsaili am Bungalow ab. Er hatte ihr eingeredet, dass es vielleicht besser war, wenn er erst einmal allein mit Tormod sprach. Mit Marsaili verband der alte Herr so viele Erinnerungen, dass er in ihrem Beisein vielleicht vieles durcheinanderwarf. Fin sagte ihr freilich nicht, dass er auf dem Weg zu Marsailis Vater noch etwas anderes erledigen wollte.

Sein Auto war kaum außer Sichtweite des Cottages, da bog er von der

Straße ab und fuhr auf dem schmalen Asphaltweg und über den Weiderost zu dem großen Parkplatz vor der Croboster Kirche. Es war ein düsterer, schmuckloser Bau. Keine Verzierungen im Mauerwerk, keine frommen Friese, keine Buntglasfenster, keine Glocke im Glockenturm. Nichts lenkte hier von Gott ab. Von einem Gott, dem Vergnügungen als Sünde und Kunst als falscher Religionsersatz galten. In der Kirche gab es weder Orgel noch Klavier. Am Sabbat erhoben sich nur die klagenden Gesänge der Gläubigen zu den Dachsparren.

Fin parkte an der Treppe zum Pfarrhaus und stieg hinauf zur Eingangstür. Das Sonnenlicht flog immer noch über den grün-braunen Flickenteppich des Machair, Wollgras wogte zwischen den Narben, die die Torfstecher in der Landschaft hinterlassen hatten. Hier oben war man ausgesetzt, Gott näher, dachte Fin, musste seinen Glauben ständig gegen die Elemente behaupten.

Es dauerte fast eine volle Minute, bis die Tür nach seinem Läuten geöffnet wurde und Donnas blasses, blutarmes Gesicht ihm aus dem Dunkel entgegenblickte. Fin war genauso bestürzt wie beim ersten Mal, als er sie gesehen hatte. Damals hatte er er nicht glauben können, dass ein noch so junges Mädchen im dritten Monat schwanger sein konnte. Inzwischen Mutter geworden, sah sie nicht älter aus. Das dicke dunkelblonde Haar, ein väterliches Erbe, war aus einem schmalen ungeschminkten Gesicht nach hinten genommen. Donna wirkte schmächtig und klein, wie ein Kind. So dünn in ihrer hautengen Jeans und dem weißen T-Shirt, dass der Anblick regelrecht wehtat. Doch die Augen, mit denen sie Fin ansah, waren alt. Sie wussten mehr, als ihrem Alter zuträglich war.

Für einen Moment sagte sie nichts. Dann: »Hallo, Mr Macleod.«

»Hallo, Donna. Ist dein Vater da?«

Enttäuschung flackerte in ihrem Gesicht auf. »Oh. Ich dachte, Sie wären gekommen, weil Sie die Kleine sehen wollen.«

Prompt hatte Fin ein schlechtes Gewissen. Natürlich, man erwartete das von ihm. Aber er hatte jetzt keinen Nerv dafür. Brachte kein Gefühl auf. »Ein andermal.«

Ergebung legte sich wie Staub auf die Züge des Kindes. »Mein Vater ist in der Kirche. Repariert ein Loch im Dach.«

Fin war schon ein paar Stufen hinuntergestiegen, als er stehen blieb und beim Umdrehen sah, dass Donna noch in der Tür stand. »Wissen sie Bescheid?«, fragte er.

Sie schüttelte den Kopf.

Er hörte das Hämmern schon im Vorraum, fand die Quelle aber erst beim Betreten der eigentlichen Kirche. Donald Murray saß auf einer Leiter, die auf der Galerie stand, gefährlich weit oben zwischen den Dachbalken, und nagelte frische Planken an der Ostseite des schrägen Dachs fest. Er hatte einen Blaumann an. Sein dunkelblondes Haar wurde jetzt offenbar schnell grau und schütter. Er war so in seine Arbeit vertieft, dass er Fin nicht bemerkte, der zwischen den Bankreihen stand und ihm von unten zusah, und in dessen Kopf sich eine Geschichte abspulte, eine von Abenteuern in der Guy-Fawkes-Nacht, von Partys am Strand und von einer Fahrt in einem roten Cabriolet mit offenen Verdeck, an einem herrlichen Sommerabend die Westküste entlang.

Das Hämmern wurde unterbrochen, als Donald die nächsten Nägel suchte. »Man könnte glatt auf die Idee kommen, dass du in dieser Kirche mehr Zeit mit Handlangerdiensten verbringst als mit der Verkündigung von Gottes Wort«, rief Fin zu ihm hinauf.

Donald schrak so zusammen, dass er fast von der Leiter gefallen wäre und sich mit einer Hand am nächsten Dachbalken abfangen musste. Er sah nach unten, erkannte den Besucher aber nicht auf Anhieb. »Gottes Werk nimmt vielerlei Gestalt an, Fin«, sagte er, als er schließlich wusste, wer gekommen war.

»Angeblich ist Müßiggang ja aller Laster Anfang, Donald. Vielleicht hat Gott dir das Loch ins Dach geschlagen, damit du kein Unheil anrichtest.«

Donald musste unwillkürlich lächeln. »So einen Zyniker wie dich gibt's kein zweites Mal, Fin Macleod.«

»So einen Sturkopf wie dich auch nicht, Donald Murray.«

»Vielen Dank. Das nehme ich als Kompliment.«

Fin merkte, dass er schmunzelte. »Das sollstest du auch. Ich könnte noch ganz andere Sachen sagen.«

»Das bezweifle ich nicht.« Es war ein taxierender Blick, mit dem Donald auf seinen Besucher hinabsah. »Ist dein Besuch privat oder dienstlich?«

»Ich bin nicht mehr im Dienst, also wird er wohl privat sein.«

Donald runzelte die Stirn, fragte aber nicht nach. Er hängte den Hammer in eine Schlaufe an seinem Gürtel und stieg vorsichtig die Leiter hinab. Als er unten in der Kirche angelangt war, schnaufte er doch ein bisschen, wie Fin nicht entging. Der in seiner Jugend ranke und schlanke Mann, der einmal so athletisch gewesen war, ein Sportler, Rebell und der Liebling aller Frauen, ging allmählich aus dem Leim. Außerdem sah er auch älter aus, besonders um die Augen, unter denen das Fleisch erschlafft und von Linien durchzogen war, die wie feine Narben aussahen. Er schüttelte Fins ausgestreckte Hand. »Was kann ich für dich tun?«

»Dein Vater hat Marsailis Eltern getraut.« Fin sah Donald die Überraschung an. Was immer er erwartet haben mochte, das bestimmt nicht.

»Wenn du das sagst, wird es so gewesen sein. Er hat wahrscheinlich halb Ness getraut.«

»Was für einen Identitätsnachweis hat er da benötigt?«

Donald sah ihn sekundenlang an. »Das klingt mir doch eher nach dienstlich als nach privat, Fin.«

»Glaub mir, es ist privat. Ich bin nicht mehr bei der Polizei.«

Donald nickte. »Gut, ich zeig's dir.« Er schritt durch den Mittelgang zum hinteren Ende der Kirche und öffnete die Tür zur Sakristei. Fin folgte ihm. Donald schloss eine Schublade des Schreibtischs auf, der dort stand, entnahm ihr ein gedrucktes Formular und schwenkte es vor Fins Nase. »Eine Eheurkunde. Die hier ist für ein Paar, das ich nächsten Sonntag traue. Der Standesbeamte händigt sie erst aus, wenn das Paar alle erforderlichen Dokumente vorgelegt hat.«

»Und welche wären das?«

»Du bist doch verheiratet, nicht?«

»War.«

Es war ein kaum wahrnehmbares Innehalten, mit dem Donald dies aufnahm. Er sprach weiter, als hätte er Fins Mittelung überhört. »Dann müsstest du das eigentlich wissen.«

»Wir haben auf die Schnelle auf einem Standesamt geheiratet, Donald, vor fast siebzehn Jahren. Ehrlich gesagt erinnere ich mich kaum noch daran.«

»Okay, ihr musstet auf alle Fälle Geburtsurkunden vorlegen, für beide, eine Scheidungsurkunde, falls ihr schon einmal verheiratet wart, oder den Totenschein eines früheren Ehepartners, falls einer von beiden verwitwet war. Der Standesbeamte händigt das Formular erst aus, wenn alle Dokumente vorgelegt wurden und allen Vorschriften Genüge getan worden ist. Der Pfarrer unterzeichnet lediglich auf der punktierten Linie, wenn die Zeremonie vorüber ist. Neben dem glücklichen Paar und seinen Trauzeugen.«

»Dein Vater hätte also keinen Grund gehabt, an der Identität der Personen zu zweifeln, die er getraut hat.«

Donald kniff bestürzt die Augen zusammen. »Was soll das, Fin?«

Doch Fin schüttelte bloß den Kopf. »Ach, nichts, Donald. Ein alberner Einfall. Vergiss, dass ich dich gefragt habe.«

Donald schob die Heiratsurkunde in die Schublade zurück und schloss sie ab. Wandte sich wieder zu Fin um. »Du und Marsaili, ihr seid wohl wieder zusammen?«

Fin lächelte. »Eifersüchtig?«

»Ach, Unsinn.«

»Nein, sind wir nicht. Ich bin hier, weil ich den Hof meiner Eltern restaurieren will. Ich hab ein Zelt auf dem Gehöft aufgeschlagen, und da hause ich, bis ich ein Dach drauf und die wichtigsten Klempnerarbeiten erledigt habe.«

»Zu mir gekommen bist du also nur wegen dieses *albernen* Einfalls, von dem du gesprochen hast?«

Fins Blick ruhte lange auf dem anderen, und er bemühte sich, die Flammen des Zorns einzudämmen, die seine Emotionen tief in seinem Inneren anfachten. Er hatte dieses Thema nicht anschneiden wollen.

Aber es war ein ungleicher Kampf. »Weißt du, Donald, ich finde dich verflucht scheinheilig.«

Donald zuckte zusammen, als hätte er eine Ohrfeige bekommen. Er wich beinahe zurück vor Schreck. »Wovon redest du?«

»Glaubst du, ich weiß nicht, dass Catriona schwanger war, als ihr geheiratet habt?«

Donald lief rot an. »Wer hat dir das erzählt?«

»Es stimmt, nicht? Der große Donald Murray, der freie Geist und Frauenverehrer, hat Mist gebaut und ein Mädchen geschwängert.«

»Ich höre mir solche Reden im Haus Gottes nicht länger an.«

»Warum denn nicht? Es sind doch bloß Worte. Ich wette, Jesus kennt auch ein paar deftige.«

Donald verschränkte die Arme. »Worauf willst du hinaus, Fin?«

»Darauf, dass man ruhig einen Fehler machen kann. Das ist in Ordnung. Aber Gott stehe deinem Töchterchen bei oder Fionnlagh, wenn sie denselben begehen. Du hast dir deine zweite Chance selbst gegeben, weil damals niemand da war, der dich verurteilt hat. Aber bei deiner eigenen Tochter bist du nicht so nachsichtig. Warum nicht? Ist Fionnlagh nicht gut genug für sie? Ich überlege ja, was Catrionas Eltern von dir gehalten haben mögen.«

Donald war fast weiß vor Zorn. Sein Mund war ein schmaler Strich. »Über andere zu urteilen wird dir nie zu viel, was?«

»Nein, das ist doch deine Aufgabe.« Fin wies mit dem Zeigefinger an die Decke. »Du und Er da oben. Ich bin nur ein Beobachter.«

Er machte kehrt und wollte den Vorraum verlassen, aber Donald packte ihn. Kräftige Finger gruben sich in Fins Oberarm. »Was zur Hölle geht das dich überhaupt an, Fin?«

Fin drehte sich um und befreite seinen Arm. »Hüte deine Zunge, Donald. Wir befinden uns im Haus des Herrn, schon vergessen? Außerdem solltest du wissen, dass die *Hölle* für einige von uns sehr real ist.«

FÜNFZEHN

Kalt war es dort drin. Genau das Richtige für die Toten. Der Assistent in dem weißen Kittel zog das Fach der Kühlkammer auf, und Fin blickte auf das erstaunlich gut erhaltene, vom Torf braun gefärbte Gesicht eines jungen Mannes mit knabenhaften Zügen, der nicht viel älter gewesen sein konnte als Fionnlagh heute.

Gunn nickte dem Assistenten zu, der diskret hinausging. Sagte: »Das hier muss unter uns bleiben, Mr Macleod. Wenn jemand davon erfährt, bin ich ein toter Mann.« Er errötete leicht. »Bitte entschuldigen Sie den Scherz.«

Fin blickte auf. »Sie dürfen nicht glauben, dass ich nicht wüsste, was für einen großen Gefallen Sie mir tun, George.«

»Schon klar. Aber das hat Sie nicht abgehalten, mich darum zu bitten.«

»Sie hätten nein sagen können.«

Gunn neigte zustimmend den Kopf. »Hätte ich, ja.« Dann fügte er hinzu: »Beeilen Sie sich, Mr Macleod. Wenn ich es recht verstehe, schreitet die Verwesung schnell voran.«

Fin zog eine kleine Digitalkamera aus der Tasche und stellte sich auf, um ein Foto vom Gesicht des jungen Toten zu machen. Der Blitz wurde von sämtlichen Kacheln im Raum reflektiert. Fin machte drei oder vier Aufnahmen aus verschiedenen Winkeln und steckte die Kamera wieder ein. »Gibt es noch etwas, was ich sinnvollerweise wissen sollte?«

»Nach seinem Tod war er über Stunden in so etwas wie eine Decke eingewickelt. Deren Muster hat Abdrücke auf dem Rücken, dem Gesäß, den Waden und den Rückseiten der Oberschenkel hinterlassen. Ich warte auf die Fotos des Pathologen, dann lassen wir einen Künstler eine Zeichnung davon anfertigen.«

»Aber Sie haben kein Vergleichsstück?«

»Nein. Bei der Leiche haben wir nichts gefunden. Keine Decke, keine Kleidung ...«

Gunn klopfte an die Tür, und der Assistent kam wieder herein und schob das Fach zu, übergab den jungen Unbekannten, den sie aus dem Moor gezogen hatten, der dunklen Ewigkeit.

Draußen zerrte der Wind an ihren Jacken und Hosen und besprühte sie mit Regen, aber eher spielerisch. Die Sonne brach für Momente noch mit hellem Leuchten durch, wurde aber von dem sich ständig verändernden Himmel schnell wieder verdeckt. Auf dem Hügel wurde an einer Erweiterung des Krankenhauses gebaut, der Wind trug die Geräusche von Bohrern und Presslufthämmern heran, leuchtend orange Schutzwesten und weiße Bauarbeiterhelme fingen flüchtig den Sonnenschein ein.

Wenn man dem Tod ins Antlitz geschaut hat, wird man danach innerlich stets für eine Weile still. Man wird an seine eigene Schwäche und Sterblichkeit gemahnt. Wortlos stiegen die beiden Männer in Gunns Auto ein und schwiegen noch fast eine volle Minute, bevor Fin schließlich sagte: »Mir eine Kopie des Autopsieberichts zukommen zu lassen, ginge das, George?«

Es war ein tiefer Seufzer, als Gunn ausatmete. »Herrgott, Mr Macleod!«

Fin wandte dem anderen das Gesicht zu. »Wenn es nicht geht, sagen Sie einfach nein.«

Gunn sah ihn wütend an und atmete durch zusammengebissene Zähne. »Ich schau mal, was sich machen lässt.« Kurz darauf fügte er, sein Ton triefte vor Ironie, hinzu: »Kann ich noch etwas für Sie tun?«

Fin lächelte und hielt seine Kamera hoch. »Sie können mir sagen, wo ich die ausdrucken lassen kann.«

Malcolm J. Macleods Fotogeschäft befand sich in einem weißen Rauhputzhaus in der Point Street, von den Einheimischen auch The Narrows genannt, wo sich die Inseljugend beiderlei Geschlechts seit Generationen an den Freitag- und Samstagabenden traf, um zu trinken, sich zu prügeln, Marihuana zu rauchen und dem Drang der Teenager-Hormone nachzugeben. Aus einem Fish-and-Chips-Laden zwei Türen weiter trug die Brise den Geruch von Fett und gebratenem Fisch heran.

Als die Fotografien des Toten von Fins Kamera heruntergeladen waren und auf dem Computerbildschirm erschienen, warf der Angestellte komische Blicke in ihre Richtung. Aber George Gunn war ein stadtbekanntes Gesicht, und so blieben alle Fragen, die er haben mochte, ungestellt.

Fin sah sich die Bilder genau an. Der Kamerablitz hatte die Züge zwar ein bisschen eingeebnet, aber jeder, der den Toten gekannt hatte, würde dieses Gesicht sehr wohl wiedererkennen. Fin suchte das beste Bild aus und tippte mit dem Zeigefinger darauf. »Das hier, bitte.«

»Wie viele Ausdrucke?«

»Nur den einen.«

Fin wurde im Vorraum des Pflegeheims abgefangen, als er das Dun Eisdean betrat. Von einer besorgten jungen Frau mit dunklem, zum Pferdeschwanz gebundenem Haar. Sie lotste ihn in ihr Büro.

»Sie waren doch gestern mit Tormod Macdonalds Tochter hier, als sie ihren Vater hergebracht hat, nicht wahr, Mr … äh …«

»Macleod. Ja. Ich bin ein Freund der Familie.«

Die Frau nickte nervös. »Ich versuche schon den ganzen Vormittag, die Tochter zu erreichen, hatte aber kein Glück. Es gibt ein Problem.«

Fin runzelte die Stirn. »Was für ein Problem?«

»Mr Macdonald … wie soll ich sagen … wollte weglaufen.«

Fins Augenbrauen fuhren vor Überraschung in die Höhe. »Weglaufen? Das ist doch kein Gefängnis, oder?«

»Nein, natürlich nicht. Unsere Bewohner können kommen und gehen, wie sie wollen. Aber das war mitten in der Nacht. Und da sind die Türen aus Sicherheitsgründen natürlich verschlossen. Mr Macdonald hat gestern offenbar den ganzen Abend Unzufriedenheit unter den anderen Bewohnern geschürt, und es waren vier, die hinauswollten.«

Fin konnte sich ein Lächeln nicht verkneifen. »Ein Ein-Mann-Fluchtkomitee?«

»Das ist nicht zum Lachen, Mr Macleod. Mr Macdonald ist auf das Spülbecken gestiegen und hat mit bloßen Händen das Küchenfenster eingeschlagen. Er hat sich böse geschnitten.«

Fins Heiterkeit verflog. »Geht es ihm gut?«

»Wir mussten ihn in die Notaufnahme des Krankenhauses bringen. Sie haben seine Hand genäht. Inzwischen ist er wieder hier, hat die Hände verbunden und ist in seinem Zimmer. Aber er ist schon ziemlich aggressiv gewesen, hat die Angestellten angeschrien, wollte seinen Mantel nicht ausziehen und seine Mütze nicht absetzen. Er sagt, er wartet darauf, dass seine Tochter kommt und ihn nach Hause bringt.« Die Frau seufzte und trat vor ihren Schreibtisch, schlug eine beige Aktenmappe auf. »Wir möchten Miss Macdonald vorschlagen, ihm Medikamente zu geben.«

»Was für Medikamente?«

»Das kann ich leider nur mit Familienangehörigen besprechen.«

»Sie wollen ihn unter Drogen setzen.«

»Es geht nicht darum, ihn unter Drogen zu setzen, Mr Macleod. Er ist in einem Zustand starker Erregung. Wir müssen ihn beruhigen, damit er sich nicht noch weiter schädigt. Oder andere Heimbewohner.«

Fin ließ die erwartbaren Folgen solcher Medikamente im Geiste Revue passieren. Ein Gedächtnis, bereits geschwächt und lückenhaft, durch Tranquilizer zusätzlich getrübt. Das würde alle Bemühungen, Tormods Erinnerungen an die Vergangenheit und an seine Verbindung zu dem Toten zu stimulieren, konterkarieren. Dass er sich noch mehr Verletzungen zufügte, konnten sie allerdings auch nicht riskieren. Fin sagte: »Rufen Sie noch einmal bei Marsaili an und sprechen Sie mit ihr darüber. Und lassen Sie mich schauen, ob ich ihn ein bisschen beruhigen kann. Ich wollte ihn sowieso zu einem Ausflug mit dem Auto abholen, falls das in Ordnung ist.«

»Oh, das ist eine gute Idee, Mr Macleod. Alles, was dazu beiträgt, ihn in dem Gedanken zu bestärken, dass das hier kein Gefängnis und er kein Gefangener ist.«

SECHZEHN

Wer ist das nun wieder? Ich rühr mich nicht. Die können sich alle zum Teufel scheren.

Die Tür geht auf, und ein junger Mann steht darin. Gesehen habe ich den schon mal. Ob der hier arbeitet?

»Hallo, Mr Macdonald«, sagt er, und es ist etwas Tröstliches in seiner Stimme. Die kenne ich.

»Kenne ich Sie?«

»Ich bin's, Fin.«

Fin. Fin. Komischer Name. Fast wie Finne. »Was ist denn das für ein Name?«

»Die Abkürzung von Finlay. Bis zur Schuleinführung hieß ich Fionnlagh, dann haben sie mir meinen englischen Namen gegeben. Marsaili hat mich immer Fin gerufen.« Er setzt sich zu mir aufs Bett.

Die Hoffnung gibt mir gleich ein bisschen Auftrieb. »Marsaili? Ist sie hier?«

»Nein, aber sie hat mich gebeten, einen kleinen Ausflug mit Ihnen zu machen. Sie hat gesagt, mit dem Auto, das würde Ihnen gefallen.«

Ich bin enttäuscht. Aber es wäre nett, mal rauszukommen. Ich sitz ja schon eine Weile hier fest. »Ja.«

»Wie ich sehe, sind Sie ja auch schon angezogen und gehfertig.«

»Bin ich immer.« Ich merke, wie ein Lächeln in mir hochkriecht. »Du bist ein guter Junge, Fin. Schon immer gewesen. Aber du hättest nicht auf die Farm kommen sollen, wenn deine Leute dir das verboten haben.«

Fin lächelt jetzt ebenfalls. »Daran erinnern Sie sich noch, oder?«

»Klar. Deine Mutter war fuchsteufelswild. Mary hatte Angst, dass sie denkt, wir hätten dich dazu ermutigt. Übrigens, wie geht es deinen Leuten?«

Er antwortet nicht. Sondern sieht sich meine Hände an und hebt meinen rechten Arm hoch. »Wie ich höre, haben Sie sich selbst so geschnitten, Mr Macdonald.«

»Wirklich?« Ich schaue auf meine Hände und sehe, dass da weiße Verbände drum sind. Oh! Was ist denn da passiert? Angst regt sich in mir wie ein Stachel. »Himmel«, sage ich, doch ziemlich erschrocken. »Man würde meinen, das tut weh. Aber ich spüre gar nichts. Ist es schlimm?«

»Es musste anscheinend genäht werden. Drüben im Krankenhaus. Sie wollten weglaufen.«

»Weglaufen?« Bei dem Wort steigt meine Stimmung.

»Ja. Aber wissen Sie, Mr Macdonald, Sie sind hier nicht eingesperrt. Sie können kommen und gehen, wann Sie wollen. Wie in einem Hotel. Sie sollten nur Bescheid sagen.«

»Ich möchte nach Hause«, sage ich.

»Oh, Sie wissen doch, wie man so sagt. Zu Hause ist, wo man seinen Hut hinhängt.«

»Wirklich?« Wer zum Teufel ist *man*?

»Ja.«

»Wo ist eigentlich meine Mütze?«

Fin grinst mich an. »Auf Ihrem Kopf.«

Das überrascht mich jetzt aber, und ich hebe die Hand, und wirklich, da ist sie ja. Ich nehme sie runter und schaue sie an. Gute alte Mütze. So viele Jahre leistet sie mir nun schon treue Dienste. Jetzt lache ich. »Stimmt. Hab ich gar nicht gemerkt.«

Er hilft mir behutsam beim Aufstehen.

»Warte, ich muss noch meine Tasche holen.«

»Nein, lassen Sie die mal lieber hier, Mr Macdonald. Sie werden Ihre Sachen brauchen, wenn Sie wiederkommen.«

»Ich komme wieder?«

»Natürlich. Sie müssen doch wiederkommen und Ihren Hut aufhängen. Wissen Sie noch? Zu Hause ist, wo man seinen Hut hinhängt.«

Ich schaue auf die Mütze, die ich noch in den bandagierten Händen halte, und lache wieder. Setze sie mir wieder fest auf den Kopf. »Du hast recht. Hätte ich beinahe vergessen.«

Wenn die Sonne so wie jetzt auf dem Ozean liegt, das gefällt mir. Man weiß, da draußen ist es tief, weil das Blau des Wassers so dunkel ist. Grün oder türkis ist es ja nur an den flachen Stellen, wo Sand drunter ist. Hier aber nicht. Hier fällt der Sandboden gleich steil nach unten ab. Das kommt von der Unterströmung. Hört man immer wieder, dass Leute hier ertrunken sind. Meist sind die neu hier, oder es sind Touristen. Die lassen sich vom Sand täuschen, weil er so weich und fein ist, so gelb und sicher. Die Einheimischen würden nicht im Traum daran denken, ins Wasser zu gehen, höchstens mit dem Boot. Die meisten können eh nicht schwimmen. Verdammich, wie heißt dieser Strand noch mal?

»Dalmore«, sagt Fin.

Ich hab gar nicht gemerkt, dass ich das laut gesagt hab. Aber es stimmt. Dalmore-Strand heißt er. Ich habe ihn gleich erkannt, als wir auf die Küstenstraße eingebogen sind, an den Cottages und den Mülltonnen vorbei zu dem Friedhof. Die Armen, da auf dem Machair zur letzten Ruhe gebettet, wo das Meer an ihnen nagt.

Diese verfluchten Kieselsteine sind so groß. Gar nicht so einfach, darauf zu gehen. Auf dem Sand geht es leichter. Fin hilft mir, Schuhe und Socken auszuziehen, und jetzt spüre ich den Sand zwischen den Zehen. Weich und von der Sonne gewärmt. »Der erinnert mich an Charlies Strand«, sage ich.

Fin bleibt stehen und sieht mich neugierig an. »Wer ist Charlie?«

»Ach, den kennst du nicht. Der lebt schon lange nicht mehr.« Ich muss richtig lachen, als ich das sage.

Auf dem Sand unterhalb der befestigten Friedhofsmauer breitet er die Decke aus, die er aus dem Kofferraum des Autos geholt hat, und wir setzen uns. Er hat auch ein paar Flaschen Bier dabei. Kalt, aber nicht eiskalt. Trotzdem gut. Er macht zwei auf und reicht mir eine, und ich mag das Zeug, das mir im Mund schäumt, genau so wie beim ersten Mal auf dem Dach des Dean.

Weiter draußen ist das Meer vom Wind ein bisschen aufgewühlt und bricht sich weiß an den Brandungspfeilern. Ganz fein kann ich die Gischt sogar auf dem Gesicht spüren. Leicht wie eine Feder. Der Wind hat die

Wolken jetzt weggeblasen. Es gab Tage draußen in der Heide, da hätte ich getötet für so ein Stück blauen Himmel.

Fin zieht etwas aus seiner Tasche und zeigt es mir. Ein Foto, sagt er. Es ist ganz schön groß. Ich bohre meine Bierflasche in den Sand, damit sie nicht umkippt, und nehme das Foto. Nicht so einfach mit den verbunden Händen.

»Oh.« Ich sehe Fin an. »Ist das ein Farbiger?«

»Nein, Mr Macdonald. Ich dachte, vielleicht kennen Sie ihn.«

»Schläft er?«

»Nein, er ist tot.« Er wartet anscheinend, dass ich es mir ansehe. Möchte, dass ich etwas sage. »Ist das Charlie, Mr Macdonald?«

Ich sehe ihn an und muss richtig lachen. »Nein, das ist nicht Charlie. Woher soll ich denn wissen, wie Charlie aussieht? Du dummer *balach*!«

Er lächelt zwar, schaut aber ein bisschen verunsichert. Ich kann mir nicht denken, warum. »Sehen Sie sich das Gesicht genau an, Mr Macdonald.«

Gut, sehe ich es mir genau an, wenn er will. Und jetzt, wo ich mehr sehe als bloß die Hautfarbe, kommt mir an den Zügen doch etwas bekannt vor. Komisch. Diese leichte Krümmung der Nase. Genau wie bei Peter. Und die winzige Narbe auf der Oberlippe, am rechten Mundwinkel. So eine Narbe hatte Peter auch. Er hatte sich an einem angeschlagenen Wasserglas geschnitten, als er vier war. Und, oh ... diese Narbe an der linken Schläfe. Die ist mir vorhin gar nicht aufgefallen.

Mit einem Mal dämmert mir, wer das ist, und ich lege das Foto auf meinen Schoß. Ich kann nicht mehr hinsehen, das ertrage ich nicht. Ich hatte es *versprochen*! Ich sehe Fin an. »Ist er tot?«

Fin nickt und sieht mich so komisch an. »Warum weinen Sie, Mr Macdonald?«

Dasselbe hat Peter mich auch einmal gefragt.

Samstags war es am schönsten. Keine Schule, kein Gottesdienst, kein Mr Anderson. Wenn wir Geld hatten, konnten wir in die Stadt gehen und es auf den Kopf hauen. Nicht dass wir oft Geld gehabt hätten, aber das hielt uns nicht vom Gehen ab. Bloß eine Viertelstunde zu Fuß, und du warst in einer anderen Welt.

Das Schloss überragte die Stadt, stand dort oben auf dem hohen schwarzen Felsen und warf seinen Schatten auf die Gärten darunter. Und die ganze lange Straße war voller Leute, ein ständiges Rein und Raus aus Geschäften und Cafés, und Autos und Busse pusteten dicke Abgaswolken in die Luft.

Wir hatten uns eine kleine Gaunerei einfallen lassen, Peter und ich. Wenn wir am Samstagvormittag in die Stadt gingen, zogen wir dafür extra unsere ältesten Sachen an und unsere schäbigsten Schuhe, bei denen sich die Sohlen schon vom Oberleder gelöst hatten, und wir hängten Peter ein kleines Pappschild mit dem Wort BLIND um den Hals. Gut, dass wir eine halbwegs anständige Schuldbildung bekamen und wussten, wie man das schreibt. Damals hatten wir natürlich keine Ahnung, dass sich das mit dem Pappschild um den Hals noch mal wiederholen sollte.

Peter schloss die Augen und legte die linke Hand auf meinen rechten Unterarm, und so schlurften wir zwischen den Leuten herum, die fürs Wochenende einkauften, Peter mit der Mütze in der ausgestreckten Hand.

Es waren immer die gutmütigen Frauen der Stadt, die Mitleid mit uns hatten. »Ach, der arme Junge«, sagten sie und warfen uns, wenn wir Glück hatten, einen Shilling in die Mütze. Auf die Art bekamen wir genug Geld zusammen, um Peters Tätowierung zu bezahlen. Und wir brauchten die ergaunerten Wochenendeinkünfte eines ganzen Monats oder noch mehr dafür.

Peter war richtig verrückt nach Elvis. Die Zeitungen und Zeitschriften waren damals voll von ihm. Man konnte den Mann und die Musik nicht überhören. In den Nachkriegsjahren musste ja alles aus Amerika sein, und bevor wir anfingen, für die Tätowierung zu sparen, gingen wir immer ins Manhattan Café gleich neben dem Monseigneur News Theatre. Das war ein langer, schmaler Raum, die Tische alle an einer Seite und mit Bänken drumherum wie in einem amerikanischen Diner. An den Wänden hingen Spiegel mit aufgeätzten New Yorker Silhouetten. Wenn man bedenkt, wie wir die anderen sechs Tage der Woche lebten, war das für uns wie das Paradies. Ein betörender Einblick in ein Leben, wie es auch sein könnte. Ein Kaffee oder eine Coke, dann war unser Geld schon alle, aber wir hielten uns lange daran fest und saßen da und lauschten Elvis, der aus der Jukebox dröhnte.

Heartbreak Hotel. Da hatte man gleich lauter romantische Bilder im Kopf! New Yorker Straßen, blinkende Leuchtreklamen, Dampf, der aus Gullydeckeln aufstieg. Dieser geruhsam schlendernde Bass, das Jazzpiano, das im Hintergrund vor sich hin klimpert. Und diese mürrische, großmäulige Stimme.

Das Tätowierstudio befand sich in der Rose Street, direkt neben einer Arbeiterkneipe. Es war nur ein Raum und ziemlich schäbig, und hinten war ein Stück durch einen schleimgrünen Vorhang mit ausgefranstem Saum abgeteilt. Da drin roch es nach Tinte und altem Blut. Verblichene Skizzen, das Papier schon bröselig, und Fotos waren ringsherum an die Wände gepinnt und zeigten Muster und tätowierte Arme und Rücken. Der Künstler hatte selbst beide Oberarme tätowiert: ein gebrochenes Herz, von einem Pfeil durchbohrt, einen Anker, Popeye, den Mädchennahmen Angie in kunstvoll verschnörkelten Buchstaben.

Er hatte ein gemeines, abgemagertes Gesicht und drahtige Koteletten. Seine letzten paar Haare hatte er vom zurückweichenden Ansatz über den glänzenden, fast kahlen Schädel nach hinten gekämmt und mit Brylcreem zu prunkvollen Locken geformt. Mir fiel der Schmutz unter seinen Fingernägeln auf, und ich machte mir Sorgen, dass Peter sich womöglich mit etwas Grässlichem ansteckte, aber vielleicht war es bloß Tinte.

Keine Ahnung, wie die Vorschriften damals waren und ob es gesetzlich überhaupt erlaubt war, einen Jungen in Peters Alter zu tätowieren, aber falls es da etwas gab, scherte der Tattoo-Künstler in der Rose Street sich nicht darum. Er war perplex, als wir sagten, wir wollten eine Elvis-Presley-Tätowierung. So etwas habe er noch nie gemacht, sagte er und betrachtete es wohl als besondere Herausforderung. Er nannte uns einen Preis: zwei Pfund, für damalige Verhältnisse ein Vermögen. Er glaubte bestimmt, wir könnten uns das nie und nimmer leisten, aber falls er überrascht war, als wir fast sechs Wochen später mit dem Geld aufkreuzten, ließ er es sich nicht anmerken. Er hatte nach einer Fotografie in einer Zeitschrift eine Vorlage gezeichnet und den Schriftzug *Heartbreak Hotel*, der unten drunter kommen sollte, als Spruchband gestaltet, der in der Brise flattert.

Es dauerte viele Stunden, und es floss viel Blut, aber Peter ertrug alles ohne ein Wort der Klage. Ich sah ihm an, wie schmerzhaft es war, aber das wollte er unter keinen Umständen zugeben. Stoisch war er. Ein Märtyrer seines Traums.

Ich saß den ganzen Nachmittag neben ihm, das Jaulen der Tätowiermaschine im Ohr, sah zu, wie die Nadeln sich ins Fleisch gruben, und bewunderte die Tapferkeit und Stärke meines Bruders, wenn Tinte und Blut nach jedem zweiten Stich mit einem Lappen abgewischt wurden.

Für Peter hätte ich alles getan. Ich wusste, wie frustriert er sein konnte, wenn er sich seiner Einschränkungen bewusst wurde. Er wurde aber nie zornig, fluchte nie und hatte für niemanden ein böses Wort. Mein Bruder war ein guter Mensch. Ein besserer als ich. Darüber habe ich mir nie Illusionen gemacht. Und er hätte Besseres im Leben verdient gehabt.

Am späten Nachmittag war sein Arm eine einzige Sauerei. Man sah die Tätowierung gar nicht vor lauter Blut, das stellenweise schon getrocknet war und einen Flickenteppich aus Schorf gebildet hatte. Der Tätowierer badete den Arm in Seifenwasser und trocknete ihn mit Küchentüchern ab, bevor er zuletzt eine Mullbinde darum wickelte und diese mit einer Sicherheitsnadel befestigte.

»Die nimmst du in ein paar Stunden runter«, sagte er, »und du wäschst die Tätowierung regelmäßig. Aber immer nur trockentupfen und nicht rubbeln. An die Wunde muss Luft ran, damit sie richtig heilt, also nicht abdecken.« Er gab mir ein kleines Glas mit einem gelben Deckel. »Tätowierungscreme. Die reibst du ihm nach jeder Wäsche in die Wunde. Nur so viel, dass sie feucht bleibt. Es soll sich ja kein Grind bilden. Falls das aber doch passiert, nicht abkratzen, sonst zieht ihr die Tinte aus der Haut. Wenn sie heilt, bildet sich ein Häutchen darüber. Das fällt nach einiger Zeit schüppchenweise ab. Wenn ihr die Wunde gut pflegt, müsste sie in ungefähr zwei Wochen völlig ausgeheilt sein.«

Der Mann verstand sein Handwerk. Die Heilung dauerte zwölf Tage, und erst dann sahen wir, wie gut er seine Sache gemacht hatte. Peter hatte Elvis Presley auf dem Unterarm, daran gab es keinen Zweifel, und das Spruchband mit dem Schriftzug *Heartbreak Hotel* hatte der Tätowierer so eingefügt, dass es wie ein Hemdkragen aussah. Sehr clever.

Während dieser Zeit mussten wir uns natürlich einiges einfallen lassen, um die Tätowierung zu verstecken. Im Dean und in der Schule trug Peter immer langärmelige Sachen, obwohl noch Sommer war. Am Badetag wickelte er sich die Binde um den Arm und hielt ihn aus dem Wasser. Ich erzählte den anderen Jungs, er litte an Psoriasis, einer Hautkrankheit, über die ich etwas in einer Zeitschrift gelesen hatte. So blieb die Tätowierung unser Geheimnis.

Bis zu dem verhängnisvollen Tag Ende Oktober.

Wie aus einem löchrigen Eimer das Wasser fließt, konnte Peter kein Geheimnis für sich behalten. Das war seine Schwachstelle. Er war so arglos, so wenig fähig zu Verstellung oder Heimlichtuerei, dass er früher oder später jemandem von der Tätowierung erzählen musste. Und sei es nur wegen des Vergnügens, sie vorzeigen zu können.

Manchmal saß er nur da und schaute sie sich an. Streckte den Arm aus und hielt den Kopf so und andersherum, damit er sie aus verschiedenen Winkeln sehen konnte. Das Tollste für ihn war, wenn er sich im Spiegel anschaute, den Arm im Ganzen sehen konnte, als gehöre er einem anderen, der Bewunderung und Achtung verdiente. Zwischen den Wörtern *Heartbreak* und *Hotel* war ein kleines gebrochenes Herz, die einzige Farbe in der ganzen Tätowierung. Peter mochte diesen Spritzer Dunkelrot, und manchmal ertappte ich ihn dabei, wie er ihn berührte, ja fast streichelte. Vor allem gefiel ihm die Vorstellung, dass Elvis irgendwie zu ihm gehörte und immer bei ihm sein würde. Ein ständiger Begleiter für sein ganzes, wie sich herausstellte, kurzes Leben.

In dem Jahr fiel der erste Schnee sehr zeitig. Es war nicht viel gewesen, aber er lag auf den Dächern und als Leisten vor den Hausmauern und hatte die Äste der Bäume bestäubt, die nach den ungewöhnlich starken Herbstwinden eben erst ihr Laub verloren hatten. Im Kontrast dazu wirkte alles andere dunkler und düsterer: das schnell fließende Flusswasser, der rußgeschwärzte Stein der alten Fabriken und die Mietskasernen der Arbeiter im Dean Village. Der Himmel war von bleierner Schwere, schimmerte aber auch, wie ein natürlicher Leuchtkasten, rückwärtig von der Sonne beschienen. Er warf keine Schatten. Der Schnee war gefroren und knirschte unter den Füßen.

Wir hatten Vormittagspause in der Schule, und unsere Stimmen erhoben sich hell und spröde in die eisige Luft, Atemschwaden blähten sich über unseren Köpfen wie Rauch aus Drachennüstern. Peter stand mitten in einem Pulk von Jungen am Schultor. Als ich bei ihm ankam, war es schon zu spät. Üblere Gesellschaft hätte er sich für das Vorzeigen seiner Tätowierung kaum aussuchen können. Es waren die drei Kelly-Brüder und einige ihrer Freunde. Genauso widerwärtige Burschen. Wir lungerten nur deshalb mit den Kellys herum, weil sie auch Katholiken waren und wir alle draußen in der Kälte warten mussten, bis die Proddys mit ihrem Morgengottesdienst fertig waren. Das schuf eine Art von Kameradschaft, sogar zwischen Feinden.

Die Kellys waren ein übler Haufen. Es waren vier Brüder. Einer, erheblich jünger, ging noch nicht in unsere Schule. Die beiden Mittleren, Daniel und Thomas, waren ungefähr in meinem Alter und ein Jahr auseinander. Und Patrick war ein Jahr älter. Ihr Vater, so erzählte man sich, gehöre zu einer berüchtigten Bande in Edinburgh und habe schon mal im Gefängnis gesessen. Angeblich hatte er eine Narbe, die von seinem linken Mundwinkel bis zum Ohrläppchen seines linken Ohrs verlief, wie eine Verlängerung der Unterlippe. Ich habe den Mann nie gesehen, aber das Bild, das diese Beschreibung in meiner Vorstellung beschwor, habe ich nie vergessen.

Catherine war noch vor mir am Schultor, weil sogar sie jetzt auf Peter aufpassen wollte. Obwohl sie jünger war als ich, in Peters Alter nämlich, betütelte und bemutterte sie uns beide. Nicht auf sentimentale Weise. Ihr Bemuttern war herrisch, fast grob, vielleicht ihren Erfahrungen geschuldet. Sanftes Mahnen und liebevolles Kopftätscheln waren ihr fremd, ein Tritt in den Hintern und ein kräftiger Fluch waren eher Catherines Stil.

Ich kam gerade noch rechtzeitig, um Catherines Schreck über die Tätowierung auf Peters Arm zu sehen. Wir hatten ihr nichts erzählt, und sie warf mir einen Blick zu, voller Kummer, weil wir sie nicht ins Vertrauen gezogen hatten.

Peter hatte die Jacke ausgezogen und den Hemdsärmel hochgekrempelt. Sogar den Kellys, die sonst nicht leicht zu beeindrucken waren, standen vor Staunen die Münder offen. Und Patrick war derjenige, der begriff, dass sich ein Vorteil aus der Situation schlagen ließ.

»Wenn die das spitzkriegen, sitzt du ganz schön in der Patsche, Dummi«, sagte er. »Wer hat das gemacht?«

»Das ist ein Geheimnis«, sagte Peter abwehrend. Er krempelte den Ärmel schon wieder runter. Aber Patrick packte ihn am Arm.

»Das ist ’ne Profiarbeit, stimmt’s? Der Kerl könnte mächtig Ärger kriegen, weil er einen Jungen in deinem Alter verletzt hat. Wie alt bist du, fünfzehn? Ich schätze, für so was braucht man die Einwilligung der Eltern.« Dann lachte er, und es lag Grausamkeit in seiner Stimme. »Klar, dürfte schwierig werden, weil du ja keine hast.«

»Besser, keine Eltern zu haben als einen Vater, der im Gefängnis war!« Catherines Stimme übertönte das Gelächter der Jungen, und Patrick warf ihr einen drohenden Blick zu.

»Du hältst die Klappe, kleines Miststück.« Er machte einen Schritt auf sie zu, aber ich ging flink dazwischen.

»Und du passt auf, was du sagst, Kelly.«

Patrick Kellys hellgrüne Augen erwiderten meinen Blick. Er hatte rötlich-braunes Haar und einen porridgefarbenen Teint. Übersät mit Sommersprossen. Er war ein hässlicher Bursche. Ich sah das Kalkül in seinem Blick. Er war groß und kräftig, aber das war ich auch. »Was geht’s dich an?«

»Ich bin bei ordinären Ausdrücken ein bisschen empfindlich.«

Gelächter ertönte, und das gefiel dem ältesten Kelly nicht. Er sah seine Brüder wütend an. »Ihr haltet die Fresse.« Dann wandte er sich wieder mir zu. »Im Dean dürfen Kinder sich also tätowieren lassen, wenn sie wollen, ja?«, sagte er. Und grinste, als ich darauf nichts erwiderte. »Warum habe ich das Gefühl, dass der Dummi ganz schön in der Scheiße stecken würde, wenn die das rauskriegen?«

»Warum sollten sie es rauskriegen?«

»Jemand könnte es ihnen sagen.« Patrick Kelly lächelte hinterhältig.

»Wer denn?«

Sein Lächeln verflog, und er kam mit dem Gesicht dicht vor meines. »Ich zum Beispiel.«

Ich wich keinen Millimeter zurück und zuckte nur zusammen bei dem Gestank seiner faulenden Zähne, den er mir ins Gesicht blies. »Andere verpfeifen, das tun nur Feiglinge.«

»Nennst du mich Feigling?«

»Ich nenne dich gar nichts. Feiglinge verraten sich durch ihre Taten selbst.«

Der Zorn und die Blamage, dass jemand sich als klüger erwiesen hatte als er selbst, flößten ihm Mut ein. Er stieß mir mit dem Zeigefinger gegen die Brust. »Wir werden schon sehen, wer hier der Feigling ist.« Mit dem Kopf wies er auf die Straßenbrücke, die sich über uns erhob und die Stadt mit den westlichen Vororten verband. Der vorletzte Bau, den der berühmte Baumeister Thomas Telford errichtet hatte, wie ich viel später im Leben erfuhr. »Außen an der Brücke führt ein Sims entlang, direkt unter dem Geländer. Ungefähr neun Zoll breit. Heute Nacht da oben. Um Mitternacht. Du und ich. Schauen wir mal, wer es schafft, da drüber zu gehen.«

Ich warf einen flüchtigen Blick nach oben. Sogar von hier konnte ich den Harschschnee sehen, der überall auf diesem Sims lag. »Ausgeschlossen.«

»Hast Schiss, was?«

»Er ist ein beschissener Feigling«, sagte einer von Patricks jüngeren Brüdern.

»Ich bin doch nicht blöd«, sagte ich.

»Tja, da hat dein Bruder eben Pech gehabt, was? Ich schätze, die könnten ihn sogar rauswerfen. Ihn in eine Anstalt stecken. Mit so einem Scheiß auf dem Arm. Schätze mal, du wärst nicht erbaut, wenn ihr getrennt werdet.«

Ganz abwegig war das nicht. Ich spürte, wie das Netz des Unausweichlichen sich um mich zusammenzog. »Und wenn ich es mache?«

»Dann bleibt sein Elvis unser Geheimnis. Es sei denn, du ziehst unterwegs den Schwanz ein. In dem Fall sage ich es.«

»Aber du gehst auch auf dem Sims rüber?«

»Klar.«

»Und was hab *ich* davon?«

»Das Vergnügen, mich Feigling zu nennen, wenn ich unterwegs den Schwanz einziehe.«

»Und wenn du das nicht machst?«

»Hab ich das Vergnügen, dir das Gegenteil bewiesen zu haben.«

»Tu das nicht!« Catherines Stimme ertönte hinter mir, leise und eindringlich warnend.

»Halt's Maul, Schlampe!«

Ich spürte Kellys Spucke auf dem Gesicht und sah aus dem Augenwinkel zu Peter hinüber. Ich war nicht sicher, ob er verstand, wie ernst die Lage war und in welche Schwierigkeiten er mich mit seiner unbedachten Angeberei gebracht hatte. »Ich komme mit«, sagte er treuherzig.

»Siehst du? Sogar Dummi hat mehr Mumm als du.« Kelly freute sich jetzt diebisch. Er wusste, dass er mich in die Enge getrieben hatte.

Ich zuckte mit den Achseln. Tat betont lässig. »Okay. Aber lass es uns noch ein bisschen interessanter machen. Ich gehe als Erster. Wir stoppen die Zeit. Und der Langsamere von uns beiden muss noch einmal gehen.«

Zum ersten Mal sah ich Patrick Kelly mit schwankendem Selbstvertrauen. Jetzt war er derjenige, der in die Enge getrieben wurde. »Kein Problem.«

Wie dumm wir doch waren! Das machte Catherine mir gleich klar, als ich Peter über den Spielplatz fortzog, um ihm die Meinung zu geigen.

»Du bist wahnsinnig«, sagte Catherine. »Die Brücke ist über dreißig Meter hoch. Wenn du abstürzt, bist du tot. Das steht mal fest.«

»Ich stürze nicht ab.«

»Na, das will ich auch hoffen. Denn wenn doch, kann ich nicht mehr ›siehst du, ich hab's dir gesagt‹ sagen.« Sie überlegte. »Wie willst du aus dem Dean rauskommen?«

Ich hatte niemandem von meinen nächtlichen Ausflügen ins Dean Village und zum Friedhof erzählt und zögerte deshalb jetzt, mein Geheimnis preiszugeben. »Ach, da findet sich schon was«, sagte ich beiläufig.

»Na, dann rück mal raus damit. Denn ich komme auch mit.«

»Ich auch«, piepste Peter.

Ich blieb stehen und starrte die beiden wütend an. »Das lasst ihr schön bleiben. Alle beide.«

»Und wer will uns das verdammt noch mal verbieten?«, sagte Catherine.

»Ja, wer will uns das verdammt noch mal verbieten?« Peter warf sich trotzig in die Brust. Es war fast schockierend, ihn so fluchen zu hören. Catherine war ein schlechtes Vorbild. Aber ich wusste, dass ich geschlagen war.

Ich sagte zu Catherine: »Wozu willst du denn mitkommen?«

»Na, wenn ihr gegen die Uhr kämpft, muss doch jemand die Zeit stoppen.« Sie verstummte und seufzte. »Und wenn du abstürzt, muss jemand da sein, der dafür sorgt, dass Peter heil ins Dean zurückkommt.«

Ich hätte, als die Nachtruhe begann, nicht einschlafen können, selbst wenn ich gewollt hätte. Noch drei Stunden, und mir war übel. Was war bloß in mich gefahren, mich in so eine Mutprobe hineinziehen zu lassen? Und Peter, das ärgerte mich noch mehr, war gleich eingeschlafen und verließ sich darauf, dass ich ihn schon wecken würde, wenn es Zeit zum Gehen war. Ich spielte mit dem Gedanken, mich ohne ihn hinauszuschleichen, aber da ich nicht wusste, wie er reagieren würde, wenn er aufwachte und ich fort war, war das für uns beide riskant.

Und so lag ich unter der Decke, von der ich nicht warm wurde, und zitterte vor Kälte und Angst. Unter den Kindern in der Schule und im

Dean hatte es sich natürlich wie ein Lauffeuer verbreitet, dass die Kellys und die McBrides zu einer Mutprobe gegeneinander antreten wollten. Warum, schien niemand zu wissen, aber mir war klar, dass es nicht lange dauern würde, bis Peters Tätowierung sich überall herumgesprochen hatte, und dann war es nur eine Frage der Zeit, bis unsere Aufpasser ebenfalls Wind davon bekamen.

Außerdem war mir mulmig, denn was in Zukunft sein würde, war ja unberechenbar und lag völlig im Dunkeln. Ich hatte das Gefühl, dass unser Leben, meines und Peters, uns entglitt. Wir mussten es zwar ertragen, im Dean eingesperrt zu sein, aber das Haus hatte uns im vergangenen Jahr doch einen gewissen Trost geboten, und sei es nur durch die brutale Sicherheit seiner Abläufe.

Die Zeit verging langsam und schnell zugleich. Bei jedem Blick auf die Armbanduhr war es erst fünf Minuten später. Bis es plötzlich eine Viertelstunde vor Mitternacht war. War ich doch noch eingedöst, ohne es zu merken? Nun hämmerte das Herz in meiner Brust, schlug mir bis zum Hals, nahm mir fast die Luft. Es war Zeit zu gehen.

Ich schlüpfte unter der Decke hervor, vollständig angezogen, und zog meine Schuhe an. Sie hatten dicke Gummisohlen, von denen ich mir einen guten Halt versprach. Mit zitternden Fingern band ich die Schnürsenkel zu und rüttelte Peter an der Schulter. Zu meinem Verdruss brauchte er eine Weile zum Wachwerden. Als er den Schlaf und einen unverdient schönen Traum schließlich abgeschüttelt hatte, fiel ihm wieder ein, was uns in dieser Nacht bevorstand, und seine Augen glänzten vor banger Vorahnung. »Müssen wir los?«, flüsterte er laut.

Ich legte die Finger auf die Lippen und sah ihn wütend an.

Erst an der Tür des Schlafsaals merkte ich, wie viele andere ebenfalls wach waren. Stimmen flüsterten im Dunkeln.

»Viel Glück, Johnny.«

»Zeig dem Mistkerl, aus welchem Holz die Jungs aus dem Dean geschnitzt sind.«

Am liebsten hätte ich gesagt: »Zeig du es ihm doch!«

Catherine wartete unten an der Kellertreppe schon auf uns. Sie hatte eine Taschenlampe mit und leuchtete uns damit in die Gesichter, als wir herunterkamen. Fast hätte es mich geblendet.

»Herrgott, tu die weg!« Ich hob die Hand und schirmte mir die Augen ab. Und wäre, als das Licht ausging, beinahe hingefallen. »Verflucht!«

»Ihr kommt zu spät!«, flüsterte sie. »Hier unten ist es richtig gruselig. Irgendwas macht dauernd so komische klappernde Geräusche. Und es huscht was am Fußboden entlang. Das sind bestimmt Ratten.«

Ich zog den Riegel an der Tür zurück, und beim Aufmachen drang die kalte Nachtluft herein. Sie roch nach Winter, und ich sah Sterne, winzige Löchlein in der schwarzen Wand des Himmels, durch die, könnte man meinen, Licht durchdrang. Ein Licht, das von dem glitzernden Frost auf dem schwarzen Asphalt reflektiert wurde. Die Erde ein perfekter Spiegel des Himmels. Oder über uns der perfekte Spiegel der Hölle.

Als wir unten im Village ankamen, schlug irgendwo eine Uhr Mitternacht. Ihr Geräusch hallte wie eine Totenglocke in der kalten, klaren Nachtluft, ein voller, tiefer Ton, erfüllt von schrecklicher Vorahnung. Der Steig auf den Bell's Brae im Dunkeln, an den stillen Häusern vorbei, war mühsam und tückisch. Schnee war gefallen, an den von der Sonne beschienenen Stellen wieder getaut, dann gefroren. Als wir am Kirkbrae House auf dem Kamm des Hügels waren, schwitzten wir alle drei vor Anstrengung. Das Kirkbrae House mit seinen Türmchen und Treppengiebeln, dessen hinterer Teil von der Brücke verdeckt wurde, war im 17. Jahrhundert eine Schenke gewesen, hatten wir in der Schule gelernt, und in dem Moment hätte ich alles gegeben für ein Glas des schönen zischenden Ales, das man damals trank. Nur damit mir die Zunge nicht mehr so am Gaumen klebte und ich den Mut wiederfand, der mich verließ, als wir uns der Brücke näherten.

Die Kellys warteten am ersten Brückenbogen schon auf uns, in den Schatten des Kirkbrae House verkrochen. Die Stadt war verlassen und lag still wie der Friedhof neben dem Dean. Kein Auto fuhr auf der Straße, in keinem der Steinhäuser, die sich terrassenförmig die Queensferry

Road entlang nach Westen erstreckten, brannte noch Licht. Das Mondlicht wurde aber von allen schneebedeckten Oberflächen des Village, das unter uns lag, zurückgeworfen. Nur das schwarze Wasser des Flusses selbst war komplett mit der Dunkelheit verschmolzen.

»Ihr kommt zu spät!«, herrschte Patrick Kelly uns aus dem Schatten an. »Wir warten schon eine Ewigkeit. Und es ist saukalt.«

Er stampfte mit den Füßen und schlug die Hände zusammen, um sich warm zu halten, und ich wünschte, ich hätte auch Handschuhe, so wie er.

»Jetzt sind wir ja da«, sagte ich. »Und wir können auch gleich anfangen. Ich zuerst.« Ich wollte schon auf das Brückengeländer zusteuern, aber Patrick drückte mir die flache Hand gegen die Brust.

»Nein. Ich zuerst. Ich steh schon lange genug hier herum. Wer stoppt die Zeit?«

»Ich.« Catherine trat in den blassgelben Schein einer Straßenlaterne und streckte die offene Hand vor, in der eine gravierte silberne Stoppuhr mit einem daran befestigten rosa Band lag.

Prompt hielt einer von Patricks Brüdern Catherine am Handgelenk fest, um sich die Uhr genauer anzusehen, und sagte mit unüberhörbarem Neid: »Wo hast du denn die gestohlen?«

Catherine entwand ihm ihren Arm und schloss schützend die Finger um die Uhr. »Die hab ich nicht gestohlen. Die hat mein Dad mir gegeben.«

Patrick sagte: »Okay, Danny, du passt auf, dass sie nicht bescheißt.« Und damit reckte er sich hinauf zu den Spitzen, in denen das schmiedeeiserne Brückengeländer auf seiner ganzen Länge auslief, zog sich daran hoch, stieg darüber hinweg und ließ sich, seine Füße rutschten auf dem Eis, schließlich auf den tiefer liegenden Sims hinab.

Ich hatte die Brücke schon oft überquert, bisher aber nie richtig auf das Geländer geachtet. Später erfuhr ich, dass es erst fünfzig Jahre zuvor hinzugefügt worden war, damit die Leute nicht ganz so einfach springen konnten. Weshalb sind gerade Brücken so anziehend für Menschen, die sich umbringen wollen? Was immer der Grund sein mochte, mich beherrschte jetzt nur ein Gedanke: Ich durfte nicht hinunterfallen.

Die Brücke führte in vier Bögen vom Kirkbrae House am südlichen Ende zu dem gewaltigen gotischen Bau der Holy Trinity Church auf der anderen Seite. An der höchsten Stelle lag sie gut fünfzig Meter über dem Fluss, und ihre Länge betrug an die hundertfünfzig Meter. Der Sims war breit genug, um darauf zu gehen. Wenn man nicht nach unten sah oder allzu viel daran dachte. Schwierig wurde es an den Stellen, wo er um die Träger der drei Säulen herumführte. Die waren nach außen angeschrägt, vom Geländer weg, an dessen Eisenspitzen man sich sonst immer festhalten konnte.

Mir drehte sich der Magen um. Das war Wahnsinn. Was in Gottes Namen machte ich hier? Meine Kehle war wie zugeschnürt.

Ich sah Patrick an, dass er auch Angst hatte. Er gab sich aber Mühe, es zu verbergen. »Okay, Stoppuhr an«, rief er, und wir beugten uns alle vor, als Catherine den Startknopf drückte und Patrick Kelly über den Brückensims startete.

Ich staunte, wie schnell er war. Die Arme weit geöffnet und mit der Vorderseite zum Geländer, rückte er auf dem Sims vor, beugte sich etwas vor und ließ sich von seinen Händen führen. Er umfasste die Stützpfeiler, schmiegte sich regelrecht daran, während er sich auf dem Sims vorsichtig mit den Füßen darum herumschob. Danny blieb auf der Kirkbrae-Seite bei Catherine mit der Stoppuhr, und ich und Peter und Tam, Patricks anderer Bruder, gingen auf der sicheren Straße mit hinüber.

Ich hörte Patricks Atem, ganz gepresst vor Angst und Anstrengung. Der Atem kam im Mondlicht fast explosionsartig aus ihm heraus. Ich sah nur das obere Stück seines Kopfes und die Konzentration in seinen Augen. Peter hing an meinem Arm und achtete nur auf Patricks Vorankommen. Obwohl er gedroht hatte, das Geheimnis seiner Elvis-Tätowierung zu verraten, fürchtete Peter aufrichtig um seine Sicherheit. So groß war sein Mitgefühl. Tam feuerte seinen Bruder pausenlos an, und als Patrick schließlich an der Kirche angelangt war und sich mit zitternden Armen auf die Straßenseite herüberzog, stieß er ein Triumphgeheul aus.

Catherine und Danny kamen zu uns herübergerannt.

»Und?«, sagte Patrick, und sein Gesicht leuchtete nun förmlich vor Jubel.

»Zwei Minuten, dreiundzwanzig Sekunden«, sagte Danny. »Ehrlich, Paddy.«

Ein frohlockender Patrick sah mich an. »Du bist dran.«

Ich warf Catherine einen Blick zu und sah die Angst, die in ihren dunklen Augen brannte. »Wie ist das Eis da drüben?«, sagte ich zu Patrick.

»Scheißglatt«, sagte er grinsend.

Das Herz rutschte mir in die Hose. Zwei Minuten, dreiundzwanzig Sekunden kamen mir sehr schnell vor. Und wenn ich diese Zeit nicht unterbieten konnte, musste ich, so war es abgemacht, noch einmal gehen. Patrick drang das Selbstbewusstsein aus allen Poren. Er glaubte nicht eine Sekunde, dass ich schneller sein konnte als er. Ich glaubte es ehrlich gesagt selbst nicht. Aber es war sinnlos, darüber zu grübeln und mich von meiner eigenen Angst schlagen zu lassen.

Ich stieg auf das Geländer, hielt mich an den Eisenspitzen fest und ließ die Füße auf der anderen Seite hinabgleiten, bis sie auf dem Sims landeten. Das Eisen der Stäbe war eiskalt und zwickte in den schon frierenden Händen. Aber ich ließ nicht los und testete den Harsch unter meinen Füßen. Zu meiner Überraschung boten die Gummisohlen mir erstaunlich guten Halt. Und als ich die Hände schließlich vom Geländer löste, stand ich auf dem Sims und hatte gut hundertfünfzig Meter darauf vor mir. Wenn ich ihn mit derselben Technik ging wie Patrick, lag es im Schoß der Götter, ob ich seine Zeit unterbieten konnte oder nicht. Aber wenn ich mich mit ausgestreckten Armen im Gleichgewicht hielt und geradeaus lief wie auf einer Bordsteinkante, konnte ich es bestimmt schneller schaffen. Falls ich nicht ausrutschte. Nur die Brückenpfeiler musste ich nach Patricks Methode umsteigen.

Ich holte tief Luft, widerstand der Versuchung, nach unten zu schauen, und rief: »In Ordnung, fangt an zu stoppen.« Und lief los, das Kirkbrae House auf der anderen Seite fest im Blick. Der gefrorene Schnee knirschte unter meinen Füßen, ich hielt den linken Arm höher als den rechten, um eine Berührung mit dem Geländer zu vermeiden. Der kleinste Fehltritt, sogar der kleinste Anstoß an die Mauer unter dem Geländer, und ich segelte mit Sicherheit in die Tiefe.

Ich erreichte den ersten Stützpfeiler und schlang die Arme darum, schob die Füße seitwärts auf dem Sims entlang, wie ich es bei Patrick gesehen hatte. Auf der anderen Seite sammelte ich mich für die nächste Etappe. Ein seltsames Hochgefühl hatte mich erfasst, mir war, als könnte ich fast rennen. Das ging natürlich nicht, aber jetzt brandete Selbstvertrauen in mir auf, und ich beschleunigte das Tempo, setzte einen Fuß vorsichtig vor den anderen. Von der anderen Seite des Geländers hörte ich Tams Stimme. »Verdammt, Paddy, der ist schnell!«

Und Peter: »Los, Johnny, los!«

Als ich mich am Kirkbrae House über das Geländer auf die sichere Seite zog, wusste ich, dass ich schneller gewesen war. Patrick schwante es auch, und seine Besorgnis wuchs, während wir noch auf Catherine und Danny warteten, die über die Brücke zu uns gerannt kamen.

Danny stand die Beklommenheit ins Gesicht geschrieben. Auf Catherines lag ein triumphierendes Lächeln.

»Zwei Minuten, fünf Sekunden«, sagte Danny, seine Stimme kaum mehr als ein Flüstern.

Mehr wollte ich nicht wissen. Ich hatte die Mutprobe gewonnen. Und wenn Patrick Kelly ein Kerl war, der sein Wort hielt, war Peters Geheimnis sicher. Zumindest für eine Weile. »Machen wir Schluss.«

Patricks Mund zog sich zu einem trostlosen Strich zusammen. Er schüttelte den Kopf. »Kommt nicht in Frage. Der Langsamere von uns beiden muss noch einmal gehen. So war es ausgemacht.«

»Kommt doch nicht drauf an«, sagte ich.

Ich sah, wie Patricks Kinn sich hob. »Für mich schon.« Und damit fasste er nach den Spitzen und zog sich wieder über das Geländer.

Tam sagte: »Komm schon, Paddy, lass uns nach Hause gehen.«

Patrick ließ sich auf den Sims hinab. »Werft einfach die scheiß Stoppuhr an, klar?«

Danny sah mich an, als könnte ich ihn davon abbringen. Aber ich hatte getan, was ich konnte. Catherine drückte auf die Uhr. »Los!«, rief sie, und Patrick setzte sich in Bewegung, diesmal nach meiner Technik. Aber ich sah gleich, dass er damit nicht zurechtkam. Seine Schuhe boten ihm offenbar nicht so viel Halt wie mir meine. Er blieb auf dem Abschnitt bis zum ersten Brückenbogen mehrmals stehen und hatte Mühe, wieder ins Gleichgewicht zu kommen. Tam und Peter und ich liefen neben ihm auf der Straße her und sprangen alle paar Schritte hoch, um ihn besser sehen zu können.

Ich sah den Schweiß auf seiner Stirn, das Mondlicht fing sich in den Tropfen; Patricks Sommersprossen sahen auf dem weißen Gesicht aus wie dunkle Schmutzspritzer. Die Angst schaute ihm aus den Augen, wurde aber von seinem verzweifelten Bedürfnis nach Selbstachtung verdrängt. Er musste sich nicht nur vor uns beweisen, sondern vor sich selbst. Ich hörte ihn japsen, als er mit einem Fuß abrutschte, sah die Hand, die in die kalte Luft fuhr, und dachte für einen entsetzlichen Moment, er wäre verloren. Aber die Hand fand den Geländerbogen, und er hatte das Gleichgewicht wieder.

Wir waren auf der Hälfte, als ich Danny hörte, der vom Kirkbrae-Ende aus »Polizei!« rief. Und fast im selben Moment hörte ich auch schon das Motorengeräusch eines Autos, das sich vom Randolph Place her näherte. Danny und Catherine duckten sich in den Schatten des Kirkbrae House, wir aber, ich und Peter und Tam, waren auf der Brücke total exponiert und konnten uns nirgendwo verstecken.

»Runter!«, rief ich und kauerte mich an die Mauer, zog Peter mit mir nach unten. Tam ließ sich neben uns auf die Fersen fallen. Wir konnten bloß hoffen, dass der schwarze Streifenwagen an uns vorüberfuhr, ohne uns zu sehen. Für einen Moment schien es, als hätten die Scheinwerfer uns erfasst, doch er beschleunigte und fuhr weiter. Eine Welle der Erleichterung wogte über mich hinweg. Bis Bremsen quietschten und Reifen auf gefrorenem Asphalt rutschend zum Stehen kamen.

»Weg hier!«, rief Tam.

Jaulend wurde der Motor in den Rückwärtsgang geschaltet, und mehr brauchte ich nicht zu wissen. Im Nu war ich auf den Beinen und sprintete so schnell ich konnte auf das Kirkbrae House und den Fluchtweg nach Bell's Brae zu. Wir hatten noch keine zehn Meter zurückgelegt, da merkte ich, dass Peter nicht bei uns war. Und von der anderen Seite schrie Danny: »Was zum Teufel macht er da?« Und Tam packte mich am Arm.

Beim Umdrehen sahen wir es: Peter hockte auf dem Geländer, die eine Hand an eine Eisenspitze geklammert, die andere der panischen Gestalt Patrick Kellys entgegengereckt, fast als hätte er ihn gestoßen. Kelly ruderte verzweifelt mit den Armen, um das Gleichgewicht wiederzufinden.

Aber die Sache war bereits verloren. Lautlos stolperte er ins Dunkel. Die Stille dieses Moments, die höre ich noch immer in mir. Der Junge gab keinen Mucks von sich. Er schrie nicht einmal auf, rief nichts. Fiel einfach nur lautlos in den Schatten der Brücke. Ich wollte mit jeder Faser meines Leibes glauben, dass er den Sturz – irgendwie – überlebte. Aber ich wusste, dass das ausgeschlossen war.

»Scheiße!« Ich spürte Tams Atem auf meinem Gesicht. »Er hat ihn gestoßen!«

»Nein!« Wie es aussah, wusste ich selbst. Aber ich wusste auch, dass Peter so etwas niemals tun würde.

Zwei uniformierte Polizisten waren nun aus dem Streifenwagen gesprungen und kamen auf der Brücke auf uns zugerannt. Ich sprintete zurück und packte meinen Bruder, zerrte ihn halb hinter mir her zu den anderen, die auf der Südseite warteten. Peter wimmerte verzweifelt, sein Gesicht nass und vor Tränen glänzend. »Er hat um Hilfe gerufen«, sagte er und pumpte sich in seiner Verzweiflung die Lungen voll Luft. »Ich wollte ihn halten, Johnny, ehrlich.«

»Hey!«, rief die Stimme eines Polizisten ins Dunkel. »Ihr da, Jungs! Halt! Was macht ihr hier auf der Brücke?«

Für uns war es das Signal auseinanderzustieben. Ich weiß nicht, wohin die Kellys liefen, aber ich und Peter und Catherine sausten Hals über Kopf die Bell's Brae hinunter, stolperten und rutschten auf dem gefährlichen Pflaster und wagten nicht, uns umzudrehen. Die Dunkelheit der

Nacht und die Schatten der Gebäude und Bäume verschluckten uns, und ohne ein Wort zu sprechen stiegen wir auf der anderen Seite den Hügel hinauf zu den beiden Türmen des Dean.

Ich weiß nicht, wieso, aber im Dean schienen am folgenden Morgen alle schon in aller Herrgottsfrühe zu wissen, dass Patrick Kelly von der Brücke gestürzt war. Und als dann ein Anruf aus dem Village kam mit der Mitteilung, dass die Schule an dem Tag ausfiel, war allen klar, dass das Schlimmste eingetreten war. Ein Junge war in der Nacht bei einem Sturz von der Brücke ums Leben gekommen. Von den Angestellten wusste noch keiner, wer der Betreffende war. Unter den Jungen und Mädchen im Dean aber gab es niemanden, der nicht Bescheid gewusst hätte.

Seltsamerweise fragte uns niemand aus. Es war, als seien wir mit irgendetwas behaftet und als wolle sich keiner an dem anstecken, was wir hatten. Die Insassen bildeten ihre üblichen Cliquen, machten aber einen weiten Bogen um Catherine, Peter und mich.

Zu dritt hockten wir im Speisesaal und warteten auf das Unvermeidliche. Es kam kurz vor Mittag.

Ein Streifenwagen dröhnte auf der Zufahrt heran und hielt unten an der Treppe an. Zwei uniformierte Beamte betraten das Dean und wurden in Mr Andersons Büro gebracht. Es vergingen vielleicht zehn Minuten, dann wurde der Hauswart zu uns geschickt. Er schaute uns betrübt an. »Was habt ihr Kinder euch bloß dabei gedacht?«, flüsterte er.

Da ich der Älteste war, schauten die anderen zu mir, aber ich zuckte nur mit den Achseln. »Keine Ahnung«, sagte ich.

Wir mussten vor ihm her durch den unteren Flur zu Mr Andersons Zimmer gehen und spürten die Blicke aller unserer Kameraden auf uns. Es war, als hätte die Zeit angehalten und stünde so still wie die Kinder, die in Grüppchen zusammengelaufen waren und zusahen, wie die Verdammten gleich ihrem Schöpfer gegenübertraten. Zweifellos dankte jeder einzelne dem Herrn, dass er verschont blieb.

Mr Anderson stand hinter seinem Schreibtisch, sein Gesicht so aschfahl wie sein Haar. Sein Jackett war bis oben zugeknöpft, und er hatte die Arme vor der Brust verschränkt. Die beiden Beamten standen, die Helme in der Hand, auf der einen Seite neben ihm, die Oberin auf der anderen. Zu dritt blieben wir in einer Reihe vor dem Schreibtisch stehen. Mr Anderson blickte uns finster an. »Ich möchte, dass einer von euch für alle spricht.«

Catherine und Peter sahen mich an.

»In Ordnung, du, McBride.« Es war das erste und einzige Mal, dass er mich jemals mit meinem Namen ansprach. »Wenn einer von euch beiden nicht einverstanden ist mit etwas, was er sagt, dann sagt es. Schweigen wird als Zustimmung gewertet.« Er holte tief Luft, legte die Fingerspitzen vor sich auf den Schreibtisch, beugte sich vor und verlagerte sein Gewicht. »Ihr seid hier, weil gestern Abend ein Junge beim Sturz von der Dean Bridge gestorben ist. Ein Patrick Kelly. Kennt ihr ihn?«

Ich nickte. »Jawohl, Sir.«

»Wie es scheint, waren gegen Mitternacht Herumtreiber auf der Brücke. Mehrere Jungen, und ein Mädchen war auch dabei.« Er sah Catherine scharf an. »Und es wird berichtet, dass zwei Jungen und ein Mädchen aus dem Dean kurz zuvor im Dean Village gesehen wurden.« Er richtete sich zu seiner vollen Größe auf. »Ich nehme an, ihr könnt euch nicht vorstellen, wer das war.«

»Nein, Sir.« Beweisen, das war mir klar, konnte er das nur, wenn sie Augenzeugen hatten, die sich meldeten und uns identifizierten. Und wenn sie die hatten, hätten die wohl hier in Mr Andersons Büro gestanden und mit dem Finger auf uns gezeigt. Daher stritt ich alles ab. Nein, wir hatten das Dean nicht verlassen. Wir hatten die ganze Nacht im Bett gelegen. Nein, wir hatten erst heute Morgen von Patrick Kellys Sturz erfahren. Und nein, wir konnten uns nicht denken, was er oder sonst jemand um diese Zeit in der Nacht auf der Brücke gemacht hatte.

Natürlich war ihnen klar, dass ich log. Irgendjemand musste ihnen ja etwas erzählt haben. Einer der Kelly-Brüder vielleicht. Oder einer ihrer Freunde.

Mr Anderson stützte sich jetzt so fest auf seine Knöchel, dass sie so weiß schimmerten wie an dem Tag vor fast einem Jahr. »Es bestehen

Zweifel«, sagte er mit einem Seitenblick auf die beiden Polizisten, »ob der Junge gestürzt ist oder gestoßen wurde. Es wird eine Untersuchung geben, und wenn ein Schuldiger gefunden wird, der diesen Jungen in den Tod gestoßen hat, wird der Betreffende des Mordes angeklagt. Zumindest aber der fahrlässigen Tötung. Das ist eine äußerst ernste Angelegenheit. Und es wäre ein entsetzlicher Schandfleck für den Ruf des Dean, wenn sich herausstellte, dass eines seiner Kinder beteiligt war. Versteht ihr das?«

»Jawohl, Sir.«

Peter und Catherine hatten während der ganzen Befragung den Mund nicht aufgemacht. Mr Anderson richtete seinen Blick jetzt auf sie. »Hat einer von euch beiden etwas hinzuzufügen?«

»Nein, Sir.«

Eine halbe Stunde nachdem wir aus dem Zimmer gebracht wurden, verließen auch die Polizeibeamten schließlich das Haus, und wir hörten Mr Andersons Gebrüll im Korridor: »Verfluchte Katholiken! Ich will sie hier raus haben.«

Und so erfüllte sich Catherines Prophezeiung doch. Der Priester kam am nächsten Morgen und brachte uns weg.

SIEBZEHN

Fin ließ den alten Mann nicht aus den Augen. Im Sonnenlicht hoben sich die silbernen Stoppeln in seinem Gesicht und auf dem erschlafften Fleisch des Halses deutlich von der blassen ledrigen Haut ab. Seine Augen hingegen waren fast glanzlos, getrübt von Erinnerungen, die er nicht mitteilen konnte oder wollte. Tormod schwieg schon eine ganze Weile, und die getrockneten Tränen hatten salzige Spuren auf seinen Wangen hinterlassen. Er saß da, die Arme um die angezogenen Knie gelegt, und sah mit Augen, die etwas schauten, was Fin unzugänglich war, aufs Meer hinaus.

Fin nahm die Fotografie von der Decke, auf die Tormod sie hatte fallen lassen, und steckte sie wieder in seine Aktentasche. Fasste Tormod am Ellbogen und wollte ihn sacht ermuntern, sich wieder zu erheben.

»Kommen Sie, Mr Macdonald, gehen wir ein Stück am Wasser entlang.«

Beim Klang seiner Stimme schien der alten Herr aus seinen Tagträumen aufzuwachen, und er richtete einen überraschten Blick auf Fin, als sähe er ihn zum ersten Mal. »Das hat er nicht getan«, sagte er und sträubte sich gegen Fins Versuch, ihn zum Aufstehen zu bewegen.

»Wer hat was nicht getan, Mr Macdonald?«

Aber Tormod schüttelte bloß den Kopf. »Er war vielleicht nicht der Hellste, aber Gälisch hat er viel schneller gelernt als ich.«

Fin runzelte die Stirn, seine Gedanken wogten in einem Meer der Verwirrung hin und her. Auf den Inseln wuchs man mit Gälisch als Muttersprache auf. Zu Tormods Zeiten lernte man Englisch erst mit dem Schuleintritt. »Sie meinen, er hat schneller *Englisch* gelernt?« Er hatte keine Ahnung, wer *er* war.

Tormod schüttelte heftig den Kopf. »Nein, *Gälisch*. Der konnte das gleich wie ein Einheimischer.«

»Charlie?«

Tormod grinste und schüttelte den Kopf über Fins Begriffsstutzigkeit. »Nein, nein. *Der* hat doch Italienisch gesprochen.« Jetzt streckte er die Hand zu Fin aus, um sich aufhelfen zu lassen, und erhob sich in den Wind. »Komm, wir gehen mit den Füßen durchs Wasser wie früher an Charlies Strand.« Er warf einen Blick auf Fins Stiefel. »Mach, Junge, zieh sie aus.« Er bückte sich und krempelte sich die Hosenbeine hoch.

Fin kickte sich die Schuhe von den Füßen, streifte die Socken ab und krempelte im Aufstehen die Hosenbeine bis zu den Knien auf, und dann gingen die beiden Männer Arm in Arm durch den weichen tiefen Sand bis dahin, wo er von der auslaufenden Flut zusammengepresst und nass war. Der Wind wehte Tormod den Mantel um die Beine und blähte Fins Jacke. Stark war er auf ihren Gesichtern und weich zugleich, durchsetzt mit Gischt, die ungehindert über dreitausend Meilen Atlantischen Ozeans herangeweht wurde.

Das erste schäumende Wasser brach über ihre Füße, raste schockierend kalt den ansteigenden Sand hinauf, und Tormod lachte vor Entzücken, hob die Füße und trat flink beiseite, als es zurückkam. Die Mütze flog ihm vom Kopf, und wie durch ein Wunder konnte Fin sie fangen, weil er schon, bevor der Wind sie forttrug, sah, wie sie an Tormods Stirn angehoben wurde. Wieder lachte Tormod wie ein Kind, als sei es ein Spiel. Er wollte die Mütze wieder aufsetzen, aber Fin faltete sie zusammen und steckte sie ihm in die Manteltasche, damit sie nicht verlorenging.

Auch Fin genoss das eiskalte Wasser, das über seine Füße schwappte, und ging mit Tormod hinaus bis dahin, wo das Wogen des Ozeans noch friedlich war und das Wasser ihnen um die Knöchel und Waden spritzte. Sie lachten und japsten beide über die schockierende Kälte.

Tormod schien belebt und befreit – zumindest für diese wenigen Momente – von der Demenz, die seinen Geist in Ketten legte und sein Leben reduzierte. Wie ein Kind genoss er die Freude an den einfachsten Vergnügungen.

Vierhundert oder fünfhundert Meter weit liefen sie die Küste entlang, mal im Wasser, mal daneben, bis zu einer Gruppe glänzender schwarzer Felsen am anderen Ende des Strands, an denen sich das Wasser in weiß schäumendem Furor brach. Die Geräusche von Wind und Meer tosten ihnen in den Ohren, schlossen alles andere aus: Schmerz, Erinnerung, Traurigkeit. Bis Fin schließlich stehen blieb und mit Tormod am Arm umkehrte.

Sie waren ein paar Schritte gegangen, als er in seine Hosentasche griff und das Christopherus-Medaillon an dem Silberkettchen hervorzog, das Marsailis Mutter ihm vor wenigen Stunden gegeben hatte. Er reichte es Tormod. »Erinnern Sie sich an das, Mr Macdonald?« Er musste gegen das Tosen der Elemente anbrüllen.

Tormod schien überrascht, das Medaillon zu sehen. Er blieb stehen und nahm es Fin ab, betrachtete es in seiner Hand und schloss dann die Finger darum. Fin sah bestürzt, dass plötzlich Tränen den Spuren ihrer Vorgänger folgten. »Sie hat es mir gegeben«, sagte Tormod, seine Stimme fast unhörbar in dem Lärm, der sie umgab.

»Wer?

»Ceit.«

Fin überlegte. War Ceit der Grund für seinen vernunftwidrigen Hass auf Katholiken? »Und die war Katholikin?«

Tormod sah ihn an, als sei er nicht bei Verstand. »Natürlich. Waren wir alle.« Mit festem Schritt ging er am Rand der auslaufenden Flut entlang, watete, auch wenn es auf den Sand schoss, durchs Wasser, ohne sich darum zu scheren, dass es ihm um die Beine spritzte und seine hochgekrempelte Hose feucht wurde. Fin war verdutzt und brauchte einige Sekunden, bis er ihn wieder eingeholt hatte. Das alles ergab doch keinen Sinn.

»*Sie* waren Katholik?«

Tormod warf ihm einen abschätzigen Blick zu. »Jeden Sonntag zur Messe in der großen Kirche auf dem Hügel.«

»In Seilebost?«

»In der Kirche, die die Fischer gebaut haben. Mit dem Boot drin.«

»Es war ein Boot in der Kirche?«

»Unter dem Altar.« Tormod blieb so unvermittelt stehen, wie er eben losgelaufen war, nun bis zu den Knöcheln im Wasser, das sich an ihnen teilte, und blickte zum Horizont hinaus, wo der dunkle Fleck eines fernen Tankers die Linie zwischen Meer und Himmel unterbrach. »Von oben sah man bis zu Charlies Strand. Hinter dem Friedhof. Wie ein silberner Strich, der zwischen dem Lila des Machair und dem Türkis des Meeres an die Küste gemalt war.« Tormod wandte sich Fin zu und sah ihn an. »Und die vielen Toten wollten, dass man auf dem Weg dahin bei ihnen eine Pause einlegte. Ein bisschen Gesellschaft in der Welt über das Grab hinaus.«

Er wandte sich wieder ab und schleuderte, noch ehe Fin ihn daran hindern konnten, das Christopherus-Medaillon in das schnell hereinlaufende Wasser. Es verschwand in dem Gewirbel von Sand und Schaum und wurde von der Unterströmung mit hinausgezogen, um irgendwo in der Tiefe seine letzte Ruhe zu finden. Für immer verloren.

»Papistenzeug brauche ich jetzt keines mehr«, sagte er. »Die Reise ist fast vorüber.«

ACHTZEHN

Fin nahm den Anruf von Gunn auf seinem Handy an, als er das Pflegeheim Dun Eisdean verließ. Tormod war auf der Rückfahrt von Dalmore seltsam gedämpft und ging kleinlaut zu seinem Zimmer, wo er sich ohne Protest von einer Angestellten den Mantel ausziehen und anschließend zum Speiseraum bringen ließ. Nachdem er am Vortag fast nichts gegessen hatte, war sein Appetit jetzt anscheinend zurückgekehrt. Und während er sich über einen Teller Milchlamm mit Dampfkartoffeln hermachte, schlüpfte Fin unauffällig hinaus in die Mittagssonne.

Er stellte sein Auto am oberen Ende der Church Street ab und ging zu Fuß zur Polizeiwache hinunter, an deren Eingangstreppe Gunn ihn schon erwartete. Hier an der Ostküste wehte ein stürmischer und kühlerer Wind, der das Wasser in der Bucht kräuselte und das erste Laub rascheln ließ, das an den Bäumen hinter der Bucht unterhalb des verfallenden dunklen Lewis Castle hervorgekommen war. Die beiden Männer fassten Tritt auf dem Weg hinab zur Bayhead und sahen die Fischerboote, die nun, da Flut war, über die Ufermauern aufragten. Netze und Fischkörbe und leere Fischkisten waren überall auf dem Pflaster verstreut, und die fleißigen Leute von Stornoway waren, in den Wind gestemmt, unterwegs ins Stadtzentrum.

Als sie an einem Café vorüberkamen, dessen Aussichtsfenster zu den im Hafen liegenden Booten hinausgingen, sagte Gunn: »Ist das nicht der junge Fionnlagh?«

Fin drehte den Kopf zur Seite und sah durch den Schatten seines eigenen Spiegelbilds hindurch Fionnlagh und Donna an einem Tisch direkt hinter der Scheibe, eine Babytragetasche auf dem Boden zwischen ihnen. Fionnlagh hielt seine kleine Tochter auf dem Arm und blickte ihr mit grenzenloser Liebe in die runden blauen Äuglein. Auch die Kleine strahlte ihren Vater bewundernd an, und unglaublich winzige Fingerchen klammerten sich an seinen Damen. Genau wie Robbie sich einst an den von Fin geklammert hatte.

Fin blieb nur ein Moment, die Versäumnisse eines ganzen Lebens zu bedauern, die ihn bedrückten, bis Donna sich zur Seite drehte und ihn sah. Sie errötete, es war das erste Mal, dass Fin ein wenig Farbe in ihrem Gesicht sah, wandte sich ab und sagte etwas zu Fionnlagh. Der Junge schaute verblüfft herüber, und Fin sah einen seltsamen Ausdruck in seinen Augen. Schlechtes Gewissen? Angst? Schwer zu sagen, denn schon im nächsten Moment wurde er von einem schüchternen Lächeln abgelöst. Fionnlagh nickte Fin zu, und der nickte zurück. Ein peinlicher Moment, ein stummer Austausch, das Fensterglas eine Barriere, die viel leichter zu überwinden war als die vielen Dinge, die unausgesprochen zwischen ihnen lagen.

»Wollen Sie reingehen?«, sagte Gunn.

Fin schüttelte den Kopf. »Nein.« Er winkte dem jungen Paar noch einmal und schritt wieder aus, so schnell, dass Gunn sich beeilen musste, ihn einzuholen. Warum war Fionnlagh eigentlich nicht in der Schule?, schoss ihm durch den Kopf.

Gunn und Fin fanden ein dunkles Eckchen im Hebridean, und Gunn bestellte ihnen zwei kleine Starkbier. Er kam mit den Gläsern, zog einen A4-Umschlag aus der Innentasche seines Anoraks und schob ihn über den Tisch. »Von mir haben Sie das aber nicht.«

Fin ließ ihn in seine Tasche gleiten. »Was denn?«

Gunn grinste, und sie tranken schweigend ein paar Schlucke von ihrem Bier. Dann stellte Gunn sein Glas vorsichtig auf dem Bierdeckel ab und sagte: »Vor einer guten halben Stunde habe ich einen Anruf bekommen. Die Polizeidirektion Nord schickt einen Detective Chief Inspector aus Inverness her, der eine Mordermittlung beginnen soll.«

Fin neigte den Kopf. »Wie erwartet.«

»Der Mann wird wahrscheinlich erst in einer Woche oder so eintreffen. So eilig hat es die Behörde mit der Aufklärung eines vierundfünfzig Jahre alten Mordfalls anscheinend nicht.« Gunn hob sein Glas, trank einen Schluck und stellte es genau auf dem Ring wieder ab, den es auf dem Deckel hinterlassen hatte. »Wenn der Mann erst mal da ist, kann ich Ihnen keine Informationen mehr zukommen lassen, Mr Macleod. Finde ich bedauerlich. Denn ich weiß, Sie waren ein guter Polizist. Aber die Tatsache, dass Sie den Dienst quittiert haben, dürfte eher gegen als für Sie arbeiten. Mit Sicherheit wird man Ihnen nahelegen, sich aus der Sache herauszuhalten.«

Fin lächelte. »Mit Sicherheit.« Er trank einen Schluck. »Wo führt das alles hin, George?«

»Tja, Mr Macleod, wir haben ja noch eine Gnadenfrist. Wäre vielleicht nicht verkehrt, die Gelegenheit beim Schopf zu packen.«

»Haben Sie an etwas Spezielles gedacht?«

»Ich habe daran gedacht, Sir, morgen früh runter nach Harris zu fahren, nach Seilebost, und Erkundigungen über Tormod Macdonalds Familie einzuholen. Vielleicht hab ich dann ja eine Idee, wen wir da aus dem Moor gezogen haben. Es wäre doch nett, diesen Festländern zu zeigen, dass wir von der Inselpolizei nicht alle bloß Bauerntölpel sind.«

»Und?«

»Der Motor meines Wagens hat sich dieser Tage irgendetwas Schreckliches ausgedacht, um mich zu ärgern. Zumindest in der offiziellen Version. Ich hab mich gefragt, ob Sie mich mit Ihrem Auto mitnehmen könnten.«

»Ach, wirklich?«

»Ja.« Gunn trank einen großen Schluck. »Was meinen Sie?«

»Ich glaube, Marsaili ist sehr daran gelegen, dass ich dieser Sache auf den Grund gehe.«

»Ja, das leuchtet ein. Sie als ehemaliger Polizist und so weiter.« Er hob das Glas wieder an die Lippen, hielt aber noch mal inne. »Besteht zwischen Ihnen jetzt so etwas wie eine … Beziehung?«

Fin schüttelte den Kopf, wich Gunns Blick dabei aber aus. »Viel gemeinsame Geschichte, George, das ja. Aber keine Beziehung.« Er trank sein Glas aus. »Wann möchten Sie losfahren?«

Als er von Barvas und durch Siader und Dell an der Westküste entlang zurückfuhr, sammelten sich die dunklen Legionen einer neuen Gewitterfront draußen am Horizont. Im Rückspiegel sah er die Sonne, deren letzte Strahlen schräg über die lila gefärbten Berge von Harris im Süden fielen. In nördlicher Richtung war der Himmel noch klar, Dorf um Dorf trat mit seiner jeweiligen Silhouette stark hervor in dem Licht, ob alte Whitehouses oder die architektonisch gehandicapten Standardhäuser des 20. Jahrhunderts, erstellt vom ehemaligen Ministerium für Landwirtschaft und Fischereiwesen, die Ministeriumshäuser, wie sie genannt wurden, mit den verputzten Mauern, den schiefergrauen Steildächern und den hohen Dachgauben. Nach modernen Maßstäben völlig ungeeignet für das verheerende Inselklima.

Die im Osten schräg aufs Moor fallende Sonne versponn das abgestorbene Gras zu Gold, und er sah Dorfbewohner, die sich grüppchenweise in die Furchen duckten, den langstieligen *tarasgeir* schwenkten und den trockenen Nachmittag nutzten, um Torf zu stechen und zu stapeln.

Der dunkle Schatten der öden und abweisenden Kirche bei Cross signalisierte ihm, dass er gleich zu Hause war.

Zu Hause? War das nun wirklich sein Zuhause?, fragte er sich. Dieser windzerzauste Winkel der Erde, in dem gegnerische Fraktionen einer unerbittlichen protestantischen Religion das Leben bestimmten? In dem Männer und Frauen ihr Leben lang rackern mussten, um dem Land oder dem Meer ein Auskommen abzutrotzen, in Zeiten der Arbeitslosigkeit ihre Zukunft in Industrien suchten, die angesiedelt wurden und wieder verschwanden, wenn die Subventionen ausliefen, und die rostenden Trümmer ihres Scheiterns zurückließen.

Die Insel kam ihm, wenn überhaupt, noch bedrückender vor als in seiner Jugend, und trat nach einem kurzen Aufschwung, angefacht von Politikern, die um Wähler warben und Millionen für eine aussterbende Sprache verschwendeten, nun erneut in eine Periode des Niedergangs ein.

Aber wenn hier nicht sein Zuhause war, wo war es dann? Wo sonst auf Gottes Erde fühlte er sich so mit dem Land, den Elementen, den Menschen verbunden? Er bereute, dass er nie mit Robbie hierhergefahren war, in das Land seiner Vorfahren.

Da bei Marsaili, als er an ihrem Bungalow anhielt, niemand zu Hause war, fuhr er weiter zum Gehöft seiner Eltern, über den Hügelkamm, und sah die gesamte nördliche Küste vor sich liegen. Er bog nach links auf die Straße ab, die zu dem alten Croboster Hafen hinabführte, wo eine steile betonierte Helling unterhalb des Windenhauses zu einem im Schatten der Klippen liegenden winzigen Kai führte. Taurollen und orange Bojen waren über verrostete Ketten gebreitet. Krabben- und Hummerkörbe stapelten sich an der Mauer. Kleine Fischerboote lagen schräg gekippt, an verrosteten Eisenringen vertäut. Darunter noch immer das Wrack des Bootes, das sein Vater einmal hergerichtet und wie das Haus lila angestrichen und nach Fins Mutter benannt hatte. So viele Jahre später waren die Spuren verlorenen Lebens noch vorhanden.

Auch die seines eigenen Lebens. Traurige und bittersüße Erinnerungen verbanden sich mit den verfallenden Mauern des alten Whitehouse, das mit Blick auf den Hafen oben auf dem Hügel stand. Dem Haus, in dem er im Grunde erwachsen geworden war, geduldet von einer Tante, die widerstrebend Verantwortung für den verwaisten Sohn ihrer toten Schwester übernommen hatte. Einem Haus ohne Wärme und ohne Liebe.

Noch immer war Glas in den Fenstern, und die Türen waren verschlossen. Aber die Feuchtigkeit hatte den einst weißen Mauern zugesetzt, und Tür- und Fensterrahmen waren verrostet oder verfault. Auf dem schmalen Stück Rasen, der unterhalb des Hauses an den Felskuppen verlief, stand noch das verlassene Steinhaus, in dem er als Kind einsam und allein glückliche Familie gespielt hatte: zwei Giebelseiten, zwei Mauern, kein Dach, keine Türen, keine Fenster. Wer immer das einmal sein Zuhause genannt haben mochte, hatte es der Aussicht wegen hier errichtet, aber schon vor langer Zeit den unbarmherzigen arktischen Stürmen preisgegeben, die im Winter diese Küste bedrohten. In langen, harten Wintern, an die sich Fin nur zu gut erinnerte.

Ein Grasweg führte zu einem Kiesstrand hinab. Die schwarzen Felsen vor den Klippen waren orange eingekleidet, überkrustet von den winzigen Schalen verendeter Meerestiere und gefärbt vom Seetang, der überall an der Küste verfaulte. Weiter hinter an der Landspitze standen drei einsame Cairns schon so lange, wie Fin zurückdenken konnte.

Nichts veränderte sich im Grunde, nur die Menschen kamen und gingen und hinterließen flüchtige Spuren.

Das Dröhnen eines Motors drang durch den tosenden Wind, und beim Umdrehen sah Fin, wie Marsaili in Artairs altem Astra auf der Straße rechts ran fuhr. Sie stieg aus und schlug die Tür zu, schob die Hände tief in die Jackentaschen und kam langsam zu ihm herunter. Eine kurze Weile standen sie in behaglichem Schweigen so da und betrachteten die Ministeriumshäuser, die wie an einer Schnur im Westen der Bucht aneinandergereiht waren, bevor Marsaili zu dem verlassenen Haus oberhalb des Hafens hinaufschaute.

»Warum baust du nicht das Haus deiner Tante auf? Das ist doch viel besser in Schuss als das deiner Eltern.«

»Weil es mir nicht gehört.« Fin schaute mit traurigen Augen auf das vernachlässigte Anwesen. »Sie hat es einer Tierschutzgruppe vermacht. Typisch für sie. Die fanden aber keinen Käufer und ließen es einfach verkommen.« Er sah wieder auf den Ozean hinaus. »Wie auch immer, ich würde keinen Fuß mehr hineinsetzen, selbst wenn es mir gehörte.«

»Warum denn nicht?«

»Weil es da drin spukt, Marsaili.« Sie hob die Augenbrauen.

»Es spukt?«

»Ja, da spukt der junge Fin herum, der dort so unglücklich war. In der Nacht vor der Beerdigung meiner Tante hab ich zum letzten Mal in dem Haus geschlafen. Und mir geschworen, dass ich es nie wieder tun würde.«

Marsaili hob die Hand und berührte seine Wange ganz leicht mit den Fingerspitzen. »An den jungen Fin«, sagte sie, »erinnere ich mich. Den habe ich von dem Augenblick an geliebt, als mein Blick auf ihn fiel. Und ich habe ihm nie verziehen, dass er mir das Herz gebrochen hat.«

Er nahm ihren Blick auf, Gunns Frage nach ihrer Beziehung noch im Ohr. Der Wind wehte ihr das Haar in langen seidigen Strähnen aus dem Gesicht und ließ sie flattern wie ein Freiheitsbanner. Er tönte ihr die Haut rosa, die feinen, von Zeit und Schmerz etwas härter gewordenen Züge immer noch energisch, anziehend. Das kleine Mädchen aus seiner Kindheit, die erblühende Frau aus seiner Jugend, beide waren sie noch präsent in dieser zynischen, humorvollen, intelligenten Frau, die er aus Leichtfertigkeit tief verletzt hatte. Aber man konnte die Zeit nicht zurückdrehen.

»Ich habe deinem Vater ein Foto des Mannes gezeigt, den sie aus dem Moor gezogen haben«, sagte er. »Ich bin mir ziemlich sicher, dass er ihn erkannt hat.«

Marsailis Hand zuckte zurück wie unter einem elektrischen Schlag. »Dann stimmt es also.«

»Sieht so aus.«

»Ich hab noch gehofft, sie hätten sich geirrt. Die DNA-Proben vertauscht oder so etwas. Die eigenen Eltern sind doch der Fels, auf dem man sein Leben baut. Es ist ein ziemlicher Schock, wenn man feststellt, dass dieser Fels nur eine Illusion ist.«

»Ich habe ihm das Christopherus-Medaillon gezeigt, und er hat es ins Meer geworfen.« Ihre Konfusion war daran zu erkennen, wie sie die Augen zusammenkniff. »Er hat gesagt, er hätte es von jemandem bekommen, der Ceit hieß, und sie wären alle Katholiken gewesen.«

Vor Fassungslosigkeit fuhren ihre Augenbrauen jetzt nach oben. »Er ist dement, Fin. Buchstäblich. Er weiß nicht, was er redet.«

Fin zuckte mit den Achseln, war sich nicht so sicher. Behielt sein ungutes Gefühl aber für sich. Und sagte: »George Gunn fährt morgen runter nach Harris, um nach der Familie deines Vaters zu forschen. Er hat gesagt, ich könnte mitkommen. Soll ich?«

Sie nickte. »Ja.« Und fügte schnell hinzu: »Aber nur, wenn du willst, Fin. Wenn du die Zeit erübrigen kannst. Ich muss noch mal für ein paar Tage nach Glasgow, es sind noch Prüfungen offen. Obwohl ich weiß Gott nicht in der Verfassung dafür bin.« Sie zögerte. »Ich wäre dir dankbar, wenn du Fionnlagh ein bisschen im Auge behalten könntest.«

Er nickte, und der Wind füllte das Schweigen zwischen ihnen aus. Er blies durch das Gras, warf die See gegen die Felsen an den nördlichen Klippen und trug die Schreie ferner Möwen heran, die gegen seine Böen und Ströme ankämpften. Fin und Marsaili wurden oben auf den Klippen von ihm durchgerüttelt, er zerrte an ihren Kleidern, fuhr ihnen beim Sprechen in die Münder und entriss ihnen die Worte. Marsaili legte Halt suchend den Arm auf seinen, und er streckte die Hand aus und fuhr mit den Fingern durch ihr Haar, fühlte die weiche, kühle Haut ihres Halses. Sie trat einen fast unmerklich kleinen Schritt näher heran. Fast spürte er ihre Wärme. Es wäre ganz leicht, sie zu küssen.

Eine Autohupe ertönte in der Ferne, und beim Umdrehen sahen sie eine Hand am Fenster der Fahrerseite winken. »Mrs Macritchie«, sagte Marsaili, und der Moment war vorüber, mit ihren Worten fortgetragen vom Wind.

NEUNZEHN

Obwohl die eine Insel Lewis genannt wird und die andere Harris, sind beide genau genommen eine Insel, getrennt durch einen Höhenzug und eine schmale Landenge.

Die Strecke durch flache Moorlandschaften nach Süden wird schnell kurvenreich, einspurig windet sich die Straße hügelabwärts zwischen Lochs hindurch, von den Eisschichten bei ihrem Rückzug aus dem Fels geschnitten.

Fin und Gunn krochen durch ein Dunkel heranziehender Sturmwolken, durch Wind und Regen, die über rauhe Berghänge fegten, und fuhren kurz vor Ardvourlie nach Harris hinüber, wo ein einsames Haus an den zerklüfteten Ufern des Loch Seaforth steht.

Von dort stieg die aus der Flanke des Bergs herausgeschnittene Straße steil an, und ihnen bot sich eine spektakuläre Aussicht auf das weit ausgreifende schwarze Wasser des Lochs. Schneestangen säumten die Straßen, und die Berge falteten sich um sie herum, auf allen Seiten mal abfallend und mal aufsteigend, die Gipfel in Wolken verschwunden, die sich wie Lava die steinigen Hänge hinabwälzten.

Die Scheibenwischer von Fins Wagen wurden kaum fertig mit dem Regen, der über die Windschutzscheibe wehte und die Straße vor ihnen verbarg. Schafe drängten sich in stillen Gruppen am Straßenrand, rupften halbherzig an den spärlichen Flecken Gras und Heide, die irgendwie zwischen den Steinen überlebten.

Sie zwängten sich gerade durch einen schmalen Pass, als ein Strahl goldenen Lichts von irgendwo weit unten die Unterseite der blauschwarzen Wolken sprenkelte, die sie umgaben. Eine durchbrochene Scheidelinie zwischen einer Wetterfront und einer anderen. Die zwischen den Berggipfeln sich ballenden Wolken wichen zurück, als die Straße nach Süden abfiel, und das Hochland von Harris breitete sich vor ihnen aus.

Die Straße führte um den Hafen von Tarbert herum, wo die Fähren von der Insel Skye und von Lochmaddy einliefen, und stieg wieder an und erklomm die Klippen oberhalb des Loch Tarbert und der kleinen Gruppe von Häusern, die sich um den Hafen drängten. Vor den vorherrschenden Westwinden geschützt, war das Wasser hier wie dunkles Glas und spiegelte die Masten der vor Anker liegenden Segelboote. Weiter draußen funkelte Sonnenlicht auf dem im Osten wie versilberten Wasser, und man hätte nicht zu sagen gewusst, wo der Himmel aufhörte und wo das Meer begann.

Als sie den Gipfel des Uabhal Beag erreichten, veränderte sich die Landschaft abermals. Granitfelsen brachen aus grünen Hügeln, die im Licht der hellen Frühlingssonne in Falten und Furchen zu den legendären goldenen Stränden und der türkisen See von Luskentyre abfielen. Die sturmgepeitschten finsteren Gebirgszüge des Nordens gerieten ihnen aus den Augen und aus dem Sinn, und ihre Stimmung hob sich.

Die Straße folgte dem Küstenverlauf und führte, zu einem Damm erhöht, in einem Bogen zu der Ansammlung von Häusern und Gehöften, die die kleine Ortschaft Seilebost bildeten. Fin bog nach rechts auf die schmale Straße zur Schule ab, vorbei an dem Wrack eines roten Lastwagens, der einmal Wm Mackenzie, Vertragsnehmer der Laxay GmbH gehört hatte. Eine von zwei morschen Zaunpfählen gestützte verwitterte Holztafel wies darauf hin, dass Hunde auf die Gemeindeweide nicht mitgeführt werden durften.

Die mit Schlaglöchern übersäte Teerstraße wand sich zwischen Wiesen auf eine Anhöhe hinauf, von der aus man über den Machair bis zum Strand sehen konnte. Frühlingsblumen neigten die Köpfe im Wind, Wolken hingen zwischen den fernen Bergen jenseits der Dünen. Ganz gleich, wie oft Fin das schon gesehen hatte, bei so einem Anblick stockte ihm jedes Mal der Atem.

Die Schule stand ein wenig abseits von den anderen Häusern, eine kleine Anlage aus grau-gelben Gebäuden nebst einem Fußballplatz, nur einen Steinwurf vom Strand entfernt. Ein idyllischeres Plätzchen für die Erziehung von Kindern war kaum vorstellbar.

Als Fin mit seinem Auto auf den kleinen Parkplatz vor dem Hauptgebäude einbog, erhielten dort gerade ein halbes Dutzend Kinder Verkehrsunterricht und fuhren, Helme auf dem Kopf, mit ihren Fahrrädern eine von der Lehrerin mit roten Pylonen an der Straße abgesteckte Strecke ab.

Gunn stieg aus dem Wagen aus und rief der Frau zu: »Wo finden wir den Direktor?«

»Direktorin«, rief die Frau zurück. »In dem Gebäude rechter Hand.«

Rechter Hand stand ein gelb getünchtes Rauhputzhaus mit einer Wandmalerei am Giebelende, die eine Unterwasserlandschaft zeigte. Im Haus dominierten die Gerüche von Kreide und saurer Milch und versetzten Fin benommen in seine eigene Kindheit zurück.

Die Direktorin ließ ihre Klasse ein Rechenrätsel lösen und ging mit den beiden Männern ins Lehrerzimmer. Es freute sie, ihnen mitteilen zu können, dass ihre Vorgänger stolz auf das Schularchiv gewesen seien, das sie angelegt und geführt hatten, eine Tradition, deren Pflege auch ihr am Herzen lag, und dass sie über ein Schülerverzeichnis verfügten, das bis in die Zeit vor dem Zweiten Weltkrieg zurückreichte.

Der Frau, eine attraktive Mittdreißigerin, lag auch ihr Äußeres am Herzen. Ständig schob sie sich eine Strähne ihres kastanienbraunen Haars hinters Ohr, wo es zu einem Nackenknoten zusammengenommen war. Sie trug Jeans und Tennisschuhe und eine offene Strickjacke über einem T-Shirt. Ein deutlicher Unterschied zu den strengen Damen älterer Jahrgänge, die Fin als Lehrerinnen kennengelernt hatte. Nicht lange, und sie hatte unter den Kartons mit den älteren Schülerlisten die aus der Zeit gefunden, in der Tormod die Schule besucht haben konnte.

Die Direktorin blätterte ein paarmal zwischen Mitte der vierziger und Anfang der fünfziger Jahre vor und zurück. »Ja«, sagte sie schließlich und tippte mit dem Zeigefinger auf die vergilbten Seiten des alten Buchs. »Hier ist er. Tormod Macdonald. Besuchte die Seileboster Grundschule von 1944 bis 1951.« Ein rosa lackierter Nagel strich über die verblassten Einträge in der Anwesenheitsliste. »Regelmäßige Teilnahme am Unterricht.«

»Könnte er Brüder oder Vettern an dieser Schule gehabt gehabt haben?«, fragte Gunn, und sie lachte.

»Das kann gut sein, Detective Sergeant, aber hier sind über die Jahre so viele Macdonalds gewesen, dass man das unmöglich sagen kann.«

»Und wenn er von hier an eine andere Schule gewechselt hätte, welche könnte das gewesen sein?«, fragte Fin.

»Mit größter Wahrscheinlichkeit an die Mittelschule in Tarbert.« Die Frau lächelte und sah Fin tief in die Augen. Marsaili, fiel ihm ein, hatte einmal gesagt, in der Schule seien doch alle Mädchen in ihn verknallt gewesen. Er selbst hatte das nicht einmal bemerkt.

»Haben Sie auch eine Wohnanschrift dazu?«

»Ich kann nachsehen.« Die Frau lächelte wieder und verschwand ins Nebenzimmer.

Gunn sah Fin an, und ein halbes Lächeln spielte um seine Lippen. Neid vielleicht oder Bedauern. »Bei mir klappt so was nie«, sagte er.

Das Gehöft der Macdonalds lag etwa eine halbe Meile hinter der Küste auf einer Anhöhe mit Blick über die Sandflächen von Luskentyre und Scarista. Ein langes, schmales Stück Land verlief vom Bauernhaus bis zur Straße, erkennbar nur noch an den Stümpfen verrotteter Zaunpfähle und an der Beschaffenheit des Bodens, die hier nach jahrelanger Feld- und Weidewirtschaft anders war.

Äcker und Weiden gab es heute hier nicht mehr. Der Boden war verwildert, schon vor langer Zeit aufgegeben und von der Natur zurückerobert. Das Bauernhaus selbst war eine leere Hülse, das Dach schon vor Jahren eingestürzt, der Schornstein am Nordgiebel praktisch ein Häufchen schwarzer Schutt. Hohes Gras und Disteln sprossen aus dem einstigen Fußboden. Einem Fußboden aus gestampfter Erde, bedeckt mit Sand, den Tormods Mutter jeden Tag ausgetauscht hatte.

Gunn versenkte die Hände in die Hosentaschen und blickte über den weiten goldenen Sand direkt vor ihnen bis hinaus zu dem Türkis und dem Smaragdgrün in der Ferne, das anzeigte, dass das Meer dort nicht tief war. »Hier kommen wir nicht weiter.«

Fin jedoch sah über den Hang hinüber zu der Gestalt eines Mannes, der neben einem frisch getünchten weißen Cottage Torf stapelte. »Kommen Sie«, sagte er. »Schauen wir mal, ob der Nachbar etwas weiß.« Und lief los, schritt durch das hohe Gras, das in grüner Frische zwischen dem im Winter abgestorbenen gesprossen war, durch lila und gelb blühende Blumen, die sich gen Himmel reckten und vom Beginn des Frühjahrs kündeten. Das Gras wogte wie Wasser im Wind, hob und senkte sich in Wellen und Strudeln, und Gunn musste es fast im Laufschritt durchwaten, um mit dem Jüngeren mitzuhalten.

Das Nachbargehöft sah aus, als sei dort alles erneuert worden: Farbe, Dach, Zäune. Türen und Fenster waren doppelt verglast. Ein glänzender roter SUV stand in der Einfahrt, und ein Mann mit einem Schopf dicken ergrauenden Haares wandte sich von seinem Torfstapel zu ihnen um. Er hatte zwar das wettergegerbte Gesicht eines Menschen, der sich viel im Freien bewegte, sprach aber nicht den Inselakzent. Fins gälischen Gruß erwiderte er auf Englisch. »Entschuldigung, ich spreche nicht Gälisch.«

Fin streckte dem Mann die Hand entgegen. »Macht doch nichts. Fin Macleod«, sagte er, als der atemlose Gunn schließlich auch da war. »Und Detective Sergeant George Gunn.«

Schon reservierter schüttelte der Mann nun nacheinander beiden die Hand. »Was führt die Polizei hierher?«

»Wir suchen nach Informationen über die Familie, die früher nebenan gelebt hat.«

»Oh.« Der Mann entspannte sich ein bisschen. »Die Macdonalds.«

»Ja. Haben Sie sie gekannt?«

Er lachte. »Leider nein. Ich bin in Glasgow geboren und aufgewachsen. Das ist das Land meiner Eltern. Sie sind Ende der Fünfziger aufs Festland gezogen und bekamen mich kurz danach. Möglicherweise bin ich sogar in diesem Haus gezeugt worden, aber beschwören könnte ich es nicht.«

»Demnach dürften sie die Nachbarn gekannt haben«, sagte Fin.

»O ja, natürlich. Sie haben alle hier in der Gegend gekannt. Als Kind habe ich viele Geschichten gehört, und in den Sommerferien sind wir immer hier gewesen. Aber damit war Ende der Sechziger Schluss, als mein Vater starb. Meine Mutter ist nun vor fünf Jahren auch gestorben, und als ich voriges Jahr meine Arbeit verlor, habe ich mir überlegt, hierherzukommen und den Hof wieder herzurichten. Mal schauen, wie ich mich als Bauer mache.«

Fin blickte sich um und nickte beifällig. »Bis jetzt machen Sie Ihre Sache sehr gut.«

Der Mann lachte wieder. »Mit einer kleinen Entschädigung kommt man schon ein Stück weiter.«

Gunn fragte: »Wissen Sie denn irgendetwas über die Macdonalds?«

Der Mann holte tief Luft. »Nicht aus erster Hand, nein. Im ersten oder zweiten Jahr, in dem wir die Ferien hier verbrachten, waren sie noch da. Es gab irgendeine Familientragödie, Genaueres weiß ich aber nicht. Und im nächsten Jahr kamen wir wieder, da waren sie nicht mehr da. Weggezogen.«

Gunn kratzte sich nachdenklich am Kinn. »Wohin, wissen Sie nicht?«

»Wer weiß das schon? Sind doch so viele ihren Vorfahren gefolgt, die das Land schon während der Vertreibung verlassen mussten und nach Kanada ausgewandert sind.«

Fin spürte jetzt eine Kühle in dem scharfen Wind und zog den Reißverschluss seines Anoraks zu. »Katholiken waren sie aber nicht, oder? Die Macdonalds.«

Diesmal übertönte das Gelächter des Mannes sogar das Heulen des Winds. »Katholiken? Hier? Sie machen Witze. Das hier ist eine Presbyterianergegend.«

Fin nickte. Es hätte ihn auch wirklich gewundert. »Wo befindet sich die nächste Kirche?«

»Das ist die Kirche Schottlands in Scarista.« Der Mann drehte sich um und zeigte nach Süden. »Fünf Minuten in die Richtung.«

»Was tun wir hier, Mr Macleod?« Niedergeschlagen stand Gunn in seinem Steppanorak auf dem befestigten Parkplatz oben am Hügel, die Schultern hochgezogen, die Nase von der Kälte gerötet. Die Sonne jagte wie wilde Pferde über den Hang und den Strand, hatte aber wenig Wärme. Der Wind hatte auf Nord gedreht und blies ihnen ohne Erbarmen arktische Luft in die eiskalten Gesichter.

Stolz überragte die Kirche von Sacrista eine gemähte Wiese voller Grabsteine, die letzte Ruhestätte ganzer Generationen von Kirchgängern. Eine tolle Aussicht, dachte Fin, mit der man hier in die Ewigkeit einging: das verwischte und umschattete Blau der Berge, die in der Ferne hinter dem Gelb des Strands von Sacrista lagen; das ständig sich verändernde Licht eines Himmels, der nie zur Ruhe kam; der stetige Kehrreim des Winds, wie die zum Lobe Gottes erhobenen Stimmen der Gläubigen.

Fin sah an dem Kirchenbau hinauf. Genauso karg und schmucklos wie die Kirche in Crobost. »Ich möchte nachsehen, ob da ein Boot drin ist«, sagte er.

Gunn schaute missmutig. »Ein Boot? In der Kirche?«

»Ja, ein Boot.« Fin drückte auf die Türklinke, und die Tür ging auf. Er trat durch den Vorraum ins Kircheninnere, Gunn im Schlepptau, und natürlich war hier kein Boot. Nur ein einfacher Altar aus Buchenholz, mit einem lila Tuch behängt, und hoch darüber die Kanzel, von der ein Geistlicher, in seiner hohen und privilegierten Stellung dem Himmel näher als die gemeine Masse, der er predigte, das Wort Gottes verkündete.

»Wie um alles in der Welt kamen Sie denn darauf, dass in der Kirche ein Boot wäre, Mr Macleod?«

»Tormod Macdonald hat von einem Boot in einer Kirche gesprochen, George. In einer von Fischern gebauten Kirche.«

»Das hat er sich bestimmt ausgedacht.«

Doch Fin schüttelte den Kopf. »Das glaube ich nicht. Marsailis Vater ist zwar verwirrt und enttäuscht; er hat Verständnisschwierigkeiten und Erinnerungslücken und kann manches nicht richtig ausdrücken. Vielleicht verbirgt er ja sogar etwas. Absichtlich oder nicht. Aber dass er lügt, glaube ich nicht.«

Draußen hatte der Wind, wenn überhaupt, noch zugenommen. Er traf sie mit voller Wucht, als sie die Kirche verließen.

»Harris ist insgesamt doch eine eher protestantische Insel, George, oder?«

»Ja, natürlich, Mr Macleod. Es mag den einen oder anderen Katholiken geben, der sich wie ein Schaf von der Herde entfernt hat, aber eher doch weiter im Süden.« Er grinste. »Besseres Wetter und mehr Spaß.« Er senkte die Stimme. »Wie ich höre, bekommt man in den Supermärkten sogar sonntags Alkohol.«

Fin lächelte. »Ich glaube, eher friert die Hölle zu, als dass wir das auf Lewis erleben, George.« Er öffnete die Wagentür. »Wohin jetzt?«

»Zurück nach Tarbert. Ich möchte mir im Standesamt eine Kopie von Tormods Geburtsurkunde geben lassen.«

Das Büro des Standesbeamten befand sich im Gebäude der Stadtverwaltung in West Tarbert. Der triste Eingeschosser mit dem Flachdach war Ende der vierziger Jahre gebaut worden und diente als Wohnheim zur Unterbringung von Schülern aus abgelegenen Teilen der Insel, die hier die Mittelschule besuchten. Das Gebäude gegenüber versteckte sich hinter Bäumen und Büschen, in ihrer Menge mit ziemlicher Sicherheit als Sichtschutz gepflanzt, der das hässliche Haus auf der anderen Straßenseite verbergen sollte.

Eine schon ältere Dame blickte von ihrem Schreibtisch auf, als Fin und Gunn die Kälte mit sich hereinbrachten.

»Machen Sie die Tür zu!«, sagte sie. »Schlimm genug, dass es um die Fenster hier überall zieht, da braucht man nicht noch die Türen sperrangelweit offen stehen zu lassen!«

Ein ernüchterter George Gunn zog schnell hinter ihnen die Tür zu und kramte daraufhin seinen Dienstausweis aus den Tiefen seines Anoraks. Die alte Dame inspizierte ihn erst durch ihre Halbbrille, blickte dann darüber hinweg und nahm die beiden Männer auf der anderen Seite des Tischs in Augenschein. »Und womit kann ich Ihnen behilflich sein?«

»Ich hätte gern einen Auszug aus dem hiesigen Geburtsregister«, teilte Gunn ihr mit.

»Aber glauben Sie ja nicht, dass Sie den umsonst bekommen, bloß weil Sie Polizeibeamter sind. Der kostet vierzehn Pfund.«

Gunn und Fin tauschten ein kaum wahrnehmbares Lächeln.

Fin neigte den Kopf und las das Namensschild auf ihrem Tisch. »Arbeiten Sie schon lange hier, Mrs Macaulay?«

»Schon eine Ewigkeit«, sagte sie. »Aber ich bin seit fünf Jahren im Ruhestand. Ich bin nur für ein paar Tage als Urlaubsvertretung eingesprungen. Über wen benötigen Sie den Auszug?«

»Tormod Macdonald«, sagte Gunn. »Aus Seilebost. Das Geburtsjahr dürfte etwa 1939 sein.«

»O ja …« Mrs Macaulay nickte verständnisvoll und spähte auf den Bildschirm, während die mit Altersflecken gesprenkelten Finger auf der Tastatur zu klappern begannen. »Hier ist es: 2. August 1939.« Sie blickte auf. »Möchten Sie auch eine Kopie der Sterbeurkunde?«

In dem Schweigen, das hierauf folgte, schien der Wind in Stärke und Umfang zuzunehmen; stöhnend zwängte er sich durch die Ritzen wie ein Totenlied.

Mrs Macaulay entging die Wirkung ihrer Worte. »Das war entsetzlich, Mr Gunn. Er war damals erst ein Teenager. Eine echte Tragödie.« Ihre Spinnenfinger wanderten noch einmal über die Tastatur. »Hier ist es. Gestorben am 18. März 1959. Möchten Sie eine Kopie? Macht dann noch einmal vierzehn Pfund.«

Keine Viertelstunde und Fin und Gunn waren mit dem Auto wieder an der Kirche in Sacrista. Keine zehn Minuten später gingen sie zwischen den Gräbern am unteren Teil des Hangs umher und hielten nach Tormods Grabstein Ausschau. *Tormod Macdonald, geboren am 2. August 1939 als geliebter Sohn von Donald und Margaret, ertrunken bei einem Unfall im Bagh Steinigidh am 18. März 1958.*

Gunn setzte sich neben der von Flechten bewachsenen Granitplatte ins Gras und stützte die Arme auf die angezogenen Knie. Fin stand da und starrte auf den Grabstein, fast so, als könnte er die Inschrift aus eigener Kraft neu schreiben, wenn er nur lange genug hinsah. Tormod Macdonald lag seit vierundfünfzig Jahren in der Erde und war bei seinem Tod gerade einmal achtzehn Jahre alt gewesen.

Die beiden Männer hatten während der kurzen Fahrt vom Standesamt hierher kein Wort gewechselt. Nun jedoch blickte Gunn auf und artikulierte den Gedanken, der sie beide seit Mrs Macaulays Frage, ob sie auch eine Sterbeurkunde wollten, beschäftigte. »Wenn Marsailis Vater nicht Tormod Macdonald ist, Mr Macleod, wer zum Teufel ist er dann?«

ZWANZIG

Ich setz mich einfach ein Weilchen hierhin. Die Frauen sind im Aufenthaltsraum und stricken. Das ist nichts für einen Mann. Der alte Knabe in dem Sessel mir gegenüber sieht auch ein bisschen aus wie eine alte Frau. Der sollte mit da drüben hocken und stricken!

Draußen hinter den Glastüren ist ein Garten, in dem man bestimmt nett sitzen kann. Ich seh eine Bank. Besser als den alten Knacker ertragen zu müssen, der mich die ganze Zeit anstarrt. Ich geh einfach raus.

Oh! So kalt hat es gar nicht ausgesehen. Und die Bank ist nass. Verdammich! Zu spät. Aber das trocknet schon wieder. Da oben seh ich ein Stück Himmel. Die Wolken ziehen ganz schön schnell darüber weg. Aber hier ist es geschützt, auch wenn es kalt ist.

»Hallo, Dad.«

Ihre Stimme erschreckt mich. Ich hab sie gar nicht kommen hören. Habe ich geschlafen? Es ist so kalt.

»Was machst du hier? Sitzt im Regen.«

»Es regnet gar nicht«, sag ich zu ihr. »Das ist nur die Gischt.«

»Komm, wir gehen lieber rein, damit du wieder trocken wirst.«

Sie möche, dass ich vom Deck runterkomme. Aber ich will nicht wieder ins Raucherzimmer. Das ist noch schlimmer als das Zwischendeck. Die vielen Raucher da, und der Gestank nach schalem Bier. Bestimmt muss ich mich wieder übergeben, wenn ich mich auf die alten abgeschabten Lederbänke setzen muss, wo es so stickig ist.

Oh, hier ist ja ein Bett. Ich wusste nicht, dass die Kabinen an Bord haben. Sie will mir meine nasse Hose ausziehen, aber das lasse ich nicht zu. Ich stoße sie weg. »Lass das!« Das tut man nicht. Ein Mann hat ein Recht auf seine Würde.

»Dad, du kannst nicht in nassen Sachen hier sitzen bleiben. Du holst dir den Tod.«

Ich schüttle den Kopf und spüre, wie das Schiff unter mir schlingert. »Wie lange sind wir schon auf dem Meer, Catherine?«

Sie sieht mich so seltsam an.

»Auf welchem Schiff sind wir denn, Dad?«

»Auf der RMS *Claymore*. Den Namen vergesse ich bestimmt nie. Das erste Schiff, auf dem ich je war.«

»Und wohin fahren wir?«

Wer weiß? Es ist ja fast dunkel, und das Festland haben wir schon lange hinter uns gelassen. Ich hätte nie gedacht, dass Schottland so groß ist. Wir sind ja auch ein paar Tage unterwegs gewesen. »Im Saloon hat jemand was von Big Kenneth erzählt.«

»Ist das jemand, den du kennst?«

»Nein. Nie gehört von dem.«

Jetzt setzt sie sich neben mich und nimmt meine Hand. Keine Ahnung, warum sie weint. Ich kümmere mich um sie. Ich kümmere mich um sie beide. Ich bin der Älteste, es ist also meine Pflicht.

»Ach, Dad …«, sagt sie.

Der Priester kam am zweiten Tag nach Patricks Sturz. Die Oberin sagte, wir sollten unsere Sachen zusammenpacken, nicht dass wir viel gehabt hätten. Wir haben schon oben an der Treppe gestanden, als das große schwarze Auto angefahren kam. Ich, Peter und Catherine. Das Haus war verlassen, weil die anderen Kinder wieder in der Schule waren. Von Mr Anderson keine Spur, und den haben wir auch nie wieder gesehen. Das Herz gebrochen hat es mir nicht.

Der Priester war nicht groß, einen Zoll oder so kleiner als ich, und oben am Schädel schon fast kahl. Er hatte sich die Haare aber auf einer Seite lang wachsen lassen und über die Platte gekämmt und mit Öl oder Brylcreem oder etwas Ähnlichem angedrückt. Er dachte wohl, damit kann er seine Glatze verbergen, aber es sah einfach nur albern aus. Seit damals weiß ich, dass man Männern mit solchen drübergekämmten Haaren nicht trauen kann. Die haben absolut kein Urteilsvermögen.

Er war nicht sonderlich eindrucksvoll und wohl ein bisschen nervös. Da waren die zwei Nonnen, die ihn begleiteten, mit ihren schwarzen Kleidern und ihren strengen Hauben schon beängstigender. Jung waren sie beide nicht und auch nicht alt, aber größer als er, hatten Adleraugen und lächelten nie. Die eine saß vorne beim Priester, der fuhr, und die andere quetschte sich hinten bei uns rein, direkt neben mich. Ich war so eingeschüchert von ihr und passte so auf, mich ja nicht an ihren knochigen Leib zu drücken, dass ich kaum mitbekam, wie das Dean hinter uns zurückfiel. Erst im letzten Moment drehte ich mich um und sah die leeren Glockentürme noch einmal, bevor das Gebäude hinter den Bäumen verschwand.

Das Auto des Priesters holperte und ratterte über die Pflastersteine, um Rondells mit Bäumen darin und durch breite Straßen, gesäumt von rauchschwarzen Mietskasernen. An manchen Stellen lag noch Schnee am Straßenrand, der vom Verkehr grau geworden war. Keiner von uns traute sich, ein Wort zu sagen, schweigend saßen wir zwischen Gottes Stellvertretern auf Erden und sahen eine uns fremde Welt in winterlicher Trübung an uns vorüberziehen.

Keine Ahnung, wohin sie uns brachten. Irgendwohin in den Süden der Stadt, glaube ich. Wir kamen zu einem großen Haus, das zurückversetzt hinter kahlen Bäumen und einer Wiese stand, auf der verwehtes Laub zwischen dem Schnee lag. Da drinnen war es wärmer und gemütlicher als im Dean. So ein Haus hatte ich in meinem ganzen Leben noch nicht von innen gesehen. Glänzende Holzpaneele und Kandelaber, Velourstapete und blitzblanke geflieste Böden. Über eine mit Teppich belegte Treppe brachte man uns zu Zimmern, Peter und mich zusammen in eines und Catherine in ein anderes. Seidene Bettwäsche und Geruch nach Rosenwasser.

»Wo fahren wir hin, Johnny?«, hatte Peter mich mehrere Male gefragt, aber ich konnte es ihm nicht sagen. Wir hatten offenbar keinerlei Rechte, weder als Menschen noch sonst wie. Wir waren Sachen, bewegliches Hab und Gut. Bloß Kinder, die keine Eltern hatten und nichts, das wir ein Zuhause nennen konnten. Man würde annehmen, dass wir uns inzwischen daran gewöhnt hatten. Aber daran gewöhnt man sich nie. Man braucht sich nur umzuschauen, und das Leben erinnert einen ständig daran, dass man nicht ist wie die anderen. Ich hätte auf der Stelle alles dafür gegeben, die Finger meiner Mutter auf dem Gesicht oder ihre warmen zärtlichen Lippen auf der Stirn zu spüren, für ihre Stimme, für den Atem ihrer Stimme im Ohr, die mir sagte, dass alles gut werden würde. Doch sie war lange tot, und im Grunde meines Herzens wusste ich, dass nicht alles gut werden würde. Aber das sagte ich Peter nicht.

»Das sehen wir schon noch«, sagte ich, als er zum soundsovielten Mal fragte. »Mach dir keine Gedanken, ich pass auf uns auf.«

Wir mussten den Rest des Tages in diesen Zimmern bleiben und durften nur aufs Klo raus. Am Abend wurden wir die Treppe hinunter in ein großes Speisezimmer gebracht, in dem viele bunte Bücher an den Wänden standen und ein langer glänzender Speisetisch, der von dem Erkerfenster an einem Ende bis zu einer Flügeltür am anderen reichte.

An der Stirnseite des Tisches waren drei Plätze gedeckt, und die Nonne, die uns heruntergeholt hatte, sagte: »Die Finger vom Tisch weg. Wehe, ich finde einen Fleck, dann gibt es für alle Schläge.«

Ich konnte meine Suppe fast nicht essen vor Angst, dass ich vielleicht kleckerte oder etwas auf die Tischplatte verschüttete. Wir bekamen jeder eine Scheibe Butterbrot zur Suppe und hinterher eine Scheibe Schinken und kalte Salzkartoffeln. Das Wasser gab es in Gläsern mit schwerem Boden, und als wir mit dem Essen fertig waren, wurden wir wieder nach oben gescheucht.

Es war eine lange, unruhige Nacht, Peter und ich zusammengerollt in einem Bett. Er schlief, kaum dass wir unter die Decke geschlüpft waren. Ich aber lag sehr lange wach. Unter der Tür war Licht, und manchmal hörte ich aus der Ferne das Geräusch von Stimmen, die sich leise und im Verschwörerton irgendwo weit weg im Haus unterhielten, bevor ich schließlich in einen flachen Schlaf glitt.

Am nächsten Morgen wurden wir bei Tagesanbruch geweckt und wieder in das große schwarze Auto verfrachtet. Ohne Frühstück, ohne uns vorher waschen zu können. Diesmal ging es auf einer anderen Strecke durch die Stadt, und ich wusste erst, wo wir waren, als ich weit rechts das

Schloss und die hoch über den Mound hinausragenden Häuser sah. Wir fuhren über eine steile Rampe in eine große Halle, in die das Licht durch ein Glasdach einfiel, das auf einer kunstvollen Konstruktion aus Metallpfeilern ruhte. Züge mit ungeduldig schnaufenden Dampflokomotiven standen an Gleisen auf der anderen Seite, und die Nonnen hasteten fast im Laufschritt mit uns durch die Menge und zeigten einem Schaffner an der Schranke unsere Fahrkarten, bevor wir in einen Zug einstiegen und unsere Plätze in einem Sechser-Abteil einnahmen, das von einem langen Gang abging. Ein Mann in dunklem Anzug und Bowler stieg noch bei uns ein, der sich im Beisein der Nonnen unbehaglich zu fühlen schien und steif dasaß, seinen Hut auf den Knien.

Zum ersten Mal saß ich in einem Zug und fand das trotz allem ziemlich aufregend. Peter ging es, wie ich sah, genauso. Wir klebten die ganze Fahrt an den Fenstern, sahen uns an, wie die Stadt von einer hügeligen grünen Landschaft abgelöst wurde und wir an kleineren Stationen mit so exotischen Namen wie Linlithgow und Falkirk hielten, bevor eine neue große Stadt aus der Erde wuchs. Eine ganz andere Stadt. Schwarz von Industrieschadstoffen. Fabrikschlote stießen Galle in einen schwefligen Himmel. Ein langer, dunkler Tunnel, dann das Dröhnen der Dampflokomotive in dem umgrenzten Raum des Bahnhofsgebäudes, als wir am Bahnsteig von Glasgow Queen Streeet einfuhren, und das Kreischen von Metall auf Metall, das uns in den Ohren klang.

Ich hatte mehrmals zu Catherine gesehen und ihren Blick gesucht, aber sie war mir immer ausgewichen und hatte nur auf ihre Hände geblickt, die sie vor sich auf dem Schoß liegen hatte, und nicht einmal zum Fenster hinausgesehen. Ich konnte zwar nicht ahnen, was in ihrem Kopf vor sich ging, spürte aber ihre Angst. Schon in dem Alter wusste ich, dass Mädchen auf dieser Welt viel mehr zu befürchten hatten als Jungen.

Auf dem Bahnhof in Glasgow mussten wir noch fast zwei Stunden warten, bevor wir umstiegen. In einen anderen Zug, der uns nach Norden und weiter nach Westen brachte, durch die spektakulärste Landschaft, die ich je gesehen habe. Schneebedeckte Berggipfel und Brücken, die sich über kristallklar herabstürzendes Wasser spannten, ausgedehnte

Wälder und Viadukte über engen Schluchten und Lochs. Ich weiß noch, dass ich einmal ein winziges weißes Cottage gesehen habe, darum herum nur hohe Berge, und mich gefragt habe, wer um alles in der Welt an so einem Ort lebt, mitten im Nirgendwo. Es hätte genauso gut auf dem Mond sein können.

Es wurde gerade dunkel, als wir am Hafen von Oban an der Westküste ankamen. Das war eine hübsche Stadt, die Häuser in verschiedenen Farben gestrichen und eine große Fischfangflotte, die am Kai vor Anker lag. Zum ersten Mal sah ich das Meer. Die Bucht war von Hügeln umringt, und eine gewaltige steinerne Kathedrale stand an der Küste, dem von der untergehenden Sonne blutrot gefärbten Wasser zugewandt.

Wir übernachteten in einem Haus unweit der Kathedrale. Da war noch ein Priester. Mit uns sprach der aber nicht. Eine Haushälterin brachte uns zu zwei Zimmern unter dem Dach. Winzigen Kämmerchen mit Fenstergauben in der Dachschräge. Den ganzen Tag über hatten wir bloß die Sandwiches im Zug und bei unserer Ankunft eine Schüssel Suppe gegessen. Ich hörte meinen Magen knurren, als ich im Bett lag, und konnte nicht einschlafen. Falls Peter es auch hörte, störte es ihn nicht. Er schlief wie immer wie ein Säugling. Mir ging aber auch Catherine nicht aus dem Kopf.

Ich wartete bis nach Mitternacht, als alle Lichter im Haus ausgeschaltet waren, dann stand ich leise auf, wartete noch eine Weile an der Tür und horchte gespannt, ob ich irgendetwas vernahm, bevor ich die Tür aufmachte und in den Flur schlüpfte. Catherines Zimmer war nur ein paar Schritte entfernt. Vor ihrer Tür blieb ich stehen, horchte auf das, was wie gedämpfte Schluchzer auf der anderen Seite klang, und mir wurde übel vor banger Vorahnung. Sie konnte echt was wegstecken, die kleine Catherine. Wenn sie in Tränen aufgelöst war, musste es sehr schlimm stehen. In dem Jahr, das ich sie nun kannte, hatte ich sie noch nie weinen sehen, ausgenommen das eine Mal im Mondschein auf dem Dach des Dean. Aber ich bin sicher, sie wusste nicht, dass ich es gemerkt hatte.

Ich drehte am Türknauf und huschte flink hinein. Im Nu ging die

Lampe auf dem Nachttisch an, und Catherine saß aufrecht im Bett, den Rücken ans Kopfende gelehnt, die Knie hochgezogen, einen Handspiegel von der Kommode wie eine Waffe in der erhobenen Rechten. Ihre Augen waren dunkel vor Angst, ihr Gesicht bleich wie die Laken.

»Um Himmels willen, Catherine, was machst du?«

Die Erleichterung bei meinem Anblick war fast zu viel für sie. Sie ließ die Hand auf das Bett fallen und den Spiegel los. Ihre Unterlippe bebte, ihre tränenfeuchten Wangen fingen das Licht der Lampe ein. Ich ging durch das Zimmer und setzte mich zu ihr aufs Bett, und sie legte den Kopf auf meine Schulter, um ihre Schluchzer zu unterdrücken, und schlang den Arm um mich und klammerte sich an mich wie ein Kind. Ich legte den Arm um ihre Schultern.

»Hey, Mädchen. Ist gut. Ich bin ja da. Was kann denn so schlimm sein?«

Es dauerte eine ganze Weile, bis sie ihre Stimme wiedergefunden hatte und sich zutraute, es zu sagen. »Dieser dreckige Scheißpriester!«

Ich runzelte die Stirn, verstand noch nicht. Wie naiv ich war! »Der mit den über die Glatze gekämmten Haaren?«

Sie nickte, das Gesicht immer noch an meine Schulter gedrückt. »Der ist gestern Abend in mein Zimmer gekommen. Hat gesagt, er dachte, ich brauch vielleicht ein bisschen Trost ... unter den gegebenen Umständen.«

»Und?«

»Und was?«

»Was ist passiert?«

Nun hob sie den Kopf und sah mich ungläubig an. »Was zum Teufel glaubst du?«

Und da dämmerte es mir.

Erst war ich schockiert, dass ausgerechnet ein Priester so etwas tat. Dann wütend, dass er es getan hatte. Und dann überkam mich ein körperlicher und seelischer Drang, ihn windelweich zu prügeln. Ich glaube, wäre dieser Priester dort gewesen, ich hätte ihn umgebracht.

»Verdammt, Cathy«. Mehr brachte ich nicht heraus.

Sie vergrub das Gesicht wieder in meiner Schulter. »Ich dachte, jetzt kommt der andere und will dasselbe. Ich hab Angst, Johnny. Ich will nicht, dass mich noch mal jemand anfasst.«

»Das wird nicht passieren«, sagte ich. Und fühlte nur Zorn und Wut bei diesen Worten.

Ich saß die ganze Nacht bei ihr am Bett. Gesprochen haben wir nichts mehr. Eine Stunde später spürte ich, wie sie schließlich einschlief und ihr an mir lehnender Körper schwer wurde.

Wir haben es nie wieder erwähnt.

Die RMS *Claymore* legte am nächsten Morgen vom großen Pier ab. Die Nonnen gingen mit uns zu Fuß durch die Stadt bis zum Warteraum am Fährhafen. Ich trug den kleinen Pappkoffer mit Peters und meinen Sachen. Catherine hatte eine zerschlissene Segeltuchtasche, die sie sich unbekümmert über die Schulter hängte, als ob Fahrten mit dem Zug oder mit der Fähre für uns Alltag wären.

Erst als wir zu der Anlegestelle kamen, begriff ich, dass nur wir auf das Schiff gingen und dass die Nonnen nicht mitkamen. Das versetzte mir schon einen kleinen Schock. Ihre Anwesenheit in den letzten beiden Tagen, wenn auch nur als kalte schwarze Schatten, hatte doch ein gewisses Gefühl von Sicherheit und Ziel vermittelt. Der Gedanke, ganz allein mit diesem großen Schiff, das nach Öl und Salzwasser roch, zu fahren, und das, ohne zu wissen, wohin, flößte mir eine Heidenangst ein.

Die eine Nonne hielt sich ein wenig abseits und schwieg, die andere brachte uns ans Ende der Schlange am Fährbahnhof und kniete vor uns nieder. So sanft wie jetzt hatte sie in den zwei Tagen, seit sie uns vom Dean abgeholt hatten, noch nie ausgesehen. Sie lächelte fast, und in ihrem Blick lag etwas, das fast wie Mitgefühl aussah. Von irgendwo unter ihren Röcken zog sie drei Pappschildchen hervor, ungefähr neun mal sechs Zoll groß. Bei allen war am oberen Rand eine Schnur durchgezogen und zur Schlaufe verknotet, fast wie das Pappschild, das wir selbst gebastelt und Peter um den Hals gehängt hatten, als wir vorgaben, er wäre blind. Auf den Schildchen, die sie mir und Peter gab, stand der

Name GILLIES in schwarzer Druckschrift darauf. Auf Catherines Schild stand O'HENLEY.

»Wenn ihr von Bord geht«, sagte sie, »hängt ihr euch die um und wartet auf dem Kai. Es wird jemand da sein und euch abholen.«

Schließlich nahm ich meinen Mut zusammen und stellte die Frage, auf die Peter in den vergangenen beiden Tagen von mir eine Antwort verlangt hatte. »Wohin fahren wir?«

Das Gesicht der Nonne verdunkelte sich, als ob eine Wolke darüber hinweggezogen wäre und einen Schatten darauf geworfen hätte. »Das spielt keine Rolle. Haltet euch bloß vom Deck fern. Das Meer kann rauh werden da draußen.«

Danach gab sie uns die Tickets und erhob sich, und wir wurden durch das Gewühl der Menschen am Pier und über einen steilen Landungssteg auf das Schiff geführt. Die *Claymore* hatte einen großen roten Schornstein mit einem schwarzen Streifen am oberen Rand und Rettungsboote, die auf beiden Seiten des Achterdecks an Winden befestigt waren. Leute drängten sich an der Reling und schoben und drückten, um ihren Freunden und Verwandten zum Abschied zu winken, als die Schiffssirene tutete und das Stampfen der Motoren durch das Deck heraufdrang und unsere Körper vibrieren ließ. Die Nonnen blieben nicht so lange, dass sie uns zum Abschied winken konnten. Ich sah die schwarzen Kleider und die weißen Hauben, als sie zum Hafengebäude zurückgingen. Ich habe oft überlegt, ob sie sich von uns abwandten aus Angst, beim Anblick unserer Gesichter könnte ein tief in ihnen verborgener Funke von Menschlichkeit ihr schlechtes Gewissen anfachen.

Von Gott und aller Welt verlassen, so fühlte ich mich in dieser ersten Stunde, als das Schiff durch das graue Wasser der Bucht hinausglitt, einen smaragdgrünen Streifen Kielwasser hinter sich herzog und kreischende Seemöwen um die Masten kreisten, als ob jemand weiße Papierschnipsel in den Wind geworfen hätte. Zum ersten Mal spürten wir die Dünung des Ozeans und verfolgten, wie das Festland hinter uns zurückwich, bis das Grün der Hügel mit der Zeit zu einem fernen Fleck verschwamm und schließlich ganz und gar verschwand. Und wir ringsherum nur noch schwellendes Meer sahen und nicht wussten, wohin wir fuhren oder wann wir dort ankamen. Und was uns bei der Ankunft erwartete.

In späteren Jahren sollte ich erfahren, was es mit den Räumungen auf sich hatte. Wie schon im 18. und 19. Jahrhundert abwesende Grundherren, bestärkt von der Regierung in London, die einheimische Bevölkerung des schottischen Hochlands von ihrem Land vertrieben, um Platz für die Schafe zu machen. Wie man Zehntausende Kleinbauern und Crofter von ihren gepachteten Höfen verjagte und mit Gewalt auf Schiffe schleppte, die sie in die Neue Welt verfrachteten, wohin viele schon im Voraus verkauft worden waren, beinahe wie Sklaven. Heute weiß ich, wie diese Leute sich gefühlt haben müssen, als sie ihre Hütten und ihr Land im Dunst verschwinden sahen und nur ein sich auftürmendes Meer, Verzweiflung und Ungewissheit vor ihnen lagen.

Dann sah ich meinen kleinen Bruder, der sich an die Reling klammerte und nach hinten starrte, während der salzhaltige Wind an seinen Sachen zerrte und ihm durchs Haar fuhr, und beneidete ihn fast um seine Einfalt und seine Unwissenheit. Er hatte nichts zu befürchten, weil er ohne jeden Zweifel wusste, dass sein großer Bruder auf ihn achtgeben würde. Und zum ersten Mal wurde ich fast erdrückt von der Schwere dieser Verantwortung.

Vielleicht verstand Catherine es auch. Sie schaute mich an, und ein leises Lächeln umspielte ihre Lippen, bevor sie die Hand in meine schob. Ich kann nicht einmal ansatzweise schildern, wie tröstlich und warm sich diese kleine Hand in meiner anfühlte.

Die Nonnen hatten uns eine Dose mit Sandwiches mitgegeben, die wir ziemlich schnell aufaßen und binnen einer Stunde wieder von uns gegeben hatten. In dem Maße, in dem die Spuren von Land verschwanden, steigerte sich der peitschende Wind immer mehr in einen Furor hinein, und das Meer mit ihm. Der große schwarz und weiß angestrichene Kahn, der die *Claymore* war, durchpflügte weiß gekrönte Wellen, die über den Bug schlagende Gischt trug den Wind vor sich her und durchnässte jeden, der sich an Deck wagte.

Und so erbrachen wir uns abwechselnd auf der Toilette unweit der Nichtraucher-Lounge, in der wir Sitzplätze an einem regenüberströmten Fenster ergattert hatten und die Leute trotzdem rauchten und in einer uns fremden Sprache schreien mussten, um sich über dem Stampfen der Motoren verständlich zu machen.

Manchmal tauchte in der Ferne der verschwommene Umriss einer Insel auf und versank nach kurzer Zeit wieder hinter den Wellen. Jedes Mal fragten wir uns, ob das unser Bestimmungsort war. Und hofften über alle Hoffnung hinaus, dass dieser Albtraum ein Ende finden möge. Doch das tat er nicht. Zumindest kam es uns so vor. Stunde um Stunde ging es ewig so weiter: Wind, Regen und das Meer, ein Würgen im Magen, aus dem nichts mehr herauskam als grüne Galle. Ich glaube, so elend habe ich mich in meinem Leben sonst nie wieder gefühlt.

Wir hatten an dem Morgen in aller Frühe abgelegt. Inzwischen war es später Nachmittag und wurde allmählich dunkel. Zum Glück hatte sich das Meer ein wenig beruhigt, und die anbrechende Nacht versprach eine etwas ruhigere Fahrt. Doch dann hörte ich – und diesmal auf Englisch, jemanden rufen, man könne den Ben Kenneth sehen, woraufhin alle wie aufgescheucht an Deck liefen.

Wir gingen auch und rechneten damit, jemanden zu sehen, der Kenneth hieß, aber wenn er irgendwo in der Menschenmenge war, ließ sich das nicht feststellen. Erst viel später erfuhr ich, dass Kenneth – oder Coinneach auf Gälisch – der Name des Berges ist, der dem Hafen Schutz bot, dessen blinkende Lichter jetzt aus der Dämmerung auftauchten.

Dunkel erhob sich das Land rings um die Stadt, und am Horizont lag ein heller silberner Lichtstreif. Der Ausklang des Tages. Wo immer wir uns befinden mochten, das war unser Bestimmungsort, und unter den anderen Passagieren machte sich gespannte Erwartung breit.

Eine Stimme meldete sich über Lautsprecher: »Wir bitten alle Passagiere, die hier aussteigen und noch kein Ticket erworben haben, sich zum Büro des Stewards zu begeben.« Unter Glockengebimmel und einem tiefen Dröhnen der Schiffssirene legten wir am Pier an. Deckarbeiter mit Lappen und Eimer spritzten Wasser über die salzverkrusteten Planken, während Familien sich mit ihren Koffern sammelten und zusahen, wie ein Steg an das Schiff angelegt und zurechtgerückt wurde.

In einer Mischung aus Hunger, Erleichterung und Bangen zitterten mir die Beine, als ich den steilen Steg hinabging, Peter vor mir, Catherine hinter mir, und schließlich wieder ungewohnt festen Boden unter den Füßen hatte. Mein Körper bewegte sich noch im Rhythmus des Schiffes.

Als die Menge sich verlief und zu Bussen und Autos eilte und die Dunkelheit über die Berge einfiel, zogen wir unsere kleinen Pappschilder hervor und hängten sie uns um den Hals, wie die Nonnen es uns aufgetragen hatten. Und warteten. Und warteten. Die Lichter auf der Fähre hinter uns gingen langsam aus, und die langen Schatten, die wir über den Pier geworfen hatten, verschwanden. Ein-, zweimal warf jemand neugierige Blicke in unsere Richtung, ohne aber stehen zu bleiben. Nun war der Pier fast menschenleer, und wir hörten nur noch die Stimmen der Schiffer, die die Fähre für die Nacht im Dock vorbereiteten.

Nackte Verzweiflung überkam mich, als wir dort allein im Dunkeln standen und das schwarze Wasser zwischen den schützenden Armen des Hafens gegen die Pfeiler des Landungsstegs schlug. Die Lichter eines Hotels hinter der Hafenmauer sahen warm und einladend aus, aber nicht für uns.

Mit bleichem Gesicht schaute Catherine mich aus dem Dunkel an. »Was meinst du, was sollen wir machen?«

»Warten«, sagte ich. »Wie die Nonnen es gesagt haben. Es kommt schon noch jemand.«

Ich weiß nicht, woher ich das Vertrauen nahm, daran zu glauben. Aber an etwas anderes konnten wir uns nicht klammern. Warum sollten sie uns so weit übers Meer schicken und behaupten, es würde uns jemand abholen, wenn es nicht stimmte?

Dann tauchte eine Gestalt aus der Dunkelheit auf, kam auf dem Pier eilig auf uns zu, und ich war nicht sicher, ob ich erleichtert sein oder Angst haben sollte. Es war eine Frau von Ende vierzig oder Anfang fünfzig, die sich da näherte. Auf ihrem aufgetürmten Haar saß ein dunkelgrüner, mit einer Nadel befestigter Hut, und sie hatte einen langen, bis zum Hals zugeknöpften Wollmantel, dunkle Handschuhe und Gummistiefel an und eine glänzende Handtasche bei sich.

Kurz vor uns verlangsamte sie ihren Schritt, beugte sich mit bestürzter Miene vor und las mit zusammengekniffenen Augen die Schilder, die wir um den Hals hatten. Ihre Miene hellte sich auf, als sie den Namen O'Henley auf Catherines Schild las, und sie sah sich Catherine gründlich an. Eine Hand fuhr hoch und packte Catherine am Kinn und drehte ihren Kopf erst in die eine und dann in die andere Richtung. Anschließend besah die Frau sich Catherines Hände. Uns würdigte sie kaum eines Blickes. »Ja, du bist brauchbar«, sagte sie, griff nach Catherines Hand und führte sie weg.

Catherine wollte nicht mit und sträubte sich.

»Komm schon«, blaffte die Frau namens O'Henley. »Du gehörst jetzt mir. Und du tust, was man dir sagt, oder du wirst die Folgen zu spüren bekommen.« Sie zerrte Catherine am Arm, und ich werde nie den Ausdruck von Verzweiflung auf dem Gesicht vergessen, mit dem Catherine sich zu Peter und mir umdrehte. In dem Moment dachte ich ja, ich würde sie nie wiedersehen, und da wurde mir wohl zum ersten Mal klar, dass ich Catherine liebte.

»Wohin geht Catherine denn?«, fragte Peter. Ich schüttelte aber nur den Kopf, traute mich nichts zu sagen. Ich weiß nicht, wie lange wir dann noch dort standen und warteten und so froren, dass ich mein Zähneklappern schließlich nicht mehr unterdrücken konnte. Ich sah Gestalten, die in der Lounge-Bar des Hotels herumgingen, Schatten im Licht, Menschen, deren Welt eine andere war. Eine, in der wir nicht lebten. Und dann strichen plötzlich die Lichter eines Fahrzeugs über das Hafengelände, und ein Transporter kam in Richtung Anlegestelle, stoppte nur Meter von uns entfernt, stellte uns im Strahl seiner Scheinwerfer aus wie Kaninchen.

Eine Tür wurde aufgestoßen, und ein Mann trat ins Licht, der einen riesigen Schatten in unsere Richtung warf. Durch das Licht hinter ihm konnte ich ihn fast nicht erkennen, sah nur, dass er groß und kräftig war, einen blauen Overall und Stiefel trug und sich eine Stoffmütze tief in die

Stirn gezogen hatte. Er machte zwei Schritte auf uns zu, spähte nach unten auf die Namen um unseren Hals und brummte etwas. Ich roch den Alkohol und den muffigen Tabakrauch in seinem Atem.

»In den Wagen.« Mehr sagte er nicht, und wir folgten ihm auf die andere Seite des Transporters, an der er eine Schiebetür öffnete und uns einsteigen ließ. »Beeilung, ich bin eh schon spät dran.« In dem Auto lagen Taue und Fischernetzte und orange Bojen, alte Holzkisten, die nach verdorbenem Fisch rochen, Fischkörbe und eine Werkzeugkiste und der Kadaver eines toten Schafs. Es dauerte einen Moment, bis ich begriffen hatte, was es war, und vor Entsetzen zurückschauderte. Peter machte es aus irgendeinem Grund nichts aus.

»Es ist tot«, sagte er und berührte es am Bauch. »Aber noch warm.«

Wir setzten uns also auf den Boden der Ladefläche neben das tote Schaf und die Fischerausrüstung und mussten uns durchrütteln lassen und Auspuffgase einatmen, während er auf dunklen, einspurigen Straßen durch flaches, von einem schimmernden Mond silbern gefärbtes Sumpfland in eine schwarze Ferne fuhr.

Und dann rochen und sahen wir wieder das Meer, fast blendend im Schein des Mondes, und hier und da sahen wir Licht, das hoch an einem Hügel in den Fenstern unkenntlicher Cottages brannte.

Der lange Finger einer steinernen Mole reckte sich in ein ruhiges Wasser hinaus, und ein kleines Schiff schaukelte sacht in der Dünung. Ein Mann, den wir später als Neil Campbell kennenlernen sollten, saß rauchend im Ruderhaus. Er kam heraus und begrüßte uns, während der kräftige Mann mit der Mütze seinen Transporter abstellte. Als er fertig war, befahl er uns auszusteigen.

Die beiden Männer wechselten ein paar Worte und lachten auch einmal. Aber ich hatte keine Ahnung, worüber sie sprachen. Dann wurden wir auf das Boot gescheucht, und es tuckerte über die vom Mondlicht beschienene Meerenge zu einer Insel, die sich aus dem Meer erhob, hier und da mit einem Licht an den ringsum ansteigenden Hügeln. Wir waren nach ungefähr zehn Minuten da und kletterten auf eine Mole aus bröckeligem Stein, die auf einer Seite eines schmalen Wasserarms in eine kleine Bucht hinausführte. Auf beiden Seiten standen Häuser. Seltsam gedrungene Steinbauten mit Gras auf den Dächern, eine Form der Deckung, die Reet hieß, wie ich später erfuhr. Es war gerade Ebbe, und die Bucht war mit schwarzem und goldenem Seetang beringt.

Das Boot fuhr wieder über die Meerenge zurück. »Folgt mir«, sagte der große Kräftige, und wir trotteten ihm auf einem Trampelpfad hinterher, der um die Bucht herum und dann, etwas breiter, steinig und tief gefurcht, hügelaufwärts zu einem der reetgedeckten Cottages führte, die wir schon vom Hafen aus gesehen hatten. Und dort machte ich zum ersten Mal Bekanntschaft mit dem Geruch von Torfrauch, als sich die hölzerne Haustür knarrend in einen düsteren Innenraum öffnete, der zur Hälfte mit dem Zeug ausgefüllt war. Von einer Öllampe, die tief von den Dachbalken herabhing, fiel ein mattes gelbes Licht in den Raum, und eine Lage Torfsoden glühte rot in der offenen Tür eines gusseisernen schwarzen Herds, der am hinteren Ende des Raums an der Mauer stand. Der irdene Boden war mit Sand bestreut. Dies war Küche, Wohnzimmer und Esszimmer in einem, mit einem großen Tisch in der Mitte des Raumes, einer Kommode hinten an der Wand und zwei kleinen Fenstern, je eines neben der Eingangstür tief unten in die Mauer eingelassen. Ein mit Holz verschalter Durchgang, vollgehängt mit Jacken und Werkzeug, führte zu drei weiteren Räumen, den Schlafzimmern, wie ich herausfand. Es gab weder eine Toilette noch fließendes Wasser oder Elektrizität. Es war, als seien wir aus dem 20. Jahrhundert ins Mittelalter zurückgekehrt. Traurige kleine verwaiste Zeitreisende.

Eine Frau in einem dunkelblauen Druckkleid und einer weißen langen Schürze wandte sich vom Herd um, als wir hereinkamen. Schwer zu sagen, wie alt sie sein mochte. Ihr Haar war wie gebürsteter Stahl, straff aus dem Gesicht zurückgenommen und mit Kämmen festgesteckt. Das Gesicht war aber nicht alt. Und hatte mit Sicherheit keine Falten. Jung war sie allerdings auch nicht mehr. Sie musterte uns mit einem langen, prüfenden Blick und sagte: »Setzt euch an den Tisch. Ihr werdet Hunger haben.« Den hatten wir wirklich.

Der Mann setzte sich auch an den Tisch und nahm die Mütze ab, sodass ich zum ersten Mal sein Gesicht sah. Ein schmales, strenges Gesicht mit einer großen Hakennase. Er hatte Hände wie Schaufeln, mit Härchen, die ihm nicht nur auf den Knöcheln wuchsen, sondern auch unter den Hemdsärmeln hervorsprießten. Die wenigen Haare, die er noch auf dem Kopf hatte, klebten ihm vom Schwitzen unter der Mütze in Kringeln am Schädel.

Die Frau stellte vier dampfende Teller auf den Tisch. Irgendein Fleisch, das in einer fettgetränkten Sauce schwamm, und Kartoffeln, die bis zum Zerfallen zerkocht waren. Der Mann schloss die Augen und murmelte etwas in einer Sprache, die ich nicht verstand, und sagte, als er zu essen anfing, auf Englisch zu uns: »Mein Name ist Donald Seamus. Das ist meine Schwester Mary-Anne. Für euch Mr und Mrs Gillies. Das ist unser Haus, und das ist jetzt euer Zuhause. Vergesst, wo immer ihr hergekommen seid. Das ist jetzt Geschichte. Von heute an seid ihr Donald John und Donald Peter Gillies, und wenn ihr nicht tut, was euch geheißen wird, werdet ihr, so wahr mir Gott helfe, den Tag bereuen, an dem ihr geboren seid.« Er schaufelte sich eine Gabel voll Essen in den Mund und blickte beim Kauen kurz zu seiner Schwester hinüber. Sie blieb die ganze Zeit still und passiv. Er sah wieder uns an. »In diesem Haus wird Gälisch gesprochen, ihr solltet es also möglichst schnell lernen. Wie bei den armen Kerlen, die vor dem englischen Gericht Gälisch sprechen: Ein englisches Wort, von euch in meinem Beisein gesprochen, wird als nicht gesprochen betrachtet. Ist das verstanden?«

Ich nickte, und Peter sah zur Bestätigung erst mich an, bevor er ebenfalls nickte. Ich hatte keine Ahnung, was Gälisch war oder wie es mir möglich sein sollte, es zu sprechen. Aber das sagte ich nicht.

Als wir mit dem Essen fertig waren, reichte er mir eine Schaufel und sagte: »Ihr werdet euch vor dem Zubettgehen erleichtern müssen. Wässern könnt ihr in die Heide. Aber wenn ihr mehr müsst, hebt ein Loch dafür aus. Nicht zu dicht am Haus allerdings.«

Und so wurden wir vor die Tür geschickt, um zur Toilette zu gehen. Der Wind hatte zugenommen, und Wolken zogen über die riesige Weite des Himmels über uns; Mondlicht huschte sporadisch da und dort über den Hang. Ich führte Peter vom Haus weg zu einer Stelle, von der wir freien Blick aufs Wasser hatten, und begann zu graben. Was um alles in der Welt würden wir tun, wenn es regnete?

»Hallo!« Wir fuhren beide zusammen bei dem Stimmchen, das der Wind herantrug, und als ich mich verblüfft umdrehte, stand da Catherine und grinste uns aus der Dunkelheit an.

Ich konnte die Frage kaum formulieren. »Wie …?«

»Ich hab euch auf dem kleinen Schiff rüberkommen sehen, eine halbe Stunde nach mir.« Sie drehte sich um und zeigte über die Anhöhe. »Ich bin gleich da drüben, bei Mrs O'Henley. Sie sagt, mein Name wäre jetzt Ceit. Schreibt sich komisch. C-E-I-T. Wird aber wie Kate ausgesprochen. Das ist Gälisch.«

»Ceit«, sagte ich. Es klang schön.

»Sieht so aus, als wären wir jetzt in Stellung, wie die dazu sagen. Kinder, die die Scheißkirche vom Festland hierher verfrachtet hat. Solche wie uns gibt es Dutzende auf der kleinen Insel.« Ihre Miene bewölkte sich für einen Moment. »Ich dachte schon, ich hätte dich verloren.«

Ich grinste. »So schnell wirst du mich nicht los.« Und ich war überglücklich, weil ich sie wiedergefunden hatte.

»Dad, du musst deine Hose ausziehen. Sie ist immer noch feucht.«

Und wenn schon! Die wird auf dem Schiff so nass geworden sein. Ich stehe auf, aber ich kriege den Reißverschluss offenbar nicht runter. Sie hilft mir, ihn aufzumachen, und ich steige aus den Beinen, als die Hose auf den Boden gefallen ist. Jetzt zieht sie mir den Pullover über den Kopf. Es sie machen zu lassen ist einfacher. Die Hemdknöpfe kann ich aber noch selber. Ich weiß auch nicht, wieso, aber neuerdings fühlen sich meine Finger so steif und ungelenk an.

Ich sehe ihr zu, wie sie zum Kleiderschrank geht und eine saubere Hose und ein frisch gebügeltes Hemd herausnimmt. Sie sieht richtig hübsch aus.

»Hier, Dad.« Sie hält mir das Hemd hin. »Möchtest du es selbst anziehen?«

Ich streckte die Hand aus und streichle ihr das Gesicht. Ich empfinde so viel Zärtlichkeit für sie. »Ich weiß nicht, was ich gemacht hätte, wenn sie dich nicht auch auf die Insel gebracht hätten, Ceit. Ich dachte wirklich, ich hätte dich für immer verloren.«

Sie ist richtig verwirrt, ich seh's ihr an den Augen an. Weiß sie denn nicht, was ich für sie empfinde?

»Na ja, jetzt bin ich ja da«, sagt sie, und ich strahle sie an. So viele Erinnerungen, so viele Gefühle.

»Weißt du noch, wie wir den Seetang von der Küste hochgezogen haben?«, sage ich. »In diesen großen Kiepen auf den kleinen Pferden? Und damit die *feannagan* gedüngt? Ich hab dir beim Umgraben geholfen.«

Warum runzelt sie die Stirn? Vielleicht hat sie das vergessen.

»*Feannagan*?«, sagt sie. »Krähen?« Sie spricht jetzt Englisch mit mir. »Wie kann man Krähen düngen, Dad?«

Das dumme Ding! Ich höre selber, wie ich lache. »So haben die doch dazu gesagt. Und was die uns für feine Kartoffeln gegeben haben.«

Sie schüttelt wieder den Kopf. Und seufzt. »Ach, Dad.«

Ich möchte sie schütteln, verdammich! Warum erinnert sie sich nicht?

»Dad, ich wollte dir noch sagen, dass ich nach Glasgow fahren muss, ein paar Prüfungen ablegen. Ich werde also ein paar Tage nicht da sein. Aber Fionnlagh kommt dich besuchen. Und Fin.«

Ich weiß nicht, von wem sie redet. Und ich will keinen Besuch. Sie soll nicht gehen. Jetzt knöpft sie mir das Hemd zu, ihr Gesicht ganz nahe. Da beuge ich mich vor und küsse sie sacht auf die Lippen. Sie schrickt zusammen und weicht zurück. Ich hoffe, ich habe sie nicht verärgert. »Ich bin so froh, dass ich dich wiedergefunden habe, Ceit«, sage ich, weil ich sie beruhigen möchte. »Diese Tage im Dean, die werde ich nie vergessen. Und die Türmchen auf dem Danny, die wir von unserem Dach aus sehen konnten.« Ich muss lachen, als mir das jetzt wieder einfällt. »Damit wir ja nicht vergessen, wo unser Platz in der Welt ist.« Und ich senke die Stimme, stolz, was aus uns geworden ist. »Dafür, dass wir nur heimatlose Waisenkinder waren, haben wir uns gar nicht so schlecht geschlagen, alles in allem.«

EINUNDZWANZIG

Als Fin George Gunn in Stornoway absetzte und durch das Barvas-Moor zur Westküste weiterfuhr, war es schon dunkel; eine schwarze, feuchte Nacht, der Atlantik spie ihm seinen Zorn ins Gesicht. Wie in der Nacht, als seine Eltern umgekommen waren, auf ebendieser Straße. Er kannte die Senke wie seine Westentasche. Jede Woche war er mit dem Bus daran vorbeigefahren, der ihn montags nach Stornoway ins Internat und freitags wieder zurückbrachte. Sehen konnte er ihn jetzt zwar nicht, aber er wusste, dass der Schuppen mit dem grünen Dach nur gute hundert Meter irgendwo rechts von ihm stand, und dass das Schaf ungefähr hier urplötzlich aus dem Graben gesprungen kam, woraufhin sein Vater das Steuer herumriss.

Schafe liefen jetzt immer noch auf der Straße herum. Die Bauern hatten es längst aufgegeben, die Weiden einzuzäunen. Ein paar verfaulte Pfosten bezeugten noch, dass sie es einmal versucht hatten. Nachts sah man die Augen der Schafe im Dunkeln leuchten. Zwei Lichtpunkte, die das Scheinwerferlicht zurückwarfen, wie Teufelsaugen. Es waren dumme Tiere. Man wusste nie genau, wann sie erschraken und einem vor die Füße rannten. An ruhigen Tagen versammelten sie sich auf der Straße, verließen das Moor, um den winzigen Stechmücken zu entkommen, die der Fluch des westlichen Hochlands waren. Und man wusste, wenn die Schafe es schon nicht mehr aushielten, musste es wirklich schlimm sein.

Über der Anhöhe sah er die Lichter von Barvas im Regen flackern, in einer langen Kette zeichneten sie den Küstenverlauf nach und verloren sich dann im Dunkeln. Fin folgte der durchbrochenen Kette nach Norden, bis sich die vereinzelten Lichter von Ness in dichteren Abständen über der Landzunge verteilten, und bog nach Crobost ab. Der Ozean war nicht zu sehen, war von der Nacht verschluckt, er hörte nur, wie er den

Klippen seinen Zorn entgegenschleuderte, als er an Marsailis Bungalow anhielt und aus dem Auto stieg.

Ihr Auto war nicht da, und ihm fiel ein, dass sie wahrscheinlich schon nach Glasgow gefahren war. Im Küchenfenster brannte aber Licht, und er sprintete durch den Regen zur Haustür. In der Küche war niemand, und er ging weiter ins Wohnzimmer, wo der Fernseher in der Ecke die Abendnachrichten brachte. Hier war auch niemand. Er ging in den Flur und rief an der Treppe, die zu Fionnlaghs Zimmer führte.

»Jemand zu Hause?«

Ein Streifen Licht lag unter der Tür, und er stieg hinauf. Er war auf halber Treppe, als die Tür aufging und Fionnlagh heraustrat und die Tür schnell hinter sich zumachte. »Fin!« Er wirkte erschrocken, überrascht, seltsam befangen, kam dann aber hastig herunter und quetschte sich an Fin vorbei. »Ich dachte, du bist in Harris.«

Fin machte kehrt und folgte Fionnlagh ins Wohnzimmer, wo er im Licht nun deutlich sah, dass Fionnlagh rot geworden war, gehemmt, fast verlegen. »Bin schon wieder zurück.«

»Das sehe ich.«

»Deine Mutter hat gesagt, ich könnte, wenn nötig, immer euer Klo benutzen. Bis ich das Haus so weit hergerichtet habe.«

»Klar. Nur zu.« Fionnlagh wusste erkennbar nicht, wohin mit sich, und wich nun in die Küche aus. Fin folgte ihm kurz darauf, als Fionnlagh den Kühlschrank aufmachte. »Ein Bier?« Er drehte sich um und hielt Fin eine Flasche hin.

»Danke.« Fin nahm sie, öffnete den Schraubverschluss und setzte sich an den Tisch. Nach kurzem Zögern nahm Fionnlagh sich auch eine Flasche. Er blieb an den Kühlschrank gelehnt stehen, warf den Verschluss quer durch die Küche ins Spülbecken und trank einen großen Schluck.

»Was habt ihr über Großvater herausgefunden?«

»Nichts«, sagte Fin. »Nur dass er nicht Tormod Macdonald ist.«

Fionnlagh starrte ihn verständnislos an. »Was willst du damit sagen?«

»Tormod Macdonald starb mit achtzehn bei einem Bootsunfall. Ich habe seine Geburtsurkunde und sein Grab gesehen.«

»Dann wird das wohl ein anderer Tormod Macdonald gewesen sein.«

Fin schüttelte den Kopf. »Er ist der Tormod Macdonald, der dein Großvater zu sein behauptet.«

Fionnlagh trank ein paar kräftige Schlucke, um das aufzunehmen. »Wenn er nicht Tormord Macdonald ist, wer ist er dann?«

»Gute Frage. Aber dass er uns die in absehbarer Zeit beantworten kann, halte ich für wenig wahrscheinlich.«

Daraufhin schwieg Fionnlagh eine ganze Weile und starrte in seine halbleere Flasche. »Glaubst du, er hat den Mann getötet, den sie im Moor gefunden haben?«

»Ich habe keine Ahnung. Verwandt war er mit ihm, das steht fest. Und wenn wir die Identität des einen ermitteln können, erfahren wir womöglich auch, wer der andere ist, und vielleicht sogar, was passiert ist.«

»Du klingst wie ein Cop.«

Fin lächelte. »Das bin ich den größten Teil meines Lebens ja auch gewesen. Man ändert ja nicht über Nacht seine Denkweise, nur weil man seinen Beruf aufgibt.«

»Warum hast du das gemacht?«

Fin seufzte. »Die meisten Menschen wissen ihr ganzes Leben lang nicht, was unter den Steinen liegt, auf denen sie gehen. Cops bringen ihr Leben damit zu, diese Steine umzudrehen, und müssen sich mit dem befassen, was sie darunter finden.« Er trank seine Flasche aus. »Ich hatte es satt, dauernd in den Schatten herumzukriechen, Fionnlagh. Wenn man immer nur die dunkelste Seite der menschlichen Natur zu sehen bekommt, findet man in sich selbst mit der Zeit auch nur Dunkles. Und das ist beängstigend.«

Fionnlagh warf seine leere Flasche in eine Kiste mit Leergut, die an der Tür stand, und das dumpfe Scheppern, mit dem Glas auf Glas traf, hallte durch die Küche. Der Junge wirkte immer noch unruhig.

Fin sagte: »Ich hoffe, ich habe dich nicht bei etwas gestört.«

Ein Augenpaar blitzte ihn an und wandte sich wieder ab. »Nein.« Dann: »Mum hat heute Nachmittag Großvater besucht.«

»Gab's etwas Erfreuliches?«

Der Junge schüttelte den Kopf. »Nein. Er hat offenbar draußen im Regen gesessen, aber gedacht, er ist auf einem Schiff. Dann hat er was von Seetang daher gefaselt, den er gesammelt hat, um die Krähen zu düngen.«

Fin runzelte die Stirn. »Krähen?«

»Ja. Er hat es mit dem gälischen Wort gesagt, *feannagan*. Krähen.«

»Das ergibt keinen Sinn.«

»Nein.

Fin zögerte. »Fionnlagh …« Der Junge sah ihn erwartungsvoll an. »Lass lieber mich deiner Mutter das von deinem Großvater erzählen.« Fionnlagh fiel, wie es aussah, wohl ein Stein vom Herzen, dass nicht er das machen musste, und er nickte.

Der Wind rupfte und zerrte an seinem Außenzelt, spannte die Zeltschnüre, und das Innenzelt atmete stoßweise ein und aus wie eine kollabierende Lunge. Der auf die dünne Außenhaut aus Plastik prasselnde Regen war fast ohrenbetäubend. In dem seltsamen blauen Licht seines batteriebetriebenen Leuchtstabs saß Fin in seinen Schlafsack gewickelt und las den Autopsiebericht über den Toten im Moor, den Gunn ihm vorschriftswidrig zugesteckt hatte.

Er war gefesselt von der Beschreibung der Elvis-Tätowierung mit dem eingearbeiteten Schriftzug *Heartbreak Hotel* auf dem linken Unterarm, obwohl es die ins Gehirn eingesetzte Platte gewesen war, anhand derer sich der Todeszeitpunkt auf irgendwann Ende der fünfziger Jahre eingrenzen ließ. Hier war ein junger Mann, der ein Faible für den ersten Rockstar hatte, den die Welt kannte, und dessen geistige Fähigkeiten durch einen Unfall, bei dem er eine Hirnverletzung erlitt, geschädigt worden waren. Und dieser junge Mann war irgendwie mit Marsailis Vater verwandt, dessen Identität nun ebenfalls von Geheimnissen umwoben war.

Es war ein brutaler Mord gewesen. Gefesselt, mehrere Messerstiche, die Kehle durchgeschnitten. Fin versuchte sich Marsailis Vater als Killer vorzustellen, konnte es aber nicht. Tormod, oder wer immer er war, war stets ein sanftmütiger Mensch gewesen. Groß und kräftig, das ja. Stark, zu seiner Zeit. Aber ein Mann von so ausgeglichener Wesensart, dass Fin ihn nie auch nur die Stimme hatte erheben hören. Er konnte sich jedenfalls an kein einziges Mal erinnern.

Er legte den Bericht zur Seite und griff nach der aufgeschlagenen Akte mit den Details über den Unfall mit Fahrerflucht, der Robbie das Leben gekostet hatte. Fast eine Stunde lang hatte er die Akte, als er in sein Zelt zurückgekehrt war, wieder durchgesehen. Natürlich vergeblich. Wie oft hatte er sie inzwischen durchgeackert? Er hatte aufgehört zu zählen. Jede Aussage, die kleinsten gemessenen Spuren aller Reifen auf der Straße. Die Beschreibung des Wagens, des Fahrers. Die Polizeifotos, die er in Edinburgh fotokopiert hatte. Obwohl er die Akte auswendig kannte, hoffte er bei jedem Wiederlesen trotzdem, auf das entscheidende Detail zu stoßen, das er übersehen hatte.

Es war ein Zwang, er wusste es selbst. Ein Zwang, gegen alle Vernunft und Logik, ja gegen das Leben selbst. Und dennoch konnte er, wie ein Raucher, nicht davon lassen. Bevor der Fahrer nicht gefasst war, durfte die Akte nicht geschlossen werden. Und bis zu diesem Tag konnte keine Rede davon sein, dass er vom eingeschlagenen Weg abwich und mit seinem Leben auf die offene Straße zurückkehrte.

Er fluchte leise und schleuderte die Mappe durchs Zelt, bevor er den Leuchtstab ausschaltete und sich auf seine Matte niederließ, den Kopf ins Kissen drückte und sich so sehr nach Schlaf sehnte, dass an Schlaf nicht zu denken war.

Er schloss die Augen und lauschte dem Wind und dem Regen und schlug die Augen schließlich wieder auf. Das war auch nicht anders. Kein Licht. Nur totale Finsternis. Hatte er sich in seinem Leben schon einmal so einsam gefühlt? Er bezweifelte es.

Er hatte keine Vorstellung, wie viel Zeit inzwischen vergangen war. Eine halbe Stunde, eine ganze? Er war dem Schlaf nicht näher als beim Hinlegen. Er setzte sich auf und schaltete den Leuchtstab an, musste blinzeln in seinem grellen Schein. Im Auto hatte er ein paar Bücher liegen. Er brauchte etwas, womit er sich fortdenken konnte: von hier, von dem, der er war, der er gewesen war und der nicht wusste, wohin. Irgendetwas, womit sich das Kreisen all der ungelösten Fragen in seinem Kopf anhalten ließ.

Er zog sich die Ölhaut über das Unterhemd und die Boxershorts, fuhr mit bloßen Füßen in die Stiefel und griff sich seinen Südwester, bevor er den Reißverschluss des Zelts aufzog und sich dem Regen und dem Wind aussetzte. Ein Zwanzig-Sekunden-Sprint zum Auto, er wäre in unter einer Minute wieder da, würde das tropfende wasserdichte Zeug im Außenzelt abwerfen und wieder in seinen warmen Schlafsack kriechen: ein Buch in der Hand, Zerstreuung im Sinn.

Trotzdem zögerte er hinauszuspringen. Es war wild da draußen. Genau deshalb hatten Generationen seiner Vorfahren Häuser gebaut, die Mauern einen halben Meter dick. Was war er für ein Narr, wenn er sich einbildete, er könne Wochen, ja sogar Monate in einem leichten Zelt wie diesem überstehen? Er atmete durch zusammengebissene Zähne aus, verdrehte kurz die Augen und rannte los. Hinaus in einen Regen, der ihn wie Nadeln im Gesicht traf, in einen Wind, der ihm fast die Beine wegschlug.

An seinem Auto angelangt, suchte er mit nassen Fingern nach dem Schlüssel, als am Rande seines Gesichtsfelds ein Licht anging. Er hielt inne, spähte durch den Regen hügelabwärts und sah, dass es das Licht über Marsailis Küchentür war. Es warf einen schwachen gelben Schein über den Weg dorthin, wo Fionnlaghs Auto im Leerlauf stand. Fin hörte den Motor nicht, sah aber die Abgase, die der Wind vom Heck des Mini in die Nacht verschlug.

Und dann rannte eine Gestalt mit einem Koffer von der Küchentür zum Auto. Nur ein Umriss, aber unverkennbar Fionnlagh. Fin rief seinen Namen, aber der Bungalow war ein paar hundert Meter entfernt, und seine Stimme ging im Sturm unter.

Fin stand da, der Regen hämmerte auf ihn ein, floss in breiten Bahnen an seiner Ölhaut hinab, wehte ihm ins Gesicht, lief ihm in den Hals, und sah zu, wie Fionnlagh den Kofferraum des Autos öffnete und seinen Koffer hineinstopfte. Der Junge rannte zum Haus zurück und schaltete das Licht aus und war bloß ein flüchtiger Schatten, als er wieder den Weg hinauf zum Auto sprintete. Fin sah das Gesicht für einen Moment im Licht der Innenraumbeleuchtung, als die Tür auf- und wieder zuging. Der Wagen fuhr am Straßenrand an und rollte hügelabwärts.

Fin drehte sich zu seiner Tür, schloss auf und schlüpfte auf den Fahrerseitz. Er startete den Motor, schaltete in den ersten Gang und löste die Handbremse. Solange er Fionnlaghs Scheinwerfer sah, brauchte er seine nicht einzuschalten. Er rollte hinter dem Mini den Berg hinab.

Fin ließ gut zweihundert Meter Abstand zwischen den Wagen und hielt an, als der Mini vor den Crobost Stores am Fuße des Hügels bremste und rechts ran fuhr. Im Licht von Fionnlaghs Scheinwerfern sah er, wie die zarte Gestalt Donna Murrays unter dem schützenden Dach des Ladeneingangs hervorkam, eine Babytragetasche mit beiden Händen haltend. Fionnlagh sprang aus dem Auto und kippte die Rückenlehne seines Sitzes nach vorn, und Donna schob die Tragetasche hinein, bevor sie noch einmal zurück zum Laden rannte und einen kleinen Koffer holte.

Im selben Moment übergossen die Scheinwerfer eines dritten Autos die Szene mit Licht. Fin sah die Regenschnüre im Licht und die Gestalt eines Mannes, der ausstieg und den Strahl unterbrach. Er nahm den Fuß von der Kupplung, beschleunigte auf der Straße nach unten und schaltete seine eigenen Scheinwerfer ein, um diesem mitternächtlichen Drama ein Ende zu setzen, bevor es richtig begann. Drei verdutzte Gesichter wandten sich ihm zu, als er bremste und auf dem Schotter rutschend zum Stehen kann. Er ließ die Tür offen und trat in den Regen hinaus.

»Was zum Teufel machst du hier?« Donald Murray musste schreien, um sich über dem Sturmgeheul verständlich zu machen. Sein Gesicht wirkte gelblich bleich im Licht der Scheinwerfer, die Augen waren tief umschattet.

»Das sollte vielleicht ich dich fragen«, schrie Fin zurück.

Zornentbrannt hieb Donald die Faust durch die Luft, mit dem Zeigefinger anklagend auf seine Tochter und ihren Freund weisend. »Die wollen mit dem Baby durchbrennen.«

»Es ist ihr Baby.«

Donald warf die Lippen auf vor Hohn. »Steckst du mit ihnen unter einer Decke?«

»Hey!« Fionnlagh schrie es mit rotem Gesicht durch die Nacht. »Es geht euch nichts an! Keinen von euch. Es ist unser Kind und unsere Entscheidung. Fahrt doch alle zur Hölle.«

»Darüber hat Gott zu befinden«, schrie Donald Murray zurück. »Aber du fährst nirgendwohin. Nicht mit meiner Enkeltochter, du nicht.«

»Na, dann schau, ob du mich aufhalten kannst!« Fionnlagh nahm Donnas Tasche und warf sie ins Auto. »Komm«, sagte er und ließ sich auf den Fahrersitz plumpsen.

Mit zwei Schritten war Donald am Auto, griff hinein und zog den Zündschlüssel ab, machte kehrt und warf ihn dem Sturm in den Rachen. Danach ging er blitzschnell um das Auto herum und fasste nach der Babytragetasche.

Fionnlagh kam herangesprungen, um das zu verhindern, aber Fin war schneller bei ihm. Der Südwester flog ihm vom Kopf und verschwand im Dunkeln, als er Reverend Murray bei den Schultern packte und vom Auto wegzog. Donald war immer noch kräftig gebaut und drängte mit aller Macht rückwärts, um sich aus Fins Griff zu befreien. Die beiden Männer stolperten, fielen rücklings zu Boden und rollten über den Schotter.

Bei dem Sturz entwich alle Luft aus Fins Lungen, und er keuchte noch, als Donald schon wieder auf die Beine kam. Es gelang ihm, noch immer nach Atem ringend, sich auf die Knie zu erheben, und er sah nach oben, als Donald die Hand ausstreckte und ihm aufstehen half. Fin erhaschte einen Blick auf das Weiß, das an Donalds Hals blitzte. Sein Kragen. Und für einen Moment ging ihm die Lächerlichkeit der Situation auf. Er prügelte sich mit einem Pfarrer der Croboster Kirche! Seinem Freund aus Kinderzeiten. Er ergriff die Hand und zog sich hoch. Die beiden Männer standen sich gegenüber und wechselten finstere Blicke, atmeten schwer, die Gesichter waren nass vom Regen und glänzten im Scheinwerferlicht.

»Hört auf!« Donna schrie es. »Hört auf, alle beide!«

Aber Donalds Blick blieb auf Fin geheftet. »Ich hab die Tickets für die

Fähre in ihrem Zimmer gefunden. Für die erste Überfahrt nach Ullapool morgen früh. Ich wusste, dass sie heute Abend versuchen würden abzuhauen.«

»Donald, sie sind erwachsen. Es ist ihr Kind. Sie können fahren, wohin sie wollen.«

»Hätt ich mir denken können, dass du dich auf ihre Seite schlägst.«

»Ich schlage mich auf niemandes Seite. Du treibst sie ja regelrecht fort. Du lässt Fionnlagh nicht einmal ins Haus, um seine eigene Tochter zu sehen. Wir leben doch nicht mehr im Mittelalter!«

»Er hat keine Mittel, für sie zu sorgen. Er geht Herrgott noch mal noch zur Schule!«

»Ja, und viel wird er nicht aus sich machen, wenn er die abbricht und wegläuft, oder? Und genau dazu zwingst du ihn. Alle beide.«

Donald spie seine Verachtung in die Nacht. »Wir verschwenden unsere Zeit.« Und machte wieder kehrt und wollte die Tragetasche aus dem Auto nehmen. Fin packte ihn am Arm, und im selben Moment fuhr Donald herum, und seine Faust flog durch das Licht und versetzte Fin einen Hieb, der dessen Wange streifte. Durch die Wucht des Stoßes verlor Fin das Gleichgewicht und fiel, alle viere von sich gestreckt, rücklings auf die Straße.

Etliche Sekunden lang war die Szene eingefroren, als hätte jemand einen Schalter umgelegt und den Film angehalten. Keiner von ihnen konnte so recht glauben, was Donald eben getan hatte. Der Wind blies ihnen sein Missfallen um die Ohren. Dann rappelte Fin sich wieder auf und wischte sich das Blut von den Lippen. Er sah den Pfarrer wütend an. »Herrgott noch mal, Mann«, sagte er. »Komm zur Besinnung.« Seine Stimme ging fast unter im Heulen der Nacht.

Donald stand da, rieb sich die Köchel und starrte Fin an, ungläubiges Staunen, schlechtes Gewissen und Angst im Blick. Als sei Fin schuld daran, dass Donald ihn geschlagen hatte. »Warum mischst du dich überhaupt ein?«

Fin schloss die Augen und schüttelte den Kopf. »Weil Fionnlagh mein Sohn ist.«

ZWEIUNDZWANZIG

Catriona Murrays Unruhe schlug in Verwirrung um, als sie die Tür des Pfarrhauses öffnete und ihr Ehemann und Fin Macleod wie zwei gebadete Katzen mit Platzwunden und blauen Flecken auf dem Treppenabsatz standen. Das hatte sie nicht erwartet.

»Wo sind Donna und die Kleine?«

»Freut mich auch, dich zu sehen, Catriona«, sagte Fin.

»Sie sind bei Marsaili zu Hause«, sagte Donald.

Catrionas dunkle Augen flogen von einem zum anderen. »Wolltest du sie nicht abfangen? Damit sie nicht nach Stornoway fahren und die Fähre nehmen?«

Fin sagte: »Das lassen sie bleiben.«

»Ach, warum?«

»Weil sie Angst davor haben, was ich und Donald einander sonst vielleicht noch antun. Dürften wir vielleicht reinkommen und raus aus dem Regen?«

Catriona schüttelte verwirrt und enttäuscht den Kopf und hielt die Tür weit auf, damit die triefenden Männer in den Vorraum treten konnten. »Seht zu, dass ihr die nassen Sachen vom Leib kriegt.«

Fin lächelte. »Ich lass meine lieber an, Catriona. Ich möchte deine zarten Gefühle nicht in Wallung bringen.« Er schlug seine Ölhaut auf, unter denen das Unterhemd und die Boxershorts zum Vorschein kamen. »Ich wollte mir bloß schnell ein Buch aus dem Auto holen.«

»Ich hol dir einen Morgenmantel.« Sie hielt den Kopf schräg und sah ihn sich genauer an. »Was hast du denn da am Gesicht?«

»Dein Mann hat mich geschlagen.«

Ihr Blick flog zu Donald, und ein feines Stirnrunzeln zog Falten zwischen ihre Brauen. Seine Sündermiene und der Umstand, dass er es nicht abstritt, vertieften sie.

Eine Viertelstunde später saßen die beiden Männer an einem Torffeuer im Wohnzimmer und tranken beim Schein einer Tischlampe und des glühenden Torfs heiße Schokolade, Donald in einen schwarzseidenen, mit chinesischen Drachen bestickten Morgenmantel, Fin in einen flauschigen weißen Bademantel gehüllt. Beide Männer waren barfuß und spürten eben erst ansatzweise, dass ihr Blutkreislauf wieder in Gang kam. Auf ein Zeichen Donalds hin hatte sich Catriona in die Küche zurückgezogen, und die Männer schwiegen eine Weile und tranken.

»Ein Schuss Whisky drin täte gut«, sagte Fin schließlich, eher als Hoffnung denn als Erwartung.

»Gute Idee.« Und zu Fins Überraschung stand Donald auf und holte eine Flasche Balvenie Doublewood aus der Anrichte. Sie war zu über zwei Dritteln schon leer. Er entkorkte sie, goss jedem eine großzügige Menge in seinen Becher und setzte sich wieder.

Sie tranken in kleinen Schlucken, und Fin nickte. »Besser.« Donald seufzte tief.

»Es geht mir zwar gegen den Strich, Fin, aber ich muss mich bei dir entschuldigen.«

Fin nickte. »Da hast du verdammt recht.«

»Auch wenn du mich provoziert hast, hatte ich nicht das Recht, dich zu schlagen. Es war falsch.«

Fin wandte sich seinem einstigen Freund zu und sah echte Reue in seinem Gesicht. »Warum? Warum war es falsch?«

»Weil Jesus uns gelehrt hat, dass Gewalt der falsche Weg ist. *Wenn dich jemand auf deine rechte Backe schlägt, dem biete die andere auch dar.*«

»Genau genommen war ich ja derjenige, der die andere dargeboten hat.«

Donald warf ihm einen finsteren Blick zu.

»Übrigens, was ist eigentlich aus dem Auge um Auge geworden?«

Donald trank einen großen Schluck Schokolade mit Whisky. »Gandhi sagte, Auge um Auge, und wir sind alle blind.«

»Du glaubt dieses Zeug wirklich, oder?«

»Ja. Und es respektieren ist das Mindeste, was du tun könntest.«

»Ich werde nie respektieren, woran du glaubst, Donald. Nur dein Recht, daran zu glauben. Genau wie du meines, nicht daran zu glauben, respektieren solltest.«

Donald bedachte ihn mit einem langen, durchdringenden Blick. Im Schein des Torffeuers hatte die eine Hälfte seines Gesichts Farbe, während die andere im Schatten lag. »Du ziehst es vor, nicht zu glauben, Fin. Wegen dem, was deinen Eltern passiert ist. Das ist genau genommen etwas anderes, als nicht zu glauben.«

»Ich kann dir sagen, was ich glaube, Donald. Ich glaube, dass der Gott des Alten Testaments nicht derselbe ist wie der Gott des Neuen. Wie kann man die Grausamkeit und die Gewalt, die der eine verübt, mit dem Frieden und der Liebe in Einklang bringen, die der andere predigt? Man pickt sich die Stückchen heraus, die einem gefallen, und lässt die anderen, die einem nicht gefallen, links liegen. So wird das gemacht. Deshalb gibt es auch so viele christliche Fraktionen. Wie viele verschiedene protestantische Sekten gibt es allein auf dieser Insel? Fünf?«

Donald schüttelte heftig den Kopf. »Es ist ihre Schwäche, die die Menschen einander ständig widersprechen und über ihre Differenzen streiten lässt, Fin. Der Glaube ist der Schlüssel.«

»Der Glaube ist die Krücke der Schwachen. Du verwendest ihn, um die Widersprüche zuzudecken. Und greifst darauf zurück, wenn er einfache Antworten auf unlösbare Fragen liefern soll.« Fin beugte sich nach vorn. »Dass du mich heute geschlagen hast, das kam von Herzen, nicht aus deinem Glauben. Es war dein wahres Ich, Donald. Du bist deinem Instinkt gefolgt. Auch wenn er fehlgeleitet war, entsprang er doch dem aufrichtigen Wunsch, deine Tochter zu beschützen. Und deine Enkeltochter.«

Donalds Lachen triefte vor Ironie. »Eine Rollenumkehr. Der Gläubige führt den Streich, der Ungläubige hält die andere Wange hin. Das gefällt dir bestimmt.« Die Bitterkeit in seinem Ton war nicht zu überhören. »Es war falsch, Fin, und ich hätte das nicht tun sollen. Es wird nicht wieder passieren.«

»Da hast du verdammt recht. Denn das nächste Mal schlage ich zurück. Und eines sage ich dir gleich, ich bin mir für nichts zu fein.«

Donald lächelte unwillkürlich. Er trank seinen Becher aus und stierte eine ganze Weile hinein, so als lägen die Antworten auf die vielen Fragen des Universums womöglich auf seinem Grund. »Möchtest du noch?«

»Schokolade oder Whisky?«

»Whisky natürlich. Ich hab noch eine Flasche.«

Fin hielt ihm seinen Becher hin. »Du kannst hier reintun, so viel du möchtest.«

Donald teilte den Rest der Flasche zwischen ihnen auf, und Fin spürte, wie der geschmeidige Single Malt, eingefärbt und gemildert durch den Sherry, in dessen Fässern er gereift war, ihm leicht durch die Kehle rann und sein Inneres wärmte. »Was ist eigentlich mit uns passiert, Donald? Wir waren doch einmal Freunde. Alle haben zu dir aufgeschaut, als wir Kinder waren. Du warst beinahe ein Held, ein Vorbild für uns andere.«

»Das muss ein ganz beschissenes Vorbild gewesen sein.«

Fin schüttelte den Kopf. »Nein. Du hast Fehler gemacht, klar. Die macht jeder. Aber irgendetwas an dir war anders. Du warst ein freier Geist, Donald, hast der Welt das Victory-Zeichen entgegengehalten. Gott hat dich verändert. Und nicht zum Besseren.«

»Fang nicht wieder davon an!«

»Ich hoffe ja immer noch, dass du dich eines Tages umdrehst, dieses ansteckende breite Grinsen im Gesicht, und rufst: *War nur Spaß!*«

Donald lachte. »Gott hat mich verändert, ja, Fin. Aber eben doch zum Besseren. Er hat mir geholfen, meine niederen Instinkte zu beherrschen und ein besserer Mensch zu werden. Und anderen nur das zu tun, was ich an mir von ihnen auch getan haben möchte.«

»Warum behandelst du dann Fionnlagh und Donna so schlecht? Es ist falsch, sie nicht zusammen sein zu lassen. Ich weiß, du meinst, du beschützt deine Tochter, aber die Kleine ist auch Fionnlaghs Tochter. Wie würdest du dich an Fionnlaghs Stelle fühlen?«

»Ich hätte sie gar nicht erst geschwängert.«

»Ach, komm. Ich wette, du kannst dich nicht einmal erinnern, mit wie vielen Mädchen du in dem Alter geschlafen hast. Du hattest bloß Schwein, dass keine schwanger geworden ist.« Er hielt kurz inne. »Erst Catriona.«

Donald sah unter zusammengezogenen Augenbrauen finster nach oben. »Leck mich, Fin!«

Fin platzte laut heraus vor Lachen. »Tja, *das* ist der alte Donald.«

Donald schüttelte den Kopf, versuchte ein Lächeln zu unterdrücken. »Du hattest schon immer einen schlechten Einfluss auf mich.« Er stand auf und ging zur Anrichte, fand und öffnete die neue Flasche. Kam zurück, füllte ihre Becher auf und ließ sich wieder in seinen Sessel plumpsen. »Nach allem haben wir jetzt also eine gemeinsame Enkeltochter, du und ich, Fin Macleod. Großeltern!« Er atmete durch geschürzte Lippen aus. »Wann hast du erfahren, dass Fionnlagh dein Sohn ist?«

»Voriges Jahr. Während der Ermittlungen im Mordfall Angel Macritchie.«

Donald zog eine Augenbraue hoch. »Es hat sich nicht herumgesprochen, oder?«

»Nein.«

Donald fixierte ihn neugierig. »Was ist vorigen August draußen auf dem An Sgeir passiert, Fin?«

Aber Fin schüttelte den Kopf. »Das ist eine Sache zwischen mir und meinem Schöpfer.«

Donald nickte bedächtig. »Und der Grund dafür, dass du vorgestern in die Kirche gekommen bist ... ist das auch ein Geheimnis?«

Fin dachte darüber nach, während er in die glühende Torfasche schaute, und kam zu dem Schluss, dass es nicht schlimm wäre, Donald die Wahrheit zu erzählen. »Du hast wahrscheinlich von der Leiche gehört, die man vor zwei Wochen im Moor bei Siader gefunden hat.«

Donald nickte zustimmend.

»Es war der Leichnam eines jungen Mannes von siebzehn oder achtzehn, der irgendwann Ende der Fünfziger ermordet worden ist.«

»Ermordet?« Reverend Murray war erkennbar bestürzt.

»Ja. Und wie sich herausgestellt hat, ist der Tote irgendwie mit Tormod Macdonald verwandt. Der aber, wie sich ebenfalls herausgestellt hat, gar nicht Tormod Macdonald ist.«

Donalds Becher blieb auf halbem Weg zum Mund in der Luft stehen. »Was?«

Fin erzählte ihm von seiner Fahrt nach Harris und davon, was er und Detective Sergeant Gunn dort herausgefunden hatten. Donald hörte zu und nippte an seinem Whisky.

»Das Problem ist«, sagte Fin, »dass wir die Wahrheit wahrscheinlich nie herausfinden werden. Tormods Demenz ist schon fortgeschritten und verschlechtert sich weiter. Man kriegt kaum noch etwas Vernünftiges aus ihm heraus. Marsaili war heute bei ihm, da hat er davon gesprochen, dass sie Krähen mit Seetang gedüngt haben.«

Donald zuckte mit den Achseln. »So dumm ist das gar nicht.«

Fin riss überrascht die Augen auf. »Nicht?«

»Klar, *feannagans* bedeutet hier auf Lewis *Krähen*. Auf Harris genauso. Aber auf den Inseln weiter südlich ist es das, was man Faulbeet genannt hat.«

»Ich habe nicht die leiseste Ahnung, wovon du sprichst, Donald.«

Donald lachte. »Du bist wahrscheinlich nie im katholischen Süden gewesen, Fin, oder? Wäre ich sicher auch nicht, wenn es nicht ökumenische Anlässe gegeben hätte.« Er warf ihm einen Blick zu. »Vielleicht bin ich ja nicht ganz so borniert, wie du es gerne hättest?«

»Was hat es mit diesem Faulbeet auf sich?«

»Das haben sich die Inselbewohner ausgedacht, um Gemüse, hauptsächlich Kartoffeln, anbauen zu können, wo der Boden mager oder von schlechter Qualität war. Wie der auf South Uist oder auf Eriskay eben. Sie verwenden Seetang, den sie an der Küste schneiden, als Dünger. Den legen sie streifenweise aus, ungefähr einen Fuß breit, immer mit einem Fußbreit Abstand dazwischen, dort graben sie die Erde um und verteilen sie über den Tang. So entstehen Abflüsse zwischen den Streifen aus Erde und Tang, auf denen sie Kartoffeln anbauen. Und das nennen sie Faulbeete. Oder *feannagan*.«

Fin trank einen großen Schluck Whisky. »Ist also gar nicht so dumm, was er über Krähen und Düngen gesagt hat.«

»Keineswegs.« Donald beugte sich, die Unterarme auf die Knie gestützt, den Becher in der Hand, nach vorn und schaute ins Feuer. »Vielleicht stammt Marsailis Vater ja gar nicht von Harris, Fin. Sondern vielleicht aus dem Süden. South Uist, Eriskay, Barra. Weiß man's?« Er trank einen Schluck. »Mir kommt gerade ein Gedanke …« Er wandte sich zu Fin um. »Ohne Vorlage einer Geburtsurkunde hätte ihm der Standesbeamte niemals die Heiratsurkunde ausgestellt, die es meinem Vater erlaubte, ihn zu trauen. Wo hat er sich die besorgt?«

»Nicht auf dem Standesamt in Harris«, sagte Fin. »Denn dort war der tote Junge registriert.«

»Genau. Er hat die Familie also gekannt oder war mit ihr verwandt. Oder jemand, der ihm nahestand, war es. Also hat er die Geburtsurkunde entweder gestohlen oder sie von jemandem bekommen. Und diese Verbindung musst du suchen.«

Ein zögerliches Lächeln erschien auf Fins Lippen, und er sah den Pfarrer mit hochgezogener Augenbraue an. »Donald, du warst ja immer klüger als wir anderen alle, aber so eine Verbindung? Das ist, als suchte man nach einem Staubkorn im All.«

DREIUNDZWANZIG

Catriona hatte ihm eine Hose und einen Wollpullover von Donald gegeben, und die trug er nun unter der Ölhaut, als er den Winden trotzte, die unbehindert über den Machair fegten.

Die beiden Männer hatten bis in die frühen Morgenstunden gebraucht, um sich durch die Hälfte der zweiten Flasche zu arbeiten. Fin war irgendwann nach sieben Uhr auf der Couch aufgewacht, als aus der Küche der Geruch von Speck heranwehte.

Von Donald war nichts zu sehen, als Catriona ihm einen Teller mit Speck, Ei, Wurst und geröstetem Brot auf den Küchentisch stellte. Sie war schon lange zu Bett gegangen, als sie mit dem Whisky Schluss machten, und verlor nun kein Wort über die getrunkene Menge. Weder Fin noch ihr war nach Reden zumute. Ihr Schweigen zeigte, dass sie von ihm und von dem, was am Abend zuvor geschehen sein mochte, nicht begeistert war.

Der Regen hatte irgendwann in der Nacht aufgehört, und linde Winde aus Südwest hatten das Gras bereits getrocknet; ein neuer Wetterumschwung. Die Sonne hatte ihre Wärme wiederentdeckt und gab sich alle Mühe, dem Wind die Schärfe zu nehmen.

Fin brauchte die frische Luft, um seinen Kopf frei zu kriegen, der noch benommen und empfindlich war von den Worten und dem Whisky, die zwischen ihm und Donald hin und her gegangen waren. Er war noch nicht wieder am Zelt gewesen und dachte mit Grauen daran, in welchem Zustand es sich befinden mochte, nachdem er es die ganze Nacht unverschlossen den Elementen ausgesetzt hatte. Gut möglich, dass es überhaupt weg war, und er war nicht sicher, ob er dieser Möglichkeit schon ins Auge blicken konnte.

Ob von seinem Unterbewussten gelenkt oder nur aus Zufall fand er sich auf dem Weg zum Croboster Friedhof wieder, wo die Grabsteine aus dem Hang ragten wie die Stacheln eines Stachelschweins. Alle Macleods und Macdonalds und Macritchies, alle Morrisons und Macraes, die in diesem Eck der Welt gelebt hatten und gestorben waren, waren hier begraben. Hart wie Stein, von Wind, Meer und Regen aus der Masse der Menschheit herausgeschlagen, auch seine eigenen Eltern. Heute wünschte er sich, er hätte Robbie hier unter die Erde gebracht, bei seinen Vorfahren. Aber das hätte Mona niemals zugelassen.

Am Friedhofstor blieb er stehen. An dieser Stelle hatte Artair ihm vor vielen Jahren gesagt, dass er und Marsaili geheiratet hatten. Ein Teil von Fin war gestorben an dem Tag, an dem er die einzige Frau, die er je geliebt hatte, für immer verlor. Die Frau, die er mit seiner Gedankenlosigkeit und Grausamkeit aus seinem Leben vertrieben hatte. Ein Verlust, den er sich selbst zuzuschreiben hatte.

Er dachte jetzt an sie. Sah sie vor seinem geistigen Auge. Die Haut vom Wind gerötet, das Haar aus dem Gesicht geweht. Er stellte sich vor, wie diese kornblumenblauen Augen den schützenden Panzer durchdrangen, den er trug, ihn mit ihrer Klugheit entwaffneten, ihm mit ihrem Lächeln das Herz brachen. Ob es einen Weg zu ihr zurück gab? Oder stimmte, was er zu Fionnlagh gesagt hatte? Dass es mit ihnen schon vor Jahren nicht geklappt hatte und auch jetzt nicht klappen würde? Der Pessimist in ihm wusste, dass das wohl zutraf. Und da der Pessimismus ihn auffraß, dachte nur ein winziger Teil von ihm, dass sie überhaupt eine Chance hatten. War er deswegen zurückgekommen? Um dieser winzigen Möglichkeit nachzugehen?

Er ließ das Friedhofstor zu. Er hatte die Vergangenheit schon zu oft aufgesucht und nur Schmerz gefunden.

Noch verkatert schlug er müden Schrittes den Weg zu der Straße ein, die nach Hause führte, an der Schule vorbei, den Weg, den er so oft mit Artair und Marsaili gegangen war. Er hatte sich kaum verändert. Genauso wenig wie die lange Stichstraße, die zu den Crobost Stores hinaufführte, wie die Silhouette der Kirche, die auf dem Hügel stand, und wie all die Häuser, die auf seinem Rücken dem Wind die Stirn boten. Hier wuchsen nur die robustesten Sträucher. Nur der Mensch und die Häuser, die er baute, konnten dem Furor des Wetters trotzen, das über den Atlantik herangefegt kam. Aber auch nur für begrenzte Zeit. Der Friedhof auf den Klippen und die Ruinen so vieler Blackhouses legten Zeugnis davon ab.

Fionnlaghs Auto stand noch so auf dem Platz vor dem Laden wie am Abend zuvor, der Zündschlüssel irgendwo im Moor verschwunden. Bestimmt kam Fionnlagh irgendwann im Laufe des Tages, schloss es kurz und fuhr damit nach Hause. Fins Auto prangte stolz am Gipfel des Hügels, durchgerüttelt von der Brise am oberen Ende des Wegs, der zu Marsailis Bungalow führte. Fin hatte seinen Zündschlüssel dem Jungen gegeben und ihm gesagt, er solle Donna und die Kleine mit zu sich nach Hause nehmen, und war dann mit Donald im Auto zum Pfarrhaus gefahren.

Er klopfte erst an der Küchentür an, bevor er hineinging. Donna drehte sich vom Tisch um, wo sie sich eine Schüssel Müsli hergerichtet hatte, ihr Ausdruck ängstlich und beklommen. Sie entspannte sich nur wenig, als sie sah, dass es Fin war. Ihr Gesicht hatte kein bisschen Farbe. Schatten unter den verängstigten Augen. Deren Blick an ihm vorbeiflackerte, so als argwöhne sie, er wäre nicht allein.

»Wo ist mein Dad?«

»Der schläft seinen Kater aus.«

Sie kniff ungläubig die Augen zusammen. »Sie machen Witze.«

Und Fin wurde klar, dass Donna ja nur den mit der Bibel fuchtelnden, gottesfürchtigen selbstgerechten Tyrannen kannte, zu dem Donald geworden war. Sie hatte ja keine Vorstellung von dem Mann, der wirklich hinter der religiösen Schale steckte, mit der er seine Verwundbarkeit verbarg. Dem Donald Murray, den Fin als Jungen gekannt hatte. Dem Mann, der sich heute in den frühen Morgenstunden noch einmal kurz gezeigt hatte, als der Whisky seine Abwehr schwächte.

»Wo ist Fionnlagh?«

Donna wies mit dem Kopf in Richtung Wohnzimmer. »Er füttert Eilidh.«

Fin runzelte die Stirn. »Eilidh?«

»Die Kleine.«

Und ihm wurde klar, dass er eben zum ersten Mal ihren Namen gehört hatte. Bisher war sie immer nur als »das Baby« oder »die Kleine« bezeichnet worden. Er selbst hatte aber auch nicht gefragt. Er schaute zu Donna, die ihn mit einem Blick ansah, als könne sie mühelos seine Gedanken lesen, und merkte, wie er errötete. Er nickte und ging zu Fionnlagh hinüber, der auf einem Sessel saß, die Kleine auf dem linken Arm hatte und ihr mit der Rechten das Fläschchen an die Lippen hielt. Große Augen in einem winzigen Gesicht sahen mit absolutem Vertrauen zum Vater hinauf.

Es schien Fionnlagh fast peinlich zu sein, dass sein Vater ihn so antraf, aber er konnte sich im Moment nicht vom Fleck rühren. Fin setzte sich in den Sessel ihm gegenüber, und ein verlegenes Schweigen breitete sich über sie. Schließlich sagte Fin: »Meine Mutter hieß auch Eilidh.«

Fionnlagh nickte. »Ich weiß. Wir haben sie nach ihr genannt.«

Fin musste heftig blinzeln, um die Feuchtigkeit zu zerteilen, die sich plötzlich in seinen Augen sammelte. »Das hätte sie sehr gefreut.«

Ein fahles Lächeln zog über das Gesicht des Jungen. »Danke noch übrigens.«

»Wofür?«

»Fürs Dazwischengehen vorige Nacht. Ich weiß nicht, was passiert wäre, wenn du nicht gekommen wärst.«

»Weglaufen ist keine Lösung, Fionnlagh.«

Unvermittelt flammte das Feuer der Entrüstung in dem jungen Mann auf. »Und was wäre eine? So können wir doch nicht weitermachen.«

»Nein. Aber wegwerfen könnt ihr euer Leben auch nicht. Das Beste für euer Kind könnt ihr nur tun, wenn ihr das Beste aus euch macht.«

»Und wie sollen wir das machen?«

»Fürs Erste müsst ihr euern Frieden mit Donald machen.«

Fionnlagh schnappte nach Luft und wandte sich ab.

»Er ist nicht das Ungeheuer, für das du ihn hältst, Fionnlagh. Nur ein irrender Mensch, der glaubt, das Beste für seine Tochter und seine Enkeltochter zu tun.«

Fionnlagh wollte schon protestieren, aber Fin gebot ihm mit einer Handbewegung Einhalt.

»Sprich mit ihm, Fionnlagh. Sag ihm, was du mit deinem Leben anfangen willst und wie du das anpacken möchtest. Beweis ihm, dass du für Donna und Eilidh sorgen willst, wenn du dazu in der Lage bist, und dass du seine Tochter heiraten willst, wenn du ihr eine Zukunft bieten kannst.«

»Ich *weiß* aber nicht, was ich mit meinem Leben anfangen will!« Fionnlaghs Stimme wurde brüchig vor Frustration.

»Wer weiß das in deinem Alter schon. Aber du bist intelligent, Fionnlagh. Du musst die Schule fertig machen, an die Universität gehen. Donna auch, wenn sie das möchte.«

»Und in der Zwischenzeit?«

»Bleibt ihr hier. Alle drei.«

»Das akzeptiert Reverend Murray niemals!«

»Du weißt doch noch gar nicht, was er akzeptiert, bevor du mit ihm gesprochen hast. Ich meine, überleg doch mal. Ihr habt viel mehr gemeinsam, als ihr wisst. Er möchte nur das Beste für Donna und Eilidh. Und das möchtest du auch. Ihn davon überzeugen, mehr brauchst du gar nicht.«

Fionnlagh schloss die Augen und holte tief Luft. »Leichter gesagt als getan.«

Der Sauger rutschte Eilidh aus dem Mund, und sie protestierte gurgelnd. Fionnlagh konzentrierte sich wieder auf seine Tochter und schob ihr den Sauger zwischen die winzigen milchigen Lippen.

Das war Donalds Auto, sah Fin, das dort parkte, wo eigentlich sein eigenes hätte stehen sollen, an der Biegung der Straße oberhalb des heruntergekommenen Crofts und seines windgepeitschten Zelts. Tiefliegende Wolken rieben sich an den Erhebungen und Senken der Landschaft, waren schwer von Regen, hielten ihn aber noch bei sich, als ob sie wüssten, dass der Boden unter ihnen schon mehr als gesättigt war.

Am Auto angekommen, blickte Fin sich um. Doch von Donald war nichts zu sehen. Wenigstens stand sein Zelt noch da. Es war zwar tropfnass und ramponiert, die Zeltschnüre hingen durch und zitterten wie wild im Wind, hielten sich aber noch an den Heringen fest. Fin schlitterte den Hang hinab darauf zu und sah durch die offene Klappe, dass jemand darin saß. Er ging in die Hocke, kroch hinein und fand einen zerzausten Donald Murray vor, der im Schneidersitz auf dem Schlafsack thronte, die Akte zu dem Unfall mit Fahrerflucht offen auf den Knien.

In jäh aufschießendem Zorn riss Fin Donald die Mappe aus den Händen. »Was zum Teufel glaubst du, was du hier tust?«

Donald war verblüfft. Und anscheinend verlegen. »Entschuldige, Fin. Ich wollte nicht spionieren, ehrlich. Ich wollte nach dir sehen und fand das Zelt unverschlossen, und der Inhalt deiner Mappe flog über den ganzen Hang. Ich hab die Blätter bloß aufgelesen und ...« Er hielt kurz inne. »Und zwangsläufig gesehen, worum es sich handelt.«

Fin konnte ihm nicht in die Augen schauen.

»Ich hatte keine Ahnung.«

Fin schleuderte die Mappe ins Zeltinnere. »Schnee von gestern.« Er duckte sich wieder aus dem Zelt. Richtete sich im Wind auf. Die dicken Wolkenbänke schienen sich jetzt direkt über seinen Kopf hinweg zu wälzen, auf ihn herabzudrücken, und er spürte ab und zu Gischt im Gesicht. Donald kam nach ihm herausgekrabbelt, und die Männer standen nebeneinander und sahen über den Hang des Crofts zu den Klippen und dem Strand darunter. Erst nach einer Weile sprachen sie wieder.

»Hast du schon einmal ein Kind verloren?«

»Nein.«

»Es ist qualvoll. Als ob dein Leben keinen Sinn mehr hätte. Du möchtest dich bloß noch verkriechen und sterben.« Blitzschnell sah er den Pfarrer an. »Und komm mir bloß nicht mit deinem Gott und irgendeinem höheren Sinn. Das würde mich nur noch wütender auf Ihn machen, als ich es so schon bin.«

»Möchtest du mir davon erzählen?«

Fin schob die Hände in die Taschen seiner Ölhaut und setzte sich hügelabwärts zu den Klippen in Bewegung. Donald musste sich beeilen, um ihn einzuholen. »Er war gerade mal acht Jahre alt, Donald. Wir hatten keine besondere Ehe, Mona und ich, aber wir hatten Robbie, und auf eine Art hat ihr das einen Sinn verliehen.«

Die Meereswellen unter ihnen rollten jetzt wie in Zeitlupe über den Minch heran und brachen sich in weiß schäumendem Furor so hoch an den Felsen der gesamten Küste, dass es die Gischt zehn Meter hoch in die Luft wehte.

»Eines Tages war Mona mit ihm unterwegs. Sie waren einkaufen. Mona hatte die Taschen in der einen Hand und Robbie an der anderen. Es war ein Fußgängerübergang mit einer Ampel zum Drücken. Die Fußgänger hatten Grün. Und ein Auto ist halt einfach bei Rot über die Ampel gefahren. Peng! Mona wurde in die Luft geschleudert, Robbie aber von den Rädern erfasst. Sie hat es überlebt, er ist gestorben.« Fin schloss für einen Moment die Augen. »Wir sind dabei auch gestorben. Unsere Ehe, meine ich. Robbie war der einzige Grund, weshalb wir zusammengeblieben waren. Ohne ihn hat es einfach nicht gehalten.«

Sie waren jetzt fast am Rand der Klippen, wo die Erosion den Boden instabil gemacht hatte und es gefährlich war, sich noch weiter nach vorn zu wagen. Mit einem Mal ging Fin in die Hocke und pflückte die weiche nasse Blüte vom Kopf eines weißen Wollgrases, zerrieb sie sacht zwischen Daumen und Zeigefinger. Donald hockte sich neben ihn, und der Ozean knurrte und fauchte unter ihnen, als hoffe er, sie vom Rand der Klippe holen und in die Tiefe saugen zu können. Spie ihnen die Gischt ins Gesicht.

»Was ist aus dem Fahrer geworden?«

»Nichts. Er hat nicht angehalten. Sie haben ihn nicht gekriegt.«

»Glaubst du, sie kriegen ihn noch?«

Fin wandte ihm das Gesicht zu. »Ich weiß nicht, wie ich in meinem Leben noch irgendetwas Neues anfangen können soll, wenn nicht.«

»Und wenn sie ihn fänden?«

»Würde ich ihn umbringen.« Fin drehte die Wollgrasblüte zwischen den Fingern und warf sie in den Wind.

»Nein, würdest du nicht.«

»Glaub mir, Donald. Vorausgesetzt, ich könnte es, würde ich genau das tun.«

Aber Donald schüttelte den Kopf. »Würdest du nicht, Fin. Du weißt doch gar nichts über ihn. Wer er ist, warum er an dem Tag nicht angehalten hat, was für eine Hölle er seitdem durchgemacht hat.«

»Erzähl das jemandem, den das interessiert.« Fin stand auf. »Ich hab dich ja gestern Abend erlebt, Donald. Der Blick in deinen Augen, als du dachtest, du verlierst dein kleines Mädchen. Und die wollte bloß eine Fähre erwischen. Stell dir vor, wie du dich fühlen würdest, wenn jemand sie anrühren, ihr wehtun, sie umbringen würde. Du würdest nicht die andere Backe hinhalten. Es würde Auge um Auge sein, und du würdest auf Gandhis Worte pfeifen.«

»Nein, Fin.« Donald stand ebenfalls auf. »Ich kann mir vieles vorstellen, was ich dann fühlen würde. Wut, Schmerz, das Bedürfnis nach Rache. Aber das stünde mir nicht zu. Die Rache ist mein, spricht der Herr. Ich würde daran glauben müssen, dass der Gerechtigkeit Genüge getan wird, irgendwie, irgendwann. Und sei es im nächsten Leben.«

Fin sah ihn lange an, in unzählige Gedanken versunken. Nach einiger Zeit sagte er: »Manchmal, Donald, wünschte ich, ich könnte glauben wie du.«

Donald lächelte. »Dann ist ja vielleicht noch nicht alle Hoffnung verloren.«

Fin lachte. »Aussichtslos. Verlorener als dieses kann ein Schaf gar nicht sein.« Er wandte sich schnell um. »Komm mit. Ich kenne einen Weg runter zu den Felsen.« Und damit marschierte er an den Klippen entlang weiter, viel zu nahe am Rand für Donald, als dass er ihm da in aller Seelenruhe hätte nacheilen können.

Nach ungefähr fünfzig Metern senkte das Land sich ab, und die Klippe wich bröckeligem Torf und Schiefer, gegen den Angriff des Meers geschützt durch eine Gruppe von Felsen, die übereinandergeschichtet von der Küste aufragten. Ein verwilderter Pfad führte seitwärts zu einem kleinen Kiesstrand hinab, der geschützt, fast vom Meer selbst verborgen und von beiden Seiten der Klippe nicht zu erreichen, dort unten lag. Nur wenige Schritte entfernt ließ der Ozean seinen Zorn an den felsigen Untiefen aus, sein Tosen gedämpft durch die Brandungspfeiler, die ihn in Schach hielten. Das Wasser, das sich in Lachen zwischen den Felsen sammelte, war ganz klar, und die Gischt wurde hoch über ihren Köpfen darüber hinweggeweht.

»Das war mein Geheimplatz«, sagte Fin. »Hierher bin ich als Kind gegangen, wenn ich mit keinem reden wollte. Als meine Eltern gestorben waren und ich bei meiner Tante wohnte, hab ich's dann gelassen.«

Donald sah sich in der kleinen Oase der Ruhe um, die vom Widerhall der Meeresgeräusche verschont blieb, so nahe und doch so weit weg. Selbst vom Wind war hier unten kaum etwas zu spüren.

»Seit ich jetzt wieder da bin, war ich schon ein paarmal hier.« Fin lächelte traurig. »Vielleicht hab ich mir eingebildet, ich könnte hier mein altes Ich wiederfinden. Einen Geist aus einem Alter der Unschuld. Aber nichts als Steine und Krabben und ein ganz fernes Echo der Vergangenheit. Aber ich glaube, das ist nur in meinem Kopf.« Er grinste und stellte einen Fuß auf eine Felskante. »Weshalb wolltest du mich besuchen?«

»Beim Aufwachen habe ich über Tormod und seine gestohlene Identität nachgedacht.« Donald lachte. »Na ja, nachdem ich ein großes Glas Wasser getrunken und zwei Paracetamol genommen hatte. So viel Whisky hab ich schon lange nicht mehr getrunken.«

»Catriona wird mir Pfarrhausverbot geben.«

Donald grinste. »Hat sie schon.«

Fin lachte, und es tat gut, nach so vielen Jahren wieder mit Donald lachen zu können. »Worüber hast du denn nun bei Tormod nachgedacht?«

»Vor ein paar Monaten brachte die *Gazette* einen Artikel über ein Genealogie-Zentrum, Fin. Ganz im Süden von Harris. Der Name ist Seallam. Das hat ein Mann als Hobby angefangen, bei dem es dann zur Besessenheit geworden ist. Inzwischen ist es so ziemlich das umfangreichste Archiv über Verwandtschaftsverhältnisse auf den Äußeren Hebriden. Besser als alle Kirchen- oder Behördenarchive. Dieser Mensch hat Zehntausende von familiären Beziehungen nachverfolgt, von den

Inseln bis hin nach Nordamerika und Australien. Wenn jemand Unterlagen über die Familie Macdonald und ihre Verzweigungen besitzt, dann er.« Donald zog die Augenbrauen hoch. »Was meinst du?«

Fin nickte nachdenklich. »Ich meine, einen Blick drauf zu werfen ist es sicher wert.«

VIERUNDZWANZIG

Auf dieser Fahrt nach Süden fuhr Fin noch weiter als bis Luskentyre und Scarista, wo er erst tags zuvor mit George Gunn gewesen war. Er war schon fast zwei Stunden unterwegs, als sich die kahlen grünen Hügel von South Harris aus dem Tal erhoben. Winzige Siedlungen klammerten sich zäh an die Ufer der Lochs, die die Schluchten überschwemmt hatten, und wirkten zwergenhaft klein vor dieser Kulisse.

Hinter dem eingeschossigen weißen Gebäude mit dem Satteldach, in dem das Seallam Visitor Centre untergebracht war, flossen cremeweiße Wolken über die Hänge eines steilen Hügels hinab wie bei einem Vulkanausbruch. Der Wind hatte sich ausnahmsweise gelegt, und eine unnatürliche Stille breitete sich mit dem Dunst im Tal aus.

Zwergkiefern drängten sich um die wenigen Häuser, die das Dorf Northton bildeten – An Taobh Tuath auf Gälisch. Gelbe Schwertlilien und rosa blühende Azaleen säumten die Straße, seltene Farbtupfer in einer monotonen Landschaft. Auf einem Hinweisschild stand: SEALLAM! *Ausstellungen, Genealogie, Tee/Kaffee.*

Fin parkte auf einem Schotterplatz hinter einem Bach, der sich zwischen den Hügeln talabwärts wand, und folgte einem unebenen Pfad zu der kleinen Holzbrücke, die ihn überquerte und zum Zentrum führte. Ein Mann, groß, kräftig, ein Kranz drahtigen grauen Haars an einem ansonsten kahlen Schädel, stellte sich als Bill Lawson vor, Seallams Berater und Ahnenforscher. Er schob eine riesige tropfenförmige Siebziger-Jahre-Brille auf der Nase nach oben und gestand, derjenige zu sein, dem sein Hobby zur Besessenheit geworden war, wie die *Stornoway Gazette* geschrieben hatte.

Nur zu gern zeigte er Fin die großen Landkarten von Nordamerika und Australien, die einen Teil der für Besucher des Zentrums eingerichteten Ausstellung bildeten. Stecknadeln markierten, wo heute Familien siedelten, die die Hebriden verlassen und ein neues Leben in Kalifornien, an der Ostküste der Vereinigten Staaten, in Nova Scotia und im Südosten Australiens gesucht hatten.

»Wonach genau suchen Sie?«, fragte Lawson.

»Nach einer bestimmten Familie. Den Macdonalds aus Seilebost. Murdo und Peggy. Sie hatten einen Sohn namens Tormod, der 1958 bei einem Bootsunfall umkam. Sie gaben ihren Pachthof irgendwann Anfang der sechziger Jahre auf und gingen vielleicht ins Ausland. Der Hof ist heute verfallen.«

»Das dürfte kein großes Problem sein«, sagte der Genealoge, und Fin folgte ihm in einen kleinen Verkaufsbereich am Eingang, in dem die Bücherregale ächzten unter der Last von großformatigen Bildbänden und Hardcover-Reiseführern zu den Inseln. Bill Lawson bückte sich und zog einen Band aus einem Stapel gelbbraun gebundener Bücher aus dem untersten Regal. »Das ist die Geschichte der Crofts hier auf Harris«, sagte er. »Sie ist nach Dörfern und Gehöften geordnet. Wer lebte wo und wanderte wann wohin aus. Alles andere verändert sich, aber das Land bleibt, wo es war.« Er blätterte die Seiten der ringgebundenen Broschüre durch. »Bis zur Einführung der zivilen Personenstandsregister im Jahre 1855 sind die Angaben zu Grund und Boden recht spärlich. Und die vorhandenen Informationen waren alle in einer Fremdsprache. Englisch.« Er lächelte. »Man bekam also den Namen, den der Standesbeamte für angebracht hielt. In vielen Fällen den falschen. Häufig waren sie auch einfach nicht interessiert. Dasselbe bei den Kirchenregistern. Manche Geistliche führten ihre Register gewissenhaft. Andere hatten keine Lust dazu. Wir haben das mündlich Überlieferte mit den zivilen Personenstandsregistern verglichen, die seit 1855 geführt werden, und wenn die Angaben bei beiden übereinstimmen, kann man ziemlich sicher sein, dass sie korrekt sind.«

»Sie glauben also, Sie können mir etwas über die Macdonalds sagen?«

Er grinste. »Ja. Wir besitzen Forschungsergebnisse zu praktisch allen Haushalten der Äußeren Hebriden aus den letzten zweihundert Jahren. Mehr als 27 500 Familienstammbäume.«

Es dauerte ungefähr eine Viertelstunde, dann hatte er anhand von alten Einträgen in die Kirchenregister und von seiner Computer-Datenbank das Croft und seine Geschichte ermittelt und die Generationen derer ausfindig gemacht, die auf dem Gehöft gelebt und das Land als Pächter bewirtschaftet hatten.

»Ja, hier ist es.« Er tippte mit dem Zeigefinger auf die Seiten eines seiner Bücher. »Murdo und Peggy Macdonald sind 1962 nach Kanada ausgewandert. Nach New Glasgow, in Nova Scotia.«

»Gab es Zweige der Familie, die auf den Inseln geblieben sind?«

»Wollen mal sehen ...« Er fuhr mit dem Finger über eine Namensliste. »Da ist Peggys Cousine, Marion. Hat kurz vor Kriegsbeginn einen Katholiken geheiratet. Donald Angus O'Henley.« Er lachte leise. »Ich wette, das gab einen kleinen Aufruhr.«

»Lebt von dieser Familie noch jemand?«

Der Genealoge schüttelte den Kopf, während er seine Verzeichnisse durchging. »Sieht so aus, als sei er im Krieg umgekommen. Kinder hatten sie keine. Sie starb 1991.«

Fin atmete frustriert durch die Zähne aus. Er hatte die Reise wohl umsonst gemacht. »Nachbarn wird es hier keine mehr geben, die sich noch an die Leute erinnern, oder?«

»Oh, dafür müssten Sie nach Eriskay fahren.«

»Nach Eriskay?«

»Ja, sicher. Donald Angus stammte von dort. Und ein junger Katholik hätte sich niemals bei den grämlichen Presbyterianern von Harris niedergelassen, ausgeschlossen.« Er lachte selbst über seinen Witz. »Nach der Hochzeit ist sie mit ihm zu seiner Familie gezogen und hat auf dem Gehöft der Familie in Haunn auf Eriskay gelebt.«

Der kleine Fähr- und Fischereihafen An t-Òb wurde von William Hesketh Lever, dem späteren Lord Leverhulme, der die Stadt und den größten Teil von South Harris gleich nach dem Ersten Weltkrieg kaufte, in Leverburgh umbenannt.

Viel war nicht mehr zu sehen von der halben Million Pfund, die er damals für den Ausbau zu einem großen Fischereizentrum aufwandte, von dem aus er die über vierhundert Fischgeschäfte beliefern wollte, die er in ganz Großbritannien erworben hatte. Schiffsanleger wurden gebaut, Pökelschuppen und Räuchereien. Pläne waren entwickelt worden, einen Kanal bis zu dem im Hinterland gelegenen Loch zu treiben und so einen Hafen für bis zu zweihundert Schiffe zu schaffen.

Doch der beste Plan, ob Mann, ob Maus, geht oftmals ganz daneben, wie der Dichter schrieb, und als Leverhulme 1925 an einer Lungenentzündung starb, wurden die Pläne nicht weiterverfolgt und die Besitzungen verkauft.

Heute lebte eine schrumpfende Bevölkerung von kaum mehr als zweitausend Menschen in Häusern unweit des Anlegers und der Betonrampe, gebaut für die Ro-Ro-Fähren, die zwischen den Inseln verkehrten und die Gewässer zwischen South Harris und North Uist sprenkelten. Die Träume von einem großen Fischereihafen hatten sich endgültig im Nebel aufgelöst.

Fin reihte sich am Ende der beiden Schlangen ein, in denen Autos auf der Teerstraße auf die Fähre warteten. Hinter ganzen Stapeln von entsorgten Fischkörben und grasenden Schafen verlief eine Reihe grün verschalter Häuser zwischen zwei Hügeln, die in einem engen Bogen zur Küste abfielen. Der Wind hatte sich vollkommen gelegt, und das glasklare Wasser spiegelte die mit bernsteingelbem Tang gesprenkelten Felsen. Weit draußen im Harris-Sund tauchte die Fähre aus dem Grau auf, als schwebe ein Gespenst zwischen den Schatten der Inseln: Ensay, Killegray, Langaigh und Grodhaigh.

Er saß in seinem Auto und sah zu, wie die Fähre in den Hafen einfuhr, hörte das letzte dumpfe Stampfen der Motoren. Es würde eine Stunde dauern, anderthalb vielleicht, über die Uists nach Süden zu fahren, durch die kahle Mondlandschaft, die Benbecula, zum Eriskay-Sund und zur eigentlichen Insel am südlichen Ende des Archipels, der letzten Station vor Barra.

Die Hinweise, die ihn dorthin führten, waren dürftig. Eine Cousine der Mutter des toten Tormod Macdonald, die auf die Insel gezogen war.

Die Faulbeete von Eriskay, die *feannagan*, von denen Marsailis Vater gesprochen hatte. Und dann war da noch die von ihm beschriebene Kirche auf dem Hügel, mit ihrem Blick über den Friedhof bis zum silbrigen Sand am Meeresstrand. Das hätte die Kirche von Sacrista sein können, nur dass sich in dieser Kirche eben kein Boot befand und dass der Strand, den man von ihr aus sah, golden war und nicht silbrig. Irgendwie vertraute Fin den wirren Erinnerungen des alten Herrn, dessen Fragmente ein Bild ergaben, das man auf Harris, wo der echte Tormod Macdonald gelebt hatte und gestorben war, nicht fand. Es waren Erinnerungen an einen anderen Ort, an eine andere Zeit. An Eriskay. Vielleicht.

Die Sirenen gingen los, als die *Loch Portain* langsam in den Hafen einfuhr und ihre Rampe auf den Betonanleger herabzulassen begann. Einige wenige Autos und eine Handvoll Lastwagen wurden von ihrem Bauch ausgespuckt, bevor die in den zwei Reihen wartenden Autos eines nach dem anderen den Hang hinabfuhren.

Die einstündige Überfahrt von Harris nach Berneray verging wie im Traum. Die Fähre schien regelrecht über das spiegelglatte Wasser des Sunds zu gleiten, vorbei an geisterhaften Inseln und Felsen, die wie Phantome aus einem silbergrauen Dunst hervortraten. Fin stand auf dem Vorderdeck, die Hände auf der Reling, und schaute Wolken zu, die wie Pinselstriche dunklere Streifen auf einem ganz hellen grauen Himmel hinterließen. In so großartiger Stille hatte er die Inseln bisher kaum erlebt, geheimnisvoll und ätherisch, ohne das geringste Anzeichen dafür, dass schon einmal ein Mensch auf dieser Route vorbeigekommen war.

Schließlich tauchte der dunkle Umriss der Insel Berneray aus der Düsternis auf, und Fin kehrte aufs Autodeck zurück, ging von Bord und startete zu seiner langen Fahrt nach Süden. Diese Ansammlung disparater Inseln, einst fälschlicherweise als die Lange Insel bezeichnet, war heute größtenteils durch ein Netzwerk von Dämmen verbunden. Sie überbrückten Fjorde, die man früher nur bei Ebbe mit Fahrzeugen passieren konnte. Nur zwischen Harris und Berneray und zwischen Eriskay und Barra war man noch auf eine Überfahrt mit dem Schiff angewiesen.

North Uist bot sich als dunkle, ursprüngliche Landschaft dar. Hoch aufragende Berge, von Wolken umhüllt, die über die Hänge hinabflossen und dunstige Ranken übers Moor verteilten. Die Gerippe längst aufgegebener Häuser, mit Giebelenden, die nackt und schwarz vor einem brütenden Himmel standen. Feindliches und ungastliches Sumpfland, von winzigen Lochs und Meeresarmen zerklüftet. Überall kündeten Ruinen von gescheiterten Versuchen von Männern und Frauen, die Insel zu zähmen, und die wenigen Menschen, die noch geblieben waren, drängten sich in einer Handvoll kleiner, geschützt liegender Ortschaften zusammen.

Nachdem Fin über mehrere neue Dämme gefahren war, zog weiter südlich die flache, gesichtslose Insel Benbecula vorbei wie ein verschmierter Fleck. Dann schien sich der Himmel zu öffnen, die Bedrückung hob sich, und South Uist breitete sich vor ihm aus, seine Berge im Osten und die fruchtbaren Ebenen des Machair im Westen bis ans Meer heranreichend.

Die Wolken standen jetzt höher, durchbrochen von aufkommendem Wind, und die Sonne kam heraus und ergoss sich in Flüssen und Teichen über das Land. Gelbe und violette Blumen wogten in der Brise, und Fins Stimmung stieg. Er passierte die Abzweigung, die zu dem an der Ostküste befindlichen Fährhafen von Lochboisdale führte, und sah weiter westlich, hinter dem von einer Mauer umgebenen Friedhof, die verlassenen Baracken der alten Seetang-Fabrik von Orasaigh.

Schließlich bog er rechts ab auf die Straße nach Ludagh, und über dem schimmernden Eriskay-Sund erhaschte er den ersten Blick auf die Insel selbst. Sie war kleiner, als er sie sich vorgestellt hatte, aber vielleicht nur deshalb, weil dahinter die Insel Barra mit den sie umringenden Inselchen als dunkler Kontrast über den Wasserfarben des Meers aufstieg.

Ein steinerner Anleger ragte in die Mündung der Bucht von Ludagh hinaus, und ein paar einzelne Häuser standen über den Hügel verteilt, südwärts über den Sund ausgerichtet. Es war Ebbe, und eine Handvoll Boote, die in der Bucht ankerten, lagen über den Kiel zur Seite gekippt im Sand. Die Betonpfeiler eines nicht mehr genutzten Piers ragten über die Helling hinaus, von der aus eine Fähre einst Menschen und Güter hin und her befördert haben musste.

Fin parkte auf dem Anleger und trat in eine auffrischende Brise hinaus, die ihm warmen Südwind ins Gesicht blies. Er atmete den Geruch des Meeres ein, hob die Hand und schirmte seine Augen gegen das grelle Licht der Sonne auf dem Wasser ab, als er nach Eriskay hinübersah. Er hätte keinen Grund dafür angeben können, war aber fast überwältigt von einem höchst merkwürdigen Gefühl von Bestimmung, fast wie ein Déjà-vu, als er den Blick über die Insel schweifen ließ.

Ein schon älterer Mann in Jeans und einem Strickpullover arbeitete am Rumpf eines umgedrehten Bootes. Er hatte ein Gesicht wie Leder unter einem Schopf wie versponnenes Silber. Er nickte, und Fin sagte: »Ich dachte, es gibt jetzt einen Damm rüber nach Eriskay.«

Der Mann richtete sich auf und zeigte nach Osten. »Ja, dort. Sie brauchen bloß die Straße ein Stück weiter bis zur Landspitze zu fahren.«

In dem grellen Licht der Sonne hatte Fin Mühe, den Damm auszumachen, der sich am Horizont über den Sund spannte. »Danke.« Er stieg wieder in sein Auto ein, folgte der Straße bis dahin, wo sie in einer Kurve die Landspitze erreichte. Dort fuhr er über einen Weiderost und weiter auf dem langen, geraden Straßenstück, das auf Tausenden von Tonnen hier abgeladenem Felsgestein errichtet worden war und den Damm zwischen den Inseln bildete.

Im Näherkommen füllte Eriskay sein Gesichtsfeld aus, baumlos und kahl, ein einzelner Berg, der sich gen Himmel schob. Die Straße wand sich zwischen Hügeln aufwärts und brachte ihn auf die eigentliche Insel. Er erreichte eine Einmündung, bog links auf eine schmale Teerstraße ab, die zu dem alten Hafen von Haunn führte, wo sich nach Auskunft von Bill Lawson das Croft der Familie O'Henley befand.

Eine alte, schon ziemlich baufällige steinerne Mole ragte in eine enge geschützte Bucht hinaus. Auf der anderen Seite erhoben sich ein paar heruntergekommene Häuser zwischen den Felsen, wo ein betonierter Kai fast verlassen wirkte. Eine Handvoll weiterer Häuser verteilte sich über die Bucht, manche bewohnt, andere in Trümmern. Fin parkte am Ende des alten Anlegers, ging an gestapelten Fischkörben und an Netzen vorbei, die zum Trocknen ausgelegt waren, über die Anhöhe und stellte fest, dass er von hier die gesamte Länge einer betonierten Rampe überblicken und über den Sund hinweg bis nach South Uist sehen konnte.

»Da ist immer die Autofähre reingekommen.« Ein alter Mann mit Steppjacke und Stoffmütze blieb neben Fin stehen, sein Drahthaarterrier zerrte und zappelte am Ende der langen Leine. »Die alten Passagierschiffe legten immer an dem anderen Kai an.« Der Mann lachte leise. »Eine Autofähre wurde erst vermisst, als sie die Straßen bauten. Und das war erst in den Fünfzigern. Und sogar danach hatte hier kaum jemand ein Auto.«

»Dann sind Sie wohl von hier?«, sagte Fin.

»Geboren und aufgewachsen. Aber Ihrem Gälisch höre ich an, dass Sie nicht aus dieser Gegend stammen.«

»Ich bin von Lewis«, sagte Fin. »Genauer gesagt, aus Crobost in Ness.«

»So weit nach Norden bin ich noch nie gekommen«, sagte der Alte. »Was führt Sie den weiten Weg hierher?«

»Ich suche das alte Croft der O'Henleys.«

»Oh, das ist gar nicht weit von hier. Kommen Sie.«

Mit diesen Worten machte er kehrt und ging über die Anhöhe wieder in Richtung des alten Anlegers, der Hund sprang an der Leine vorneweg und bellte den Wind an. Fin folgte dem Mann, bis er an der Hafenseite stehen blieb, die kleine Bucht direkt vor ihnen.

»Das gelbe Gebäude dort drüben links, das ohne Dach – das waren einmal der Dorfladen und das Postamt. Geführt von einem Mann namens Nicholson, wenn ich mich nicht irre. Der einzige Protestant auf der Insel.« Der Mann grinste. »Können Sie sich das vorstellen?«

Fin konnte es nicht.

»Und gleich darüber, ein Stück weiter rechts, sehen Sie die Überreste eines alten Stein-Cottages. Viel ist davon heute nicht mehr da. Das ist das O'Henley-Haus. Aber sie ist lange tot. Wurde ziemlich früh Witwe. Sie hatte so ein junges Ding, das bei ihr wohnte. Ceit, wenn die Erinnerung mich nicht trügt. Aber ich bin nicht sicher, ob das ihre Tochter war.«

»Was ist aus ihr geworden?«

»Oh, weiß der Himmel. Die ist schon lange vor dem Tod der alten Dame weg. Wie alle Jungen. Die konnten es damals kaum erwarten, von der Insel runterzukommen.« Sein Lächeln hatte einen traurigen Zug. »Ist heute noch genauso.«

Fins Blick wanderte über die Ruine hinweg zu einem großen weißen Haus, das auf den Felsen darüber gebaut worden war. Eine Zufahrt, ganz frisch angelegt, wie es aussah, schlängelte sich hügelaufwärts zu dem Haus, vor dem auf einem ebenen Stück ein Garten angelegt war, und das man durch eine Veranda aus Holz mit bodentiefen Fenstern betrat. Darüber befand sich ein Balkon, rundum verglast zum Schutz vor den Elementen, und an der Mauer darüber ein Neonstern. »Wer wohnt denn in dem großen weißen Haus?«, fragte Fin.

Der Alte grinste. »Oh, das gehört Morag McEwan. Sie ist nach fast sechzig Jahren Abwesenheit auf die Insel zurückgekehrt, auf der sie geboren wurde. Ich erinnere mich von früher zwar nicht an sie, aber sie ist schon ein Original. Sie kennen sie vielleicht selber.«

»Ich?« Fin war verblüfft.

»Wenn Sie viel ferngesehen haben zumindest. Sie war ein großer Star in einer dieser Seifenopern. Gut betucht, das kann ich Ihnen sagen. Die Weihnachtsbeleuchtung brennt bei ihr das ganze Jahr, und sie fährt mit einem rosa Mercedes-Coupé herum.« Er lachte. »Bei ihr soll es aussehen wie in Aladins magischer Höhle. Ich selber war noch nicht drin.«

Fin sagte: »Wie viele Einwohner hat Eriskay heute?«

»Ach, nicht viele. Ungefähr hundertdreißig jetzt. Schon in meiner Kindheit waren es nur noch um die fünfhundert. Die Insel ist ja nur zweieinhalb Meilen lang, wissen Sie. Und anderthalb breit, an der breitesten Stelle. Seinen Lebensunterhalt bestreiten kann man hier kaum noch. Nicht vom Land und neuerdings auch nicht mehr vom Meer.«

Fin ließ den Blick über die trostlosen, felsigen Berghänge wandern und fragte sich, wie Menschen hier überhaupt hatten leben können. Sein

Blick verweilte auf einem dunklen Gebäude, das hoch oben auf dem Hügel zu seiner Rechten stand und die ganze Insel beherrschte. »Was ist das da oben?«

Der Alte folgte seinem Blick. »Das ist die Kirche«, sagte er. »St. Michaelis.«

Fin fuhr die Anhöhe hinauf zu der kleinen Siedlung, die von den Einheimischen Ruhba Ban genannt wurde und die im Umkreis um die Grundschule und das Gesundheitszentrum gebaut worden war. Ein Schild mit der Aufschrift *Eaglais Naomh Mhicheil* führte ihn einen schmalen Pfad hinauf zu einer aus Stein gebauten Kirche mit einem steilen Dach und hohen, weiß abgesetzten Fenstern. Eine Rundbogentür, darüber ein weißes Kreuz und die Losung *Quis ut Deus* – Wer kommt Gott gleich? –, bildete auf der Südseite den Eingang zur Kirche. Vor der Außenmauer war eine schwarze Schiffsglocke auf ein Gestell montiert. Ob die Gläubigen damit zum Gottesdienst gerufen wurden?, fragte sich Fin. Der Name, in Weiß aufgemalt, lautete *SMS Derfflinger*.

Er stellte das Auto ab und blickte noch einmal auf den Pier in Haunn hinab und über den Sund nach South Uist. Das Meer schimmerte und funkelte und bewegte sich, als sei es lebendig, Sonnenlicht ergoss sich über die Hügel dahinter, und Wolkenschatten zeichneten in schnellem Flug ihre Umrisse nach. Hier oben wehte ein kräftiger Wind, der Fin die Jacke blähte und ihm durch die kleinen Löckchen fuhr, als wolle er sie glattstreichen.

Eine schon ziemlich betagte Frau in roter Strickjacke und dunkelgrauem Rock wischte den Boden des Vorraums. Sie trug grüne Gummihandschuhe, die ihr bis zu den Ellbogen reichten, und verteilte Seifenlauge aus einem hellroten Eimer. Ein Seidenkopftuch war um ihr weißes Haar gebunden, und die Frau grüßte mit einem Nicken, trat zur Seite und ließ Fin vorbei.

Für einen Augenblick blieb die Zeit stehen. Licht flutete durch Bogenfenster ins Innere des Raums. Bunte Statuen der Jungfrau Maria und des Jesuskinds und geflügelte Engel, den Kopf zum Gebet gesenkt, warfen lange Schatten über schmale Bankreihen. Sterne schienen an einem blauen Firmament, als das die Kuppel über dem Altar ausgemalt war, und die mit einem weißen Tuch bedeckte Platte des Altars ruhte auf dem Bug eines kleinen Bootes.

Fin sträubten sich sämtliche Nackenhaare. Dies war die Kirche mit dem Boot darin, von der Tormod gesprochen hatte. Er drehte sich zum Eingang um.

»Entschuldigung.«

Die alte Frau richtete sich von ihrem Eimer auf. »Ja?«

»Was hat es mit dem Boot unter dem Altar auf sich? Können Sie mir das sagen?«

Die Frau stemmte die Hände in die Hüften und beugte sich zurück. »Ja«, sagte sie. »Das ist eine wunderbare Geschichte. Die Kirche wurde von den Bewohnern der Insel selbst gebaut, müssen Sie wissen. Sie haben die Steine gebrochen und geschliffen und den Sand und das ganze andere Baumaterial auf dem Rücken heraufgetragen. Fromme Menschen waren das. Jeder einzelne ruht im Himmel. Daran besteht kein Zweifel.« Sie stellte ihren Besen wieder in den Eimer und stützte sich auf den Stiel. »Aber es waren die Fischer, die das alles bezahlt haben. Sie hatten angeboten, den Erlös eines Tagesfangs für den Bau der Kirche zu spenden. In der Nacht haben alle gebetet, und sie kamen mit einem Rekordfang wieder. Zweihundert Pfund kamen zusammen. Viel Geld damals. Mit dem Boot erweisen wir den tapferen Männern die Ehre, die sich für den Herrn dem Zorn des Meeres ausgesetzt haben.«

Draußen folgte Fin dem Kiesweg zur Westseite der Kirche und sah, wie das Land zur Küste abfiel. An den Häusern am Hang und den Grabsteinen auf dem Machair vorbei bis zu einem Streifen Strand, der vor dem flachen türkisen Wasser der Bucht silbern leuchtete. Genau wie Tormod es gesagt hatte.

Fin musste an eine Stelle in dem Autopsiebericht denken, die er erst am Abend zuvor im flackernden Licht seines Leuchtstabs im Zelt gelesen hatte.

Mit bloßem Auge erkennbar ist eine ovale, braunschwarze Abschürfung,

5 x 2,5 Zentimeter groß, über der Innenseite des rechten Knies. Die Haut ist hier oberflächlich leicht aufgerauht, und in der obersten Hautschicht wurden feine Körnchen eines silbrigen Sands nachgewiesen.

Feinen silbrigen Sand hatte der Pathologe in allen Abschürfungen und Quetschungen der unteren Körperhälfte gefunden. Nicht goldenen Sand, wie man ihn an den Stränden von Harris fand, sondern silbernen, wie auf Eriskay, wie auf dem, was Tormod Charlies Strand genannt hatte.

Fin konzentrierte sich auf die silberne Sichel, die das Auge um die Bucht herum zu einem neuen Wellenbrecher an der Südspitze führte. Warum hatte Tormod ihn *Charlies* Strand genannt?

FÜNFUNDZWANZIG

»Wer ist das?«

»Das ist Ihr Enkel, Mr Macdonald. Fionnlagh.«

Er kommt mir nicht bekannt vor. Einige andere Insassen hocken auf ihren Sesseln wie Graf und Gräfin Koks und beäugen den jungen Burschen mit den komischen Stachelhaaren, der mich besuchen kommt. Die sind anscheinend neugierig. Wie macht der das, dass sie so hochstehen? Und wozu?

Die Schwester zieht einen Stuhl heran, und der Junge setzt sich neben mich. Er fühlt sich offenbar nicht wohl in seiner Haut. Aber was soll ich machen, wenn ich nicht mal weiß, wer er ist. »Ich kenne dich nicht«, sage ich zu ihm. Wie kann ich denn einen Enkel haben? Ich bin doch kaum alt genug, Vater zu sein. »Was willst du?«

»Ich bin Marsailis Sohn«, sagt er, und ich fühle, wie mein Herz einen Schlag aussetzt.

»Marsaili? Ist sie hier?«

»Sie ist nach Glasgow gefahren, Großvater, muss ein paar Prüfungen ablegen. In ein, zwei Tagen kommt sie wieder.«

Diese Nachricht trifft mich wie ein Schlag ins Gesicht. »Sie hat versprochen, mich nach Hause zu bringen. Ich hab die Nase voll von diesem Hotel.« Den ganzen Tag lang sitz ich bloß in einem blöden Sessel und schau aus dem Fenster. Morgens seh ich die Kinder auf der anderen Straßenseite, wenn sie zur Schule gehen, und abends, wenn sie wieder nach Hause kommen. Und ich kann mich an nichts von dem erinnern, was dazwischen passiert ist. Zu Mittag werd ich gegessen haben, denn ich hab keinen Hunger. Aber auch daran erinnere ich mich nicht.

»Weißt du noch, Großvater, wie ich früher immer beim Zusammentreiben geholfen habe? Wenn die Schafe geschoren werden sollten?«

»O Gott, ja. Die Schur. Das war eine Plackerei.«

»Ich habe immer mitgeholfen, seit ich vier oder fünf war.«

»Ja, du warst ein prächtiger kleiner Bursche, Fin. Marsaili hat große Stücke auf dich gehalten.«

»Nein, ich bin Fionnlagh, Großvater. Fin ist mein Dad.«

Er zeigt mir so ein Lächeln, wie ich es jetzt dauernd von den Leuten sehe. Irgendwie verlegen, als hielten sie mich für verrückt.

»Ich hab bei Murdo Morrison ausgeholfen, hab mir ein bisschen Taschengeld zusätzlich verdient. Und ich bin ihm dieses Jahr auch beim Ablammen ein bisschen zur Hand gegangen.«

An das Ablammen erinnere ich mich noch gut. Das erste Jahr auf der Insel damals. Schnee hatten wir nie, aber es konnte elend kalt werden, und der Wind, der hat einen in den nassen Märznächten manchmal glatt in Stücke gerissen. Wie ein Lamm geboren wird, hatte ich vorher noch nie gesehen, und beim ersten Mal ist mir fast schlecht geworden. Das ganze Blut und die Nachgeburt. Aber dann hab ich nicht schlecht gestaunt, als das magere kleine Ding – sah aus wie eine ertrunkene Ratte – seinen ersten Atemzug tat und die ersten wackligen Schritte machte. Leben im Naturzustand.

Ich hab eine Menge gelernt in dem Winter. Zum Beispiel hab ich gelernt, dass es immer noch schlimmer kommen kann, obwohl ich gedacht hatte, härter als im Dean kann das Leben nicht mehr werden. Nicht dass wir schlecht behandelt worden wären. Gar nicht mal. Aber man musste schwer schuften, um zu überleben, und es wurde einem nichts geschenkt, bloß weil man ein Kind war.

Tag für Tag hatten wir unseren Teil der Hausarbeit zu erledigen. In stockdunkler Finsternis aufstehen, lange bevor es zur Schule ging, den Hügel hinaufsteigen und die Wassereimer an der Quelle füllen. Den Seetang an der Küste mussten wir schneiden. Donald Seamus wurde pro Tonne Gewicht bezahlt von Alginate Industries, der Seetangfabrik drüben in Orasaigh. Eine mörderische Arbeit war das, wir rutschten bei Ebbe über den schwarzen Fels, hackten in gekrümmter Haltung mit einer stumpfen Sichel auf das Kelp ein und rissen uns an verharschten, messerscharfen Muschelschalen die Finger auf. Ich glaube, der Seetang wurde verbrannt und die Asche als Düngemittel verwendet. Irgendwer hat mir mal erzählt, dass auch Sprengstoff, Zahnpasta und Speiseeis daraus hergestellt werden. Aber das habe ich nicht geglaubt. Wahrscheinlich dachten die, ich wäre genauso einfältig wie Peter.

Nach dem Ablammen kam das Torfstechen, drüben, auf der anderen Seite des Beinn Sciathan. Donald Seamus hat den Torf mit dem *tarasgeir* gestochen, wir mussten die Soden herausheben und in Dreiergruppen stapeln. Von Zeit zu Zeit wurden sie gewendet, so lange, bis sie im Wind ausgetrocknet waren, danach haben wir sie in großen Weidenkörben abtransportiert. Das Pony haben wir uns mit einem Nachbarn geteilt, deshalb stand es nicht immer zur Verfügung, und dann mussten wir uns die Körbe auf den Rücken laden.

Anschließend kam das Heu, das wurde mit der Sense in lange Schwaden geschnitten. Man sortierte die groben Stücke aus, legte es zum Trocknen aus und konnte nur beten, dass es nicht regnete. Es musste mehrmals gewendet, gelockert und wieder getrocknet werden, sonst wäre es in den Schwaden verrottet. Man war also auf schönes Wetter angewiesen. Auf dem Hof wurde es zu Ballen gebündelt, und erst wenn der Schober bis oben gefüllt war, gab Donald Seamus Ruhe und war davon überzeugt, dass wir genug hatten, um die Tiere durch den Winter zu bringen.

Man sollte meinen, dass da nicht mehr viel Zeit für die Schule blieb, aber Peter und ich wurden jeden Morgen mit den anderen Kindern mit der Fähre nach Daliburgh auf South Uist geschickt, wo uns der Bus abholte und zu dem Wellblechgebäude an der Daliburgher Kreuzung brachte, das als Mittelschule diente. Es gab noch ein zweites Gebäude an der Straße, einen halben Kilometer weiter stadteinwärts, die Berufsfachschule. Aber die habe ich nur bis zu dem Vorfall zu Neujahr besucht. Danach wollte Donald Seamus mich nicht mehr hinlassen, und Peter musste allein gehen.

Sie waren keine schlechten Menschen, Donald Seamus und Mary-Anne, sie hatten nur keine Liebe zu geben. Ich kannte andere, die in Stellung schlimmen Misshandlungen ausgesetzt waren. Aber bei uns war das nicht so.

Mary-Anne hat kaum einmal den Mund aufgemacht. Hat kaum zur Kenntnis genommen, dass wir da waren, wenn man davon absieht, dass sie uns zu essen gegeben und die paar Sachen gewaschen hat, die wir besaßen. Die meiste Zeit war sie mit dem Spinnen, Färben und Weben der Wolle beschäftigt, oder sie hat sich mit den anderen Frauen zum Walken zusammengetan, dann saßen sie alle vor dem Haus um einen langen Holztisch und wendeten und bearbeiteten den Stoff, bis er ganz fest und wasserdicht war. Beim Walken wurde gesungen, in dem Rhythmus, den die Arbeit vorgab. Endlose Lieder, um die gleichförmigen, stumpfsinnigen Handgriffe erträglich zu machen. Nie wieder habe ich so viel Frauengesang gehört wie damals auf der Insel.

Donald Seamus war streng, aber gerecht. Wenn ich seinen Gürtel zu spüren bekam, hatte ich es meistens auch verdient. Aber ich hab nicht zugelassen, dass er Peter anrührt. Ganz gleich, was der Junge ausgefressen haben mochte, er konnte ja nichts dafür, und ich musste Donald Seamus einmal energisch entgegentreten, um das ein für alle Mal klarzustellen.

Ich kann mich nicht erinnern, was genau Peter eigentlich angestellt hatte. Die Eier auf dem Weg vom Hühnerstall fallen lassen, die natürlich alle zerbrochen waren, vielleicht. Ich weiß noch, dass das mehrmals vorgekommen ist, bevor sie aufhörten, ihm solche Aufträge zu geben.

Aber was es auch gewesen sein mochte, Donald Seamus war fuchsteufelswild geworden. Er packte Peter am Schlafittchen und schleifte ihn in den Schuppen, wo die Tiere untergebracht waren. Es war immer warm dort drinnen und roch nach Dung.

Als ich ankam, hingen meinem Bruder schon die Hosen um die Knöchel. Donald Seamus hatte ihm befohlen, sich über einen Schragen zu beugen, und war grad dabei, sich den Gürtel aus den Schlaufen zu ziehen, mit dem er Peter eine Tracht Prügel verabreichen wollte. Er wandte sich um, als ich hereinkam, und gab mir mit deutlichen Worten zu verstehen, dass ich mich verziehen sollte. Aber ich hielt die Stellung und blickte mich um. In einer Ecke lehnten zwei brandneue Axtstiele an der Wand, und einen davon hob ich auf, spannte meine Finger fest um das kühle, glatte Holz und wog ihn in der Hand.

Donald Seamus hielt inne, ich sah ihm in die Augen, fest und unerschrocken, der Axtstiel baumelte an meiner Seite. Er war ein großer und kräftiger Mann, dieser Donald Seamus, und wäre es zu einem Kampf gekommen, hätte er mir zweifellos eine ordentliche Abreibung verpasst. Aber ich war mittlerweile auch ein kräftiger Bursche geworden, fast schon ein junger Mann, und beiden war uns klar, dass ich ihm mit einem stabilen Axtstiel in der Hand schwere Verletzungen zufügen könnte.

Keiner von uns sagte ein Wort, aber es war eine Grenze gezogen worden. Wenn er Hand an meinen Bruder legte, bekam er es mit mir zu tun. Er schnallte sich seinen Gürtel wieder um und sagte Peter, er solle verschwinden, und ich stellte den Axtstiel zurück in die Ecke.

Ich widersetzte mich nie, wenn ich an die Reihe kam, seinen Gürtel auf dem Arsch zu spüren, und vielleicht hat er mich doppelt so oft versohlt, als er es normalerweise getan hätte. Als müsste ich die Bestrafung für uns beide auf mich nehmen. Aber das war mir egal. Striemen am Hintern vergehen wieder, Hauptsache, ich hielt das Versprechen, das ich meiner Mutter gegeben hatte.

Beim zweiten Ablammen, das ich mitmachte, rettete ich eines der Neugeborenen vor dem sicheren Tod. Es war ein schwaches Dingelchen, kaum in der Lage, sich auf den Beinen zu halten, und aus irgendeinem Grund wies die Mutter es ab, ließ es nicht an ihre Zitzen heran. Donald Seamus gab mir eine Flasche mit einer Gummizitze und sagte, ich solle es säugen.

Zwei Wochen lang hab ich den Winzling gefüttert, und ohne Zweifel hielt das Tier mich für seine Mutter. Morag habe ich es genannt, und es ist mir überallhin gefolgt, wie ein Hund. Es kam mit, wenn ich zur Küste ging, um den Seetang zu schneiden, und wenn ich mittags auf dem Felsen saß und die kargen Butterbrote aß, die Mary-Anne für mich in Ölpapier gewickelt hatte, kuschelte es sich so neben mich, dass wir uns gegenseitig wärmen konnten. Ich brauchte ihm nur den Kopf zu kraulen, dann sah es mich aus großen, hingebungsvollen Augen an. Ich hatte es lieb, dieses kleine Lamm. Das erste Mal, dass es seit dem Tod meiner Mutter so etwas wie Liebe zwischen mir und einem anderen

Lebewesen gab. Abgesehen vielleicht von Peter. Aber das war etwas anderes.

Komischerweise war es, glaube ich, ausgerechnet das Lamm, das zu meiner ersten sexuellen Begegnung mit Ceit führte. Oder jedenfalls ihre Eifersucht auf das Lamm. Klingt albern, dass jemand eifersüchtig auf ein Lamm sein soll, aber meine gefühlsmäßige Bindung an dieses kleine Wesen war eben wirklich sehr stark.

Ich hatte noch nie Sex irgendwelcher Art gehabt und war mehr oder weniger zu dem Schluss gekommen, das sei nur etwas für andere, während ich mich wahrscheinlich für den Rest meines Lebens damit zufriedengeben musste, unter der Bettdecke zu masturbieren.

Bis Ceit die Sache in die Hand nahm. Sozusagen.

Sie hatte sich schon öfter beschwert, dass ich zu viel Zeit mit dem Lamm verbrachte. Ich war immer zum Anleger gekommen und hatte sie und Peter nach der Schule vom Fährboot abgeholt, und wir ließen dann Steine übers Wasser hüpfen oder überquerten den Hügel und stiegen auf der Westseite der Insel an die Stelle der Küste hinab, die sie Charlies Strand nannte. Dort traf man keine Menschenseele, und es machte uns großen Spaß, im hohen Gras und zwischen den verfallenen Gehöften Verstecken zu spielen oder bei Ebbe auf dem verdichteten Sand um die Wette zu laufen. Doch seit ich Morag hatte, war ich mit den Gedanken oft woanders.

»Du und dieses blöde Lamm«, sagte Ceit eines Tages zu mir. »Langsam reicht's mir. Ein Lamm als Kuscheltier, das gibt's doch gar nicht! Einen Hund vielleicht, aber ein Lamm?« Es war schon längst nicht mehr darauf angewiesen, von mir gefüttert zu werden, aber ich tat mich schwer, es in die Freiheit zu entlassen. Schweigend gingen Ceit und ich den Weg entlang, der an Nicholsons Laden vorbeiführte. Es war ein schöner Frühlingstag, ein sanfter Wind wehte aus Südwesten, Wolken standen hoch am Himmel, wie Fasern gerupfter Wolle. Die Sonne fühlte sich warm an auf der Haut, und der Winter hatte offenbar endlich aufgegeben und sich in eine dunkle Ecke verkrochen, um still auf die Tagundnachtgleiche im Herbst zu warten, wenn er mit wüsten Äquinoktialstürmen seine bevorstehende Rückkehr ankündigen würde. Aber all das lag in jenen optimistischen Tagen zwischen Frühling und Sommer noch in weiter Ferne.

Die meisten Frauen hatten sich zum Spinnen und Weben vor die Tür gesetzt. Die meisten Männer waren auf See. Das Geräusch der zum Gesang erhobenen Frauenstimmen wurde vom Wind über das Hügelland getragen, seltsam anrührend. Ich bekam jedes Mal eine Gänsehaut, wenn ich es hörte.

Ceit sprach mit gesenkter Stimme, als könnte uns jemand belauschen. »Wir treffen uns heute Abend«, sagte sie. »Ich hab was, das ich dir geben möchte.«

»Heute Abend?« Ich war überrascht. »Wann? Nach dem Essen?«

»Nein. Wenn es dunkel ist. Wenn die anderen alle schlafen. Du kannst doch heimlich aus eurem Fenster hinten am Haus steigen, oder?«

Ich war perplex. »Ja, schon, nehme ich an. Aber wozu? Warum kannst du mir das, was du hast, nicht gleich jetzt geben?«

»Darum nicht, Dummkopf.«

Wir blieben auf der Hügelkuppe stehen und schauten, unter uns die kleine Bucht, über die Meerenge nach Ludagh hinüber.

»Wir treffen uns um elf unten am Kai. Bis dahin werden die Gillies doch im Bett sein, oder?«

»Natürlich.«

»Gut. Dann ist ja alles klar.«

»Ich weiß nicht, ob Peter das recht sein wird.«

»Meine Güte, Johnny, kannst du vielleicht einmal auch etwas ohne Peter machen?« Ihr Gesicht war gerötet, und sie schaute mich ganz merkwürdig an.

Ihr plötzlicher Ausbruch erstaunte mich. Wir machten doch immer alles zusammen, Ceit, Peter und ich. »Ja, sicher.« Ich fühlte mich ein bisschen in die Enge getrieben.

»Gut, also nur wir beide. Um elf am Anleger.« Und damit stapfte sie über den Hügel zurück zum O'Henley-Hof.

Ich weiß nicht, warum, aber ich fand die Vorstellung, mich nachts im Dunkeln aus dem Haus zu schleichen und mit Ceit zu treffen, seltsam aufregend. Und als der Abend heranrückte und der Wind sich legte, konnte ich meine Ungeduld kaum noch im Zaum halten. Peter und ich erledigten unsere abendlichen Pflichten und aßen anschließend mit Mary-Anne und Donald Seamus in dem tiefen Schweigen, das dem Tischgebet immer folgte. Es war keine Absicht, dass sie nicht mit uns sprachen. Sie wechselten auch untereinander nie ein Wort. In Wahrheit hatten wir alle uns nichts zu sagen. Worüber sollte man auch reden? Der allgemeine Ablauf des Lebens änderte sich ja nicht von Tag zu Tag. Von Jahreszeit zu Jahreszeit, das schon. Aber eines folgte dem anderen doch auf natürliche Weise, und da gab es nichts zu besprechen. Es waren auch nicht Donald Seamus Gillies und seine Schwester, die uns Gälisch beibrachten. Peter lernte die Sprache von den anderen Kindern in der Schule, beim Spielen in der Pause natürlich, nicht im Unterricht, wo nur Englisch gesprochen wurde. Ich schnappte sie von den anderen Kleinbauern auf, die teilweise so gut wie kein Englisch sprachen. Oder falls doch, dann jedenfalls nicht mit mir.

Donald Seamus saß noch eine Weile neben dem Ofen, rauchte Pfeife und las die Zeitung, während Mary-Anne den Abwasch machte und ich Peter bei seinen Schulaufgaben half. Um Punkt zehn war dann Schlafenszeit. Das Feuer ließ man über Nacht niederbrennen, das Licht wurde gelöscht, und wir gingen in unsere Zimmer, den Geruch von Torf, Tabak und Öldochten in der Nase.

Peter und ich teilten uns ein Doppelbett im Hinterzimmer. Da dort außerdem noch ein Kleiderschrank und eine Kommode standen, war kaum Platz, die Tür aufzumachen. Peter war wie immer in null Komma nichts eingeschlafen, und ich brauchte nicht zu befürchten, dass ich ihn störte, wenn ich mich wieder anzog und aus dem Fenster stieg. Wie leicht oder wie schwer Donald Seamus oder Mary-Anne schliefen, wusste ich allerdings nicht. Deshalb öffnete ich, kurz bevor die Uhr elf schlug und ich mich entscheiden musste, die Tür einen Spalt breit und horchte in den dunklen Flur hinaus. Ein Schnarchen war zu hören, laut genug, um von der Richterskala erfasst zu werden. Ob es vom Bruder oder von der

Schwester kam, wusste ich nicht, aber nach einer Weile vernahm ich ein zweites, nicht konstantes Schnarchen in höherer Tonlage, das mehr aus dem Rachen als aus der Nase kam. Sie schliefen also beide.

Ich machte die Tür wieder zu, ging zum Fenster und zog den Vorhang beiseite, um den Rahmen zu entriegeln und so leise wie möglich hochzuschieben. Peter drehte sich ächzend um, wachte aber nicht auf. Seine Lippen bewegten sich, als führte er Selbstgespräche, vielleicht um die Worte loszuwerden, die ihm bei den Mahlzeiten nicht abverlangt wurden. Ich setzte mich auf den Sims, schwang die Beine nach draußen und sprang hinunter ins Gras.

Es war noch überraschend hell, ein schwacher Schimmer im Westen erlosch erst allmählich, während der Mond bereits sein farbloses Licht über die Hügel streute. Der Himmel war eher dunkelblau als schwarz. Im Hochsommer würde es bis Mitternacht hell sein oder noch länger, aber das war noch ein paar Wochen hin. Ich drehte mich um, zog den Vorhang wieder zu und schloss auch das Fenster.

Dann jagte ich den Hügel hinunter wie ein von der Leine gelassener Windhund, durchs hohe Gras, die Füße im Morast platschend, davongetragen von einem außergewöhnlichen Gefühl der Freiheit. Ich war ausgeflogen, und die Nacht gehörte mir. Und Ceit.

Sie erwartete mich am Anleger, aufgeregt, wie mir schien, und ein bisschen ungeduldig. »Wo bleibst du so lange?« Ihr Flüstern klang überlaut, und ich merkte, dass kein Wind zu hören war, nur das langsame, stetige Atmen des Meeres.

»Es ist doch höchstens fünf nach«, sagte ich. Doch sie zischte nur spöttisch, nahm meinen Arm und führte mich den Weg hinauf in Richtung Rubha Ban. In keinem der über den Hügel verstreuten Höfe brannte ein Licht, eine ganze Insel im Schlaf versunken, so schien es. Die Orientierung war kein Problem in dem fahlen Mondschein, in dem wir uns allerdings auch ausgesetzt fühlten. Falls jemand vor die Tür ging, würde er uns ohne weiteres erkennen.

»Wo gehen wir hin?«, fragte ich sie.

»Charlies Strand.«

»Warum?«

»Wart's ab.«

Es gab nur einen Moment, in dem alles hätte schieflaufen können. Ceit riss mich plötzlich am Ärmel, und wir warfen uns flach in das hohe Gras am Wegrand, als eine Lampe in einer offenen Tür aufleuchtete und wir einen alten Mann in den Mondschein hinaustreten sahen, eine Schaufel und eine Zeitung in der Hand. Die meisten Leute benutzten nachts einen Nachttopf, der dann am Morgen geleert wurde. Mr MacGinty war jedoch offenbar der Ansicht, diese Nacht sei wie gemacht dafür, sich draußen im Moor zu erleichtern. Und so mussten wir kichernd im Gras liegen bleiben, während er ein flaches Loch aushob und sich darüber hockte, das Nachthemd bis zum Hals hochgezogen, und stöhnte und ächzte vor Anstrengung.

Ceit hielt mir mit einer Hand den Mund zu, konnte sich aber selbst kaum halten vor Lachen und stieß die aufgestaute Luft durch zusammengepresste Lippen prustend aus. Ich drückte also auch ihr die Hand auf den Mund, und so lagen wir fast zehn Minuten lang aneinandergedrängt, während Mr MacGinty sein Geschäft erledigte.

Es war wohl das erste Mal, dass ich Ceits Körper mit einem sexuellen Gefühl wahrnahm. Ihre Wärme, der weiche, an meine Brust gepresste Busen, der über mein Bein gebreitete Schenkel. Bei mir machten sich die ersten Anzeichen der Erregung bemerkbar, überraschend und beängstigend zugleich. Ceit trug ein Kleid mit einem hellen Druckmuster und einem spitzen Ausschnitt, der bis zum Brustansatz hinabreichte. Und ich weiß noch, dass sie in dieser Nacht barfuß war. Es ging etwas Sinnliches und Verlockendes aus von diesen nackten, im Mondschein glänzenden Beinen.

Sie trug die Haare inzwischen viel länger als früher im Dean, sie fielen ihr in weichen, kastanienbraunen Locken über die Schultern, und der etwas zu lange Pony hing ihr ständig in die Augen.

Dort im Gras bemerkte ich auch den leichten Blumenduft, der sie umgab, aromatisch, mit einer Beimischung von Moschus, ganz anders als der Geruch, den ich vom Dean her kannte. Als Mr MacGinty schließlich zurück ins Bett gegangen war und wir die Hand vom Mund des anderen nehmen konnten, schnupperte ich und fragte Ceit, was das für ein Geruch sei.

Sie kicherte. »Das ist Mrs O'Henleys Eau de Cologne.«

»Ihr was?«

»Parfüm, du Dussel. Ich hab mir was davon auf den Hals gesprüht. Gefällt's dir?«

Das tat es. Keine Ahnung, woran genau es lag, aber in meinem Bauch flatterten auf einmal Schmetterlinge. Ceits Augen waren sehr dunkel, als wir da so im Mondschein lagen, und von ihren vollen Lippen ging ein fast unbezwingbarer Reiz aus. Ich wollte sie um jeden Preis küssen. Doch bevor ich der Versuchung nachgeben konnte, sprang sie auf, hielt mir ihre Hand hin und drängte zum Aufbruch.

Ich rappelte mich auf, sie nahm mich bei der Hand, und dann rannten wir über den Hügel, vorbei an der Grundschule und die Straße entlang, die oberhalb des Strandes verlief. Atemlos blieben wir stehen und ließen die Aussicht auf uns wirken. Im Halbkreis der Bucht unter uns schien das Meer in schimmernder Stille zu köcheln, sanft rollte es heran und brach sich am Sandstrand in weichem silbernem Schaum. Die Spiegelung des Mondes auf dem Wasser erstreckte sich ins Unendliche, und der Horizont war nur durchbrochen von einer Handvoll dunkler Inselchen und dem grüblerischen Schatten von Barra.

So hatte ich die Insel noch nie gesehen. Liebevoll und verführerisch, fast als hätten sie und Ceit ihren großartigen Plan gemeinsam geschmiedet.

»Komm«, sagte Ceit und führte mich auf einem schmalen Pfad durch die Heide zu den Überresten eines alten verfallenen Cottages mit Blick aufs Meer. Zwischen Steintrümmern hindurch fanden wir einen Weg ins grasbewachsene Innere. Sofort ließ sie sich im Gras nieder und bedeutete mir, mich neben sie zu setzen. Das tat ich auch und nahm im gleichen Moment die Wärme ihres Körpers wahr, das sanfte Seufzen der See, das gewaltige Himmelszelt über uns, inzwischen schwarz und von Sternen übersät. Ich war voller atemloser Erwartung, als sie ihre dunklen Augen auf mich richtete und ich ihre Fingerspitzen auf meinem Gesicht spürte wie leichte elektrische Schläge.

Keine Ahnung, wo wir diese Dinge lernen, aber unversehens hatte ich die Arme um sie geschlungen, und wir küssten uns: weiche, warme Lippen, die sich öffneten, damit unsere Zungen sich begegnen konnten. Schockierend, erregend. Ich fühlte Ceits Hand zwischen meinen Beinen, wo mir die Hose schon zu eng wurde, und als meine Hand unter den Baumwollstoff ihres Kleides glitt, stieß sie auf eine weich herabfallende Brust, deren Nippel hart wie eine Nuss gegen meinen Handteller rieb.

Ich war wie berauscht. Trunken. Davongetragen auf einem Meer von Hormonen. Ich konnte nichts dagegen tun. Wie in einem Taumel zogen wir uns aus, warfen hastig die Kleider von uns, und dann waren wir nur noch nackte Haut. Weich, warm, heiß, feucht. Ich hatte nicht die leiseste Ahnung, was ich da tat. Jungen wissen das nicht. Sie gehorchen einfach einem rohen Instinkt. Ceit überblickte das alles viel besser. Sie nahm mich in die Hand, führte mich sanft in sich hinein. Ich japste, hätte beinahe aufgeschrien. Ob vor Schmerz oder vor Freude, weiß ich nicht. Im nächsten Moment übernahmen meine Urinstinkte das Kommando, und ich tat das, worauf ich wohl programmiert war. Ihr Stöhnen erregte mich nur noch mehr, trieb mich dem Unvermeidlichen entgegen, das natürlich viel zu früh eintrat.

Aber Ceit sah es voraus und schob mich weg, sodass mein Samen sich im Mondlicht silbern über die sanfte Rundung ihres Bauchs ergoss. »Wir wollen doch nicht, dass ich schwanger werde, nicht wahr«, sagte sie, und dann führte sie meine Hand zwischen ihre Beine. »Gib mir den Rest.«

Ich hatte keine Ahnung, was sie damit meinte, aber unter ihrer Anleitung lernten meine ungeschickten Finger schnell, ihren Lippen, die feucht und weich waren, eine Reaktion zu entlocken, und ich war, während ihr Körper unter mir sich immer wieder aufbäumte, einzig von dem Wunsch beseelt, es ihr recht zu machen, bis sie schließlich einen Schrei in die Nacht hinausstieß und keuchend dalag, ein Lächeln im geröteten Gesicht.

Sie nahm meinen Kopf in beide Hände, zog mich zu sich herab und küsste mich. Es war ein langer, inniger Kuss, bei dem ihre Zunge meine wieder und wieder umspielte. Und dann sprang sie auf und fasste nach meiner Hand. »Komm, Johnny.« Und wir rannten nackt zwischen den Steinen hindurch hinunter zum Strand und Hals über Kopf durch den Sand und hinein ins Meer.

Der Schock nahm mir fast den Atem. Eiskaltes Wasser auf erhitzter Haut. Unwillkürlich schrien wir beide auf, und es war nur gut, dass keine bewohnten Höfe in der Nähe lagen, sonst hätte man uns bestimmt gehört. Es war erstaunlich genug, dass wir unentdeckt blieben, denn unsere Schreie schallten doch bestimmt über die ganze Insel.

»Himmel, Arsch und Zwirn!«, schrie Ceit im Dunkeln.

Und ich erwiderte grinsend: »Das kannst du laut sagen.«

Platschend rannten wir wieder aus dem Wasser und über den Strand zurück zu dem Cottage, wo wir uns im Gras wälzten, um uns zu trocknen, und schnell wieder in unsere Kleider schlüpften. Bald wurde das Kältegefühl von heißem Prickeln auf der Haut abgelöst, als wir engumschlungen dalagen und zu den Sternen hinaufblickten, atemlos, bezaubert, als seien wir die Ersten in der Geschichte der Menschheit gewesen, die den Sex entdeckt hatten.

Lange sagte keiner von uns ein Wort, bis ich schließlich den Mund aufmachte: »Was wolltest du mir eigentlich geben?«

Ceit lachte und wollte gar nicht wieder aufhören.

Ich stützte mich auf den Ellbogen und sah sie ratlos an. »Was ist daran so komisch?«

Immer noch lachend, sagte sie: »Eines Tages wirst du das Rätsel lösen, mein Großer.«

Ich legte mich wieder neben sie, und das unschöne Gefühl, zum Besten gehalten zu werden, war schnell verflogen, und mich überkamen, ja überwältigten ein Gefühl von Liebe und der Wunsch, sie im Arm zu halten und zu beschützen, sie vor allem Übel zu bewahren. Sie umschlang mich, das Gesicht an meinen Hals geschmiegt, einen Arm um meine Brust, ein Bein über meine gelegt, und ich schaute nur zu den Sternen hinauf, erfüllt von dem ganz neuen Glück, einfach am Leben zu sein. Ich gab ihr einen Kuss auf den Scheitel. »Warum nennst du das hier Charlies Strand?«, fragte ich.

»Weil das die Stelle ist, wo Bonnie Prince Charlie an Land ging, als er während des Jakobitenaufstands von 1745 hierherkam und eine Armee aufstellen wollte, um gegen die Engländer zu marschieren«, sagte sie. »Das haben wir in der Schule gelernt.«

Wir trafen uns in den folgenden Wochen noch mehrere Male, wanderten zu dem alten Cottage und schliefen dort miteinander. Das schöne Frühlingswetter hielt an, und man spürte, wie das Meer sich aufwärmte, je weiter die Ausläufer des Golfstroms in die kalten Wintergewässer des Nordatlantiks eindrangen. Bis zu der Sturmnacht, in der das Unglück geschah.

Ich hatte mich in der Nacht wie üblich mit Ceit verabredet. Aber dann schlug am späten Nachmittag der Wind um, große dunkle Wolken stiegen am Horizont auf und zogen bei Einbruch der Dunkelheit heran. Der Wind legte zu und steigerte sich zuletzt wohl zu Stärke acht oder neun, denn er peitschte den einsetzenden Regen fast waagerecht über die Insel. Rückstöße durch den Schornstein drückten uns an dem Abend den Rauch ins Wohnzimmer, sodass uns schließlich nichts anderes übrigblieb, als zeitig zu Bett zu gehen, obwohl es noch gar nicht richtig dunkel war.

Lange lag ich da, starrte an die Decke und überlegte, was zu tun sei. Ich hatte die Verabredung mit Ceit getroffen, und es war keine Gelegenheit gewesen, sie abzusagen. In dieser Nacht war zwar nicht daran zu denken, dass wir miteinander schlafen konnten, aber es kam nicht in Frage, dass ich nicht zum Treffpunkt ging, und sei es nur zur Sicherheit, falls sie gekommen war. Ich konnte nicht zulassen, dass sie ganz allein dem Wetter trotzte und ungeschützt unten am Anleger stand und auf mich wartete.

Und so harrte ich aus und sah immer wieder auf meine Uhr mit den im Dunkeln leuchtenden Zeigern, bis es Zeit war aufzubrechen. Ich schlüpfte aus dem Bett, kleidete mich an und zog mein Ölzeug unter dem Bett hervor, wo ich es am frühen Abend versteckt hatte. Ich schob gerade das Fenster hoch, als Peter sich aus dem Dunkel meldete, die Stimme ein wenig erhoben, um sich im Heulen des Windes Gehör zu verschaffen.

»Wo willst du hin?«

Mein Herzschlag setzte aus, und von einer ganz unsinnigen Wut gepackt, drehte ich mich um und fuhr ihn an: »Kümmere dich nicht darum, wo ich hinwill, verdammt! Schlaf weiter.«

»Aber Johnny, du gehst doch nie ohne mich.«

»Sprich leiser, um Himmels willen. Dreh dich einfach um und tu so, als wär ich noch im Bett. Ich bin gleich wieder da.«

Ich schob das Fenster ganz auf und schwang mich hinaus in den Regen. Als ich mich umwandte, um das Fenster wieder herunterzuziehen, hatte Peter sich im Bett aufgerichtet und blickte mir nach, ein Ausdruck im blutleeren Gesicht, aus dem sowohl Furcht als auch Unverständnis sprachen. Ich schloss das Fenster und zog mir die Kapuze über den Kopf.

Den Hügel hinunterzurennen wäre in der Nacht nicht möglich gewesen. Es war stockdunkel, und ich musste mir meinen Weg durch Geröll und hohes Gras regelrecht ertasten, während ich gegen den Wind und den Regen ankämpfte, den er mir ins Gesicht peitschte. Endlich erreichte ich den Weg, der hinunter zum Anleger führte, und kam etwas schneller voran.

Als ich am Treffpunkt ankam, war von Ceit nichts zu sehen. Anscheinend war gerade Flut, und weder der Kai noch die Beschaffenheit der Umgebung boten nennenswerten Schutz vor dem anbrandenden Meer. Welle um Welle brach sich an den Felsen der gesamten Küste. Das Getöse war ohrenbetäubend. Die aufgeworfene, bis über den Rand des Anlegers schlagende Gischt und der Regen taten sich zusammen und durchnässten mich bis auf die Haut. Hier half auch das Ölzeug nicht mehr. Ich spähte durch die Dunkelheit und überlegte, wie lange ich warten sollte. Ein Irrsinn, dass ich überhaupt hergekommen war. Ich hätte wissen müssen, dass Ceit mich in einer solchen Nacht nicht erwarten würde.

Und dann kam eine winzige Gestalt aus dem Schatten des Hügels hervorgehuscht. Ceit, in schlappenden grünen Gummistiefeln, etliche Nummern zu groß für sie, und in einen Mantel gewickelt, der wohl

Mrs O'Henley gehörte. Ich breitete die Arme aus und drückte sie an mich. »Ich wollte nicht wegbleiben, falls du doch kommst«, schrie ich gegen das nächtliche Tosen an.

»Ich auch.« Sie sah lächelnd zu mir herauf, und ich küsste sie. »Aber ich bin froh, dass du da bist. Und sei es nur, um mir zu sagen, dass du nicht kommen konntest.«

Ich lächelte zurück. »Das sollte jetzt kein Wortspiel sein, oder?«

Sie lachte. »Du denkst immer nur an das eine, wie?«

Wir küssten uns noch einmal, und ich hielt sie fest, damit sie nicht weggeweht wurde von dem Sturm, der rings um uns tobte. Dann riss sie sich los.

»Ich gehe mal lieber. Weiß der Himmel, wie ich die ganzen nassen Klamotten erklären soll.«

Sie gab mir einen letzten flüchtigen Kuss, dann war sie verschwunden, verschluckt vom Sturm und der dunklen Nacht. Ich blieb noch einen Moment stehen, um mich zu besinnen, bevor ich mich auf den Weg zurücktastete, der zum Hof der Gillies führte. Ich war kaum zehn Meter weit gekommen, da tauchte eine Gestalt aus dem Dunkel auf. Ich bekam einen Heidenschreck und wollte schon losschreien, als ich erkannte, dass es Peter war. Er trug keine Regenbekleidung, nur seine Latzhose und eine alte aufgetragene Tweedjacke, die Donald Seamus ihm überlassen hatte. Er war bereits total durchnässt, die Haare klebten ihm im Gesicht, und sogar in der Dunkelheit sah ich ihm an, wie unglücklich er war. Anscheinend war er gleich, nachdem ich gegangen war, aufgestanden und hatte sich angezogen.

»Um Gottes willen, Peter, was machst du hier?«

»Du warst mit Ceit zusammen«, sagte er.

Ich konnte es nicht bestreiten. Er hatte uns offenbar gesehen. »Ja.«

»Hinter meinem Rücken.«

»Nein, Peter.«

»Ja, Johnny. Wir haben immer alles zu dritt gemacht, du, ich und Ceit. Immer. Wir drei, seit wir im Dean waren.« In seinen Augen lag ein seltsames Funkeln. »Ich hab gesehen, wie du sie geküsst hast.«

Ich fasste ihn am Arm. »Komm, Peter, gehen wir wieder nach Hause.«

Doch er riss sich los. »Nein!« Vom Sturm umtost, starrte er mich an. »Du hast mich angelogen.«

»Nein, das stimmt nicht.« Ich wurde langsam zornig. »Herrgott noch mal, Peter, Ceit und ich, wir lieben uns, okay? Es hat nichts mit dir zu tun.«

Er stand noch einen Moment so da und sah mich an, und den Ausdruck tiefer Enttäuschung in seinen Augen werde ich niemals vergessen. Dann machte er kehrt und stürmte davon. Ich war so perplex, dass ich ein paar Sekunden brauchte, um zu reagieren, und da hatte ihn die Dunkelheit bereits verschluckt.

»Peter!«, rief ich ihm nach. Er war vom Croft aus in die andere Richtung gelaufen, auf die Küste zu. Missmutig seufzend setzte ich ihm nach.

Meterhohe Wellen brachen sich überall an der zerklüfteten Küste auf der Nordseite, wo riesige Felsblöcke und -trümmer am Fuße der niedrigen Klippen lagen. Jetzt sah ich Peter wieder, der bloße Schatten einer dunklen Gestalt, die dort herumturnte. Es war der blanke Irrsinn. Jeden Augenblick konnte eine Welle ihn erfassen und in den Sund mitreißen, in den sicheren Tod. Ich verfluchte den Tag seiner Geburt und nahm die Verfolgung auf.

Mehrere Male rief ich hinter ihm her, aber meine Stimme ging unter im Tosen des Meeres und wurde von den wütenden Stößen des Windes fortgepeitscht. Ich konnte nur versuchen, ihn nicht aus den Augen zu verlieren und ihn, wenn möglich, einzuholen. Ich war schon auf gut fünf Meter herangekommen, als er zu klettern begann. Unter normalen Umständen wäre es keine Schwierigkeit gewesen, aber bei diesem unmöglichen Wetter war es nichts weniger als Wahnsinn. Der Machair neigte sich erst sacht der Küste zu und fiel dann steil hinunter zu den Felsen ab, außerdem zog sich ein tiefer Spalt von der Küstenlinie landeinwärts, als hätte jemand dieses Stück Land mit einem riesigen Keil und einem riesigen Hammer gespalten.

Peter war fast oben an der Klippe angelangt, als er abstürzte. Falls er einen Schrei ausstieß, drang der nicht bis zu mir. Peter verschwand einfach im schwarzen Abgrund dieses Erdrisses. Ich ließ alle Vorsicht fahren und kletterte in Panik den Felsen hinauf zu der Stelle, an der ich meinen Bruder zuletzt gesehen hatte. Die Dunkelheit, als ich in den Abgrund unter mir starrte, war undurchdringlich.

»Peter!« Ich schrie seinen Namen, den das Echo von unten zu mir zurückschickte. Und zu meiner Erleichterung hörte ich auch eine leise gerufene Antwort.

»Johnny! Johnny, hilf mir!«

Es war Irrsinn, was ich tat. Hätte ich mir Zeit zum Nachdenken genommen, wäre ich zum Hof zurückgelaufen und hätte Donald Seamus geweckt. Ich hätte Hilfe holen sollen, auch wenn uns dann noch so viel Ärger geblüht hätte. Aber ich nahm mir keine Zeit und ich dachte nicht nach, und so war ich binnen kurzem ebenso in Not wie Peter.

Ich stieg langsam in die Erdspalte hinein und versuchte mich zwischen den beiden Wänden abzustützen, als plötzlich der scheinbar feste Fels unter meinem linken Fuß einfach wegbrach und ich in die Dunkelheit stürzte.

Auf dem Weg nach unten schlug ich irgendwo mit dem Kopf an und verlor das Bewusstsein, noch bevor ich auf dem Grund landete. Keine Ahnung, wie lange ich weg war, aber als ich wieder zu mir kam, nahm ich als Erstes Peters Stimme wahr, die dicht an meinem Ohr unablässig meinen Namen wiederholte, wie ein stumpfsinniges Mantra.

Die zweite Wahrnehmung war der Schmerz. Ein schneidender Schmerz im linken Arm, der mir den Atem verschlug. Ich lag, alle viere von mir gestreckt, auf einem Bett aus Steinen und Kies, der eine Arm halb unter mir und auf unnatürliche Weise verdreht. Ich wusste sofort, dass er gebrochen war. Es kostete große Überwindung, mich umzudrehen und aufzusetzen, und ich schrie meine Verwünschungen in die Nacht, verfluchte Gott und die Heilige Jungfrau Maria und Peter und jeden, der mir gerade einfiel. Ich konnte absolut nichts sehen, aber das Tosen des Meeres war ohrenbetäubend. Der Kies unter mir war nass, mit Seetang und Sand vermischt, und ich begriff, dass wir nur deshalb nicht unter Wasser waren, weil offenbar die Ebbe eingesetzt hatte.

Bei Flut und einem solchen Sturm hätten entfesselte, hoch aufschäumende Wassermassen in dieser Erdspalte getobt, und wir wären beide jämmerlich ertrunken. Peter wimmerte, und ich hörte seine Zähne klappern. Als er sich an mich drückte, merkte ich, wie er zitterte.

»Du musst Hilfe holen«, rief ich.

»Ich lass dich nicht allein, Johnny.« Ich spürte seinen Atem im Gesicht.

»Peter, wenn du dir nichts gebrochen hast, musst du hier rausklettern und Donald Seamus holen. Ich hab mir den Arm gebrochen.«

Aber er klammerte sich schluchzend und zitternd nur noch fester an mich, und ich ließ meinen Kopf gegen den Felsen sinken und schloss die Augen.

Als ich sie wieder öffnete, sickerte das erste Grau des Morgens in die Erdspalte. Peter lag zusammengerollt neben mir auf dem Kies und rührte sich nicht. Ich geriet in Panik und begann nach Hilfe zu rufen. Verrückt! Wer sollte mich denn hören?

Bald war ich heiser und hatte die Hoffnung aufgegeben, da beugte sich ein Schatten über die Öffnung fünf Meter über uns, und eine vertraute Stimme rief: »Heilige Muttergottes, was macht ihr da unten, Jungens?« Es war unser Nachbar, Roderick MacIntyre. Er hatte, wie ich später erfuhr, nach dem Sturm festgestellt, dass einige seiner Schafe fehlten, und war auf der Suche nach ihnen an den Klippen vorbeigekommen. Ohne diesen wahrhaft glücklichen Umstand wären wir beide wohl in der Erdspalte umgekommen. Aber auch so fürchtete ich noch um Peters Leben. Seit ich aus der Bewusstlosigkeit erwacht war, hatte er sich nicht gerührt.

Die Männer, die nicht mit der Fischereiflotte unterwegs waren, versammelten sich oben auf der Klippe, und einer von ihnen wurde an einem Seil herabgelassen, um uns hochzuziehen. Der Sturm hatte sich inzwischen gelegt, aber noch immer blies ein starker Wind, und nie werde ich Donald Seamus' Gesichtsausdruck in dem gelblich-grauen Licht vergessen, als sie mich heraufhievten. Er sagte kein Wort, hob mich nur auf und trug mich hinunter zum Anleger, wo schon ein Boot wartete, um uns nach Ludagh zu bringen. Peter war immer noch nicht wieder zu sich gekommen, und aus der Gruppe der Männer, die sich beim Boot um uns scharten, hörte ich jemanden sagen, er leide an Entkräftung. »Unterkühlung«, sagte jemand anders. »Wenn er das überlebt, hat er Glück gehabt.« Entsetzliche Schuldgefühle befielen mich. Das wäre alles nicht passiert, hätte ich mich nicht fortgeschlichen, um mich mit Ceit zu treffen. Wie sollte ich meiner Mutter im nächsten Leben gegenübertreten, wenn ich zuließ, dass Peter etwas zustieß? Ich hatte ihr doch mein *Wort* gegeben!

An den nächsten Tag, oder waren es zwei, habe ich keine Erinnerung. Ich weiß, dass wir, in Ludagh angekommen, in Donald Seamus' Transporter eingeladen und zum Krankenhaus in Daliburgh gefahren wurden. Zum Herz-Jesu-Hospital. Auch ich war wohl vollkommen entkräftet, denn ich erinnere mich nicht einmal mehr daran, dass man mir den Arm eingipste. Hinterher steckte mein Arm vom Ellbogen bis zur Hand in einem dicken weißen Verband, aus dem nur die Finger und der Daumen herausragten. Ich weiß aber noch, dass Nonnen sich über mein Bett beugten. Unheimlich waren sie in ihren schwarzen Gewändern und den weißen Hauben, wie Boten des Todes. Und ich erinnere mich, dass ich viel schwitzte und hohes Fieber hatte, den einen Moment förmlich kochte vor Hitze, im nächsten Moment vor Kälte schlotterte.

Als sich der Nebel in meinem Kopf schließlich lichtete, war es draußen dunkel. Ich hätte nicht sagen können, wie viel Zeit vergangen war, ob ein Tag oder zwei. Eine Lampe brannte an meinem Bett. Es war ein kleiner Schock, wieder elektrisches Licht zu haben, als wäre ich in mein früheres Leben zurückversetzt worden.

Ich lag auf einer Station mit sechs Betten. Einige waren belegt, aber Peter war nicht unter den Patienten, und mich beschlich ein mulmiges Gefühl. Wo war er? Ich schlüpfte aus dem Bett, barfuß auf dem kalten Linoleum und kaum in der Lage, mich auf den Beinen zu halten, und tapste zur Tür. Dahinter befand sich ein kurzer Flur. Licht fiel durch eine offene Tür. Ich hörte die gedämpften Stimmen der Nonnen und eine Männerstimme. Der Arzt vielleicht. »Diese Nacht wird entscheidend«, sagte er. »Wenn er sie übersteht, kommt er durch. Aber es steht auf Messers Schneide. Er hat Glück, dass er noch so jung ist.«

Wie in Trance wankte ich durch diesen Flur und stand unversehens in der offenen Tür. Drei Köpfe wandten sich mir zu, eine Nonne war sofort auf den Beinen und packte mich an den Schultern. »Was um Himmels willen machst du hier, junger Mann? Du gehörst ins Bett!«

»Wo ist Peter?«, war alles, was ich sagen konnte, und ich sah, wie sie untereinander Blicke wechselten.

Der Arzt war ein älterer Mann, in den Fünfzigern. Er trug einen dunklen Anzug. »Dein Bruder hat eine Lungenentzündung.« Mit der Auskunft konnte ich damals nichts anfangen, entnahm seiner düsteren Miene aber, dass es etwas Ernstes war.

»Wo ist er?«

»Er liegt in einem separaten Zimmer am anderen Ende des Flurs«, sagte eine der Schwestern. »Du kannst ihn morgen besuchen.«

Nun hatte ich sie ja aber bereits sagen hören, dass es vielleicht kein Morgen gab. Mir wurde entsetzlich übel.

»So, und jetzt bringen wir dich ganz schnell wieder ins Bett.« Die Nonne, die mich an den Schultern hielt, brachte mich durch den Flur zu meiner Station. Nachdem sie mich ins Bett verfrachtet und ordentlich zugedeckt hatte, sagte sie, ich solle mir keine Sorgen machen und versuchen, ein bisschen zu schlafen. Sie schaltete das Licht aus und huschte unter leisem Rascheln ihrer Gewänder aus dem Zimmer.

Im Dunkeln hörte ich die Stimme eines Mannes aus einem der anderen Betten. »Mit Lungenentzündung ist nicht zu spaßen, mein Sohn. Bete mal lieber für deinen kleinen Bruder.«

Lange lag ich da, lauschte meinem eigenen Herzschlag, dem Pulsieren des Bluts in den Ohren, bis ich das leise Schnurren meiner Mitpatienten hörte, dem ich entnahm, dass sie eingeschlafen waren. Ich selbst, das wusste ich, würde in der Nacht keinen Schlaf finden. Ich wartete und wartete, bis endlich das Licht draußen im Flur gelöscht wurde und Stille sich über das kleine Landkrankenhaus legte.

Nach einiger Zeit nahm ich all meinen Mut zusammen, schlüpfte aus dem Bett und schlich zur Tür. Ich öffnete sie nur einen Spaltbreit und spähte durch den Flur. Ein Lichtstreifen lag unter der geschlossenen Tür der Schwesternstation, und ein Stück weiter hinten sickerte Licht unter einer anderen, ebenfalls geschlossenen Tür hindurch. Ich stahl mich in den Flur hinaus und schob mich an der Schwesternstation vorbei zu der zweiten Tür, deren Klinke ich ganz behutsam herunterdrückte.

Das Licht im Zimmer war gedämpft. Es hatte eine seltsame, gelborange Färbung. Warm, fast verführerisch. Die Luft in dem Raum war heiß und stickig. Ein einzelnes Bett stand darin, an einer Seite flankiert von allerlei elektrischen Geräten, die über Kabel und Kanülen mit der hingestreckten Gestalt unter der Bettdecke verbunden waren. Ich drückte die Tür zu und eilte an Peters Bett.

Er hatte eine schreckliche Gesichtsfarbe: kreidebleich, mit fleckigen Schatten unter den Augen, schweißglänzend. Sein Mund hing offen, und ich sah, dass die Betttücher, die ihn bedeckten, vollkommen durchnässt waren. Ich berührte seine Stirn mit den Fingerrücken und wäre fast zurückgezuckt, so heiß war sie. Unnatürlich heiß, so als verbrenne er innerlich. Seine Augäpfel huschten unter den Lidern hin und her, seine Atmung war flach und schnell.

Als ich ihn so sah, wurde ich beinahe überwältigt von schlechtem Gewissen. Ich zog mir einen Stuhl an sein Bett, setzte mich auf die Kante und hielt seine Hand mit allem, was ich hatte. Hätte ich mein Leben für seines geben können, ich hätte es getan.

Ich weiß nicht, wie lange ich dort saß. Einige Stunden sicherlich. Aber irgendwann war ich wohl eingeschlafen, denn auf einmal berührte eine Nonne mich am Arm und führte mich, ohne ein einziges Wort des Tadels, in mein Zimmer zurück. In meinem eigenen Bett liegend, döste ich weiter, unruhig, immer zwischen Schlaf und Wachen, aufgewühlt von seltsamen Träumen über Unwetter und Sex, bis das Licht der Morgendämmerung an den Vorhängen vorbei ins Zimmer zu kriechen begann. Und dann legte sich plötzlich Sonnenlicht in schmalen ausgeglühten Streifen über das Linoleum.

Die Tür ging auf, und die Nonnen rollten einen Servierwagen mit dem Frühstück herein. Eine half mir beim Aufsitzen und sagte: »Deinem Bruder geht es gut. Das Fieber ist während der Nacht zurückgegangen. Er wird wieder gesund. Du kannst ihn nach dem Frühstück besuchen gehen.«

Ich bekam meinen Haferbrei, den Toast und den Tee gar nicht schnell genug hinunter.

Peter lag immer noch flach auf dem Rücken, als ich sein Zimmer betrat. Aber jetzt hatte sein Gesicht wieder etwas Farbe, und die Schatten unter seinen Augen waren blasser geworden. Er drehte den Kopf zu mir, als ich den Stuhl an sein Bett zog. Sein Lächeln war noch etwas käsig, aber er freute sich aufrichtig, mich zu sehen. Ich hatte befürchtet, er würde mir nie verzeihen. Er sagte: »Es tut mir leid, Johnny.«

Tränen kribbelten mir in den Augen. »Wieso denn? Es gibt nichts, was dir leid tun müsste, Peter.«

»Das ist alles meine Schuld.«

Ich schüttelte den Kopf. »Gar nichts ist deine Schuld, Peter. Wenn jemandem ein Vorwurf zu machen ist, dann mir.«

Er lächelte. »Da war eine Frau, die hat die ganze Nacht an meinem Bett gesessen.«

Ich lachte. »Nein, das war ich, Peter.«

Er schüttelte den Kopf. »Nein, Johnny. Es war eine Frau. Sie saß genau da auf dem Stuhl.«

»Dann eben eine von den Nonnen.«

»Nein, das war keine Nonne. Ich konnte ihr Gesicht nicht richtig sehen, aber sie hatte so eine Jacke an, kurz und grün, und einen schwarzen Rock. Sie hat die ganze Nacht meine Hand gehalten.«

Schon damals war ich immerhin schlau genug, um zu wissen, dass man bei hohem Fieber manchmal phantasiert. Dass man Dinge sieht, die gar nicht da sind. Ich war es ja gewesen, der seine Hand gehalten hatte, und bestimmt waren die Nonnen ein und aus gegangen. Das alles hatte sich in seinen Gedanken vermischt.

»Sie hatte wunderschöne Hände, Johnny. So lange weiße Finger. Verheiratet war sie auch. Kann also gar keine Nonne gewesen sein.«

»Woher weißt du, dass sie verheiratet war?«

»Sie hatte einen Ring am Ringfinger. So einen hab ich vorher noch nie gesehen. Aus irgendwie verdrehtem Silber, wie Schlangen, die sich umeinander winden.«

In diesem Moment standen mir wohl alle Haare am Körper zu Berge. Peter konnte nicht wissen, dass unsere Mutter mir ihren Ring gegeben hatte. Auch nicht, dass ich ihn in einer Socke in dem Säckchen an meinem Bettende versteckt hatte. Er hatte nie erfahren, dass der Ring im Ofen gelandet war, zusammen mit den anderen Sachen, die Mr Anderson an jenem Tag ins Feuer geworfen hatte.

Ganz ausschließen lässt sich wohl nicht, dass irgendeine frühe Kindheitserinnerung an den Ring bei ihm haften geblieben war, bestimmt hatte er ihn mal an der Hand meiner Mutter gesehen. Ich glaube aber, dass das, was er in dieser Nacht sah, mit verschütteten Erinnerungen oder Fieberphantasien nichts zu tun hatte. Ich glaube, dass meine Mutter in den kritischen Stunden seiner Lungenentzündung bei ihm saß, ihm von jenseits des Grabes den Willen zu leben eingegeben hatte. Dass sie eingesprungen war, um das Vakuum zu füllen, das entstanden war, weil ich mein Versprechen, immer auf ihn aufzupassen, nicht gehalten hatte.

Und diese Schuld werde ich mit ins Grab nehmen.

Es dauerte noch etliche Tage, bis sie uns nach Hause ließen, mein Arm natürlich immer noch in Gips. Ich hatte es nicht eilig, fürchtete mich vor der Bestrafung, die mit Sicherheit auf uns wartete. Der Ausdruck auf Donald Seamus' Gesicht, als wir aus der Erdspalte gezogen worden waren, stand mir noch lebhaft vor Augen.

Er erschien mit seinem alten Transporter vor dem Herz-Jesu-Hospital, schob die Seitentür auf und ließ uns auf die Rücksitze steigen. Schweigend fuhren wir die zwanzig Minuten bis nach Ludagh. Auf der Fähre erkundigte Neil Campbell sich nach uns beiden, worauf Donald Seamus ein paar Worte mit ihm wechselte, doch mit uns sprach er weiterhin nicht. Als wir in Haunn auf den Anleger stiegen, sah ich Ceit in der Tür des O'Henley-Crofts, eine winzige Gestalt in Blau auf dem Hang. Sie winkte, aber ich traute mich nicht, zurückzuwinken.

Donald Seamus scheuchte uns den Hügel hinauf zum Hof, wo Mary-

Anne uns im Haus erwartete. Unser Abendessen stand auf dem Herd, die Luft im Zimmer war erfüllt von leckeren Düften. Als wir in der Küchentür erschienen, drehte sie sich um und musterte uns gründlich, aber auch sie richtete kein Wort an uns, sondern wandte sich gleich wieder ihren Töpfen zu.

Die ersten gesprochenen Worte waren das Tischgebet, mit dem wir dem Herrn für das Essen auf unseren Tellern dankten, und dann servierte Mary-Anne eine Mahlzeit, die eines Königs würdig gewesen wäre. Ich kannte mich damals nicht gerade gut in der Bibel aus, fühlte mich aber an die Geschichte von dem verlorenen Sohn erinnert, der von seinem Vater zu Hause willkommen geheißen wird, als wäre nichts geschehen. Wir verschlangen die dicke, heiße Gemüsesuppe und wischten unsere Teller mit weichen, von einem frischen Laib gebrochenen Stücken Brot aus. Danach gab es einen Fleischeintopf mit gekochten Kartoffeln und zum Nachtisch noch Brotpudding. Ich weiß nicht, ob ich in meinem Leben je wieder mit solchem Genuss gegessen habe.

Hinterher stieg ich in meine Latzhose und die Gummistiefel und ging hinaus, um die Tiere zu füttern, die Hühner und das Pony. Gar nicht so einfach, wenn der linke Unterarm in Gips steckt. Aber es war schön, wieder da zu sein. Und vielleicht war es zum ersten Mal nach anderthalb Jahren sogar ein bisschen wie zu Hause. Ich strich noch eine Weile über den Hof, hielt Ausschau nach Morag. Sie hatte mich doch bestimmt vermisst, dachte ich, befürchtete insgeheim allerdings aber, sie hätte mich in meiner Abwesenheit doch vergessen. Ich konnte Morag nirgendwo finden, und nach einer halben Stunde vergeblicher Suche ging ich zum Haus zurück.

Donald Seamus saß in seinem Sessel neben dem Ofen und rauchte seine Pfeife. Er drehte sich um, als die Tür aufging.

»Wo ist Morag?«, sagte ich.

Er sah mich mit einem komischen dumpfen Blick an. »Die hast du gerade gegessen, Junge.«

Ich ließ mir ihm gegenüber nicht anmerken, wie sehr seine Grausamkeit mich traf, und verwischte die Spur der Tränen, die ich in der Nacht still und leise unter der Bettdecke vergoss. Aber er war noch nicht fertig mit mir.

Am nächsten Tag nahm er mich mit in den Schuppen, in dem die Schafe geschlachtet wurden. Ich weiß nicht, was es mit dieser alten Hütte mit dem verrosteten Blechdach auf sich hatte, aber hatte man sie betreten, wusste man sofort Bescheid. Hier regierte der Tod. Ich hatte bis dahin noch nicht gesehen, wie ein Schaf geschlachtet wird, aber Donald Seamus war entschlossen, das zu ändern. »Tiere sind zum Essen da«, sagte er. »Nicht für Sentimentalitäten.«

Er zerrte ein junges Schaf in den Schuppen und zog es vorn hoch, sodass es auf den Hinterbeinen stand. Ich musste das zappelnde Tier an den Hörnern festhalten, während er einen Eimer davor hinstellte und im nächsten Moment ein langes scharfes Messer zückte, dessen Klinge aufblitzte, als sie das Licht aus dem winzigen Fenster auffing. Mit einer schnellen kurzen Bewegung zog er das Messer über die Halsschlagader, und das Blut sprudelte in den Eimer.

Ich dachte, das Tier würde mehr Widerstand leisten, aber es gab sein Leben fast augenblicklich verloren und sah mich nur stumm aus großen hoffnungslosen Augen an, bis alles Blut herausgeströmt war und das Licht in ihnen erlosch.

Den gleichen Blick sah ich in Peters Augen in der Nacht an Charlies Strand, als auch ihm die Kehle durchgeschnitten wurde.

Der Junge, der dasitzt, sieht mich an, als wartete er darauf, dass ich etwas sage. Seltsam, irgendwie sehe ich mich selbst in seinen Augen, und ich greife nach seiner Hand und halte sie. Verfluchte Tränen! Die lassen alles verschwimmen. Ich fühle, wie er meine Hand drückt, und alles, was mein Leben ausmacht und je ausgemacht hat, ist in schwarze Verzweiflung getaucht.

»Es tut mir leid, Peter«, sage ich. »Es tut mir so leid.«

SECHSUNDZWANZIG

Der alte Friedhof mit den von Flechten bewachsenen Mauern war bis zum letzten Platz gefüllt, weshalb gerade ein neuer angelegt wurde, gleich nebenan auf einem Stück Machair, das sich den Hügel hinauf zur Kirche erstreckte.

Fin stellte sein Auto ab und ging zwischen den Grabsteinen auf dieser erweiterten Heimstatt der Toten umher. Der Tod war ein Massenphänomen, sogar auf so einer winzigen Insel. Kreuze wuchsen aus dem Boden, ein krasser Anblick in dieser baumlosen Landschaft. So viele Menschen, die von einem Leben in ein anderes übergegangen waren. Alle im Schatten der Kirche, in der sie einst gebetet hatten. Einer Kirche, für die Fischer aufgekommen waren. Einer Kirche mit dem Bug eines Bootes unter dem Altartisch.

Auf der anderen Seite des Zauns stand ein moderner Bungalow mit einem Wintergarten an der Rückseite, der auf den Sund hinausging. Aber es handelte sich nicht um ein privates Wohnhaus. Ein auf der Giebelseite angebrachtes rotes Brett und ein ovales Schild an der Wand der Rampe, die zum Seiteneingang führte, wiesen das Gebäude als einen Pub aus, genannt *Am Politician.* In ausgezeichneter Lage, diese Bar für die Toten, dachte Fin, auf halber Strecke zwischen Kirche und Friedhof, praktisch zumindest für die Trauernden. Eine Gelegenheit, allen Kummer zu ertränken.

Auf dem Parkplatz stand ein pinkfarbenes Mercedes-Cabrio. Ein Yorkshire-Terrier, die Vorderpfoten an die Fensterscheibe gestützt, kläffte ihn von innen wie wild an, als er an dem Wagen vorüberging.

Im Pub war es ruhig, nur eine Handvoll Kunden hielten sich an diesem Spätnachmittag an ihren Getränken fest. Fin bestellte ein Bier bei der gesprächigen Frau am Tresen, die es sich nicht nehmen ließ, ihm zu erläutern, dass der Pub seinen Namen von dem Frachtschiff *The Politi-*

cian hatte, das im Krieg auf dem Weg in die Karibik vor Eriskay gesunken war.

»Natürlich«, sagte sie, »weiß jeder, der Compton Mackenzies *Whiskyschiff* gelesen hat, dass die *Politician* unter anderem 28 000 Kisten mit gutem Malt-Whisky geladen hatte. Und dass die Inselbewohner die nächsten sechs Monate damit verbrachten, die zu ›bergen‹ und vor dem Steuereintreiber zu verstecken.«

Sie zeigte ihm drei Flaschen, die angeblich aus dem Wrack stammten, alle noch mit Whisky gefüllt, und Fin fragte sich, wie oft sie die Geschichte wohl schon erzählt hatte.

Er trank einen Schluck von seinem Bier und wechselte das Thema. »Der Strand auf der Westseite der Insel«, sagte er. »Hinter dem Friedhof.«

»Ja?«

»Aus welchem Grund könnte jemand ihn Charlies Strand nennen?«

Die Frau zuckte mit den Achseln. »Hab ich noch nie gehört.« Sie wandte sich zu einer älteren Frau um, die allein für sich im Wintergarten saß und auf die Meerenge hinausschaute, während sie mit ihrem Gin Tonic herumspielte. »Morag«, rief sie ihr zu, »hast du schon mal gehört, dass der Strand da unten als Charlies Strand bezeichnet wird?«

Morag drehte sich um, und Fin begriff, dass sie zu ihrer Zeit eine bemerkenswerte Frau gewesen sein musste. Sie hatte markante Gesichtszüge und eine glatte, sonnengebräunte Haut, umrahmt von einem Wust dichter, blond gefärbter Haare, die sie wie eine Frau von vielleicht Mitte fünfzig erscheinen ließen, obwohl sie, bei genauerem Hinsehen, wohl eher auf die siebzig zuging. An beiden Handgelenken baumelten silberne und goldene Armreifen, die Finger waren mit Ringen bestückt, und als sie einen Schluck von ihrem Gin Tonic nahm, hielt sie das Glas in einer eleganten, mit langen grellrosa Fingernägeln geschmückten Hand. Sie trug eine gemusterte Bolero-Jacke über einer weißen Bluse und einen blauen, aus mehreren Lagen eines transparenten Stoffs gefertigten Rock. So eine Frau würde man an einem solchen Ort zu allerletzt erwarten.

Sie sandte ein strahlendes Lächeln in Richtung Theke. »Ich habe keine

Ahnung, *a ghràidh*«, sagte sie auf Englisch, jedoch ergänzt um den gälischen Kosenamen. »Aber wenn ich raten sollte, würde ich sagen, der Name kommt wahrscheinlich daher, dass hier die französische Fregatte *Le Du Teillay* Bonnie Prince Charlie und die sieben Männer von Moidart an Land setzte, damit sie ein Heer aufstellen konnten für die jakobitische Erhebung gegen die Engländer im Jahre '45.«

»Das hab ich nicht gewusst«, sagte die junge Frau.

Morag schüttelte den Kopf. »Euch Kindern wird heute in der Schule ja auch nichts mehr beigebracht. Es heißt, Charlie hätte in einer kleinen Bucht namens *Coilleag a' Phrionnsa*, das Tal des Prinzen, Schutz gesucht.« Sie richtete ausdrucksvolle braune Augen auf Fin. »Wer interessiert sich denn dafür?«

Fin schnappte sich sein Glas und ging in den Wintergarten und schüttelte ihr die Hand. »Fin Macleod. Ich versuche die Familie ausfindig zu machen, die früher auf dem Croft direkt unterhalb Ihres Hauses gelebt hat.«

Sie zog überrascht die Augenbrauen hoch. »Oh, Sie wissen also, wer ich bin?«

Er lächelte. »Erst seit ich auf der Insel bin, vorher hatte ich keine Ahnung. Aber es dauerte nicht lange, bis jemand es mir sagte. Ich rate einfach mal, und es hat auch nichts mit dem rosa Mercedes auf dem Parkplatz zu tun. Sie sind die Schauspielerin Morag McEwan?«

Sie strahlte. »Gut geraten, *a ghràidh*. Sie hätten Polizist werden sollen.«

»War ich mal.« Er grinste. »Anscheinend müsste ich Sie aus dem Fernsehen kennen.«

»Nicht jeder ist ein Sklave der Glotze.« Sie trank einen Schluck Gin. »Sie *waren* Polizist?«

»Heute einfach nur noch Fin Macleod.«

»Nun, *a ghràidh*, ich bin hier aufgewachsen zu Zeiten, als die Höfe alle noch bewirtschaftet wurden. Wenn Ihnen also irgendwer erzählen kann, was Sie wissen möchten, dann bin ich das.« Sie leerte ihr Glas und erhob sich steif, als plötzlich ihre Hand zur Seite schoss und sich auf seinen

Arm stützte. »Verdammtes Rheuma! Kommen Sie mit zu mir, Mr Fin Macleod, ehemaliger Polizist, und ich schenke Ihnen einen oder drei Glas ein, während ich berichte.« Sie beugte sich vertraulich zu ihm, gab sich allerdings nicht die geringste Mühe, die Stimme zu dämpfen. »Der Schnaps ist dort billiger.«

Draußen sagte sie: »Lassen Sie Ihr Auto ruhig stehen, Sie können mit mir mitfahren. Zurück können Sie ohne weiteres laufen.« Als sie in ihren rosa Mercedes einstieg, wurde sie von dem Terrier begeistert begrüßt. Und als Fin sich auf den Beifahrersitz schob, sagte sie: »Das ist Dino. Dino, sag Fin guten Tag.« Der Hund sah ihn an und sprang Morag, als sie den Motor startete und das Verdeck herunterließ, auf den Schoß. »Er mag es, wenn ihm der Wind ins Gesicht bläst. Und wenn die Sonne schon mal scheint, tut sie ja selten genug, wäre es doch eine Schande, das Verdeck geschlossen zu lassen, finden Sie nicht auch?«

»Unbedingt.«

Sie zündete sich eine Zigarette an. »Verfluchte Gesetze. Man kann nicht mal mehr ein Glas trinken und dazu eine rauchen, außer bei sich zu Hause.« Sie zog den Rauch tief in die Lunge und atmete ihn genüsslich wieder aus. »So ist es schon besser.«

Knirschend legte sie den ersten Gang ein, ließ den Wagen wie ein Känguru auf das Tor zu hüpfen und verfehlte den Seitenpfosten nur um Haaresbreite, als sie das Steuer herumriss und auf die bergauf führende Straße einbog. Dino hatte es sich auf ihrem rechten Arm bequem gemacht und hielt die Nase durchs offene Fenster in den Wind, während Morag mit der Zigarette und dem Schaltknüppel jonglierte und recht sportlich in Richtung Grundschule und der zur Kirche abzweigenden Straße steuerte. Fins Hände suchten instinktiv Halt an den Seiten seines Sitzes und klammerten sich so krampfhaft fest, dass die Fingerknöchel weiß und die Arme steif vor Anspannung wurden. Morag bekam das nicht mit, sie scherte bei jedem Wechsel des Gangs mal nach links, mal nach rechts aus. Ihre Zigarettenasche und der Rauch aus ihrem Mund wurden vom Luftzug fortgerissen.

»Der Mercedeshändler sagte, Rosa würden sie nicht machen, als ich sagte, welche Farbe ich haben möchte«, sagte sie. »Ich: Natürlich machen Sie das. Ich hab denen meine Nägel gezeigt und eine Flasche Nagellack dagelassen, damit sie den Ton richtig hinbekommen. Als der Wagen ausgeliefert wurde, sagte ich: Sehen Sie, alles ist möglich.« Sie lachte, und Fin wünschte sich, sie behielte lieber die Straße im Blick, anstatt beim Reden ständig ihn anzusehen.

Sie erreichten die Hügelkuppe, erhöhten noch einmal das Tempo auf der Abfahrt zum Hafen in Haunn, schwenkten im letzten Moment nach rechts, um die kleine Bucht zu umrunden, und bogen auf die neue Auffahrt ein, die zu Moragς großem weißen Haus führte. Ratternd überquerten sie einen Weiderost und stoben knirschend über Granitsplitt, der mit bunten Glaskügelchen durchsetzt war.

»Die funkeln nachts, wenn die Lampen brennen«, sagte Morag, als sie sich mit Dino aus dem Fahrersitz schälte. »Es ist, als wandelte man über Licht.«

Gipsstatuen nackter Frauen bewachten die Stufen zur Terrasse, im Garten stand oder lag lebensgroßes Rotwild, und eine bronzene Meerjungfrau lagerte dekorativ auf Felssteinen, die einen kleinen Teich umgaben. Fin erblickte Neonröhren, unterhalb des Drahtzauns aufgereiht, Terrakottafliesen inmitten von Heidekrautbüscheln und einige wenige winterharte Ziersträucher, denen der Wind offenbar nichts anhaben konnte. Windspiele ertönten überall am Haus, eine immerwährende Kakophonie aus Bambus und Stahl.

»Kommen Sie rein.«

Fin folgte Morag und Dino in eine Diele, von der aus eine breite, mit einem dicken Tartan-Teppichboden bespannte Treppe in den ersten Stock führte. Die Wände waren vollgehängt mit Drucken von Maiblumen und Madonnen, Hafenansichten und Heiligen. Kitschige Nippes standen auf griechischen Säulen, und ein geschmeidiger silberner Gepard in Originalgröße lagerte gleich hinter dem Durchgang zum Wohnzimmer und der Bar, einem Raum, auf beiden Seiten von Panoramafenstern gesäumt und mit einer Terrassentür an der Rückseite. Alle verfügbaren Flächen, ob Regale, Tische oder der Bartresen, waren mit

Porzellanfiguren, verspiegelten Schmuckkästchen, Lampen oder Löwen vollgestellt. In dem Fliesenboden konnte man sich beinahe spiegeln.

Morag warf ihre Jacke auf einen Ledersessel und schlüpfte hinter die Bar, um ihnen Getränke einzuschenken. »Bier? Whisky? Oder etwas Exotischeres?«

»Ein Bier reicht völlig.« Fin hatte sein Glas im *Am Politician* nicht einmal halb ausgetrunken. Er nahm sein schäumendes Bier entgegen und schlenderte zwischen dem Krimskrams hindurch zur Terrassentür, von der aus man über den Sund nach Norden in Richtung South Uist blickte. Direkt unterhalb lag die kleine Bucht mit dem winzigen Hafen und dem Anleger für die Boote, die zwischen hier und Ludagh verkehrt hatten, bevor durch den Bau von Straßen die Einrichtung einer Autofähre nötig geworden war. »Sind Sie hier geboren?«

»Nein, aber die meiste Zeit hier aufgewachsen.«

Fin drehte sich um, als sie gerade einen kräftigen Schluck von ihrem Gin Tonic trank. Das Eis in ihrem Glas klang wie die Windspiele im Garten. »Und wie kommt ein Mädchen aus Eriskay dazu, eine berühmte Schauspielerin zu werden?«

Sie lachte schallend. »Berühmt, na, ich weiß ja nicht«, sagte sie, »aber wenn ein Mädchen aus Eriskay noch etwas anderes sein möchte als ein Mädchen aus Eriskay, muss es zuerst einmal die Insel verlassen.«

»Wie alt waren Sie, als Sie weggegangen sind?«

»Siebzehn. Ich bin an die Königlich-Schottische Akademie für Musik und Schauspiel in Glasgow gegangen. Ich wollte schon immer Schauspielerin werden, wissen Sie. Spätestens seit einmal ein Film über Eriskay im Gemeindesaal gezeigt wurde. Und das war noch nicht mal ein Spielfilm, sondern eine Dokumentation, die irgendein Deutscher in den dreißiger Jahren gedreht hatte. Aber die Menschen auf der großen Leinwand zu sehen, das hatte etwas. Einen bestimmten Zauber. Und, ich weiß nicht, es verlieh ihnen so etwas wie Unsterblichkeit. Das wollte ich auch.« Sie kam kichernd hinter dem Tresen hervor und ließ sich auf dem Sofa nieder. Dino sprang ihr sofort auf die Knie. »Ich war richtig aufgeregt, als ein Lehrer in der Schule einmal ankündigte, er würde bei sich zu Hause

Filme vorführen. Das war gleich, nachdem die Elektrizität auf die Insel kam, und wir haben uns alle in sein Wohnzimmer gezwängt. Einen Penny pro Nase hat er uns abgenommen, ehrlich wahr, und dann Dias von seinem Urlaub in Inverness vorgeführt. Das muss man sich mal vorstellen!« Sie lachte schallend, und Dino hob den Kopf und bellte zweimal.

Fin lächelte. »Sind Sie zu Besuch hier gewesen?«

Sie schüttelte energisch den Kopf. »Nein, nie. Ich hab jahrelang am Theater gearbeitet, in Glasgow und Edinburgh, und zur Weihnachtszeit haben wir überall in Schottland Gastspiele gegeben. Dann bekam ich mein erstes Rollenangebot von Robert Love vom Schottischen Fernsehen, und von da an ging es richtig voran. Danach bin ich nach London gegangen. Hab viele Probeaufnahmen gemacht, ein paar Rollen auch bekommen und als Kellnerin gearbeitet, um die Zeiten ohne Engagement zu überbrücken. Alles in allem kam ich zurecht, könnte man wohl sagen. Der ganz große Erfolg ist aber ausgeblieben.« Ein weiterer Schluck Gin erlaubte ihr einen Moment der Besinnung. »Das heißt, bis mir eine Rolle in *The Street* angeboten wurde. Das kam vielleicht ein bisschen spät im Leben, aber über Nacht war ich eine große Nummer. Keine Ahnung, wieso. Die Leute mochten die Figur, die ich verkörperte.« Sie lachte kichernd. »Mein Name wurde sozusagen zum Begriff. Und die zwanzig Jahre des Ruhms, die folgten, und die damit verbundenen fabelhaften Einkünfte haben all das hier ermöglicht.« Mit einer breiten Handbewegung zeigte sie auf ihr Reich. »Ein sehr komfortabler Ruhestand.«

Fin betrachtete sie nachdenklich. »Was hat Sie veranlasst, hierher zurückzukommen?«

Sie sah ihn wieder an. »Sie sind doch Insulaner, oder?«

»Ja. Von Lewis.«

»Dann kennen Sie den Grund. Irgendetwas haben die Inseln, *a ghràidh*, das einen am Ende doch heimzieht. Ich hab mir schon ein Grab auf dem Friedhof hinter dem Hügel reservieren lassen.«

»Waren Sie mal verheiratet?«

Ihr Lächeln hatte einen Anflug von Traurigkeit. »Sehr verliebt einmal, aber nie verheiratet.«

Fin sah zu den Seitenfenstern, durch die man den Hügel überblicken konnte. »Sie kannten die Leute also, die auf dem Croft da unten lebten?«

»Ja, das stimmt. Da hat die Witwe O'Henley gewohnt, als ich Kind war. Sie und ein junges Mädchen namens Ceit, die mit mir in eine Klasse gegangen ist. Sie war bei ihr in Stellung.«

Fin runzelte die Stirn. »In Stellung? Wie darf ich das verstehen?«

»Das waren Jungen oder Mädchen, die aus dem Heim kamen, *a ghràidh*. Die gab es zu Hunderten. Sie wurden von den Gemeinden und der katholischen Kirche aus Waisenhäusern und städtischen Heimen geholt und hierher auf die Inseln verfrachtet. An völlig fremde Leuten übergeben, einfach so. Kontrollen gab es damals nicht. Die Kinder wurden in Lochboisdale von der Fähre geladen und mussten mit einem Schild um den Hals, auf dem ein Familienname stand, auf dem Pier warten, bis jemand sie abholen kam. Die Grundschule oben auf dem Hügel war voll von diesen Kindern. Einmal waren es fast hundert.«

Fin war schockiert. »Davon höre ich zum ersten Mal.«

Morag zündete sich eine Zigarette an und paffte beim Sprechen munter weiter. »Doch, das ging bis in die sechziger Jahre hinein. Ich hab mal einen Priester sagen hören, es sei gut, frisches Blut auf den Inseln zu haben nach den vielen Generationen der Inzucht. Das war wohl auch der Plan, den man damit verfolgte. Obwohl es nicht nur Waisenkinder waren, wissen Sie. Manche kamen auch aus zerrütteten Familien. Aber es gab kein Zurück. Wenn man erst einmal hier gelandet war, wurden alle Verbindungen zur Vergangenheit gekappt. Kontakt zu den Eltern oder der Familie zu halten war verboten. Arme Kinder. Manche haben Schreckliches erlebt. Wurden geschlagen oder noch Schlimmeres. Die meisten mussten praktisch Sklavenarbeit leisten. Nur wenige hatten etwas mehr Glück, so wie ich zum Beispiel.«

Fin zog eine Augenbraue hoch. »Sie waren in Stellung?«

»O ja, Mr Macleod. Untergebracht bei einer Familie in Parks, auf der anderen Seite der Insel. Die sind natürlich längst gestorben. Sie hatten keine eigenen Kinder, wissen Sie. Im Unterschied zu vielen anderen habe ich aber gute Erinnerungen an die Jahre, die ich hier verbracht habe.

Deshalb war es für mich auch kein Problem, hierher zurückzukehren.« Sie leerte ihr Glas. »Ich könnte noch einen kleinen Schluck vertragen. Wie ist es mit Ihnen?«

»Nein, danke.« Fin hatte sein Bier kaum angerührt.

Morag hob Dino von ihren Knien herunter, stand vom Sofa auf und ging an die Bar und schenkte sich nach. »Natürlich waren es nicht nur die Einheimischen, die den Kindern das Leben schwermachten. Es gab auch Zugezogene. Hauptsächlich Engländer. Zum Beispiel der Direktor der Schule in Daliburgh.« Sie lächelte. »Der verstand sich als jemand, *a ghràidh*, der den Leuten hier die Zivilisation brachte, und hat als Erstes gleich die *Gillean Cullaig* untersagt.«

»Was ist das?«

»So wurde der alte Brauch genannt, bei dem Gruppen von Jungen am Silvesterabend durch die Nachbarschaft gingen und alle Häuser mit einem Gedicht segneten und dafür mit Broten und Scones, Kuchen und Obst beschenkt wurden. Das kam alles in die weißen Mehlsäcke, die sie mit sich trugen. Das wurde schon seit Jahrhunderten gemacht. Mr Bidgood war aber der Meinung, es hätte einen Beigeschmack von Bettelei, und hat eine Anordnung erlassen, die seinen Schülern die Teilnahme verbot.«

»Und haben sich alle daran gehalten?«

»Die meisten schon. Aber einen Jungen gab es in meiner Klasse, Donald John. Er war in Stellung. Lebte bei der Familie Gillies, Bruder und Schwester, drüben auf der anderen Seite des Hügels. Er hat sich dem Verbot widersetzt und ist mit den Älteren mitgegangen. Als Bidgood davon erfuhr, hat er den Jungen mit der Tawse windelweich geprügelt.«

Fin schüttelte den Kopf. »Das hätte er von Rechts wegen gar nicht gedurft.«

»Ach, zu der Zeit konnten die noch machen, was sie wollten. Aber Donald Seamus, das war der Mann, bei dem Donald John lebte, hat sich das nicht gefallen lassen. Er ist in die Schule gekommen und hat dem Direktor die Scheiße aus dem Leib geprügelt. Entschuldigen Sie meine Ausdrucksweise. Noch am selben Tag hat er Donald John aus der Schule genommen, und zwar für immer.« Sie lächelte. »Keinen Monat später ist Bidgood mit eingezogenem Schwanz nach England zurückgegangen.« Sie lächelte: »War schon ein buntes Leben damals.«

Fin schaute sich um und fand ihr Leben immer noch recht bunt. »Wissen Sie zufällig, was aus Ceit geworden ist?«

Morag zuckte mit den Achseln und trank erst einmal einen Schluck Gin. »Leider überhaupt nicht, *a ghràidh*. Sie hat die Insel nicht lange vor mir verlassen und ist, soweit ich weiß, nie zurückgekehrt.«

Wieder eine Sackgasse.

Als Fin sich zum Aufbruch rüstete, hatten sich düstere Wolken über der gesamten westlichen Bucht zusammengezogen. Ein steifer Wind war aufgekommen und führte erste Regentropfen mit sich. Noch weiter im Westen, hinter den Wolken, ließ die am Horizont sinkende Sonne flüssiges Gold aufs Meer tröpfeln.

Morag sagte: »Ich bringe Sie lieber mit dem Auto zurück, *a ghràidh*. Sieht so aus, als könnten Sie in einen Regenguss geraten. Ich mach nur schon mal das Garagentor auf, damit ich direkt reinfahren kann, wenn ich wiederkomme.«

Sie tippte einen Zahlencode in ein Steuergerät neben dem Tor, worauf es langsam aufklappte und unter dem Dach verschwand. Als sie in den Mercedes einstiegen, entdeckte Fin vor der Rückwand der Garage ein altes Spinnrad. »Sie spinnen keine Wolle, oder doch?«, sagte er.

Sie lachte. »Bewahre, nein. Nicht gestern, nicht heute, nicht morgen.« Nachdem Dino auf ihren Schoß gesprungen war, schloss sie die Tür, ließ aber diesmal das Verdeck zu. Der Hund schnüffelte, jaulte und rieb mit seiner nassen Nase so lange über das Fenster, bis sie es schließlich ein Stück herabließ und Dino seinen Stammplatz auf ihrem Arm einnehmen und das Gesicht in den Wind halten konnte. Als sie die Auffahrt hinabrollten, sagte sie: »Das ist ein altes Spinnrad, das ich instand setzen lassen will. Es wird sich im Esszimmer gut machen. Eine Erinnerung an alte Zeiten. Alle Frauen hier haben Wolle gesponnen, als ich klein war. Sie haben sie eingefettet und Decken, Strümpfe und Pullover für die Männer daraus gestrickt. Damals waren ja die meisten Männer Fischer, fünf Tage in der Woche auf See, und die aus der eingefetteten Wolle gestrickten Eriskay-Pullover waren so wasserdicht wie die Regenbekleidung heute. Alle Männer haben sie getragen.«

Am Ende der Zufahrt riss sie, als sie an ihrer Zigarette zog, das Steuer herum und verfehlte den Pfosten nur um Haaresbreite.

»Alle Frauen hatte ihr eigenes Muster, wissen Sie. Üblicherweise von der Mutter an die Tochter weitergegeben. Jedes so individuell und unverwechselbar, dass man, wurde eine männliche Leiche aus dem Meer gezogen, sie fast immer anhand des Strickmusters des Pullovers identifizieren konnte, auch wenn der Betreffende schon stark verwest war. Das Muster war so gut wie ein Fingerabdruck.«

Sie winkte dem alten Mann mit dem Hund zu, mit dem Fin früher am Tag schon gesprochen hatte, und der Mercedes wäre beinahe im Graben gelandet. Morag aber schien unbekümmert.

»Wir haben hier auf der Insel einen alten Priester im Ruhestand, der sich ein bisschen als Historiker betätigt.« Sie lachte. »Gibt sonst ja auch nicht viel, womit sich ein Junggeselle an langen Winterabenden beschäftigen könnte.« Sie warf Fin einen schalkhaften Blick zu. »Jedenfalls ist der so etwas wie ein Experte, was die alten Eriskay-Strickmuster angeht. Hat eine Sammlung von Fotos und Zeichnungen, wie ich gehört habe. Die soll hundert Jahre und mehr zurückreichen.«

Als sie die Hügelkuppe erreichten, schaute sie neugierig zu ihrem Fahrgast hinüber. »Sie sind recht schweigsam, Mr Macleod.«

Es war ja auch nicht leicht, zwischendurch mal zu Wort zu kommen, dachte Fin im Stillen. Sagte aber nur: »Sie haben so viel zu erzählen, Morag, und ich höre Ihnen gern zu.«

Nach einer Weile sagte sie: »Was für ein Interesse haben Sie an den Leuten, die auf dem O'Henley-Croft lebten?«

»Es ist eigentlich nicht Frau O'Henley selbst, für die ich mich interessiere, Morag. Ich suche Hinweise auf die Herkunft eines alten Mannes, der jetzt auf Lewis lebt. Ich glaube, er könnte von Eriskay stammen.«

»Nun, vielleicht kenne ich ihn. Wie heißt er?«

»Oh, der Name würde Ihnen nichts sagen. Er nennt sich heute Tormod Macdonald. Aber das ist nicht sein richtiger Name.«

»Und wie lautet der?«

»Ebendas weiß ich nicht.«

Der Regen setzte ein, als Fin von Ludagh aus nach Norden fuhr, und fegte vom offenen Meer über den Machair nach Westen. Zunächst fielen nur vereinzelte große dicke Tropfen, dann aber traf die Verstärkung ein und zwang Fin, den Scheibenwischer auf doppelte Geschwindigkeit zu stellen. Bei Daliburgh bog er auf die Straße nach Lochboisdale ab und bekam den Gedanken nicht aus dem Kopf, dass Moragş Geschichte von den Eriskayer Strickmustern vielleicht seine letzte Chance war, der wahren Identität von Marsailis Vater auf die Spur zu kommen. Eine sehr geringe Chance allerdings.

Das Hotel von Lochboisdale lag auf einer Anhöhe über dem Hafen, im Windschatten des Ben Kenneth. Es war ein altes inseltypisches Gebäude, weiß getüncht, mit modernen Anbauten und einem Speisesaal mit Ausblick über die Bucht. Am dunklen Empfangstresen stand eine junge Frau, die einen Tartan-Rock trug. Sie händigte Fin den Schlüssel zu einem Einzelzimmer aus und bestätigte, dass das Haus in der Tat über ein Faxgerät verfüge. Fin notierte sich die Nummer, bevor er die Treppe zu seinem Zimmer hinaufstieg.

Von seinem Mansardenfenster blickte er im Dämmerlicht auf den Pier hinunter, als die CalMac-Fähre aus Oban mit ihren roten Zwillingsschornsteinen aus dem Regen auftauchte, langsam an die Rampe heranglitt und das Tor zum Autodeck herabließ. Winzige Gestalten in gelben Öljacken trotzten dem Wetter und winkten die Autos heraus, und Fin fragte sich, wie es wohl für die armen, völlig verunsicherten Kinder gewesen sein mochte: herausgerissen aus allem, was ihnen vertraut war, und hier abgekippt, auf diesem Pier, einem unbekannten Schicksal ausgesetzt. Und ihn ergriff großer Zorn auf die Menschen, die das aus religiösen und politischen Gründen angeordnet hatten.

Wer hatte, abgesehen von den unmittelbar Beteiligten, damals davon gewusst? Warum hatte es, heute undenkbar, nie Berichte in der Presse darüber gegeben? Wie hätte die Öffentlichkeit reagiert, wenn sie unterrichtet gewesen wäre? Seine eigenen Eltern wären empört gewesen, da war er sich sicher. Sein Zorn steigerte sich noch bei diesem Gedanken. Der Zorn eines Vaters. Und der Schmerz eines Waisen. Seine Fähigkeit, sich in diese unglücklichen Kinder hineinzuversetzen, war regelrecht quälend. Am liebsten hätte er, stellvertretend für sie, um sich geschlagen, ohne Rücksicht auf Verluste.

Und die Regentropfen rannen an seinem Fenster hinab wie Tränen, vergossen für all die vielen armen, verlorenen Menschen.

Er ging durchs Zimmer, in dem es inzwischen dunkel geworden war, setzte sich auf die Bettkante und fühlte, als er die Nachttischlampe einschaltete, wie Trübsal sich über ihn senkte wie ein Leichentuch. Aus der Adressenliste seines Handys rief er George Gunns Privatnummer auf und drückte auf die Wähltaste. Gunns Frau nahm ab, und Fin fiel ein, dass George ihn schon mehrfach eingeladen hatte, seine Frau und ihn zu besuchen und gemeinsam Wildlachs zu essen. Er hatte Gunns Frau immer noch nicht persönlich kennengelernt.

»Hallo, Mrs Gunn, hier ist Fin Macleod«, sagte er. »Ist George zu sprechen?«

»Oh, hallo, Mr Macleod«, sagte sie, als wären sie alte Freunde. »Einen Moment, ich hole ihn.«

Kurz darauf hörte er Gunns Stimme. »Wo stecken Sie, Mr Macleod?«

»Lochboisdale, George.«

Gunn war die Überraschung anzuhören. »Was um alles in der Welt machen Sie denn da unten?«

»Ich bin mir ziemlich sicher, dass Marsailis Vater aus Eriskay kam. Und es gibt vielleicht eine Möglichkeit, zu bestimmen, wer er war. Oder ist. Aber dafür müsste ich einen Joker ausspielen, George, und ich brauche Ihre Hilfe.«

Langes Schweigen. »Inwiefern?«

»Sind Sie schon dazu gekommen, die Zeichnungen nach dem auf der Haut der Leiche eingeprägten Deckenmuster anfertigen zu lassen?«

Noch mehr Verwunderung. »O ja. Der Zeichner war gerade heute hier.« Er machte eine Pause. »Verraten Sie mir, worum es geht?«

»Auf jeden Fall, George, sobald ich Gewissheit habe.«

Seufzen am anderen Ende der Leitung. »Sie strapazieren meine Geduld, Mr Macleod.« Fin wartete. Dann: »Was soll ich für Sie tun?«

»Faxen Sie mir die Zeichnungen bitte hierher ins Hotel nach Lochboisdale.«

SIEBENUNDZWANZIG

Schon wieder dunkel! Dauernd ist es dunkel. Ich hab geträumt. Klar und deutlich, und trotzdem kann ich mich jetzt nicht mehr erinnern, was es war. Aber wach geworden bin ich davon, das weiß ich genau.

Wie spät mag es sein? Oh. Mary hat wohl die Uhr vom Nachttisch weggeräumt. Aber bestimmt ist es schon Zeit fürs Melken. Hoffentlich hat der Regen inzwischen aufgehört. Ich ziehe den Vorhang zurück, und da läuft er die Fensterscheibe hinunter. Verflucht!

Ich brauch nicht lange, um mich anzuziehen. Und da liegt ja meine gute alte Mütze auf dem Stuhl. Hat mir all die Jahre treue Dienste geleistet. Mich bei jeder Witterung warm und trocken gehalten, und weggeflogen ist sie auch ein paarmal.

Im Flur brennt Licht, aber von Mary nichts zu sehen. Vielleicht ist sie in der Küche und macht mir Frühstück. Ich setz mich einfach an den Tisch und warte. Was gab es eigentlich gestern Abend zu essen? Hab ich vergessen, aber jetzt hab ich Hunger.

O Gott! Plötzlich fällt er mir wieder ein, dieser verfluchte Traum. Ich bin irgendwo an einem Strand entlanggelaufen, zusammen mit einem jungen Mann, und der hat mir ein kleines Medaillon gegeben, wie eine Münze an einer Kette. Und ich hab es in die Faust genommen und ins Meer geworfen. Erst als ich es versinken sah, hab ich richtig gemerkt, was es war. Der heilige Christophorus. Ceit hat ihn mir geschenkt. Ich habe es noch ganz klar vor Augen. Allerdings war es dunkel, und ich war in einer schrecklichen Verfassung.

Peter lag hinten in Donald Seamus' Transporter am Kai in Ludagh, in einen alten gestrickten Bettüberwurf gewickelt. Tot. Ein blutiges Bündel. Und in mir tobten wahre Gefühlsstürme.

Wir hatten ihn von Haunn aus in dem kleinen Ruderboot, das Donald Seamus in der Bucht liegen hatte, über den Sund geschafft. Und es war eine höllische Nacht. Ich fühlte Gottes Zorn in dem peitschenden Wind und hörte die Vorwürfe meiner Mutter in seiner Stimme. Dem Himmel sei Dank für die Lichter auf dieser Seite der Bucht, ohne sie hätten wir es nicht geschafft. Es war stockdunkel, und das Boot wurde hin und her geworfen wie ein Stück Kork. Mitunter hatte ich echt Mühe, auch nur die Riemen für den nächsten Schlag ins Wasser zu tauchen.

Dann hatten wir das in der Dunkelheit wild herumtanzende Boot am Ende des Anlegers vertäut, und Ceit musste es ja allein wieder zurückrudern. Sie wollte das natürlich nicht, und ich werde nie vergessen, wie sich mich ansah. Sie packte mich mit beiden Händen am Kragen.

»Geh nicht, Johnny.«

»Ich muss.«

»Nein! Wir können erzählen, was passiert ist.«

Aber ich schüttelte den Kopf. »Nein, das geht nicht.« Ich packte sie meinerseits an den Schultern und hielt sie fest. »Du darfst keinem etwas davon erzählen, Ceit. Niemals. Versprich es mir.« Als sie nichts sagte, schüttelte ich sie. »Versprich es mir!«

Sie wandte den Blick ab, ließ den Kopf sinken. »Versprochen.« Ihr Wort wurde vom Wind fortgerissen, fast ehe ich es gehört hatte. Ich schlang die Arme so fest um sie, dass ich Angst hatte, ich könnte ihr etwas brechen.

»Niemand würde es begreifen, wenn du es erzählst«, sagte ich. »Und ich hab jetzt einiges zu tun.« Ich hatte meine Mutter im Stich gelassen und wusste, dass ich erst wieder in Frieden würde leben können, wenn ich das in Ordnung gebracht hatte. Falls es überhaupt möglich war.

Ceit sah mich wieder an, und ich erkannte die Furcht in ihren Augen. »Lass es, Johnny. Lass es einfach auf sich beruhen.«

Aber das konnte ich nicht. Und sie wusste es selbst. Sie entwand sich meinen Armen, hob die Hände zum Nacken und hakte die Kette ihres Christophorus-Medaillons auf. Hielt es mir hin, und das Medaillon schaukelte im Wind. »Dann sollst du das hier haben.«

Ich schüttelte den Kopf. »Das kann ich nicht annehmen. Das hast du, seit ich dich kenne.«

»Nimm es!« Ihr Ton verriet mir, dass Widerspruch zwecklos war. »Es wird dich beschützen, Johnny. Und jedes Mal, wenn du es ansiehst, sollst du an mich denken. Und mich in Erinnerung behalten.«

Zögernd nahm ich das Medaillon entgegen und schloss meine Hand fest darum. Das kleine Stück von Ceit, das ich mein Leben lang mit mir tragen wollte. Sie hob die Hand, berührte mein Gesicht, so wie sie es bei jenem ersten Mal getan hatte, und küsste mich. Es war ein sanfter, süßer Kuss, voller Liebe und Trauer.

Das war das letzte Mal, dass ich sie gesehen habe. Und obwohl ich später geheiratet habe und Vater zweier wunderbarer Mädchen wurde, habe ich seitdem nie wieder geliebt.

O Gott … was hat mich bloß geritten, das Medaillon ins Meer zu werfen? Hab ich das nur geträumt oder wirklich getan? Aber warum? Warum sollte ich so etwas tun? Arme Ceit. Unwiederbringlich verloren.

Das Licht geht an, und ich muss blinzeln, so grell ist es. Eine Dame sieht mich an, als hätte ich zwei Köpfe. »Wieso sitzen Sie denn hier im Dunkeln, Mr Macdonald? Und vollständig angezogen.«

»Es ist Zeit zum Melken«, erkläre ich ihr. »Ich warte nur, dass Mary mir mein Frühstück bringt.«

»Fürs Frühstück ist es noch zu früh, Mr Macdonald. Kommen Sie, ich helfe Ihnen wieder ins Bett.«

Unsinn! Ich bin wach. Und die Kühe können nicht warten.

Sie schiebt eine Hand unter meinen Arm, um mir aufstehen zu helfen, und schaut mir forschend ins Gesicht. Ich kann erkennen, dass sie wegen irgendetwas beunruhigt ist.

»Oh, Mr Macdonald. Sie haben ja geweint.«

Ach so? Ich fasse mir ins Gesicht und fühle, wie nass es ist.

ACHTUNDZWANZIG

Das Haus des alten Priesters lag auf einem Hügel oberhalb von Charlies Strand, kurz vor der Biegung, von der aus die Straße einspurig nach Parks und Acarsaid Mhor weiterführte. Er war ein sichtlich eingefallener Mann, dieser Priester, gebeugt und geschrumpelt vom Alter und vom Wetter, doch mit einem Charakterkopf voller weißer Haare und scharfen blauen Augen, in denen noch immer eine wache Intelligenz funkelte.

Von der Tür seines alten Bauernhauses aus konnte man den Coileag a' Phrionnsa der ganzen Länge nach einsehen und hatte einen direkten Blick auf die neue, gleich unterhalb gelegene Mole sowie eine fabelhafte Aussicht auf den Sund von Barra.

Fin war am Vormittag hier eingetroffen und stand nun vor der Tür und genoss die Aussicht, während er darauf wartete, dass der alte Mann auf sein Klopfen reagierte. Sonnenstrahlen hüpften in Wellen über das kristallene Türkis der Bucht, und der Wind zerrte an seiner Kleidung.

»Ich kann mir keinen besseren Ort auf Erden vorstellen, wo man die letzten Jahre seines Lebens verbringen könnte.« Die Stimme des Priesters hatte Fin aus seinen Gedanken aufgeschreckt, er drehte sich zur geöffneten Tür um, von der der Alte auf den Sund hinausblickte. »Jeden Tag beobachte ich den Schiffsverkehr zwischen hier und Barra, und immer wieder nehme ich mir das Versprechen ab, dass ich eines Tages an Bord der Fähre gehe und einen Ausflug übers Wasser mache. Alte Freunde besuchen, bevor sie sterben. Eine wunderschöne Insel, dieses Barra. Kennen Sie sie?«

Fin schüttelte den Kopf.

»Dann sollten Sie sie schleunigst besuchen und nicht so lange zaudern wie ich. Kommen Sie rein.«

Kurz darauf beugte er sich über den Esstisch im Wohnzimmer, auf dem Zeichnungen und Fotografien, aufgeschlagene Alben voller Zeitungsausschnitte, Fotokopien und handschriftliche Listen verstreut waren. Er hatte alles gleich nach dem Anruf von Fin bereitgelegt. Die Gelegenheit, seine Sammlung zu präsentieren, bot sich ihm nicht oft. Unter einer zugeknöpften grünen Strickjacke trug er ein weißes, am Kragen offenes Hemd mit einem feinen braunen Karomuster. Die graue Flanellhose lag in Ziehharmonikafalten über den braunen Hausschuhen. Fin bemerkte die Schmutzränder unter den Fingernägeln des Mannes, der sich offenbar auch seit Tagen nicht rasiert hatte, denn seine schlaffen Wangen waren von feinen silbernen Stoppeln übersät.

»Der Eriskayer Pullover ist eines der ungewöhnlichsten kunsthandwerklichen Erzeugnisse, die man heute in Schottland findet«, sagte er.

Fin war überrascht. »Sie werden immer noch hergestellt?«

»Ja. Für die Genossenschaft, die Co-Chomunn Eirisgeidh. Es sind aber nur noch wenige Frauen, die sie herstellen. Früher wurden sie nur in einer einzigen Farbe gefertigt. Marineblau. Heute gibt es sie auch cremefarben. Leider sieht man durch die Einfarbigkeit nicht gleich, wie fein und komplex die Muster in Wirklichkeit sind.«

Er griff in eine Tragetasche, die auf dem Fußboden stand, und brachte das Exemplar eines Pullovers zum Vorschein. Als er es auf dem Tisch ausbreitete, begriff Fin, was der Priester meinte. Das Muster war unglaublich fein ausgestaltet, bestand aus vertikal, horizontal und schräg verlaufenden Reihen von Maschen, manche rautenförmig, andere im Zickzack angeordnet. Der Alte strich sacht mit dem Zeigefinger über die erhabene blaue Wolle.

»Um so ein Muster zu erzeugen, verwendet man sehr feine Nadeln und dichte Maschen. Wie Sie sehen, hat der Pullover keine Nähte. Der hält sehr warm und trocken. So einen zu stricken dauert ungefähr zwei Wochen.«

»Und jede Familie hatte ihr eigenes Muster?«

»Jawohl. Von einer Generation zur nächsten weitergegeben. Früher wurde es überall auf den Hebriden so gehalten, heute gibt es das nur noch auf Eriskay. Und zweifellos wird der Brauch hier irgendwann auch aussterben. Die Jüngeren zeigen wenig Interesse, ihn weiter zu pflegen.

Es dauert einfach zu lange, nicht wahr. Heute wollen die Mädchen alles gleich haben. Am besten schon gestern.« Er lächelte traurig und sah Fin kopfschüttelnd an. »Deshalb dachte ich mir, es wäre eine Schande, wenn so ein schönes Handwerk vollkommen spurlos in der Geschichte verschwindet.«

»Und Sie besitzen Beispiele für sämtliche Familienmuster, die es auf der Insel gab?«

»Mehr oder weniger. Auf alle Fälle die der letzten siebzig Jahre. Kann ich Ihnen etwas zu trinken anbieten? Ein kleines Schlückchen vielleicht?«

Fin lehnte höflich ab. »Ist noch ein bisschen früh für mich.«

»Oh, für ein Gläschen Whisky ist es nie zu früh, Mr Macleod. Ich habe dieses Alter nicht erreicht, weil ich immer auf den ersten Schluck gewartet oder nur Milch getrunken hätte.« Grinsend ging er zu einem alten Schreibtisch mit einer Rolltür, hinter der eine Sammlung von Flaschen zum Vorschein kam. Er wählte eine aus und schenkte sich eine kleine Menge ein. »Sicher, dass ich Sie nicht verleiten kann?«

Fin lächelte. »Nein danke.«

Der alte Priester kehrte zum Tisch zurück und trank einen winzigen Schluck. »Haben Sie ein Exemplar des Musters da, nach dem Sie suchen?«

»Hab ich.« Fin zog Gunns Fax aus der Tasche und strich es auf dem Pullover glatt.

Der Alte musterte es kurz. »O ja. Eindeutig ein Eriskayer Muster«, sagte er. »Wo haben Sie das her?«

Fin zögerte. »Es ist nach einem Abdruck gezeichnet worden, der von einer Decke oder etwas Ähnlichem stammt. Von etwas Gestricktem jedenfalls.«

Der Priester nickte. »Tja, es wird eine Weile dauern, bis ich das mit allen meinen Mustern verglichen habe. Falls ich Sie nicht zu einem guten Schlückchen überreden kann, machen Sie sich doch inzwischen einen Tee.« Er deutete auf den Herd. »Und setzen Sie sich ans Feuer. Ich würde Ihnen ja eine Bibel zum Lesen anbieten«, fügte er schalkhaft lächelnd hinzu. »Aber das ist vielleicht ein bisschen zu kräftige Kost für diese Tageszeit.«

Fin saß am Ofen, hielt sich an einem dampfenden Becher mit dunklem, süßem Tee fest und blickte aus dem kleinen, in die Wand eingelassenen Fenster auf den Strand hinunter. Seine Instinkte sagten ihm, dass das der Ort des Verbrechens war. An dieser Stelle musste der junge Mann, dessen Leiche man auf Lewis aus dem Moor gezogen hatte, ermordet worden sein. Er hatte immer noch keine Ahnung, wer dieser junge Mann war, doch wenn er den Atem anhielt und lauschte, wollte es ihm fast scheinen, als flüsterte der Wind ihm zu, dass er der Lösung ganz nahe sei.

»Mr Macleod?«

Fin drehte sich um.

Der alte Priester lächelte. »Ich glaube, ich kann Ihnen sagen, wer Ihr Muster gestrickt hat.«

Fin erhob sich, und als er zum Tisch trat, sah er die alte Schwarzweißfotografie eines Eriskayer Pullovers vor sich. Sie war gestochen scharf, und da sie direkt neben Gunns Fax mit der Zeichnung lag, konnte man Punkt für Punkt einen direkten Vergleich zwischen den Mustern anstellen. Der Alte zeigte ihm eine Übereinstimmung nach der anderen. Es waren so viele, dass sie zweifelsfrei von ein und derselben Hand gestrickt worden waren. Die Muster waren praktisch identisch.

Fin tippte mit dem Zeigefinger auf das Fax. »Aber das hier war kein Pullover.«

»Nein.« Der Priester schüttelte nachdenklich den Kopf. »Das wird ein Bettüberwurf gewesen sein. Gestrickte Vierecke, die dann zusammengenäht wurden. Wird wunderbar warm gewesen sein.« Er zog den blassen Umriss einer Ecke des Quadrats mit dem Finger nach, und Fin dachte, dass ein Toter mit der Wärme nichts mehr anfangen konnte. »Sie haben mir immer noch nicht verraten, wo Sie das herhaben.«

»Ich fürchte«, sagte Fin, »es steht vorerst nicht in meinem Ermessen, darüber Auskunft zu geben.«

Der Alte nickte mit dem Fatalismus eines Mannes, dessen ganzes Leben auf Gottvertrauen gegründet ist.

Fin aber konnte seine Neugier nicht länger bezähmen. »Wessen Muster ist es denn nun?«

Der Priester drehte das Foto um, und auf der Rückseite war in ordentlicher Handschrift und verblasster Tinte der Name Mary-Ann Gillies notiert. Und das Datum 1949.

Die Ruine stand in erhöhter Lage auf dem Hang, fast verborgen in dem hohen Gras, das sich im Wind neigte. Der obere Teil des Bauernhauses war schon vor Jahren eingestürzt, die Eingangstür war nur mehr ein Durchlass zwischen zwei bröckelnden Mauern. Kleine, tiefliegende Fenster auf beiden Seiten waren noch intakt, allerdings war alles Holz und Glas längst verschwunden. Immerhin, die Schornsteine auf beiden Giebeln hielten weiter die Stellung, einer hatte sogar noch, wenn auch in prekärer Schräglage, seinen großen gelben Keramikaufsatz. Rings ums Haus waren im Gras die Fundamente anderer Gebäude sichtbar: ein Schuppen, in dem zweifellos die Tiere gehalten worden waren; eine Scheune zum Lagern des Heus für das Winterfutter. Der schmale Streifen Land, auf dem es gewachsen sein dürfte, erstreckte sich hügelabwärts bis zur Straße. Jenseits davon lag glitzerndes Sonnenlicht in der kleinen Bucht und auf dem Sund dahinter. Wolkenfetzen jagten über einen tiefblauen Himmel und trieben ihre eigenen Schatten auf dem Hang vor sich her. In dem winzigen, windzerzausten Garten eines an der Straße gelegenen Cottages tanzten hohe Frühlingsblumen mit leuchtend roten und gelben Blütenköpfen nach den Vorgaben des böigen Winds.

Auf dem Hügel gegenüber, von hier deutlich zu erkennen, stand die aus dem Erlös eines einzigen Nachtfangs erbaute Granitkirche. Sie hatte das Leben auf der Insel über mehr als ein Jahrhundert beherrscht und thronte, rein physisch, noch immer über ihr.

Vorsichtig erkundete Fin das Innere des Hauses, wo überall Mauerreste halb versteckt zwischen Gras und Nesseln lagen. Dies war die Kate der Gillies, auf die Morag McEwan ihn gestern hingewiesen hatte. Das Zuhause des Donald John genannten Jungen, der mit dem Riemen gezüchtigt worden war, weil er seinem Schulrektor in Daliburgh nicht gehorcht hatte. Das Zuhause auch von Mary-Anne Gillies, Strickerin der Decke, deren Muster sich der Leiche eines jungen Mannes aufgeprägt hatte, die man aus einem Moor auf der Insel Lewis gezogen hatte, vier Stunden nördlich von hier. Mehr sogar, überlegte Fin. Denn zu der Zeit, als die Leiche vergraben worden war, waren die Straßen noch viel schlechter gewesen, es hatte kaum Dammwege gegeben, wenn überhaupt, und Überfahrten mit der Fähre hatten sicherlich viel länger gedauert. Den damaligen Bewohnern von Eriskay musste die Insel Lewis wie eine ferne Welt erschienen sein.

Der Wind trug das Tuten einer Autohupe heran, und als Fin, knietief in Unkraut und gelben Blumen, aus dem Gemäuer trat, sah er Moragş rosa Mercedes neben seinem eigenen Wagen stehen. Das Verdeck war offen, und sie winkte ihm zu.

Vorsichtig machte er sich an den Abstieg über mooriges Gelände, das stellenweise unter seinen Füßen platschte, und kam schließlich wohlbehalten unten an. Von seinem angestammten Platz auf Frauchens Schoß begrüßte Dino ihn bellend. »Guten Morgen«, sagte Fin.

»Was machen Sie da oben, *a ghràidh*?«

»Sie haben mir doch gestern erzählt, dass das früher der Pachthof der Gillies war.«

»Ja, das ist richtig.«

»Und dass dort auch jemand namens Donald John Gillies in Stellung war.«

»Ja. Mit dem alten Donald Seamus und seiner Schwester Mary-Anne.«

Fin nickte bedächtig. »Nur die drei?«

»Nein. Donald John hatte einen Bruder.« Morag musste ihre frisch gezückte Zigarette beim Anzünden vor dem Wind schützen. »Versuche gerade, mich auf seinen Namen zu besinnen …« Sie bekam die Zigarette in Gang und blies eine lange Rauchfahne aus, die sich auflöste, kaum dass sie ihr über die Lippen gekommen war. »Peter«, sagte sie schließlich. »Donald Peter. So hieß er.« Sie lachte. »Hier heißen alle Donald. Der zweite Vorname, der ist entscheidend.« Dann schüttelte sie den Kopf.

»Armer Peter. Er war ein reizender Junge. Aber nicht ganz da, wenn Sie verstehen, was ich meine.«

Und da endlich wusste Fin mit Bestimmtheit, woher Marsailis Vater stammte und wessen Leiche es war, die man bei Siader aus dem Moor gezogen hatte.

NEUNUNDZWANZIG

Eine seltsame Ruhe hatte sich über die Nordhälfte der Insel Lewis gelegt. Ein Gegensatz zum Wirrwarr der Gedanken, die Fin auf der langen Heimfahrt bedrängt hatten.

Er war die ganze Strecke durchgefahren, hatte nur für eine halbe Stunde in Stornoway angehalten und George Gunn kurz berichtet, was er herausgefunden hatte. Schweigend hatte Gunn ihm zugehört. Vor dem Fenster der Einsatzzentrale stehend, hatte er über die Dächer der gegenüberliegenden Häuser hinweg zum Lewiser Schloss und zu den Bäumen auf dem Hügel geblickt, durch deren Äste die letzten schrägen Sonnenstrahlen des Tages fielen und sich in langen rosa Streifen auf den Hang betteten. Und am Ende hatte er gesagt: »Dann ist der tote Junge also der Bruder von Marsailis Vater.«

»Donald Peter Gillies.«

»Nur dass keiner von beiden in Wirklichkeit Gillies heißt. Das ist nur der Name, den sie in Stellung bekamen.«

Fin nickte bestätigend.

»Und wir haben nicht die leiseste Ahnung, woher sie kamen und wie ihr richtiger Name gelautet haben mag.«

Genau das beschäftigte Fin auch auf der anschließenden Fahrt über das Barvasmoor und durch die Dörfer an der Westküste. Siader, Galson, Dell, Cross. Verschwommen zogen die Kirchen an ihm vorbei, jede eine andere Glaubensrichtung vertretend. Außerdem Regierungshäuser, Whitehouses, Blackhouses, moderne verputzte Bungalows, alle an der Küste aufgereiht, bereit, dem nächsten Sturm zu trotzen.

Er hatte keine Vorstellung, in welcher Form, wenn überhaupt, die Kirche die Fälle dieser armen Kinder dokumentiert haben mochte, die sie aus Heimen auf dem Festland herausgerissen und auf die Inseln verschleppt hatte. Es war auch keineswegs sicher, dass die lokalen Behörden sich auskunftsfreudiger zeigen würden. Das alles war so lange her. Und wer hatte sich damals für den menschlichen Abfall aus zerrütteten Familien interessiert oder für verwaiste Kinder ohne Angehörige, hatte sich gar ihrer Rechte angenommen? Fin war zutiefst beschämt, wenn er daran dachte, dass es seine eigenen Landsleute waren, die diese Vorgänge zu verantworten hatten.

Die größte Schwierigkeit bei dem Versuch, Donald John und Donald Peter Gillies' wahre Identität zu ermitteln, war die Tatsache, dass niemand wusste, woher sie stammten. Sie waren als namenlose Passagiere in Lochboisdale von der Fähre gestiegen, mit Schildern um den Hals und ausgelöschter Vergangenheit. Und nun, da Peter tot war und sein Bruder John sich im Nebel der Demenz verlor, wer konnte da Erinnerungen beisteuern? Wer konnte Zeugnis ablegen darüber, wer sie wirklich gewesen waren? Die Spur der Jungen hatte sich endgültig verloren, und gut möglich, dass weder er noch die Polizei je herausfanden, wer Peter getötet hatte und warum.

Die Lichter von Ness glitzerten in der Dämmerung über der ganzen Landzunge, wie eine Spiegelung der Sterne, die jetzt am klaren, unbewegten Himmel erschienen waren. Der Wind, der Fins Wagen auf der ungeschützten Fahrt über die Uists so heftig geschüttelt hatte, war nur noch ein Lüftchen, fast unnatürlich lau. Im Rückspiegel beobachtete Fin die dunklen Wolken, die sich an ihrem üblichen Sammelplatz über den Gipfeln von Harris ballten, während nach Westen hin die letzten Lichtreflexe des Tages auf einem wie Glas daliegenden Meer erloschen.

Drei Autos parkten auf dem Kiesweg oberhalb von Marsailis Bungalow: Fionnlaghs Mini, Marsailis alter Astra und Donald Murrays SUV.

Donald und Marsaili saßen zusammen am Küchentisch, als Fin anklopfte und eintrat. Im ersten Moment befiel ihn ein seltsam unangenehmes Gefühl der Eifersucht. Immerhin war es Donald Murray gewesen, der Marsaili vor langer Zeit die Jungfräulichkeit geraubt hatte. Aber das war in einem anderen Leben, als sie alle ganz andere gewesen waren.

Donald nickte ihm zu. »Fin.«

Hastig, als sollte Fin sofort wissen, dass kein Grund zur Eifersucht bestand, sagte Marsaili: »Donald hat mir einen Vorschlag unterbreitet, was Fionnlagh und Donna betrifft.«

Fin sah Donald an. »Hat Fionnlagh sich bei dir gemeldet?«

»Er war heute Morgen da.«

»Und?«

Donalds etwas säuerliches Lächeln sprach Bände. »Er kommt ganz nach dem Vater.« Fin konnte sich das Lächeln nicht verkneifen.

»Sie sind jetzt auf Dauer hier eingezogen, die beiden. Mit dem Baby. Sie sind oben.« Marsaili warf einen unsicheren Blick in Donalds Richtung. »Donald hat vorgeschlagen, dass er und ich uns die Kosten und die Verantwortung für die Kleine teilen, damit Fionnlagh und Donna die Schule zu Ende machen können. Selbst wenn das bedeutet, dass einer von ihnen oder beide später die Insel verlassen, um an die Uni zu gehen. Wir wissen doch alle, wie wichtig es ist, gerade wenn man jung ist, alle Möglichkeiten zu nutzen, die sich einem bieten. Sonst bereut man es ein Leben lang.«

In ihrer Stimme lag mehr als nur ein Anflug von Bitterkeit. Und Fin fragte sich, ob auch ein Vorwurf darin mitschwang.

»Klingt wie ein solider Plan.«

Marsaili senkte den Kopf. »Ich bin mir nur nicht sicher, ob ich mir das leisten kann. Fionnlagh auf die Universität zu schicken, meine ich. Und dann noch die Ausgaben für das Baby. Bisher habe ich mich mit Artairs Lebensversicherung über Wasser gehalten und gehofft, ich könnte damit mein eigenes Studium finanzieren. Aber meinen Abschluss werd ich wohl verschieben und mir zwischenzeitlich einen Job suchen müssen.«

»Das wäre jammerschade«, sagte Fin.

»Anders wird es kaum gehen.«

»Vielleicht ja doch.«

Sie sah ihn fragend an. »Wie denn?«

»Zum Beispiel, indem wir beide deine Hälfte gemeinsam schultern.« Er lächelte. »Ich bin immerhin Eilidhs Großvater. Vielleicht können wir unsere Kinder nicht daran hindern, dieselben Fehler zu machen wie wir früher, aber wir können wenigstens zur Stelle sein und die Scherben aufsammeln.«

Donalds Blick schweifte zwischen den beiden hin und her, um alles aufzunehmen und zu deuten, was unausgesprochen blieb. Nach einer Weile erhob er sich. »Dann lasse ich euch zwei mal allein, ihr habt einiges zu besprechen.« Er zögerte kurz, bevor er auf Fin zutrat und ihm die Hand schüttelte. Dann ging er ohne ein weiteres Wort.

In der Küche war es seltsam still nach seinem Abgang, ausgebrannt gewissermaßen, fast irreal im flackernden Schein der Neonröhre an der Decke. Aus irgendeinem Winkel des Hauses hörte man das Dröhnen von Fionnlaghs Musik.

Schließlich sagte Marsaili: »Kannst *du* dir das denn leisten?«

»Ich habe ein bisschen gespart. Und es ist nicht meine Absicht, auf Dauer erwerbslos zu bleiben.«

Wieder folgte ein drückendes Schweigen. Ein Schweigen der Reue. Über ihr gesammeltes Scheitern, einzeln und gemeinsam.

Fin sagte: »Wie sind die Prüfungen gelaufen?«

»Frag nicht.«

Er nickte. »Ich schätze, du warst nicht optimal vorbereitet.«

»Nein.«

Er holte tief Luft. »Marsaili, ich habe Neuigkeiten für dich. Über deinen Dad.« Blaue Augen fixierten ihn, aus denen die blanke Neugier sprach. »Lass uns nach draußen gehen, ein bisschen frische Luft schnappen. Es ist ein wunderschöner Abend, und es wird keine Menschenseele am Strand sein.«

Die Nacht war erfüllt von den sanften Geräuschen des Meeres. Es schien fast aufzuseufzen vor Erleichterung, dass es von der Pflicht, sich wild und wütend zu gebärden, befreit war. Ein Dreiviertelmond stieg in die Schwärze, die sich darüber erhob, und streute sein Licht auf das Wasser und den Sand, ein Licht, das Schatten auf ihre Gesichter warf und verbarg, was diese mitzuteilen hatten. Die Luft war weich, flirrend in der Erwartung des kommenden Sommers, eine Poesie der Nacht, herangetragen von den seichten Wellen, die schäumend ans Ufer platzten.

Fin und Marsaili gingen so dicht nebeneinander, dass jeder die Wärme des anderen spürte. So zogen sie ihre Spuren in den jungfräulichen Sand.

»Es gab Zeiten«, sagte Fin, »da hätte ich deine Hand gehalten, wenn wir so am Strand entlanggelaufen wären.«

Marsaili warf ihm einen überraschten Blick zu. »Kannst du inzwischen schon Gedanken lesen?«

Und Fin dachte, dass es doch vollkommen natürlich gewesen wäre, sofort danach aber peinlich. Er lachte. »Weißt du noch, wie ich einmal einen Sack Krabben von den Klippen geworfen habe, als ihr Mädchen euch hier unten gesonnt habt?«

»Ich weiß noch, dass mir die Hand wehgetan hat von der Ohrfeige, die ich dir dafür verpasst habe.«

Fin grinste wehmütig. »Das weiß ich auch noch. Außerdem erinnere ich mich, dass ihr oben ohne dagelegen habt.«

»Elender Spanner!«

Er lächelte. »Ich entsinne mich auch, dass ich zwischen den Felsen da hinten mit dir geschlafen habe und dass wir hinterher nackt ins Meer gesprungen sind, um uns abzukühlen.« Als ihre Antwort ausblieb, drehte er den Kopf und sah, dass sie, den Blick ins Leere gerichtet, Gedanken nachhing, die sie in eine längst entschwundene Vergangenheit trugen.

Sie waren jetzt fast an dem Bootsschuppen angelangt, der aus der Dunkelheit ragte wie ein Mahnmal vergangenen und zukünftigen Schmerzes. Fin berührte Marsaili leicht an der Schulter, um mit ihr umzukehren. Das Meer überspülte ihre Fußabdrücke schon, löschte die Spuren aus, die bezeugen konnten, dass sie hier gegangen waren. Er ließ seinen Arm auf ihrer Schulter liegen und spürte, wie sie nach und nach näher heranrückte, als er sie ein Stück vom Wasser weglotste.

So gingen sie schweigend fast die halbe Küste entlang, bis sie, wie in unausgesprochenem Einvernehmen, plötzlich stehen blieben und er sie zu sich drehte. Ihr Gesicht lag im Schatten, und er hob es, einen Finger unter ihrem Kinn, ins Licht. Anfangs wich sie seinem Blick aus.

»Ich erinnere mich an das kleine Mädchen, das mich am ersten Schultag an der Hand nahm«, sagte er. »Und mit mir die Straße hinauf zu den Croboster Läden ging und mir erklärte, es heiße Marjorie, der gälische Name Marsaili sei ihm aber lieber. Dasselbe kleine Mädchen, das der Meinung war, mein englischer Name sei hässlich, weshalb es ihn zu Fin abkürzte. Und seit dem Tag nennen mich alle so.«

Jetzt lächelte sie, ein mit Wehmut vermischtes Lächeln, und sah ihm schließlich doch in die Augen. »Und ich erinnere mich, wie ich dich geliebt habe, Fin Macleod.« Mondlicht schimmerte in den Tränen, die ihr in die Augen getreten waren. »Bin mir nicht sicher, ob das je aufgehört hat.«

Da beugte er sich vor, bis ihre Lippen sich berührten. Warm, unsicher, tastend. Und schließlich wurde ein Kuss daraus. Ein zärtlicher, süßer Kuss, in dem alles lag, was sie einmal füreinander gewesen waren, und alles, was sie seitdem verloren hatten. Er schloss die Augen, und das Bedauern und die Leidenschaft eines ganzen Lebens gingen über ihn hinweg.

Und dann war es vorbei. Sie trat zurück, löste sich aus seiner Umarmung und sah ihn im Dunkeln an. Mit forschendem Blick, voller Furcht und Zweifel. Dann wandte sie sich um und marschierte auf die Felsen zu. Für einen Moment sah er ihr nur nach, und dann musste er sich sputen, um sie einzuholen. Als er wieder neben ihr ging, sagte sie, ohne ihren Schritt zu verlangsamen: »Was hast du über meinen Dad herausgefunden?«

»Ich habe erfahren, dass er nicht Tormod Macdonald ist.«

Sie blieb abrupt stehen und sah ihn stirnrunzelnd an. »Was soll das heißen?«

»Das heißt, dass er sich die Identität eines toten Jungen aus Harris geliehen oder sie gestohlen hat. Eigentlich hieß er Donald John Gillies, und er kam von der Insel Eriskay. Der junge Mann, den man aus dem Moor geholt hat, war sein Bruder, Donald Peter.«

Marsaili starrte ihn ungläubig an.

»Aber Donald John ist auch nicht sein richtiger Name.« In dem

Schmerz, der in Marsailis Augen lag, sah Fin ihre ganze Welt zerbrechen. Die Gewissheiten ihres Lebens glitten ihr unter den Füßen weg wie der Sand, auf dem sie standen.

»Ich verstehe nicht …«

Er berichtete ihr alles, was er in Erfahrung gebracht hatte, und wie es dazu gekommen war. Sie hörte ihm schweigend zu, ihr Gesicht bleicher als der Mond, und am Schluss musste sie nach seinem Arm greifen und sich stützen.

»Mein Dad war in Stellung?«

Fin nickte. »Ein Waisenkind höchstwahrscheinlich. Oder ein Pflegekind, von der katholischen Kirche zusammen mit seinem Bruder auf die Inseln verschickt.«

Sie sackte in sich zusammen, saß im Schneidersitz auf dem Sand, ließ ihr Gesicht in die offenen Hände fallen. Zuerst glaubte er, sie weine, aber als sie den Kopf wieder hob, war ihr Gesicht trocken. Der Schock hatte alle anderen Gefühle ausgeschaltet. Fin setzte sich neben sie. Sie blickte auf das gerade so friedliche Meer hinaus und sagte: »Es ist seltsam. Du glaubst zu wissen, wer du bist, weil du zu wissen glaubst, wer deine Eltern sind. Manches ist einfach …«, sie suchte nach dem richtigen Wort, »… unbezweifelbar. Man zweifelt nicht daran.« Sie schüttelte den Kopf. »Und dann erfährst du, dass dein ganzes Leben auf einer Lüge aufgebaut ist, und weißt plötzlich nicht mehr, wer du bist.« Sie sah ihn an, mit weit aufgerissenen Augen, in denen die Ernüchterung stand. »Hat mein Dad seinen Bruder umgebracht?«

Erst in diesem Moment begriff Fin, dass er sich zur Not zwar damit abfinden konnte, wenn die wahre Herkunft ihres Vaters und die Frage, wer seinen Bruder ermordet hatte, nicht aufgeklärt wurden, Marsaili jedoch keine Ruhe finden würde, ehe sie nicht die Wahrheit kannte. »Ich weiß es nicht.« Er schlang einen Arm um sie, und sie legte den Kopf auf seine Schulter.

Lange saßen sie so und lauschten, vom Mondlicht übergossen, dem trägen, stetigen Puls des Meeres, bis sie, wie er spürte, vor Kälte zu zittern begann. Trotzdem machte sie keine Anstalten aufzustehen. »Ich hab ihn noch besucht, kurz bevor ich nach Glasgow fuhr, da saß er draußen im Regen. Er dachte, er sei auf einem Schiff. *Claymore* hieß es, sagte er, und kam vom Festland herüber.« Sie drehte sich zu Fin und sah ihn mit verhangenen, traurigen Augen an. »Ich dachte, er redet nur so daher. Von etwas, das er im Fernsehen gesehen oder in einem Buch gelesen hat. Zuerst hat er Catherine zu mir gesagt, und dann Ceit, als wäre ich jemand, den er kannte. Nicht seine Tochter. Und er erzählte von jemandem, der Big Kenneth genannt wurde.«

»Beinn Ruigh Choinnich. Das ist der Berg, der den Hafen von Lochboisdale schützt. Den müssen sie von der Fähre aus gesehen haben, schon von weitem.« Er strich eine Haarsträhne zur Seite, die ihr vor die Augen gefallen war. »Was hat er noch gesagt, Marsaili?«

»Nichts, was irgendeinen Sinn ergeben hätte. In dem Moment zumindest nicht. Er redete ja mit Ceit, nicht mit mir. Er sagte, die Zeit im Dean, die würde er nie vergessen. Oder die Türmchen auf dem Danny. Irgend so etwas. Die sie daran erinnerten, wo ihr Platz auf dieser Welt sei.« Sie schaute ihn an, alle Falten ihres Gesichts von Schmerz gezeichnet. »Und dann war da noch etwas, das jetzt eine ganz andere Bedeutung erhält.« Sie schloss die Augen, wollte sich an den genauen Wortlaut erinnern. Dann öffnete sie sie weit. »Er sagte, dafür, dass wir nur heimatlose Waisenkinder waren, haben wir uns gar nicht schlecht geschlagen.«

In Fins Augen war wohl etwas aufgeblitzt, denn sie legte den Kopf schief und sah ihn an. »Was ist?«

Und falls sie tatsächlich ein Licht gesehen hatte, war es das Licht der Erkenntnis. Er sagte: »Marsaili, ich glaube, ich weiß jetzt, was er gemeint hat, als er vom Dean sprach. Und von den Türmchen auf dem Danny. Und das bedeutet wohl, dass Ceit, das Mädchen, das bei der Witwe O'Henley lebte, mit ihnen zusammen auf der Fähre hierherkam.« Und er dachte: *Vielleicht gibt es ja doch noch jemanden, der die Wahrheit kennt.* Er stand auf und hielt Marsaili die Hand hin, damit sie sich an ihr hochziehen konnte. Als sie neben ihm stand, sagte er: »Falls wir Plätze kriegen, sollten wir morgen den ersten Flug nach Edinburgh nehmen.«

Das einzige Licht im Zimmer kam von der blaustichigen Bildschirmbeleuchtung seines Laptops. Er saß allein am Schreibtisch, im Dunkeln, von allen Seiten bedrängt von der Stille des Hauses. Die Anwesenheit der anderen in den anderen Zimmern schien sein Gefühl der Isolation nur noch zu verstärken.

Das war der Raum, in dem er so viele Stunden beim Unterricht mit Artairs Vater verbracht hatte. Hier hatten er und Artair gesessen, einzeln oder gemeinsam, und hatten langen Vorträgen über die Geschichte der Hebriden gelauscht oder über mathematischen Gleichungen gegrübelt. Hier war die Zeit seiner Kindheit in erstickender Enge vorübergezogen und Freiheit nur bei verstohlenen Blicken aus dem Fenster zu ahnen gewesen. Marsaili hatte ihm erlaubt, die Nacht auf dem Klappsofa zu verbringen. Aber hier lauerten zu viele Erinnerungen. Der wie die Insel Zypern geformte Kaffeefleck auf dem Kartentisch, an dem sie arbeiteten. Die Reihen der Bücher mit den exotischen Titeln, die noch immer im Regal standen. Der Rauch aus der Pfeife von Artairs Dad, der in träge wabernden blauen Schwaden in der Luft gehangen hatte. Fin brauchte nur tief einzuatmen, um den Geruch wahrzunehmen, wenn auch nur in der Erinnerung.

Marsaili war, erschöpft und mitgenommen, schon vor einer Weile ins Bett gegangen, hatte ihm aber angeboten, zu bleiben, solange er wolle, und Fionnlaghs WLAN-Anschluss zu nutzen. Der Cursor seines Bildschirms blinkte über einer Internetseite mit dem Wappen der National Galleries of Scotland. Darunter verkündete ein blaues Fenster mit Schäfchenwolken *Eine andere Welt. Dalí, Magritte, Miró und die Surrealisten.* Aber er sah schon längst nicht mehr hin. Es hatte keines großen Aufwands bedurft, seinen Verdacht zu bestätigen und anschließend sofort die Tickets für die Morgenmaschine zu reservieren. Danach hatte er noch eine knappe Stunde mit intensiver Recherche zugebracht.

Er war müde. Hinter seinen Augen pochte es. Sein Körper fühlte sich wund an, richtig zerschlagen, und sein Gehirn schloss jeden Gedanken kurz, der sich auch nur ansatzweise bilden wollte. Er hatte nicht die geringste Lust, nach Edinburgh zurückzukehren, in eine schmerzliche Vergangenheit, die er noch nicht hinter sich gelassen hatte. Bestenfalls hatte er ein wenig Abstand gewonnen. Nun machte das Schicksal auch das zunichte. Marsaili würde ohne die Reise keinen Frieden finden können, bei ihm aber würde sie nur alte Wunden aufreißen.

Er überlegte kurz, wie sie ihn wohl empfangen würde, falls er sich entschlösse, durch den Flur zu ihrem Zimmer zu schleichen und unter ihre Bettdecke zu kriechen. Nicht, um Sex zu bekommen. Oder gar Liebe. Sondern einfach Trost. Die Wärme eines anderen Menschen.

Aber er wusste, dass das nicht in Frage kam. Er klappte den Deckel des Laptops herunter, ging leise durchs Haus und machte behutsam die Küchentür hinter sich zu. Marschierte über die nächtliche Straße in die Richtung, wo sein Zelt stand. Mit fast schmerzender Helle spiegelte sich das Mondlicht auf dem glatten Meer, die Sterne am Himmel sahen aus wie Millionen weißglühender Nadelspitzen, die das Universum pieksten. In seinem öden, engen Zelt erwarteten ihn ein kalter Schlafsack, eine beige Aktenmappe mit ein paar Unterlagen, die den Tod seines Sohnes schilderten, und die schlaflosen Stunden, die er bis zum Morgengrauen durchstehen musste.

DREISSIG

In Edinburgh war es milder, ein leichter Wind wehte von den Pentland Hills heran, die Sonne ließ sich ab und zu zwischen Kumuluswolken blicken und warf ein paar Spritzer Licht und Farbe auf die graue Stadt aus Granit und Sandstein.

Sie hatten jeder eine kleine Reisetasche mitgenommen für den Fall, dass sie übernachten mussten, obwohl Fin nicht viel Hoffnung hatte, dass sie noch mehr finden würden als die Stätten, von denen Marsailis Vater gesprochen hatte. Und die aufzusuchen würde kaum eine Stunde dauern. Am Flughafen nahmen sie sich ein Taxi, und als sie sich dem Haymarket näherten, blinkte der Fahrer links, um in den Magdala Crescent einzubiegen. »Nicht hier entlang«, sagte Fin.

»Das ist eine Abkürzung, mein Freund.«

»Das ist mir egal. Fahren Sie durch die Palmerston Place.«

Der Fahrer zuckte mit den Achseln. »Es ist Ihr Geld.«

Fin spürte Marsailis Blick auf sich ruhen. Ohne ihn zu erwidern, sagte er. »Als Padraig MacBean mich mit seinem alten Trawler zum An Sgeir hinausbrachte, erzählte er mir unterwegs, wie er eines Tages im Minch das Boot seines Vaters verlor. Es war ganz neu, und Padraig kam selbst nur knapp mit dem Leben davon.« Als er sich Marsaili nun doch zuwandte, hatte sie den Blick wissbegierig auf ihn geheftet. »Auch wenn es nichts gebe, was die Stelle markiert, an der das Boot sank, sagte Padraig, spüre er sie jedes Mal, wenn er mit dem Schiff darüber hinwegfährt.«

»Dein Sohn wurde auf dem Magdala Crescent überfahren?«

»In einer Seitenstraße.«

»Möchtest du es mir erzählen?«

Fin schaute am Fahrer vorbei durch die Frontscheibe auf den vor ihnen durch die West Maitland Street fließenden Verkehr und doch ins Leere. Schließlich sagte er: »Nein. Ich glaube, das lass ich lieber.«

Das Taxi bog nach links in die Palmerston Place ein, vorbei an rauchgeschwärzten Mietshäusern mit Erkerfenstern, an einem Park in frischem Frühlingsgrün, an dem gotischen Monumentalbau der St. Mary's Cathedral und schließlich den Hügel hinab zu der Sandsteinkirche an der Ecke, die zu einer Jugendherberge mit knallroten Türen umgebaut worden war.

Danach erklomm es in der Belford Road den Beginn der nächsten Steigung und setzte sie am Vorplatz eines Travelodge-Hotels ab, gegenüber einem steinernen Toreingang, an dem eine blau-weiße Fahne in der Brise flatterte.

»Dean Gallery«, las Marsaili, als sie aus dem Taxi stiegen. Fin bezahlte den Fahrer und drehte sich zu einer irritierten Marsaili um. »Das Dean ist eine Kunstgalerie?«

Fin nickte. »Inzwischen, ja.« Er fasste nach ihrem Arm, und sie rannten zwischen den Autos hindurch über die Straße. Durch ein schwarzes schmiedeeisernes Tor folgten sie einem schmalen gepflasterten Weg zwischen einer hohen Ligusterhecke und einer Mauer hügelaufwärts. Der Weg wurde breiter und schlängelte sich durch eine Parklandschaft, in der hohe Kastanien Schatten spendeten und Bronzestauen auf Steinsockeln in gepflegten Rasenflächen standen. »In der Zeit vor dem britischen Wohlfahrtsstaat«, sagte Fin, »gab es in Schottland etwas, das Armengesetz genannt wurde. Eine Sozialversicherung für die Ärmsten der Gesellschaft, könnte man sagen, die zum größten Teil von der Kirche finanziert wurde. Und wo sich Lücken auftaten, sprangen manchmal private Wohlfahrtseinrichtungen ein. Das Waisenhospiz von Edinburgh wurde zu Beginn des 18. Jahrhunderts von der Gesellschaft zur Verbreitung der christlichen Bildung gegründet, um eine dieser Lücken zu schließen.«

»War es das, wonach du gestern Abend im Internet gesucht hast?«

»Ja.« Sie kamen an einer angelaufenen Skulptur der Madonna mit Kind vorbei, genannt *Elsässische Madonna*. »Im Jahre 1833 zog das Hospiz in ein neues Gebäude um, hier auf dem Besitz des Dean, und wurde als Dean-Waisenhaus bekannt.« Eine Frau aus Edinburgh unbestimmten Alters mit einem silbergrauen Bob und einem marineblauen Rock eilte in einem Wölkchen eines blumigen Dufts an ihnen vorbei, und Fin musste an Marsailis Mutter denken.

Als sie die letzte Biegung des Wegs am Gipfel der Anhöhe erreicht hatten, ragte das Dean in seiner kolossalen Sandsteinpracht mit dem Säulengang, den hohen Bogenfenstern, den viereckigen Türmen und den Steinbrüstungen vor ihnen auf. Fin und Marsaili blieben stehen und nahmen den Anblick auf. Ein merkwürdiges Empfinden von Bestimmung stellte sich ein, als sie das Haus gefunden hatten, das sich, erst von Hecken und Bäumen verdeckt, hier auf dem Hügel nun plötzlich zeigte wie ein Blick in die Geschichte, in die Geschichte des Landes und die eigene, ganz persönliche. Der Kreis des Schicksals, der seinen Anfang nahm, als Marsailis Vater von hier wegging, hatte sich nun mit Marsailis Ankunft an diesem Ort vollendet.

Sie konnte nur flüstern vor Scheu. »Das war ein Waisenhaus?«

»Offenbar.«

»Mein Gott. Das ist ein wunderschönes Gebäude, Fin. Aber hier kann man doch keine Waisenkinder großziehen.«

Fin dachte, dass das Haus seiner Tante genauso wenig geeignet war, ein Waisenkind großzuziehen. Und sagte: »Gestern Abend habe ich gelesen, dass ihre Verpflegung zu Anfang nur aus Porridge und Kohlsuppe bestand und dass die Waisenmädchen die Kleidung für alle Heimkinder anfertigen mussten. In den fünfziger Jahren dürfte es noch deutlich anders ausgesehen haben.« Er hielt kurz inne. »Aber es ist nicht einfach, sich deinen Dad hier drin vorzustellen.«

Marsaili schaute ihn an. »Bist du sicher, dass er wirklich das hier gemeint hat?«

Fin ging mit ihr noch ein Stück den Hügel hinauf und wies am Gebäude des Dean vorbei zu den zwei Türmen eines nicht minder imposanten Gebäudes, das weiter unter in der Senke stand. »Die Stewart's Melville«, sagte er. »Eine Privatschule. Zu der Zeit, als dein Vater hier war, hieß sie Daniel Stewart's College.«

»Das Danny.«

Fin nickte. »Die bittere Ironie, die darin lag, ist deinem Vater ja nicht entgangen. Die ärmsten und sozial schwächsten Kinder seiner Generation lebten in direkter Nachbarschaft mit den privilegierten. Wie hat er es ausgedrückt? Durch die Türmchen auf dem Danny vergaßen sie nie, wo ihr Platz in der Welt ist?«

»Ja«, sagte Marsaili. »Ganz unten.« Sie schaute Fin an. »Ich möchte hineingehen.«

Sie gingen auf der Zufahrt bis zu dem Portikus am Eingang ins Gebäude, wo eine Treppe zwischen Säulen zu einer rostroten Tür hinaufführte. Über eine Steintreppe zu ihrer Linken gelangte man zu einem freien Stück Grünfläche, das vielleicht einmal ein Garten gewesen war. Fin beobachtete Marsailis Gesicht, als sie durch einen gekachelten Vorraum in die Haupthalle kamen, die die gesamte Länge des Gebäudes einnahm. Hier gingen zu beiden Seiten eindrucksvolle große Räume ab, Galerien, in denen Gemälde an den Wänden hingen, Skulpturen standen, sich ein Museumsshop und eine Cafeteria befanden. Das Licht fiel auf beiden Stirnseiten der Halle durch Fenster ein, die sich neben den Treppenhäusern beider Gebäudeflügel befanden. Nicht viel, und man hätte ein fernes Echo verlorener Kinder vernommen.

Es tat geradezu weh, die Emotionen zu sehen, die sich in Marsailis Gesicht ausdrückten, während sie ihr ganzes Wissen über sich selbst neu sichtete: wer sie war, woher sie kam, die furchtbaren Lebensumstände, die ihr Vater als Kind erdulden musste. Und über die er seiner Familie gegenüber geschwiegen hatte. Sein einsames Geheimnis.

Ein uniformierter Wachmann fragte, ob er ihnen behilflich sein könne.

Fin sagte: »In diesem Gebäude befand sich früher einmal ein Waisenhaus.«

»Ja. Schwer zu glauben.« Der Wachmann wies mit dem Kopf zum Ende des Korridors. »Die Jungen waren anscheinend in diesem Flügel untergebracht. Die Mädchen im anderen. Der Ausstellungsraum dort drüben linker Hand war das Büro des Direktors. Oder wie immer er sich nannte.«

»Ich möchte gehen«, sagte Marsaili plötzlich, und Fin sah Lichter, die sich in den stillen Tränen auf ihren Wangen spiegelten. Er hakte sie unter und führte sie durch den Eingang zurück ins Freie; zurück blieb ein Wachmann, der sich irritiert frage, was er denn gesagt hatte. Fast eine ganze Minute musste Marsaili oben an der Treppe erst einmal tief durchatmen. »Wir können es aus den Akten erfahren, nicht? Wer er wirklich war, meine ich. Woher seine Familie kam.«

Fin schüttelte den Kopf. »Ich hab schon gestern Abend online gesucht. Die Akten sind für hundert Jahre gesperrt. Nur die Kinder selbst haben das Recht zur Einsichtnahme.« Er zuckte mit den Achseln. »Ich schätze, das haben die zu ihrem Schutz so geregelt. Ich könnte mir allerdings vorstellen, dass die Polizei per richterlicher Anordnung die Akteneinsicht erzwingen kann. Es handelt sich immerhin um eine Mordermittlung.«

Sie wandte tränenfeuchte Augen in seine Richtung und wischte sich mit den Handrücken die Wangen trocken. Er las ihr am Gesicht ab, dass sie dieselbe Frage beschäftigte, die er ihr schon tags zuvor am Strand nicht beantworten konnte. Hatte ihr Vater seinen Bruder getötet? Fin hielt es für wenig wahrscheinlich, dass sie das jemals erfuhren, es sei denn, es gelänge ihnen wie durch ein Wunder, das Mädchen aufzuspüren, das Ceit hieß und im Bauernhaus der O'Henleys untergebracht gewesen war.

Schweigend gingen sie auf dem gepflasterten Weg zur Belford Road zurück, der Dean-Friedhof lag in schattiger Stille hinter einer hohen Steinmauer. Am Torbogen zur Straße meldete sich Fins Handy und zeigte an, dass ihm gerade eine Mail zugesandt wurde. Er scrollte durch das Menü und öffnete sie mit einem Tippen des Zeigefingers. Er las in Ruhe, mit nachdenklich zusammengezogenen Augenbrauen, und Marsaili sagte: »Etwas Wichtiges?«

Er tippte erst seine Antwort zu Ende, bevor er ihr antwortete: »Als ich gestern Abend im Internet nach Quellen zur Geschichte des Waisenhauses gesucht habe, bin ich auf ein Forum gestoßen, in dem ehemalige Insassen des Dean Fotos und Erinnerungen austauschen. Ich könnte mir denken, dass zwischen ihnen allen eine Verbundenheit bestand, die sie immer noch fühlen, auch wenn sie sich im Dean gar nicht persönlich kannten.«

»Wie in einer Familie.«

Er sah sie an. »Ja. Wie in der Familie, die sie nie hatten. Einem Großcousin würde man sich ja auch näher fühlen als einem völlig Fremden, auch wenn man ihn nie von Angesicht gesehen hat.« Er schob die Hände tief in die Taschen. »Wie es scheint, sind viele von ihnen ausgewandert. Australien war das beliebteste Ziel.«

»So weit weg vom Dean wie nur möglich.«

»Sie wollten sicher einen neuen Anfang machen. Eine ganze Welt zwischen sich und die eigene Kindheit legen. Die Vergangenheit auslöschen.« Jedes Wort, das über seine Lippen kam, hatte einen so starken Widerhall in ihm selbst, dass es Fin beim Sprechen fast die Kehle zuschnürte. Er hatte ja im Grunde dasselbe getan. Er spürte Marsailis Hand auf seinem Arm. Es war eine ganz leichte Berührung, die mehr sagte als alles, was sie mit Worten hätte sagen können. »Jedenfalls, in dem Forum war auch jemand, der noch hier in Edinburgh lebt. Ein Mann namens Tommy Jack. Gut möglich, dass er ungefähr zur gleichen Zeit im Dean war wie dein Vater. Es war eine E-Mail-Adresse angegeben, und ich habe ihm geschrieben.« Er zuckte mit den Achseln. »Aber erst im letzten Moment. Das ist mir wirklich nachträglich eingefallen.«

»Und das eben war seine Antwort?«

»Ja.«

»Und?«

»Er hat mir seine Adresse geschickt und geschrieben, er würde sich freuen, heute Abend bei sich zu Hause mit uns zu sprechen.«

EINUNDDREISSIG

Die Nachtmittagssonne lugte um die Ränder der zugezogenen Vorhänge. Sie bauschten sich in der Brise, die durch das dahinter offene Fenster hereindrang. Sie trug wie aus einer unwirklichen Ferne auch die Geräusche des Straßenverkehrs heran und das Rauschen, mit dem der Fluss Leith unter ihnen das Wehr passierte.

Ihr Zimmer lag oben unter dem Dach und bot Ausblicke über den Fluss und über das Dean Village. Fin aber hatte gleich nach dem Hereinkommen die Vorhänge geschlossen. Sie brauchten die Dunkelheit, um sich selbst zu finden.

Es hatte keine vorherigen Absprachen gegeben, keinen Plan. Das Hotel befand sich direkt gegenüber der Schottischen Nationalgalerie, nur durch eine Straße von dem Gelände getrennt, und sie brauchten eine Unterkunft für die Nacht. Fin war sich nicht sicher, warum keiner von ihnen der Frau an der Rezeption widersprochen hatte, die fälschlicherweise annahm, sie seien ein Paar und benötigten ein Doppelzimmer. Gelegenheit dazu wäre genügend gewesen.

Sie waren mit einem engen Fahrstuhl zum obersten Stock gefahren, ohne ein Wort zu wechseln und ohne einer den anderen anzusehen, während Schmetterlinge wie wild in Fins Bauch flatterten.

Es war irgendwie einfacher gewesen, sich im Dunkeln auszuziehen, obwohl es ja einmal eine Zeit gegeben hatte, in der sie den Körper des anderen genau gekannt hatten. Jede Rundung, jede Fläche, jede weiche Stelle.

Und diese Intimität entdeckten sie jetzt, die kühlen Laken auf ihrer Haut, aufs Neue. Wie seltsam tröstlich das plötzlich war, und wie vertraut, als sei seit dem letzten Mal nicht viel Zeit vergangen. Fin fühlte, wie tief in seinem Innern dieselbe Leidenschaft erwachte, die Marsaili schon beim letzten Mal in ihm entfacht hatte. Ein wildes, zitterndes, ihn mit Haut und Haar verschlingendes Verlangen. Er fand Marsailis Gesicht mit den Händen, all die Konturen, die er so gut kannte. Ihren Hals, ihre Schultern, die sanfte Schwellung ihrer Brüste, die Wölbung ihrer Pobacken.

Ihre Lippen waren wie alte Freunde, als sie einander nach so vielen Jahren wiederbegegneten, sie suchten und forschten, als könnten sie nicht recht glauben, dass sich eigentlich nichts geändert hatte.

Ihre Leiber wogten auf und ab wie einer, ihr Atem war ein Keuchen, unwillkürliche Laute. Wortlos. Rückhaltlos. Lust, Leidenschaft, Hunger, Gier. Die zu Hitze wurden, zu Schweiß, zu totalem Eintauchen. Fin spürte bei jedem Stoß, wie das Blut seiner Herkunft von der Insel in ihm pulsierte. Die endlosen Moore, vom Wind gepeitscht, der Furor des Ozeans, der sich gegen die Küste warf. Die gälischen Stimmen seiner Vorfahren zu einem Stammesgesang erhoben.

Und mit einem Mal war es vorüber. Wie beim ersten Mal. Die Schleusentore waren geöffnet, das Wasser, das sich jahrelang hinter emotionalen Dämmen aus Zorn und Missverständnissen angestaut hatte, floss ab. Alles, in einem Moment, und spülte noch den letzten vergeudeten Augenblick ihres Lebens fort.

Hinterher lagen sie nur da, ineinander verschlungen, jeder mit seinen Gedanken beschäftigt. Und nach einer Weile bemerkte Fin, dass Marsailis Atem langsamer und flacher und dass ihr Kopf auf seiner Brust schwerer geworden war, und er fragte sich, wie in Gottes Namen es von hier aus für sie weiterging.

ZWEIUNDDREISSIG

Tommy Jack wohnte in einer Dreizimmerwohnung über einer Weinhandlung und einem Zeitungsladen in der Broughton Street. Das Taxi brachte sie zum York Place, und sie gingen im milden Abendlicht langsam den Hügel hinab, atmeten die seltsamen Gerüche der Stadt ein: Autoabgase, Brennereidämpfe, Curry. Ein größerer Gegensatz zum Leben auf der Insel war nicht vorstellbar. Fin hatte fünfzehn Jahre seines Lebens in dieser Stadt verbracht, und doch hatte es nur der wenigen Tage bedurft, die er seither auf den Inseln gewesen war, um sich hier bereits wieder fremd zu fühlen, regelrecht eingezwängt. Alles war schmutzig. Achtlos weggeworfener Kaugummi lag auf den Gehwegen, Unrat schwamm in den Gossen.

Zu Tommy Jacks Haus gelangte man über einen Durchgang in der Albany Street Lane, und als sie dort einbogen, sah Fin einen Transporter die Straße hinauffahren. Das Fahrzeug gehörte zu Bernardo's, der Kinderhilfsorganisation, und trug das Logo *Kindern wieder eine Zukunft geben*. Wie konnte man, fragte er sich im Stillen, Kindern etwas wiedergeben, was bereits zerstört war?

Tommy war ein kleiner Mann mit einem runden, glänzenden Gesicht und unter einem glatten, schimmernden Schädel. Sein Hemdkragen war abgeschabt. Er trug einen grauen Pullover, an dessen Vorderseite die Spuren von Ei klebten, und hatte ihn in eine Hose gesteckt, die ihm eine Nummer zu groß war und die er deshalb mit einem Gürtel am Bauch festhielt, den er ein Loch zu eng geschnallt hatte. Seine stark abgetragenen Hausschuhe hatten Löcher an den Zehen.

Er führte sie durch einen schmalen Flur mit dunkel tapezierten Wänden in ein Zimmer, das zur Straße hinausging. Tagsüber mochte die Sonne hier hereinfallen, jetzt aber, in dem inzwischen vergehenden Dämmerlicht, wirkte es düster und schäbig. Ein Geruch nach altem

Bratfett durchzog die Wohnung, vermischt mit dem leicht unangenehmen Duft von Körperausdünstungen.

Doch Tommy war ein Mensch von fröhlicher Wesensart. Er hatte scharfe dunkle Augen, die sie durch eine randlose Brille anblitzten. Fin schätzte ihn auf Mitte bis Ende sechzig. »Kann ich Ihnen einen Tee anbieten?«

»Das wäre nett«, sagte Marsaili, und Tommy unterhielt sich mit ihnen durch die offene Tür der kleinen Küche, während er Wasser im Kessel erhitzte und Tassen, Untertassen und Teebeutel hervorholte.

»Ich bin auf mich gestellt, seit meine bessere Hälfte vor acht Jahren gestorben ist. Wir waren über dreißig Jahre verheiratet. So richtig hab ich mich an das Alleinsein noch nicht gewöhnt.«

Fin dachte, es habe doch etwas von Tragik und von Komik, wenn jemand am Beginn und am Ende seines Lebens ganz allein war.

Marsaili fragte: »Keine Kinder?«

Tommy erschien lächelnd an der Tür. Doch es war ein Lächeln, in dem viel Bedauern lag. »Leider nicht. Eine der großen Enttäuschungen meines Lebens. Nie Kinder gehabt zu haben, denen ich die Kindheit hätte geben können, die ich mir für mich selbst gewünscht hätte.« Er wandte sich wieder zur Küche um. »So üppig wäre sie vom Gehalt eines Bankangestellten sowieso nicht ausgefallen.« Er lachte leise. »Das muss man sich mal vorstellen: Sein ganzes Leben lang zählt man Geld, und das gehört alles anderen.«

Er brachte ihnen ihren Tee in Porzellantassen, die sie vorsichtig auf dem zerschlissenen Stoff von Sesseln abstellten, die bereits etliche Jahre auf dem Buckel hatten und mit schmuddeligen Schondecken überzogen waren. Eine gerahmte Schwarzweißfotografie von Tommy und wohl seiner Frau stand auf dem Sims eines gekachelten Kamins, in dem ein Gasfeuer matt in der Dunkelheit glomm. Der Fotograf hatte die Zuneigung, die die beiden füreinander empfanden, in ihrem Blick eingefangen, und Fin dachte gerührt, dass Tommy so immerhin ein wenig Glück im Leben gefunden hatte. »Wann waren Sie im Dean, Tommy?«

Er schüttelte den Kopf. »Mit genauen Angaben kann ich Ihnen nicht dienen. Aber ich war einige Jahre dort, in den Fünfzigern. Der damalige Direktor des Hauses war ein brutaler Mensch. Sein Name war Anderson. Für den Leiter eines Heims, das verwaisten Kindern Trost und Schutz bieten soll, mochte er Kinder nicht besonders. Er war ein jähzorniger Charakter. Ich weiß noch, einmal hat er uns allen unsere Sachen weggenommen und sie im großen Heizkessel verbrannt. Die Strafe dafür, dass wir ein bisschen Spaß hatten.« Tommy lachte leise bei der Erinnerung.

Aus irgendeinem Grund war er in der Lage, das Komische an der Geschichte zu sehen, und Fin staunte über die Fähigkeit des Menschen, noch das Schlimmste leichtzunehmen, das einem vom Leben zugemutet wurde. Eine unerschöpfliche Widerstandskraft. Einzig gespeist, nahm er an, aus dem Willen zu überleben. Wenn man sich in sein Schicksal ergab, und sei es nur für einen Augenblick, wurde man in ein schwarzes Loch gezogen.

»Allerdings war ich nicht bloß im Dean. Man wurde damals ziemlich viel herumgeschoben. Es war nicht leicht, Freundschaften zu pflegen, darum hörte man halt auf, welche zu schließen. Und man verbot sich selber, zu hoffen, das alles könnte mal ein Ende haben. Sogar wenn Erwachsene kamen, uns anschauten und sich ein Kind oder zwei zur Adoption raussuchten.« Er lachte. »Heute könnten die das nicht mehr so machen, aber damals wurden wir erst in die Wanne gesteckt und gründlich abgeschrubbt, mussten dann unsere besten Sachen anziehen und uns in einer Reihe aufstellen, während feine Damen, die nach französischem Parfüm rochen, und Männer, die nach Zigarren stanken, kamen und uns begutachteten wie Schafe auf dem Viehmarkt. Natürlich haben die immer zu den Mädchen gegriffen. Schmächtige kleine Jungs wie ich hatten keine Chance.« Er beugte sich nach vorn. »Kann ich Ihnen noch mal nachschenken?«

»Nein, danke.« Marsaili deckte ihre noch halbvolle Tasse mit der Hand ab. Fin schüttelte den Kopf.

Tommy erhob sich. »Ich nehme noch eine Tasse. Wenn ich nachts schon aufstehen muss, hab ich wenigstens was im Tank, das ich ausleeren kann.« Er ging in die Küche zurück und stellte den Wasserkocher noch mal an, während er mit erhobener Stimme weitersprach. »In einem Haus, in dem ich mal war, kam eines Tages plötzlich Roy Rogers zu Besuch. Erinnern Sie sich an den? Das war ein aus Film und Fernsehen berühmter Cowboy. Er tourte mit seinem Pferd, Trigger, durch Schottland. Hat in unserem Waisenhaus einen Zwischenstopp eingelegt und sich eines der Mädchen rausgepickt. Das hat er adoptiert und nach Amerika mitgenommen. Das muss man sich mal vorstellen! Den einen Moment bist du ein armes kleines Waisenmädchen in einem Heim in Schottland, und im nächsten bist du die Tochter eines reichen Mannes in einem der wohlhabendsten Länder der Welt.« Er kam mit einer frischen Tasse in der Hand aus der Küche zurück. »Das ist der Stoff, aus dem die Träume sind, was?« Er setzte sich, stand unvermittelt aber gleich wieder auf. »Wo hab ich bloß meinen Kopf gelassen? Ich hab Ihnen ja nicht einmal einen Keks angeboten.«

Fin und Marsaili lehnten höflich ab, und er setzte sich abermals.

»Als ich für die Waisenhäuer zu alt geworden war, haben sie mich in ein Wohnheim in der Collington Road gesteckt. Dort wurde damals immer noch von einem älteren Jungen gesprochen, der zehn Jahre vorher einmal für kurze Zeit in dem Heim lebte. Der hatte den Dienst in der Marine quittiert, aber seine Familie hatte zu Hause keinen Platz für ihn oder so ähnlich. Big Tam wurde er von allen genannt. Ein großer, kräftiger Bursche, und hübsch dazu, nach allem, was man so hörte. Einer von den Jungs hatte erfahren, dass sie in der Stadt noch Leute suchten, die als Statisten im Theater bei *South Pacific* mitmachen, und sagte zu Big Tam, er soll sich doch bewerben.« Tommy grinste. »Sie wissen, was jetzt kommt.«

Fin und Marsaili hatten nicht die geringste Ahnung.

»Big Tam war Sean Connery.« Tommy lachte. »Der große Star. Und mit dem hab ich im selben Heim gewohnt! Vor ein paar Jahren kam er wieder nach Schottland, zur Eröffnung der schottischen Nationalversammlung. Das erste Mal seit fast dreihundert Jahren, dass in Edinburgh das Parlament wieder tagte. Ich bin auch hingegangen. War doch ein historischer Moment, nicht? So was darf man nicht verpassen. Jedenfalls sehe ich Sean, als er gerade reingeht. Und winke ihm aus der Menge zu und rufe: ›Wie geht's denn so, Big Tam?‹« Tommy lächelte. »Er hat mich aber nicht erkannt, klar.«

Fin beugte sich vor. »War das Dean ein katholisches Waisenhaus, Tommy?«

Tommys Augenbrauen schossen vor Überraschung nach oben. »Himmel, nein! Dieser Mr Anderson hat Katholiken gehasst. Der hat alles und jeden gehasst, wenn ich es mir recht überlege.«

Marsaili sagte: »Waren denn da überhaupt mal Katholiken in dem Heim?«

»O ja, aber die sind nie geblieben. Die Priester sind gekommen und haben sie abgeholt und in irgendein katholisches Haus gebracht. Einmal waren drei da, das weiß ich noch, die wurden doppelt so schnell wieder rausgeschmissen, nachdem ein Junge auf der Brücke umgekommen war.«

»Was für eine Brücke war das?«, fragte Fin, dessen Interesse plötzlich geweckt war.

»Die Dean-Brücke. Die überquert den Fluss Leith gleich hinter dem Dean Village. Gut dreißig Meter hoch wird die sein.«

»Was ist damals passiert?«

»Oh, Genaues wusste niemand. Gerüchte und Spekulationen gab es natürlich zur Genüge. Es ging um irgendeine Wette oder Mutprobe, wer außen an der Brücke über den Sims geht. Irgend so was. Jedenfalls waren da welche aus dem Dean beteiligt. Sie hatten sich nachts rausgeschlichen, aber einer war abgestürzt und zu Tode gekommen. Zwei Tage später waren die drei katholischen Kinder nicht mehr da. Es hieß, die wären mit einem großen schwarzen Auto weggebracht worden.«

In Fins Herzen wurde es ganz still, und er hatte das Gefühl, die Wahrheit sei so nahe, dass er bloß die Hand danach auszustrecken brauchte. »Erinnern Sie sich noch an die Namen?«

»Oh.« Tommy schüttelte den Kopf. »Es ist schon so lange her, Mr Macleod. Ein Mädchen war dabei. Cathy hieß sie, oder Catherine, glaub ich.

Und zwei Brüder. Der eine könnte John geheißen haben. Johnny vielleicht.« Er verstummte und forschte in den Tiefen seines Gedächtnisses. »Allerdings kann ich mich noch genau an den Namen des Jungen erinnern, der damals umgekommen ist. Patrick Kelly. Die Kellys, die kannte natürlich jeder. Sie lebten im Dean Village, und ihr Vater gehörte zu irgendeiner Verbrecherbande. Der hatte angeblich auch mal im Gefängnis gesessen. Die Jungs waren zäh, richtig verrückt. Denen ging man aus dem Weg, wenn man konnte.« Versonnen hielt er den Kopf schräg. »Ein paar Tage später sind welche von denen noch mal ins Dean gekommen, sie suchen den Dummi, haben sie gesagt.«

Marsaili runzelte die Stirn. »Den Dummi?«

»Ja, den Bruder. Wie hieß der bloß noch …?« Mit einem Mal stieg die Erinnerung in seinen Augen auf wie das Licht der Morgendämmerung. »Peter! Das war's. Johnnys Bruder. Netter Junge, aber nicht ganz richtig im Kopf.«

Es war fast dunkel, als sie wieder auf die Straße traten, zeitiger, als es auf den Inseln der Fall wäre. Zudem erzeugten die Pfützen kaltes Licht, die die Straßenlaternen auf alles warfen, eine Atmosphäre von Unwirklichkeit.

»Mein Vater und sein Bruder waren in Wirklichkeit also John und Peter«, sagte Marsaili, als mache die Kenntnis ihrer Namen sie auf irgendeine Weise realer. »Aber wie sollen wir ihren Nachnamen herausfinden?«

Fin schaute nachdenklich. »Indem wir mit jemandem sprechen, der sie kannte.«

»Wer sollte das denn sein?«

»Die Kellys zum Beispiel.«

Sie runzelte die Stirn. »Aber wie sollen wir *die* denn finden?«

»Nun, wenn ich noch Polizist wäre, würde ich sagen, weil sie uns nicht unbekannt sind.«

»Das verstehe ich nicht.«

Ein junges Pärchen trat aus der blauen Eingangstür der Weinhandlung, Flaschen klimperten in einer Papiertüte. Die junge Frau hakte sich bei ihrem Begleiter unter, und ihre Stimmen ertönten wie Vogelgezwitscher im Zwielicht.

Fin sagte: »Die Kellys sind ein bekannter verbrecherischer Familienclan in Edinburgh. Schon seit Jahren. Sie fingen damals in dem Slum an, der das Dean Village war. Drogen, Prostitution. Sie waren in ein paar Morde im Unterweltmilieu verwickelt, allerdings konnte man ihnen nichts davon nachweisen.«

»Du kennst sie?« Marsaili konnte nichts dagegen tun, dass man ihr die Ungläubigkeit anhörte.

»Mit ihnen befasst war ich nie, nein. Aber mein ehemaliger Detective Chief Inspector schon, das weiß ich. Er war mein Chef, als ich bei der Polizei anfing. Jack Walker. Heute ist er im Ruhestand.« Fin zog sein Handy hervor. »Bestimmt würde er sich freuen, mit uns zusammen etwas zu trinken.«

Man konnte den Eindruck haben, in Edinburgh gehe jemand herum, der Ladenfronten, Bars und Restaurants in Grundfarben anstrich. Vandalen mit einem fehlgeleiteten Stolz auf ihre Stadt. Das Windsor Buffet am oberen Ende des Leith Walk leuchtete giftgrün, die ehemaligen Studios von Scottish Television gleich daneben waren knallblau. Gelb und Rot stach auf der ganzen Länge der Straße hervor, daneben weiteres Grün und Blau. Und all das gekrönt von trostlosen Mietshäusern aus Sandstein, von denen manche mit Sandstrahl gereinigt waren, während andere noch so schwarz dazwischen standen, wie sie im Lauf der Jahre geworden waren, schlechte Zähne in einem tapferen Lächeln.

Das Windsor war fast voll, aber Jack Walker hatte ihnen einen Tisch in einer Nische im hinteren Teil des Pubs reservieren lassen. Er sah Marsailis neugierig an, als Fin sie vorstellte, fragte aber nicht nach. Er bestellte Bier für Fin und sich selbst und ein Glas Weißwein für Marsaili. Walker war ein großer, kräftiger Mann mit breiten Schultern und einem dichten weißen Haarschopf, der an einen Topfreiniger gemahnte. Obwohl inzwischen gut und gern Mitte siebzig, legte seine Erscheinung es nahe, sich besser nicht auf eine körperliche Auseinandersetzung mit ihm einzulassen. In einem sonnenbank-gebräunten Gesicht blitzten smaragdgrüne Augen, deren Blick nie ganz dieselbe Wärme ausstrahlte, die von dem spöttischen Lächeln ausging, das ständig um seine Lippen spielte.

Walker schüttelte ernst den Kopf. »Mit den Kellys sollten Sie sich lieber nicht anlegen, Fin. Das sind ganz schlimme Finger.«

»Das bezweifle ich nicht, Sir. Und ich habe nicht die Absicht, mich mit ihnen anzulegen.« Schon während er es sagte, wurde ihm bewusst, dass er seinen früheren Chef mit »Sir« ansprach. Zählebige alte Gewohnheit! »Ich möchte nur mit einem von ihnen reden, der vielleicht in den Fünfzigern mit der Familie im Dean Village gewohnt hat.«

Walker zog eine Augenbraue hoch. Sein Interesse war zwar geweckt, aber er hatte in den vielen Jahren bei der Polizei auch gelernt, dass es manchmal Fragen gab, die man lieber nicht stellte. »Der Einzige aus dieser Zeit, der noch lebt, ist Paul Kelly. Der dürfte damals aber noch ein Kind gewesen sein. Es gab noch zwei ältere Brüder, aber die wurden schon vor über fünfzig Jahren direkt vor ihrem Haus niedergeschossen. Eine Vergeltungsaktion, haben wir angenommen. Zu der Zeit gab es etliche brutale Revierkämpfe. Ich war da erst ein junger Cop, stand noch ganz am Anfang. Wir haben diese Morde im Milieu nicht allzu genau untersucht, deshalb ist niemand dafür zur Rechenschaft gezogen worden. Und dann habe ich über die Jahre verfolgt, wie der junge Paul Kelly das Zepter übernommen hat. Er hat sich auf Kosten anderer ein ganz ordentliches Imperium aufgebaut.« Walker machte ein Gesicht, hinter dem sich eine Menge aufgestauter Zorn und Frustration verbarg. »Wir konnten ihm nie etwas nachweisen.«

»Er ist also immer noch der große Zampano?«

»Ein bisschen ist er schon in die Jahre gekommen, Fin, aber im Prinzip ja. Bestimmt hält er sich für einen ganz großen Paten. Er ist aus der Gosse gekommen, residiert aber in einer beschissenen Riesenvilla in Morningside.« Walker warf Marsaili einen flüchtigen Blick zu, bat aber nicht um Entschuldigung für seinen drastischen Ausdruck. »Er hat inzwischen Kinder und Enkel. Die schickt er in Privatschulen, während ehrliche, einfache Leute wie du und ich zu kämpfen haben, um überhaupt die Heizkosten bezahlen zu können. Der Mann ist Abschaum, Fin. Einfach nur Abschaum. Ich würde dem nicht mal sagen, wie spät es ist.«

Sie lagen schweigend eine ganze Ewigkeit, wie es sich ausnahm, in ihrem dunklen Hotelzimmer. Begleitet wurden ihre Atemgeräusche nur vom Rauschen des Wassers, das vom Fluss zu ihnen heraufdrang. Demselben Wasser, das auch unter der Dean-Brücke hindurchströmte. Fin hatte Marsaili dorthin geführt, nachdem sie das Windsor verlassen hatten, und sie waren bis zur Brückenmitte gegangen, hatten auf das Dean Village und auf den Fluss Leith hinabgesehen, der gut dreißig Meter unter ihnen dahinfloss. Marsailis Vater und sein Bruder waren einmal hier gewesen. Irgendetwas war auf dieser Brücke geschehen, und ein Junge war gestorben.

Marsailis Stimme klang schallend laut, als sie plötzlich aus der Dunkelheit drang, mitten hinein in seine Überlegungen. »War ein komischer Anblick heute Abend, du und dieser Polizist.«

Fin wandte sich ihr zu, obwohl er ihr Gesicht nicht erkennen konnte. »Warum komisch?«

»Weil es für mich war, als schaute ich jemandem zu, den ich nicht kenne. Nicht dem Fin Macleod, mit dem ich in die Schule gegangen bin, oder dem Fin Macleod, mit dem ich am Strand geschlafen habe. Nicht mal dem Fin Macleod, der mich in Glasgow behandelt hat, als wäre ich der letzte Dreck.«

Er schloss die Augen und dachte daran, wie es in der kurzen Zeit gewesen war, die sie gemeinsam an der Universität in Glasgow studiert hatten. Und sich eine Wohnung geteilt hatten. Wie schlecht er sie damals behandelt hatte, unfähig, mit seinem eigenen Schmerz zurechtzukommen, und es an Marsaili ausgelassen hatte. Wie oft, fragte er sich, tun wir gerade denjenigen, die uns am nächsten sind, am meisten weh?

»Es war, als hätte ich einen Fremden vor mir. Den Fin Macleod, der du die vielen Jahre gewesen bist, in denen ich dich nicht kannte. Als du mit einer anderen verheiratet warst, ein Kind großgezogen hast, Polizist warst.«

Er wäre beinahe zusammengefahren, als sie ihn plötzlich am Gesicht berührte.

»Ich bin nicht sicher, ob ich dich überhaupt kenne. Nicht mehr jedenfalls.«

Es war, als seien die wenigen Momente der Leidenschaft, die sie am Nachmittag zusammen erlebt hatten, als das Sonnenlicht bleistiftstrichdünne Striche auf ihre verzweifelte Liebe warf, schon ein ganzes Leben her.

DREIUNDDREISSIG

Paul Kelly bewohnte ein freistehendes gelbes Sandsteinhaus, das auf drei Ebenen errichtet war und über Giebel und Dachgauben, eine Eingangsterrasse und einen rückwärtig gelegenen Wintergarten verfügte, an den sich ein landschaftsplanerisch gestalteter, gepflegter Garten anschloss.

Eine halbrunde Auffahrt führte von der Tipperlinn Road zum Eingang, unten und oben durch ein schmiedeeisernes, elektronisch gesteuertes Tor gesichert. Das Sonnenlicht fiel auf blühende Azaleen, grün gesprenkelt von frischem jungem Buchenlaub.

Das Taxi setzte Fin und Marsaili am Südtor ab, und Fin bat den Fahrer, auf sie zu warten. Doch der Mann schüttelte den Kopf. »Nein. Sie zahlen sofort. Hier bleibe ich nicht.« Es schien, als wisse er, was die Adresse bedeutete, und wollte sich hier nicht länger aufhalten als unbedingt nötig. Fin und Marsaili standen noch da und sahen ihm nach, als er davonfuhr und in die Morningside Place abbog.

Dann drehte Fin sich zu der in die Steinsäule neben dem Tor eingebauten Gegensprechanlage und drückte den Summer. Kurz darauf sagte eine Stimme: »Was wollen Sie?«

»Mein Name ist Fin Macleod. Ich war einmal Polizist. Ich würde gern Paul Kelly sprechen.«

»Mr Kelly ist nur nach vorheriger Anmeldung zu sprechen.«

»Sagen Sie ihm, es handelt sich um etwas, was vor sechsundfünfzig Jahren auf der Dean-Brücke passiert ist.«

»Er wird Sie nicht empfangen.«

»Sagen Sie es ihm einfach.« Fins Stimme hatte einen gebieterischen Ton. Einen Ton, der keine Widerrede duldete.

Der Lautsprecher ging aus, und Fin schaute verlegen aus dem Augenwinkel zu Marsaili. Er wurde gerade wieder zu dem Fin Macleod, den sie nicht kannte. Und hatte keine Ahnung, wie er die Kluft zwischen den beiden überbrücken sollte.

Sie mussten ihrem Gefühl nach übermäßig lange warten, bis die Sprechanlage wieder knackte und die Stimme sich meldete. »Okay«, mehr sagte sie nicht, und die Torflügel schwangen sofort auf.

Während sie die Zufahrt hinaufgingen, registrierte Fin die Sicherheitsleuchten und Überwachungskameras, die überall am Haus und im Boden befestigt waren. Paul Kelly war offensichtlich sehr daran gelegen, unerwünschte Besucher fernzuhalten. Die Eingangstür öffnete sich, als sie das Podest bestiegen, und ein junger Mann – weißes, am Hals offenes Hemd und graue, scharf gebügelte Hose, die mit einer akkuraten Falte auf den italienischen Schuhen auflag – musterte sie mit argwöhnischem Blick. Sein schwarzes Haar war kurzgeschnitten und mit Gel aus der Stirn frisiert. Ein teurer Haarschnitt. Fin roch das Rasierwasser schon aus zwei Metern Entfernung.

»Ich muss Sie filzen.«

Ohne ein Wort trat Fin einen Schritt nach vorn, die Beine gespreizt, die Arme an beiden Seiten angehoben. Der junge Mann tastete ihn sorgfältig vorn und hinten, an den Armen und an beiden Beinen ab.

»Die Frau auch.«

Fin sagte: »Sie ist sauber.«

»Ich muss es kontrollieren.«

»Nehmen Sie mein Wort dafür.«

Der junge Mann sah ihn frontal an. »Mein Job ist mir mehr wert, Kumpel.«

»Ist schon okay«, sagte Marsaili. Und bot sich zur Durchsuchung dar.

Fin verfolgte mit aufwallendem Zorn, wie der Mann die Hände auf sie legte. Vorn und hinten, auf die Pobacken und die Beine. Er hielt sich aber nirgends länger auf als nötig. Ein Profi. Marsaili ertrug es, ohne eine Miene zu verziehen, errötete nur ein bisschen.

»Okay«, sagte der Mann. »Folgen Sie mir.«

Er führte sie durch eine Halle, die in Cremeweiß und Pfirsich gehalten war, ausgelegt mit einem dicken roten Teppich; eine Buchentreppe erhob sich über zwei Stockwerke nach oben.

Paul Kelly lag auf einem weißen Ledersofa im Wintergarten an der Rückseite des Hauses und rauchte eine sehr lange Havanna-Zigarre. Obwohl draußen im Garten eine leichte Brise in den frischen Frühlingsblättern säuselte, hing sein Rauch in reglosen Schwaden im Licht, blaugrau gefärbt, wo er von der Sonne beschienen wurde, die schräg durch die Bäume einfiel. Man hatte den Eindruck, hier bereits im Garten selbst zu sein, obwohl man ihn weder roch noch hörte. Rote Plüschsessel standen um einen Tisch aus gebürstetem Edelstahl, und das helle Tageslicht spiegelte sich in dem glänzenden Parkettboden.

Kelly erhob sich, als sein Adlatus sie hereinführte. Er war von hünenhafter Statur, deutlich über eins achtzig groß und trotz des leichten Übergewichts in guter körperlicher Verfassung für jemanden, der Mitte bis Ende sechzig sein musste. Sein blühendes rundes Gesicht war so scharf rasiert, dass es glänzte, das dunkelgraue Haar stoppelkurz geschnitten. Sein gestärktes rosa Hemd spannte ein wenig über dem fülligen Bauch, seine Jeans zierte eine lächerlich scharfe Bügelfalte.

Er lächelte und hielt den Kopf fragend leicht schräg und reichte ihnen nacheinander seine große Pranke. »Ein Ex-Bulle und dann noch Andeutungen über die Dean-Brücke. Ich muss zugeben, Sie haben meine Neugier geweckt.« Er wies mit seiner Pranke auf die roten Sessel. »Setzen Sie sich. Kann ich Ihnen etwas zu trinken anbieten? Tee? Kaffee?«

Fin schüttelte den Kopf. »Nein, danke.« Er und Marsaili ließen sich steif auf der Kante des Sessels nieder. »Wir versuchen die Identität eines Mannes zu ermitteln, der heute auf der Insel Lewis lebt und irgendwann Mitte der fünfziger Jahre Insasse des Waisenhauses Dean war.«

Kelly lachte. »Sind Sie sicher, dass Sie nicht doch bei der Polizei sind? Für mich klingen Sie nicht wie ein Ex-Cop.« Er ließ sich auf sein Ledersofa zurücksinken.

»Seien Sie versichert, ich bin nicht mehr dort.«

»Na schön. Ich verlasse mich auf Ihr Wort.« Kelly zog nachdenklich an seiner Zigarre. »Wieso glauben Sie, dass ich Ihnen helfen kann?«

»Ihre Familie hat zu der Zeit in der alten Fabrikarbeiter-Siedlung im Dean Village gewohnt.«

Kelly nickte. »Das stimmt.« Er lachte leise. »Die Ecke erkennt man heute nicht wieder. Ist ein richtiges Yuppie-Paradies geworden.« Er hielt kurz inne. »Wie kommen Sie darauf, dass ich einen Jungen aus dem Dean kennen könnte?«

»Weil ich glaube, dass er an einem Zwischenfall auf der Dean-Brücke beteiligt war, der Ihre Familie betraf.«

In Kellys Augen flackerte eine minimale Andeutung von Interesse auf, und seine Gesichtsfarbe wurde einen Hauch lebhafter. War das Schmerz, was er da sah?, überlegte Fin. »Wie heißt der Mann?«

»Tormod Macdonald«, sagte Marsaili. Fin warf ihr einen Blick zu.

Schnell fügte er hinzu: »Aber unter diesem Namen werden Sie ihn wohl nicht kennen.«

Kelly wandte sich Marsaili zu. »Was hat dieser Mann mit Ihnen zu tun?«

»Er ist mein Vater.«

Das Schweigen, das darauf entstand, lag schwer in der Luft, wie Kellys Zigarrenrauch, und hielt so lange an, dass es ungemütlich wurde. Schließlich sagte Kelly: »Entschuldigung. Das ist eine Sache, die ich mein ganzes Leben lang zu vergessen versuche. Es ist nicht leicht, einen großen Bruder zu verlieren, wenn man noch so jung ist. Erst recht nicht, wenn er ein großes Vorbild war.« Er schüttelte den Kopf. »Patrick bedeutete mir alles.«

Fin nickte. Sagte: »Wir glauben, der Vorname des Jungen war John. Irgendwas. Und das versuchen wir herauszufinden.«

Kelly nahm einen langen tiefen Zug an seiner Zigarre und ließ den Rauch erst durch die Nasenlöcher und die Mundwinkel quellen, bevor er ihn in einem grauen Strom in die schwere Luft des Wintergartens blies. »John McBride«, sagte er schließlich.

Fin hatte Mühe, normal weiterzuatmen. »Sie kannten ihn?«

»Nicht persönlich. Ich war in der Nacht nicht mit auf der Brücke. Aber drei meiner Brüder waren dabei.«

»Als Patrick abstürzte und ums Leben kam?«, sagte Marsaili.

Kelly wandte seine Aufmerksamkeit Marsaili zu. Seine Stimme war kaum hörbar. »Ja.« Er machte den nächsten Zug an der Zigarre, und Fin sah schockiert, dass sich in seinen Augen etwas sammelte, fast wie Feuchtigkeit. »Aber darüber habe ich seit über fünfzig Jahren nicht mehr gesprochen. Und ich bin nicht sicher, ob ich jetzt damit anfangen will.«

Marsaili nickte. »Es tut mir leid. Das kann ich verstehen.«

Schweigend gingen sie die Tipperlinn Road entlang, vorbei an hohen Mauern und noch höheren Bäumen, die Villen aus Stein gegen neugierige Blicke abschirmten, vorbei an der alten Remise in Stable Lane bis zu der Stelle, wo rechter Hand die gepflasterte Albert Terrace hügelaufwärts in üppigem Grün abzweigte.

Schließlich konnte Marsaili nicht mehr an sich halten. »Was meinst du, was ist in der Nacht damals auf der Dean-Brücke wirklich passiert?«

Fin schüttelte den Kopf. »Das werden wir nicht erfahren, ausgeschlossen. Alle, die dabei waren, sind tot. Außer deinem Vater. Und vielleicht Ceit. Bei ihr wissen wir nicht, ob sie noch lebt oder nicht.«

»Zumindest wissen wir jetzt aber, wer mein Vater ist. Oder war.«

Fin sah sie an. »Ich wünschte, du hättest ihm nicht den Namen deines Vaters genannt.«

Sofort wich ihr das Blut aus dem Gesicht. »Warum?«

Er seufzte tief. »Ich weiß auch nicht, Marsaili. Ich wünschte nur, du hättest es nicht getan.«

VIERUNDDREISSIG

Aus dem späten Nachmittag blickte Fin nach unten auf die zerklüfteten Felsfinger, die in den Minch hinausgriffen und um die weiß schäumend die Wellen brachen. Torfmoore erstreckten sich ins Landesinnere, nach Generation des Torfstechens von Schnittnarben durchzogen. Im Loch a Tuath spiegelten sich die dunkel dräuenden Wolken, die sich am Himmel ballten, gefurcht von dem Wind, in dem eine kleine Maschine der British Airways tapfer im Anflug auf die kurze Landebahn des Flugplatzes von Stornoway kämpfte. Derselbe Wind fegte jetzt über den Parkplatz, als sie ihre kleinen Reisetaschen in den Kofferraum warfen und in Fins Auto Schutz suchten vor den ersten dicken Regentropfen, die von Westen über das Moor herangeweht wurden.

Fin ließ den Motor an und schaltete die Scheibenwischer ein. Lange hatte es nicht gedauert, dann hatten sie im Scotlands People Center des Schottischen Nationalarchivs John William und Peter Angus McBride aufgespürt, geboren 1940 beziehungsweise 1941 im Ortsteil Slateford der Stadt Edinburgh als Kinder von Mary Elizabeth Rafferty und John Anthony McBride. John Anthony war als Angehöriger der Royal Navy 1944 während eines Kriegseinsatzes umgekommen, Mary Elizabeth elf Jahre später an Herzversagen gestorben, dessen Ursache nicht genauer spezifiziert war. Marsaili hatte sich kostenpflichtige Auszüge aus den Geburts- und Sterberegistern der gesamten Familie anfertigen lassen und sie in einen braunen Umschlag geschoben, der jetzt in der Tasche steckte, die sie sich auf dem Beifahrersitz an die Brust drückte.

Fin hatte keine rechte Vorstellung davon, wie es in Marsaili aussehen mochte. Sie hatte während des ganzen Rückflugs auf die Inseln nichts gesagt. Er konnte nur mutmaßen, dass sie alles, was sie über sich selbst je gewusst und gedacht hatte, in neuem Licht betrachtete. Sie hatte gerade herausgefunden, dass sie zwar auf der Insel Lewis geboren und aufgewachsen war, aber kein Inselblut in sich hatte: eine englische Mutter, ein Festland-Vater aus einer katholischen Familie in Edinburgh, der sein gesamtes Leben erfunden hatte. Es war eine überraschende Entdeckung.

Er sah aus den Augenwinkeln zu ihr hinüber. Das Gesicht teigig-weiß, die Augen dunkel umschattet, das windzerzauste Haar stumpf und kraftlos. Sie sah richtig niedergeschmettert aus, schmächtig, und obwohl er sie instinktiv in die Arme hätte nehmen wollen, spürte er eine Barriere zwischen sich und ihr. Irgendetwas war in Edinburgh mit ihnen geschehen. Den einen Moment schien es, als hätten sie wiedergefunden, was sie einander einmal gewesen waren. Im nächsten war es verflogen, wie Rauch im Wind.

Die Entdeckung, wer ihr Vater wirklich war, hatte sie verändert. Und die Marsaili, die Fin gekannt hatte, war nun irgendwo in dem unübersichtlichen Terrain von Geschichte und Identität verschollen. Leider, dachte Fin, bestand durchaus die Möglichkeit, dass keiner von beiden sie wiederfand. Oder falls doch, dass die Veränderung unumkehrbar war.

Fin wusste aber auch, dass trotz der nun festgestellten Identität ihres Vaters und seines Bruders noch keineswegs klar war, was der Ermordung von Peter McBride auf Eriskay vor so vielen Jahren vorausgegangen war.

Nachdem sie sehr lange einfach neben ihm sitzen geblieben war, der Motor lief, Wind und Regen schlugen auf den Wagen ein, die Scheibenwischer rubbelten über die Windschutzscheibe, wandte Marsaili ihm schließlich das Gesicht zu. »Bring mich nach Hause, Fin.«

Aber Fin machte keine Anstalten, den Gang einzulegen und rückwärts aus ihrer Parkbucht herauszusetzen. Er umklammerte das Steuer mit beiden Händen. Mit einem Mal war ihm etwas eingefallen, wie aus dem Nichts, so schien es. Etwas, das schockierend einfach war und zugleich so offensichtlich, dass sie es übersehen hatten. Er sagte: »Ich möchte zu deiner Mutter fahren.«

Marsaili seufzte. »Warum das denn?«

»Ich würde gern die Sachen deines Vaters durchsehen.«

»Wozu?«

»Das weiß ich erst, wenn ich es finde.«

»Was für einen Sinn soll das haben, Fin?«

»Der Sinn ist, Marsaili, dass irgendwer Peter McBride ermordet hat. Es wird eine Untersuchung geben. Ein Ermittler kommt nächste Woche vom Festland rüber. Und wenn wir keine gegenteiligen Beweise haben, ist dein Vater nach wie vor der Hauptverdächtige.

Sie zuckte müde mit den Achseln. »Sollte mich das interessieren?«

»Ja, sicher. Er ist immer noch dein Vater. Nichts von dem, was wir herausgefunden haben, ändert etwas daran. Er ist immer noch derselbe Riese, der dich auf den Schultern getragen hat, als es hinausging zum Torfstechen. Derselbe Mann, der dir abends einen Kuss auf die Stirn gab, als er dich ins Bett brachte. Derselbe, der sein ganzes Leben lang für dich da war, vom Tag deiner Einschulung an bis zu dem Tag, an dem du geheiratet hast. Jetzt bist du diejenige, die für ihn da sein muss.«

Sie schaute ihn mit einem Blick an, aus dem nichts als Ratlosigkeit sprach. »Ich weiß nicht mehr, was ich von ihm halten soll.«

Fin nickte verständnisvoll. »Trotzdem, ich wette, wenn er könnte, würde er dir alles erzählen wollen, Marsaili. Alles, was er diese vielen Jahre in sich verschlossen hat und was er niemandem sagen konnte. Ich kann mir gar nicht vorstellen, wie schwer das für ihn gewesen sein muss.« Er fuhr sich frustriert durch die kurzen blonden Locken. Hier versagte jedes Einfühlungsvermögen. Wer hätte ahnen können, welche Wahrheit hinter der Fassade verborgen lag? »Wir gehen in dieses Pflegeheim, aber wir sehen da bloß eine Menge alte Leute herumsitzen. Mit leeren Augen, mit traurigem Lächeln. Und wir haken sie ab … sie sind eben alt und verbraucht. Kaum wert, dass man sich um sie kümmert. Und dabei hat hinter diesen Augen jeder von ihnen ein Leben gehabt und eine Geschichte, die er einem erzählen könnte. Eine Geschichte von Schmerz, Liebe, Hoffnung, Verzweiflung. Von all dem, was wir ebenfalls fühlen. Alt zu werden schwächt diese Gefühle ja nicht ab und macht sie auch nicht weniger real. Und eines Tages sind wir dann diejenigen. Die da herumsitzen und mitansehen müssen, wie die Jungen uns abtun … als alte Leute eben. Wie wird sich das dann anfühlen?«

Das schlechte Gewissen brannte heiß in Marsailis Augen. »Ich hab ihn noch genauso lieb wie eh und je.«

»Dann glaub auch an ihn. Und glaub daran: Was immer auch geschehen sein, was immer er getan haben mag, er hat es aus einem bestimmten Grund getan.«

Über dem Nordwesten von Lewis war die Sicht nahezu bei null. Der Regen kam in Lagen vom Ozean herangeweht, so dicht und fein, als seien es Nebelbänke. Man ahnte die weißen Brecher, die über den schwarzen Gneis schlugen, mehr, als dass man sie hinter dem Machair wirklich sah. Sogar der starke Lichtstrahl, den der Leuchtturm am Butt in die Nacht hinaussandte, war kaum auszumachen.

Marsailis Mutter war überrascht, als sie kamen, eng aneinandergedrückt unter Fins Jacke Schutz suchend, schon nach dem kurzen Sprint vom Auto bis zur Küchentür völlig durchnässt.

»Wo warst du?«, sagte sie. »Fionnlagh hat gesagt, du wärst nach Edinburgh gefahren.«

»Warum fragst du dann noch?«

Mrs Macdonald bekundete ihr Missfallen durch ein Ts-Ts. »Du weißt, was ich meine.«

»Es war eine persönliche Angelegenheit, Mum.« Marsaili und Fin hatten auf der Fahrt nach Ness verabredet, dass sie ihrer Mutter nichts davon verlauten lassen würden, was sie über ihren Vater herausgefunden hatten. Eines Tages würde es sowieso herauskommen. Im Moment aber, darin waren sie sich einig, würde es nichts nützen.

Fin sagte: »Wir möchten uns gern Tormods Sachen ansehen, falls das möglich ist, Mrs Macdonald.«

Die Farbe stieg ihr in die Wangen. »Warum denn?«

»Wir möchten es einfach gern, Mum.« Marsaili marschierte schon durchs Haus zu dem alten Arbeitszimmer ihres Vaters, ihre Mutter ihr hinterher.

»Ich wüsste nicht, wozu das gut sein soll, Marsaili. Für die Sachen haben du oder ich doch genauso wenig Verwendung wie er selber.«

Marsaili blieb in der Tür stehen und sah sich in dem leeren Raum um. Bilder waren von den Wänden genommen, der Schreibtisch freigeräumt. Sie ging hin und zog die Schubladen auf. Leer. Der Schrank. Leer. Alte Kisten, in denen ihr Vater seinen Krimskrams aufbewahrt hatte, verschwunden. Der Raum war steril, wie desinfiziert. Als sei er eine Krankheit gewesen. Alle Spuren von ihm beseitigt. Ungläubig drehte Marsaili sich zu ihrer Mutter um. »Was hast du gemacht?«

»Er ist nicht mehr hier.« Das schlechte Gewissen trieb sie in eine Abwehrhaltung. »Ich will mein Haus nicht mit seinem alten Plunder vollgemüllt haben.«

Doch der Vorwurf in Marsailis Ton war nicht zu überhören. »Mum, du warst fast fünfzig Jahre mit ihm verheiratet! Du hast ihn geliebt. Oder nicht?«

»Er ist nicht der Mann, den ich geheiratet habe.«

»Wofür er nichts kann. Er hat Demenz, Mum. Das ist eine Krankheit.«

Fin sagte: »Sie haben alles weggeworfen?«

»Ich wollte es erst rausstellen, wenn die Mülltonnen das nächste Mal geleert werden. Es steht alles in Kartons vorn in der Diele.«

Marsailis Gesicht war hochrot vor Empörung. Sie hielt ihrer Mutter den erhobenen Zeigefinger vors Gesicht. »Wage es ja nicht, die Sachen wegzuwerfen! Hörst du? Sie gehören meinem Vater. Wenn du sie nicht im Haus haben willst, nehme ich sie.«

»Dann nimm sie halt!« Das schlechte Gewissen verstärkte jetzt ihren Zorn. »Nimm die blöden Sachen. Ich will sie nicht haben! Meinetwegen kannst du sie verbrennen!« Kurz davor, die Fassung zu verlieren, schob sie sich an Fin vorbei und eilte durch den Flur davon.

Schwer atmend, stand Marsaili da und starrte Fin aus Augen an, in denen das Feuer noch loderte. Zumindest, dachte er, hatte sie das Gefühl für ihren Vater wiedergefunden. Und sagte: »Ich klapp die Rückbank um, und wir laden alles ins Auto.«

Vor Feuchtigkeit beschlugen sogar die Küchenfenster in Marsailis Bungalow. Die Pappkartons waren während des Transports vom Haus ihrer Mutter ins Auto und dann vom Auto in den Bungalow nass geworden. Ihren Inhalt aber hatten die Mülltüten geschützt, die Fin mit Klebeband über den Oberseiten befestigt hatte. Fin und Marsaili allerdings waren beim Ein- und Auspacken pudelnass geworden. Fin hatte seine nasse Jacke sofort ausgezogen, und Marsaili rubbelte sich die Haare noch mit einem Handtuch trocken.

Fionnlagh stand daneben und sah zu, während Fin die Kartons einen nach dem anderen öffnete. Einige enthielten Fotoalben, andere alte Kontoauszüge. Wieder andere waren angefüllt mit Gerümpel, Werkzeug und Blechdosen voller Nägel, einem Vergrößerungsglas, Schachteln mit unbenutzten Kulis, deren Farbe bereits eingetrocknet war, einem kaputten Klammergerät und Schachteln voller Büroklammern.

Fionnlagh sagte: »Mit Reverend Murray hab ich mehr oder weniger meinen Frieden gemacht.«

Fin schaute auf. »Er hat gesagt, dass du bei ihm warst.«

»Mehrere Male.«

Fin und Marsaili wechselten Blicke. »Und?«

»Dass er einverstanden ist, wenn Donna und Eilidh hier wohnen, wisst ihr ja.«

Fin nickte. »Ja.«

»Na ja, ich hab ihm gesagt, dass ich mit der Schule aufhören und versuchen will, einen Job bei Arnish zu kriegen. Damit ich uns alle ernähren kann.«

Marsaili war überrascht. »Was hat er gesagt?«

»Es hat nicht viel gefehlt, und er hätte mir den Kopf abgerissen.« Fionnlagh lächelte schief. »Er hat gesagt, wenn ich nicht meinen Abschluss mache und einen Platz an der Universität bekomme, wird er mich persönlich windelweich prügeln.«

Fin zog eine Augenbraue hoch. »Mit diesen Worten?«

Fionnlagh grinste. »So ziemlich. Ich dachte, Priester sollten solche Wörter nicht in den Mund nehmen.«

Fin lachte. »Priester haben eine Sonderbescheinigung von Gott, dass sie nach Lust und Laune fluchen dürfen. Sofern es einem guten Zweck dient.« Er hielt kurz inne. »Also wirst du an die Uni gehen?«

»Wenn sie mich nehmen.«

Donna erschien in der Tür, das Baby bäuchlings an die Schulter gedrückt und mit einem Arm gestützt. »Fütterst du sie, oder soll ich das machen?«

Fionnlagh grinste seine Tochter an und strich ihr mit der Rückseite der Finger über die Wangen. »Ich mach das. Ist das Fläschchen im Wärmer?«

»Ja.« Donna reichte ihm das Kind.

Fionnlagh drehte sich in der Tür noch mal um, bevor er Donna hinaus folgte. »Übrigens, Fin, du hattest recht. Mit Donnas Vater. So schlimm ist er gar nicht.«

Zwischen Vater und Sohn ging etwas hin und her, und dann grinste Fin. »Ja, er ist noch nicht ganz verloren.«

Als Fionnlagh gegangen war, nahm Fin sich den nächsten Karton vor und stellte nach dem Aufreißen fest, dass er voller Bücher und Schreibhefte war. Er nahm das oberste Buch heraus, eins mit einem festen grünen Einband. Eine Anthologie von Gedichten des 20. Jahrhunderts. »Ich wusste gar nicht, dass dein Vater Gedichte mag.«

»Mir ist das auch neu.« Marsaili kam durch die Küche, um einen Blick darauf zu werfen.

Fin schlug das Buch auf, und auf dem Vorsatzblatt standen, in einer eleganten Handschrift geschrieben, die Worte: *Tormod Uilleam Macdonald. Alles Gute zum Geburtstag. Mum. 12. August 1976*. Fin runzelte die Stirn. »Mum?«

Er hörte das Beben in ihrer Stimme, als Marsaili sagte: »Sie haben sich immer mit Mum und Dad angesprochen.«

Fin blätterte in dem Buch, als ein zusammengefaltetes Blatt liniertes Papier herausfiel. Er hob es auf. Er war mit einer zittrigen Handschrift bedeckt und mit *Solas* betitelt.

»Das ist die Tagespflege-Einrichtung neben dem Pflegeheim, in die wir ihn an dem einen Tag gebracht haben«, sagte Marsaili. »Es ist seine Handschrift. Was steht denn da?« Sie nahm Fin das Blatt aus der Hand, und er stand auf und schaute mit ihr zusammen darauf. Jedes dritte oder vierte Wort war durchgestrichen, manchmal mehrfach, um Schreibfehler zu korrigieren. Marsailis Hand flog an ihren Mund, als müsse sie ihren Schmerz für sich behalten. »Auf seine gute Rechtschreibung war er immer so stolz.« Dann las sie laut: *»Es waren insgesamt an die zwanzig Personen dort, als ich da war. Die meisten sind sehr alt.«* Für das Wort »alt« hatte er dreimal neu ansetzen müssen. *»Einige sind sehr schwach und können anscheinend nicht sprechen. Andere können nicht laufen, versuchen aber, ihre Füße zentimeterweit über den Boden zu schieben. Es gab aber auch welche, die konnten vernünftige Schritte gehen.«* Nach diesen Worten schnürte es Marsaili die Stimme ab, und sie konnte nicht weiterlesen.

Fin nahm ihr das Blatt Papier ab und las laut: *»Wenn ich Briefe schreibe, mache ich unweigerlich kleine Fehler bei meinen Wörtern. Mein Verlust kam aber natürlich nicht über Nacht. Er begann gegen Ende meines elften Lebensjahrs, fiel mir anfangs aber überhaupt nicht auf. Mit den Jahren, die eins nach dem anderen vergingen, wurde mir jedoch klar, dass ich meine Fähigkeit, mich an etwas zu erinnern, zunehmend einbüßte. Das ist eine schreckliche Sache, und ich weiß, der Augenblick, an dem ich vollkommen machtlos dagegen bin, ist nicht mehr fern.«*

Fin legte das Blatt Papier auf den Tisch. Draußen heulte der Wind weiter um die Tür, trommelte der Regen gegen das Fenster. Er strich mit dem Zeigefinger über den unebenen Rand des Blatts, das aus einem Schreibheft herausgerissen worden war. Fast noch schlimmer als die Krankheit an sich, dachte er, musste das Wissen sein, dass sie einen befallen hatte. Dass man Stück für Stück seinen Verstand verlor, seine Erinnerungen, alles das, was einen ausmachte.

Fin sah aus dem Augenwinkel zu Marsaili, die tiefe Atemzüge machte und sich mit den Handrücken die Wangen trocknete. Irgendwann hat man seinen Tränenvorrat aufgebraucht. »Ich mach uns einen Tee«, sagte sie.

Während sie mit dem Wasserkessel, den Tassen und den Teebeuteln beschäftigt war, ging Fin wieder in die Hocke und öffnete noch andere Kartons. Im nächsten befanden sich Unterlagen zu den Ein- und Ausgängen auf dem Bauernhof, den Tormod so viele Jahre lang bewirtschaftet hatte. Fin hob die Sachen nacheinander heraus, bis er auf dem Boden des Kartons ein großes Sammelalbum mit einem weichen Einband fand, prall gefüllt mit Zeitungsartikeln, über viele Jahre aus Zeitungen und Zeitschriften ausgeschnitten. Fin legte es auf den Karton daneben und schlug es auf. Vorn waren die Ausschnitte noch ordentlich auf die Seiten aufgeklebt, später lagen sie bloß als lose Blätter darin. Es waren sehr viele.

Fin hörte, wie das Wasser im Kessel zu kochen begann, hörte das Wetter draußen vor der Tür, Musik, die aus der Ferne hinter der Tür der Kinder vibrierte, und Marsailis Stimme. »Was ist das, Fin? Was sind das alles für Zeitungsausschnitte?«

In Fin drin jedoch war es ganz still. Seine eigene Stimme drang wie von weit weg an sein Ohr. »Ich glaube, wir sollten mit deinem Vater nach Eriskay fahren, Marsaili. Das ist der einzige Ort, an dem wir die Wahrheit finden werden.«

FÜNFUNDDREISSIG

Marsaili ist da! Ich wusste, dass sie mich eines Tages abholen kommt. Und der junge Bursche. Ich weiß zwar nicht genau, wer er ist, aber er ist nett und hilft mir, ein paar von meinen Sachen in eine Tasche zu packen. Socken und Unterhosen. Zwei Hemden. Eine Hose. Die lassen viele Sachen im Schrank und in der Kommode. Die holen sie wohl später. Ist auch nicht so wichtig. Ich würde am liebsten singen! Gute Marsaili. Ich kann es kaum erwarten, nach Hause zu kommen, obwohl ich nicht sicher bin, dass ich mich noch genau erinnere, wo das ist. Aber die wissen es bestimmt.

Alle sitzen da und lächeln mir zu, als ich gehe, und ich winke ihnen fröhlich zu. Die Dame, die immer möchte, dass ich mich ausziehe und in diese blöde Badewanne steige, schaut nicht sehr erfreut. Als hätte sie sich zum Pinkeln ins Moor hocken wollen und sich auf eine Distel gesetzt. Ha!, möchte ich sagen. Geschieht dir recht. Aber ich bin mir nicht sicher, was am Ende rauskam. Klang wie Donald Duck. Wer hat das noch mal gesagt?

Draußen ist es kalt, und bei diesem Regen muss ich gleich an früher denken. Die vielen Tage, allein draußen auf dem Land mit den Tieren. Das hat mir immer sehr gefallen. Man hat sich so frei gefühlt. Musste nichts mehr vorspielen. Nur ich und der Regen in meinem Gesicht. Der junge Mann sagt, ich soll keine Scheu haben und mich melden, wenn ich mal pinkeln muss. Jederzeit. Er hält an, egal wann und wo, sagt er. Ja, klar, sag ich. Ich werd mir ja wohl nicht in die Hose pinkeln, oder?

Kommt mir so vor, als fahren wir jetzt schon ziemlich lange. Kann sein, ich hab mal ein bisschen geschlafen. Ich schau mir das Land an, das vor dem Fenster vorüberzieht. Kommt mir ja gar nicht bekannt vor. Ich könnte ja nicht entscheiden, ob hier Gras durch den Felsen durchbricht oder der Felsen durch das Gras. Mehr gibt's hier nicht. Gras und Felsen auf all den Hängen.

Oh, und jetzt seh ich da in der Ferne einen Strand. Man möchte nicht glauben, dass ein Strand so groß oder der Ozean so blau sein kann. Ich weiß noch, so einen Strand hab ich schon mal gesehen. Der größte Strand, den ich je sah. Viel größer als Charlies Strand. Aber da war ich so mit meinem Kummer und meinen Schuldgefühlen beschäftigt, dass ich kaum darauf geachtet hab. Ich saß am Steuer von Donald Seamus' altem Transporter. Peter lag noch hinten, in die Decke eingewickelt, die ich aus dem Schlafzimmer genommen hab, um ihn zum Boot runterzutragen.

Mary-Anne und Donald Seamus schliefen tief und fest. Die konnte anscheinend nichts mehr erschüttern, wenn sie erst mal den Kopf aufs Kissen gelegt hatten. Eigentlich auch egal, weil ich in der Nacht in Panik war und immer noch weinte. Ich hab bestimmt auch überall Blut verschmiert. Aber in meinem Zustand hat mich das nicht weiter interessiert.

Als wir nach Ludagh kamen, hatte ich mich schon wieder ein bisschen gefangen. Ich durfte mir wegen Ceit ja nichts anmerken lassen. Ich weiß noch, wie ich in den Seitenspiegel von Donald Seamus' Transporter gesehen hab und sie da im Dunkeln auf dem Anleger stand und mir nachschaute, als ich wegfuhr. Da wusste ich ja eigentlich schon, dass ich sie nie mehr wiedersehen werde. Aber ich hatte ja ihr Christophorus-Medaillon um den Hals, und deshalb würde sie immer bei mir sein. So oder so.

Mit dem Wasser hatte ich Glück, und ich konnte die Furten durchqueren, ohne auf Ebbe warten zu müssen. Ich musste bis Tagesanbruch ja so viele Meilen zwischen mich und die Inseln legen wie möglich. Nicht lange, und Donald Seamus würde merken, dass Peter und ich mit seinem Gewehr und seinem Geld weg waren und dass auch sein Transporter nicht mehr dastand. Wahrscheinlich würde er gleich die Polizei rufen. Ich musste Abstand zwischen uns schaffen.

Als ich in Berneray auf die erste Fähre des Tages wartete, brach über dem dunstigen Sund von Harris gerade der Morgen an. Außer mir standen fast nur Firmenwagen dort, und niemand hat groß auf mich geachtet. Aber ich hatte meinen toten Bruder auf der Ladefläche eines gestohlenen Transporters und war total nervös. Hier war das Risiko für mich am größten und dann noch einmal in Leverburgh, wenn die Fähre wieder anlegte. Aber ich hab versucht, mich in die Polizei hineinzuversetzen. Ich hatte ein Gewehr gestohlen, Geld und ein Auto. Das mit Peter wussten sie natürlich nicht. Sie nahmen sicher an, dass wir das gemeinsam gemacht hatten. Wohin würden wir abhauen? Die glaubten bestimmt, dass wir versuchen würden, uns wieder aufs Festland durchzuschlagen. In dem Fall hätten wir nach Lochmaddy fahren müssen, um die Fähre nach Skye zu erwischen. Wieso sollten wir nach Norden fahren, nach Harris oder Lewis? Das jedenfalls war meine Überlegung, richtig geglaubt hab ich daran in dem Moment allerdings auch nicht.

Die Fähre glitt an dem Morgen wie ein Gespenst über den Sund, nur eine leichte Dünung auf einer bleiernen See, die Sonne hinter dunklen, dicken Wolken verborgen. Und dann fuhr ich in Leverburgh auch schon die Rampe rauf und war wieder auf der Straße.

Und da sah ich zum ersten Mal die Strände, in Sacrista und Luskentyre, und fuhr durch das kleine Dorf Seilebost, aus dem ich ja, wie mir einfiel, angeblich stamme. Dort legte ich eine kurze Pause ein, folgte einem Weg hinaus auf den Machair und schaute über die goldenen Strände, die sich bis ins Unendliche zu erstrecken schienen. Ich war jetzt Tormod Macdonald. Und hier war ich aufgewachsen. Ich stieg wieder in den Transporter ein und fuhr, ohne anzuhalten, durch die Ausläufer von Stornoway und durch das Barvas-Moor auf die Straße, die an der Westküste nach Ness führte. Weiter weg ging es fast nicht.

Bei Barvas bog ich auf einen holprigen Feldweg ein, der an ein paar in die Erde gekrallten Häusern vorbei zu einem dem Wind ausgesetzten Loch führte, das fast ganz von Land eingeriegelt war. In der Ferne brach sich überall das Meer an der Küste, und ich stand mit Peter da und wartete auf die Dunkelheit.

Es dauerte eine Ewigkeit, bis sie kam. Mein Magen knurrte mich böse an. Ich hatte ihm seit fast vierundzwanzig Stunden nichts mehr zukommen lassen und war ziemlich benommen. Schließlich sah ich, wie das letzte Licht am westlichen Horizont im Dunkel versank und Donald Seamus' alter Transporter seine Abgase in die Nacht hustete. Ich rumpelte den Feldweg zurück zur Hauptstraße und wandte mich nach Norden.

In Siader erspähte ich einen Weg, der ins Dunkel führte, zum Meer hin. Auf den bog ich ein, schaltete die Scheinwerfer aus und kroch quälend langsam auf die Klippen zu, konnte mich nur an den Stellen orientieren, auf die ab und zu kurz das Mondlicht fiel. In Sicht- und Hörweite eines Meers, das im Dunkel fast zu leuchten schien, würgte ich den Motor ab und stieg aus. Nirgendwo war ein Licht zu erkennen, und ich holte Donald Seamus' *tarasgeir* von der Ladefläche des Autos.

Obwohl das Moor weich und nass war, brauchte ich fast eine Stunde, um ein Loch zu graben, das groß genug war, um Peter als letzte Ruhestätte zu dienen. Zuerst schnitt ich Torfsoden aus der oberen Schicht heraus und legte sie zur Seite, dann grub ich so lange und so tief, dass das in die Grube sickernde Wasser von dem Körper verdrängt wurde. So tief, dass, wenn ich ihn hineingelegt und die Soden wieder darüber gedeckt hatte, niemand merken würde, dass die Erde überhaupt aufgebrochen worden war. Oder falls doch, dass man es für einen misslungenen Versuch, Torf zu stechen, halten würde. Aber ich wusste, die Erde würde binnen kurzem wieder zusammenwachsen, sich um ihn schließen, ihre Arme um ihn breiten und ihn für immer halten.

Als ich – endlich – fertig war, wickelte ich meinen Bruder aus der Decke und legte ihn vorsichtig in sein Grab. Ich kniete an seinem Kopf nieder und küsste ihn und betete für seine Seele, auch wenn ich mir nicht mehr sicher war, dass es da draußen wirklich einen Gott gab. Dann deckte ich ihn zu, so verzehrt von Gram und Schuld, dass ich kaum den Spaten schwingen konnte. Als ich die letzte Torfsode zurückgelegt hatte, stand ich noch zehn Minuten oder länger da und ließ mir vom Wind den Schweiß trocknen, bevor ich die blutverschmierte Decke aufhob, mich übers Moor schleppte und durch ein Gewirr aus Steinen hinabstieg zu einer kleinen Bucht.

Dort hockte ich mich in den Sand, um den Wind abzuhalten, als ich die Decke anzündete, und setzte mich dann in ihren Windschatten und sah zu, wie die Flammen im Dunkel aufsprangen und kurz tanzten, Funken und Rauch in die Nacht trugen. Eine symbolische Einäscherung. Das Blut meines Bruders ging wieder ein in die Erde.

Ich saß noch am Strand, bis die Kälte mich fast umbrachte, bevor ich durchgefroren wieder über das Moor zum Transporter stakste und den Motor anließ. Wieder auf dem Weg zurück zur Straße und dann nach Süden durch Barvas, bevor ich irgendwo unweit von Arnol nach Osten auf einen schmalen Weg einbog. Einen Weg, der durchs Moor zu einigen Erhebungen führte. Ich hatte das Auto eigentlich in Brand stecken wollen, fürchtete aber immer, gesehen zu werden, zu welcher abgelegenen Stelle ich auch fuhr. Und da sah ich es, in einem Moment, in dem der Mond darauf schien, das Loch, das unter mir schimmerte. Ich sammelte meine Sachen von der Ladefläche ein und fuhr bis an den Rand der Senke. Dann schaltete ich den Motor aus, sprang aus dem Auto in den weichen Torfboden, half, die Schulter an der Tür, dem Auto noch über die ersten Meter, bis es von selbst fuhr.

Es rollte im Dunkeln den Hügel hinab, und ich hörte mehr, als dass ich es sah, wie es auf dem Wasser aufschlug. Ich saß noch eine ganze Stunde auf dem Hang und sah im immer wieder kurz aufblitzenden Mondlicht, dass noch ein Teil des Transporters aus dem Wasser ragte, und dachte schon, ich hätte vielleicht einen furchtbaren Fehler begangen. Aber am Morgen war es im Wasser verschwunden.

In den Stunden der Dunkelheit zerlegte ich inzwischen das Jagdgewehr, das Donald Seamus für die Kaninchenjagd benutzt hatte, damit es in meine Tasche passte. Beim ersten Licht trabte ich übers Moor zur Straße zurück. Ich war erst fünf Minuten in Richtung Barvas gegangen, als jemand anhielt und mich mitnahm. Ein alter Pächter, der nach Stornoway wollte. Er redete in einem fort, und ich fühlte, wie meine Glieder langsam wieder zum Leben erwachten, von der Heizung in seinem Auto gewärmt. Wir hatten schon das halbe Barvas-Moor hinter uns, da sagte er: »Sprichst ein komisches Gälisch, mein Junge. Du bist nicht von hier.«

»Nein«, sagte ich. »Ich bin von Harris.« Und langte hinüber und schüttelte ihm die Hand. »Tormod Macdonald.« Und der bin ich seitdem mein ganzes Leben lang.

»Was hast du denn in Stornoway zu tun?«

»Ich nehm die Fähre aufs Festland.«

Der alte Bauer grinste. »Na, dann viel Glück, Junge. Es ist eine rauhe Überfahrt.«

Damals hatte ich keine Ahnung, dass ich zurückkommen würde, wenn es vorbei war. Getrieben von dem Bedürfnis, in der Nähe meines Bruders zu sein, als könne ich damit wiedergutmachen, dass ich das meiner Mutter gegebene Versprechen nicht gehalten hatte.

»Wo sind wir denn hier?«, frage ich.

»Das ist Leverburgh, Dad. Wir fahren mit der Fähre nach North Uist.«

North Uist? Da wohne ich aber nicht, das weiß ich. Ich kratze mir den Kopf. »Warum?«

»Wir bringen dich nach Hause, Dad.«

SECHSUNDDREISSIG

Marsaili und Fin hatten Fionnlagh nicht im Voraus sagen können, wie lange sie weg sein würden, und sie hatten ihm Marsailis Mobiltelefon gegeben, damit sie ihn immer erreichen konnten. Am späten Vormittag war Fionnlagh zu den Croboster Läden gefahren, um die Speisekammer für die nächsten Tage aufzufüllen.

Es war ein Morgen mit Schmuddelwetter, der Wind fegte in jähen Böen über die Landspitze und führte in Wellen feinen, alles durchnässenden Regen heran, der das frisch gesprossene Frühlingsgras niederdrückte. Doch Fionnlagh störte das nicht. Er war damit aufgewachsen. Das war normal. Er hatte es gern, wenn der Regen ihm ins Gesicht stach. Er sah auch gern, wenn der Himmel unerwartet aufriss und das Licht hindurchließ. Wenn kaltes, blendendes Sonnenlicht wie Quecksilberpfützen auf dem Ozean glitzerte. Die konnten Minuten oder Sekunden so liegen bleiben.

Dunkle Wolkenballen rollten so dicht über dem Boden dahin, dass man fast meinte, man brauche nur die Hand auszustrecken, um sie zu berühren. Der Gipfel des Hügels lag fast vollständig in Wolken, als Fionnlagh zum Bungalow zurückfuhr. Donna hatte ihm versprochen, dass das Mittagessen fertig war, wenn er wiederkam. Nichts Besonderes. Ein Schinken-Eier-Salat, hatte sie gesagt. Fionnlagh war überrascht, als auf dem Kiesweg oberhalb des Hauses, wo er normalerweise seinen Mini parkte, ein weißer Range Rover abgestellt war. Das Nummernschild war ihm unbekannt. Auf Lewis war es Usus, auf das Nummernschild eines sich nähernden Fahrzeugs zu sehen und zu winken, wenn man es kannte. Gesichter konnte man durch Windschutzscheiben, die das Licht reflektierten oder die vom Regen verschmiert waren, ja nur selten ausmachen. Das hier war jedenfalls keine Nummer von der Insel.

Er fuhr neben dem Range Rover rechts ran und sah beim Aussteigen aus seinem Auto, dass ein Exemplar der *Edinburgh Evening News* dort auf dem Rücksitz lag. Er holte die Lebensmittel aus dem Kofferraum des Mini und sprintete durch den Regen zur Küchentür. In gebückter Haltung schaffte er es sogar, die Klinke hinunterzudrücken, ohne die Einkäufe, die er auf dem rechten Arm balancierte, fallen zu lassen, und als die Tür nach innen aufging, sah er Donna in der Tür zum Flur stehen. Ein ganz untypischer Geruch nach Rauch lag im Haus, und Donna drückte Eilidh an sich, als fürchte sie, die Kleine könne davonfliegen, wenn sie sie losließ. Donnas Gesicht war so weiß wie der Range Rover, der oben am Weg stand, die Pupillen so geweitet, dass ihre Augen fast schwarz aussahen. Fionnlagh wusste sofort, dass hier irgendetwas ganz und gar nicht war, wie es sein sollte.

»Was ist, Donna?«

Ihr verängstigter Kaninchenblick huschte durch die Küche, und als Fionnlagh ihm folgte, sah er einen Mann am Küchentisch sitzen. Einen Mann, groß und kräftig und mit kurzgeschorenem silbergrauen Haar. Er trug ein weißes, am Hals offenes T-Shirt unter einer Barbour-Jacke, Jeans und schwarze Desingerstiefel von Cesare Paciotti. Er rauchte eine sehr lange Zigarre, die schon halb bis zu seinen nikotingelb verfärbten Knöcheln heruntergebrannt war.

Im selben Moment wurde Donna von hinten in die Küche gestoßen. Gezwungenermaßen machte sie zwei, drei Schritte, bevor sie sich wieder fing und ein Mann hinter ihr auftauchte. Er war wesentlich jünger als der Mann am Küchentisch. Dickes schwarzes, von Gel glänzendes Haar war aus der Stirn nach hinten gekämmt. Er war lässiger gekleidet, trug ein blaues Hemd und eine dunkelgraue Hose unter einem langen braunen Wachs-Regenmantel. Unpassenderweise waren seine feinen schwarzen italienischen Schuhe schlammverkrustet, wie Fionnlagh sah. Erst danach erkannte er in ungläubiger Bestürzung, dass der Mann etwas in der erhobenen Rechten hatte, was wie eine abgesägte Schrotflinte aussah.

»Was?« Das Wort war seinem Mund schon entfahren, bevor ihm klar war, wie albern es sich anhörte. Sein erster Gedanke war, dass es sich um einen Scherz handeln musste. Allerdings war daran nichts auch nur im

Entferntesten komisch. Und Donna stand die pure Angst ins Gesicht geschrieben. Er stand da, die Arme beladen mit Einkäufen, Wind und Regen bliesen ihm in der noch offenen Tür um die Beine, und hatte keine Ahnung, was er tun sollte.

Der Mann am Tisch lehnte sich auf dem Stuhl zurück und musterte ihn prüfend. Zog bedächtig am feuchten Ende seiner Zigarre. »Wo ist dein Großvater?«

Fionnlagh wandte sich mit seiner ganzen Bestürzung ihm zu. »Ich habe keine Ahnung.«

»Ich denke doch. Deine Mutter und ihr Freund haben ihn heute Morgen in aller Frühe aus dem Pflegeheim abgeholt. Wo sind sie hin?«

Fionnlagh stellten sich die Nackenhaare auf. »Ich weiß es nicht.« Er hoffte, es klang frech.

»Nicht putzig werden, Kleiner.« Der Ton des Zigarrenrauchers blieb gleichmütig, unbeeindruckt. Sein Blick ging zu Donna und dem Baby. »Das ist dein Kind, nicht? Tormods Urenkelin?«

Angst schoss durch Fionnlagh. »Wenn du ihnen auch nur ein Haar krümmst …!«

»Was dann? Was willst du dann machen, Kleiner? Sag's mir.«

Fionnlagh warf einen flüchtigen Blick auf den Mann mit der Waffe. Dessen Miene war vollkommen reglos. Nur in seinen Augen lag eine Mahnung, sich zu nichts hinreißen zu lassen.

»Sag mir einfach, wo sie deinen Großvater hingebracht haben. Mehr brauchst du nicht zu tun.«

»Und wenn nicht?«

Der Zigarrenraucher schüttelte fast unmerklich den Kopf, bevor er den nächsten Zug machte und mit einem Lächeln den Rauch ausblies. »Was ich dann mit deiner Freundin und deiner Tochter mache, willst du gar nicht wissen.«

Anfangs bekam Fionnlagh keine Luft, und er geriet in Panik. Bevor ihm klar wurde, dass es ein Traum war. Sein musste. Er befand sich am Grund des Ozeans. Es war sehr kalt und dunkel hier, und er wusste, dass er, wenn er einen Atemzug tat, Wasser in die Lunge bekam. Deshalb strampelte er, um an die Oberfläche zu gelangen. Von irgendwo weit über ihm sickerte Licht durch. Langsam, zu langsam wurde es heller um ihn, doch bis zur Oberfläche war es immer noch weit. Seine Lungen barsten jetzt. Er strampelte noch mehr, wollte nur zum Licht. Bis er schließlich mit grellem Blitzen durch die Oberfläche brach und der Schmerz alles Denken abspaltete.

Sein Kopf war davon ausgefüllt, und er hörte sich selbst unter der jähen Intensität dieses Schmerzes japsen. Er rollte sich herum, überlegte, warum er seine Arme und Beine nicht bewegen konnte, und verdrehte die Augen zum Schutz vor dem plötzlichen Licht, bis die Küche allmählich ringsherum wieder Gestalt anzunehmen begann. Seine Gedanken aber wanderten immer noch ziellos und verwirrt herum. Klarheit und Erinnerung kehrten nur langsam zurück.

Er lag still da, kontrollierte seine Atmung, versuchte den Schmerz in seinem Kopf zu ignorieren und sich zu vergegenwärtigen, was nach seiner Rückkehr vom Einkaufen geschehen war: der weiße Range Rover, der Mann mit der Schrotflinte, der Mann mit der Zigarre, der drohte, Donna und Eilidh zu verletzen, wenn er ihm nicht verriet, wohin seine Mutter und Fin mit Tormod gefahren waren. Doch sosehr er sich auch anstrengte, von da ab hatte er keine Erinnerung mehr. Und da begriff er auch, warum er sich nicht bewegen konnte.

Er lag auf dem Boden, an den Füßen gefesselt, die Hände auf dem Rücken zusammengebunden. Auf den Kacheln war Blut verschmiert, und er geriet in Panik und schrie »Donna!«, so laut er konnte. Seine Stimme hallte in der leeren Küche wider und traf auf eine tiefe, beunruhigende Stille. Vor Angst und Panik war er beinahe gelähmt. Es war das reine Adrenalin, das seine verzweifelten Bemühungen antrieb, sich aus eigener Kraft aufzusetzen.

Als er es schließlich geschafft hatte, sah er, dass er ein Geschirrtuch um die Knöchel hatte, das verdreht und mit einem ungeschickten Knoten zusammengebunden war. Unter großen Mühen gelang es ihm, sich auf die Knie zu erheben, und danach setzte er sich auf die Füße, wodurch er das verknotete Geschirrtuch mit den Fingern erreichen konnte. Es war eine Sache von Augenblicken, den Knoten zu lösen und auf die Beine zu kommen. Wieder rief er Donnas Namen und folgte seiner Stimme durch das Haus. Sie hallte durch leere Räume. Von Donna und der Kleinen nirgends etwas zu sehen. Im Schlafzimmer erhaschte er im Spiegel einen Blick auf sich selbst; Blut lief ihm aus einer Kopfwunde über das Gesicht. Tröstlich an dem Anblick war nur der Gedanke, dass das Blut auf dem Küchenboden sein eigenes war und nicht das von Donna oder Eilidh.

Aber wo waren sie? Wo in Gottes Namen hatten diese Kerle sie hingebracht?

Er rannte wieder in die Küche und sah sich hektisch um. Auf der Arbeitsplatte stand ein gefüllter Messerblock, aber er wusste nicht, wie er sich damit die Fesseln hinter seinem Rücken zerschneiden können sollte. Er musste Hilfe holen.

Unter Mühen gelang es ihm, die Küchentür zu öffnen, indem er sich mit dem Rücken davor stellte und mit den Fingern nach dem Riegel tastete. Und dann war er draußen. Im Regen. Und rannte durch das hohe Gras den Abhang hinauf zur Straße. Als er den Asphalt erreichte, stolperte er, fiel hin und schürfte sich bei der schweren Landung die Wange am Schotter auf. Der Regen schlug ihm ins Gesicht, als er sich wieder aufrappelte, und er rannte mitten hindurch, hinein in den schneidenden Wind, die Straße hinab zu der Einmündung, die zur Kirche und zum Pfarrhaus hinaufführte.

Nirgends eine Menschenseele. Wer seinen Verstand beisammen hatte, wagte sich bei diesem Wetter nicht nach draußen, außer es war absolut nötig.

Er fühlte, wie seine Kräfte schwanden, als er hügelaufwärts zum Parkplatz rannte und, statt das Tor zu umsteuern, gleich den riskanteren Weg über den Weiderost nahm und zuletzt zu der Treppe zum Pfarrhaus sprintete. Er nahm immer zwei Stufen auf einmal. Vor der Tür wurde ihm klar, dass er weder läuten noch klopfen konnte, und so trat er dagegen und rief und konnte vor Tränen und Blut fast nichts sehen.

Bis die Tür aufflog und Donald Murray dastand und ihn konsterniert ansah. Es dauerte nur einen Moment, bis aus Verwirrung Angst wurde und Donald das Blut aus dem Gesicht wich.

SIEBENUNDDREISSIG

Sie hatten das schlechte Wetter schon weit hinter sich. Wind und Regen, die sie von Nordwesten begleitet hatten, mussten an den Bergen von North Uist schließlich klein beigeben. Je weiter sie nach Süden gekommen waren, desto schwächer waren sie geworden. Der Wind hatte sich auf den Ozean zurückgezogen, und das gelbe Sonnenlicht des Spätnachmittags sandte lange Schatten über das Land.

Erst als sie an einer Teestube in Benbecula Rast machten, bemerkte Fin, dass der Akku seines Handys leer war. Er hatte mehrere Nächte in Hotelzimmern und in seinem Zelt verbracht, und so war es schon ein paar Tage her, dass er es zum letzten Mal aufgeladen hatte. Als sie wieder ins Auto einstiegen, stöpselte er es im Zigarettenanzünder ein und legte es in den Flaschenhalter zwischen den Sitzen. Als sie eine Stunde später die Landzunge bei East Kilbride umfuhren, sahen sie den kleinen Anleger in Ludagh und hinter dem Wasser die von Sonnenlicht übergossene Insel Eriskay.

Es war nur ein leichter Wind, der die Oberfläche des klaren blauen Sunds kräuselte, als sie auf dem geraden Abschnitt der Dammstraße auf die Stelle zufuhren, an der sie die Biegung beschrieb und zwischen sacht ansteigenden Hängen aufwärts verlief. Am Ende des Damms fuhr Fin zu der kleinen Bucht und dem Hafen von Haunn hinunter.

Im Rückspiegel beobachtete er Tormod, der aus dem Fenster schaute, kein Anzeichen von Wiedererkennen in den trüben Augen. Die Fahrt über den Grat der *langen Insel* war ermüdend gewesen. Mit der Passage auf der Fähre und den Pausen fürs Mittagsessen und für einen Kaffee hatte sie fast fünf Stunden gedauert. Der alte Mann war erschöpft und sah müde aus.

Wo die einspurige Straße sich um die Spitze der Bucht wand, bog Fin auf den Kiesweg ein, der zu dem großen weißen Haus auf dem Hügel führte. Sein Wagen ratterte über den Weiderost, und dann hielt er neben dem rosa Mercedes an. Marsaili und er halfen Tormod vom Rücksitz. Er war ein wenig steif geworden während der langen Fahrt, und das Bewegen fiel ihm schwer, bis er draußen auf dem Weg stand und sich aufgerichtet hatte, den Blick umherschweifen ließ, die kühle Brise im Gesicht spürte und die salzige Luft einatmete. Er wirkte jetzt munterer. Die Augen waren klarer, erkannten aber immer noch nichts, als er den Hang betrachtete und nach unten zum Hafen sah.

»Wo sind wir?«, sagte er.

»Dort, wo alles begann, Mr Macdonald.« Fin warf Marsaili einen flüchtigen Blick zu. Die aber hatte ihren besorgten Blick fest auf ihren Vater geheftet. »Kommen Sie, hier ist jemand, dem ich Sie vorstellen möchte.«

Sie erstiegen die Treppe zur Veranda und zur Haustür, und als Fin auf die Klingel drückte, hörten sie, wie irgendwo tief im Innern des Hauses die Glocke die Melodie von *Scotland the Brave* anspielte. Nach kurzem Warten wurde die Tür weit geöffnet, und Morag stand vor ihnen, einen Gin und eine Zigarette in einer Hand, während Dino ihr bellend um die Füße sprang. Sie nahm die drei Besucher auf, die auf ihrer Schwelle standen, bevor ein resignativer Zug sich wie ein Schatten auf ihr Gesicht legte. »Ich hatte doch gleich so ein mulmiges Gefühl, dass Sie wiederkommen würden«, sagte sie zu Fin.

»Hallo, Ceit«, sagte er.

Ein seltsames Licht brannte für einen Moment in ihren dunklen Augen. »Ist lange her, dass mich jemand so genannt hat, *a ghràidh*.«

»John McBride könnte einer der Letzten gewesen sein.« Fin wandte den Kopf zu Tormod, und Ceit klappte bei seinem Anblick die Kinnlade herunter.

»O mein Gott.« Sie holte tief Luft. »Johnny?«

Er sah sie ausdruckslos an.

Fin sagte: »Er hat Demenz, Ceit. Und nimmt nur noch wenig von dem wahr, was um ihn geschieht.«

Ceits Hand überbrückte mehr als ein halbes Jahrhundert und berührte eine Liebe, unwiederbringlich verloren an einem stürmischen Frühlingsabend in einem anderen Leben, und ihre Finger strichen sacht über seine Wange. Er sah sie neugierig an, als frage er: Warum berührst du mich? Aber es gab kein Wiedererkennen. Ceit zog die Hand zurück und sah Marsaili an.

»Ich bin seine Tochter«, sagte Marsaili.

Ceit deponierte ihr Glas und ihre Zigarette auf dem Tischchen im Flur und umschloss Marsailis Hand mit beiden Händen. »Oh, *a ghràidh*, du hättest auch meine sein können, wenn sich die Dinge nur ein kleines bisschen anders entwickelt hätten.« Sie sah wieder Tormod an. »Mein ganzes Leben lang habe ich mich gefragt, was nur aus dem armen Johnny geworden ist.«

Fin sagte: »Oder aus Tormod Macdonald, wie Sie ihn zuletzt gekannt haben.« Er hielt kurz inne. »Haben Sie die Geburtsurkunde gestohlen?«

Sie warf ihm einen Blick zu. »Kommt mal lieber rein.« Sie ließ Marsailis Hand los und hob ihr Glas und ihre Zigarette auf, und sie folgten ihr und Dino in das Wohnzimmer mit dem Rundblick über den Hügel und die Bucht. »Woher wussten Sie, dass ich Ceit bin?«

Fin griff in seine Tasche und zog Tormods Album mit den Zeitungsausschnitten heraus. Schlug es auf dem Tisch auf, damit sie es sich ansehen konnte. Ceit holte hörbar tief Luft, als ihr klar wurde, dass es alles Medienberichte über sie waren. Über zwanzig Jahre lang aus Zeitungen und Zeitschriften herausgerissen oder ausgeschnitten, seit sie durch ihre Rolle in *The Street* Promi-Status erlangt hatte. »Kann ja sein, Sie haben nicht gewusst, was aus Tormod geworden ist, Ceit. Aber er wusste mit Sicherheit, was aus Ihnen geworden war.«

Tormod machte einen Schritt auf den Tisch zu und sah sich die Artikel an.

Fin sagte: »Erinnern Sie sich an die Sachen, Mr Macdonald? Erinnern Sie sich, dass Sie die ausgeschnitten und in dieses Buch gesteckt haben? Artikel über die Schauspielerin Morag McEwan.«

Der alte Mann betrachtete sie eine ganze Weile. Ein Wort wollte sich mehrere Male auf seinen Lippen bilden, bis er es endlich aussprach. »Ceit«, sagte er. Und blickte zu Morag hinüber. »Bist du Ceit?«

Es war klar, dass sie keinen Ton würde herausbringen können, und so nickte sie nur.

Tormod lächelte. »Hallo, Ceit. Ich hab dich lange nicht gesehen.«

Stumme Tränen liefen ihr über die Wangen. »Nein, Johnny. Hast du nicht.« Sie schien kurz davor, die Fassung zu verlieren, und trank schnell einen großen Schluck Gin, bevor sie hinter die Bar eilte. »Kann ich einem von euch etwas zu trinken geben?«

»Nein, danke«, sagte Marsaili.

Fin sagte: »Sie haben uns noch nicht erzählt, wie das mit der Geburtsurkunde war.«

Mit zitternder Hand schenkte sie sich nach und zündete sich eine neue Zigarette an. Sie musste einen kräftigen Schluck nehmen und einen tiefen Zug machen, bevor sie die richtigen Worte fand. »Johnny und ich, wir haben uns geliebt«, sagte sie und schaute dabei den alten Mann an, der jetzt in ihrem Wohnzimmer stand. »Abends haben wir uns immer an dem alten Anleger getroffen und sind dann über den Hügel zu Charlies Stand gegangen. Da gab es eine alte Ruine, von der aus man das Meer sehen konnte. Dort haben wir miteinander geschlafen.« Sie warf Marsaili einen verlegenen Blick zu. »Jedenfalls, wir haben oft darüber gesprochen, zusammen wegzulaufen. Natürlich nicht ohne Peter. Ohne Peter ist Johnny nirgendwohin gegangen. Er hatte ihrer Mutter auf dem Totenbett versprochen, sich um den kleinen Bruder zu kümmern. Er hatte irgendeinen Unfall gehabt. Eine Kopfverletzung. War nicht ganz da.«

Ceit stellte ihr Glas auf der Bar ab und hielt sich daran fest, als befürchte sie, umzufallen, wenn sie es losließ. Dann sah sie wieder Tormod an.

»Ich wäre mit dir bis ans Ende der Welt gegangen, Johnny«, sagte sie. Als Tormod sie ausdruckslos anstarrte, wandte sie sich wieder Fin zu. »Die Witwe O'Henley hat mich immer mitgenommen, wenn sie über die Feiertage zu ihrer Cousine Peggy auf Harris gefahren ist. Zu Ostern, im Sommer, zu Weihnachten. Und sie hat mich zum Begräbnis mitgenommen, als Peggys Sohn in der Bucht ertrunken war. Ich hatte ihn ein paarmal gesehen. War ein netter Junge. Jedenfalls, das Haus war voller Verwandter, und ich hab in seinem Zimmer auf dem Fußboden geschlafen. Ich hab die ganze Nacht kein Auge zugemacht. Irgendjemand, vielleicht seine Eltern, hatten seine Geburtsurkunde dort auf die Kommode gelegt. Ich dachte, jetzt, wenn sie mit der Beerdigung beschäftigt sind, wird die nicht gleich jemand vermissen. Und wenn später doch, bringen sie es nicht mit mir in Zusammenhang.«

»Aber warum haben Sie sie genommen?«, fragte Marsaili.

»Ich dachte, wenn wir zusammen weglaufen, ich und Johnny, braucht er vielleicht eine neue Identität. Ohne Geburtsurkunde kommt man nicht weit.« Sie machte einen langen nachdenklichen Zug an der Zigarette. »Als ich sie einsteckte, wusste ich nicht, unter welchen Umständen sie einmal gebraucht würde. Ganz bestimmt nicht so, wie ich es vorgehabt hatte.« Sie lächelte; es war ein halbes Lächeln, das einen Anflug von Bitterkeit und Ironie hatte. »Wie sich herausstellte, war es für mich viel leichter, meinen Namen zu ändern. Ich brauchte bei der Schauspielergewerkschaft bloß einen anderen eintragen zu lassen, und schon war ich nicht mehr Ceit irgendwas. Ich war Morag McEwan, Schauspielerin. Und konnte jede Rolle spielen, die ich wollte, auf der Bühne und auch sonst. Niemand würde je erfahren, dass ich nur ein verlassenes Waisenkind war, auf die Inseln abgeschoben, um die Arbeitssklavin einer Witwe zu werden.«

Ein Schweigen, befrachtet mit ungestellten Fragen und nicht gegebenen Antworten, senkte sich über den Raum. Es war Tormod, der es brach. »Können wir jetzt nach Hause gehen?«, sagte er.

»Ja, bald, Dad.«

Fin sah Ceit an. »Peter wurde an Charlies Strand ermordet, nicht?«

Ceit musste sich auf die Unterlippe beißen, als sie nickte.

»Dann ist es wohl an der Zeit, dass wir alle erfahren, was damals passiert ist.«

»Ich musste ihm versprechen, dass ich niemandem davon erzähle. Und das hab ich auch nicht.«

»Es ist jetzt schon so lange her, Ceit. Wenn er es uns selbst sagen könnte, würde er es sicher tun. Aber Peter wurde gefunden. Aus einem Torfmoor auf der Insel Lewis ausgegraben. Es wird eine polizeiliche Mordermittlung geben. Wir müssen es also wissen, es ist wichtig.« Er zögerte. »Es war nicht Johnny, oder?«

»Um Gottes willen, nein!« Ceit schien ganz erschrocken bei dieser Vorstellung. »Er wäre lieber selbst gestorben, als dass er dem Jungen auch nur ein Haar gekrümmt hätte.«

»Wer war es dann?«

Ceit ließ sich ein Weilchen Zeit, darüber nachzudenken, und drückte dann ihre Zigarette aus. »Ich schlage vor, dass ich mit euch an Charlies Strand rüberfahre. Da könnt ihr es euch besser vorstellen.«

Marsaili setzte ihrem Vater die Mütze wieder auf, und sie folgten Morag in die Diele, wo sie sich eine Jacke vom Kleiderständer nahm. Sie bückte sich und hob sich Dino auf die Arme. »Wir können alle mit dem Mercedes fahren.«

Fin tauchte rasch in sein eigenes Auto ab, um das Handy zu holen. Es lud anscheinend nicht mehr auf, und er schaltete es ein. Der Bildschirm zeigte ihm vier eingegangene Anrufe an. Aber die konnte er später abhören. Er schlug die Tür zu und lief über den Kiesweg zu dem wartenden rosa Mercedes.

Das Verdeck war eingefahren, als Ceit hügelaufwärts beschleunigte, Dino lagerte auf ihrem rechten Arm, und die linde Luft eines Frühlingsabends auf den Hebriden umwehte sie. Tormod lachte vor Begeisterung und drückte sich die Mütze fest auf den Kopf, und Dino bellte, als wolle er mit einstimmen. Fin überlegte, ob die Kirche auf dem Hügel oder die Grundschule oder der alte Friedhof vielleicht irgendwelche Erinnerungen in dem Nebel wachriefen, der Tormods Denken umgab, aber Tormod schien nicht auf seine Umgebung zu achten.

Ceit fuhr an einem Stück Straße rechts ran, von dem aus man hinter den verfallenen Überresten eines alten Bauernhauses auf der Böschung direkt unterhalb Charlies Strand sah.

»Da wären wir«, sagte sie. Sie stiegen alle aus dem Auto aus und bahnten sich vorsichtig einen Weg durch das Gras zu der Ruine. Der Wind war ein bisschen stärker geworden, aber immer noch lind. Die Sonne neigte sich zum westlichen Horizont und goss flüssiges Kupfer auf eine köchelnde See.

»Genau so war es in der Nacht auch«, sagte Ceit. »Zumindest vorher, am Abend. Als ich hier ankam, war es fast dunkel, und weit draußen, hinter Lingeigh und Fuideigh, türmten sich Sturmwolken auf. Es war nur eine Frage der Zeit, bevor der Sturm hier über die Küste fegen würde, das war mir klar. Aber noch war es erträglich, wie die Ruhe vor dem Sturm.«

Morag lehnte sich an die noch vorhandene Giebelmauer, um sich abzustützen, und sah Dino zu, der wie verrückt über den Strand jagte und hinter sich Sand aufwirbelte.

»Wie gesagt, wir haben uns immer am Anleger in Haunn getroffen und sind dann zusammen über den Berg gegangen. Aber das war riskant, und nachdem wir ein paarmal fast erwischt worden waren, haben wir ausgemacht, uns stattdessen hier zu treffen und jeder für sich über den Berg zu gehen.«

Dino rannte zwischen dem Schaum, der mit der Flut angespült wurde, und dem Sand hin und her und bellte den Sonnenuntergang an.

»In der Nacht hatte ich mich verspätet. Die Witwe O'Henley war nicht ganz auf dem Posten und brauchte viel länger als sonst, bis sie ins Bett kam. Deshalb war ich in Eile und atemlos, als ich hier ankam. Und enttäuscht, weil von Johnny nichts zu sehen war.« Sie hielt inne, für einen Moment in Gedanken verloren. »Und dann hörte ich Stimmen, die unten vom Strand heraufdrangen. Sie waren sogar über dem Rhythmus der Wellen und dem Wind im Gras zu hören. Irgendetwas an den Stimmen machte mich gleich stutzig. Ich hab mich hier hinter die Wand gehockt und den Strand abgesucht.«

Fin beobachtete Morags Gesicht sehr genau. An ihren Augen sah er, dass sie jetzt dort war, zwischen den Steinen und dem Gras hockte und auf die Szene hinabsah, die sich unter ihr am Strand abspielte.

»Ich konnte vier Gestalten erkennen. Im ersten Moment wusste ich nicht, wer sie waren, und konnte auch nicht deuten, was da vor sich ging. Aber dann riss der Himmel auf, und das Mondlicht fiel über den Strand, und da hatte ich große Mühe, nicht aufzuschreien.«

Sie nestelte an ihrer Zigarettenschachtel, bis sie eine heraus hatte, und hielt die gewölbten Hände ans Ende, um sie anzuzünden. Fin hörte die Erregung in ihrem Atem, als sie den Rauch inhalierte. Dann wurde seine Konzentration durch das Handy gestört, das in seiner Hosentasche läutete. Er suchte danach, fand es und sah, dass es ein Anruf von Fionnlagh war. Was immer er wollte, es konnte warten. Fin wollte das Erzählen der Geschichte nicht unterbrechen. Er schaltete das Handy aus und steckte es wieder ein.

»Sie waren direkt am Wasser«, sagte Ceit. »Peter war nackt. Hatte die Hände hinter den Rücken und die Beine an den Knöcheln gefesselt. Zwei junge Männer schleiften ihn an einem Stück Seil, das sie ihm um den Hals gebunden hatten, über den Sand. Alle paar Meter blieben sie stehen und traten mit Füßen auf ihn ein, bis er wieder auf die Beine gekommen war, und zerrten dann weiter, bis er wieder fiel. Johnny war auch da. Im ersten Moment konnte ich nicht verstehen, warum er nichts unternahm. Dann sah ich, dass er die Hände vor dem Körper gefesselt hatte und dass Seile um seine Knöchel geschlungen waren, um ihn in seinen Bewegungen einzuengen. Er humpelte hinter den anderen her und flehte sie an, aufzuhören. Seine Stimme drang am lautesten zu mir herauf.«

Fin sah aus dem Augenwinkel zu Marsaili. Ihr Gesicht war gezeichnet von Konzentration und Entsetzen. Es war ihr Vater auf dem Strand unter ihnen, von dem Ceit sprach. Hilflos und verzweifelt flehte er um das Leben seines Bruders. Und Fin begriff, dass man nie wissen konnte, was ein anderer in seinem Leben durchgemacht hatte, nicht einmal, wenn man den Betreffenden gut zu kennen glaubte.

Ceits Stimme war leise und belegt vor Anspannung, und sie hörten über dem Meer und dem Wind kaum noch, was sie sagte. »Die beiden Jungen waren lachend und grölend ungefähr dreißig oder vierzig Meter gegangen, als sie plötzlich anhielten und Peter zwangen, sich in den nassen Sand zu knien, wo die hereinkommende Flut ihm schon über die Beine spülte. Dann sah ich Klingen im Mondlicht aufblitzen.« Sie drehte sich zu ihnen, durchlebte noch einmal jeden grässlichen Moment dessen, was sie in der Nacht mit eigenen Augen hatte sehen müssen. »Ich konnte gar nicht glauben, was ich da sah. Ich dachte immer wieder, vielleicht hatten Johnny und ich uns doch noch getroffen und uns geliebt und ich wäre im Gras eingeschlafen und das alles wäre nur ein schrecklicher Albtraum. Johnny wollte sie davon abhalten, aber einer von denen hat ihn geschlagen, und er fiel ins Wasser. Und dann fing der eine an, auf Peter einzustechen. Von vorn, während der andere ihn festhielt. Ich sah, wie das Messer sich hob und senkte und jedes Mal Blut davon heruntertropfte, und ich wollte laut schreien. Ich musste mir die Faust in den Mund schieben, damit ich es nicht tat.«

Sie schaute wieder über den Sand zum Wasser, und vor ihrem geistigen Auge lief das Geschehen in all seinen qualvollen Einzelheiten noch einmal ab.

»Dann schlitzte der andere Peter von hinten die Kehle durch. Mit einem einzigen Schnitt, und ich sah, wie das Blut herausspritzte. Johnny lag auf den Knien im Wasser und schrie. Peter kniete bloß da, der Kopf nach hinten gesackt, bis kein Leben mehr in ihm war. Lange hat es nicht gedauert. Dann ließen sie ihn einfach vornüber mit dem Kopf ins Wasser fallen. Ich konnte sogar von hier erkennen, wie der Schaum auf den Wellen sich rosa verfärbte, als sie brachen. Seine Mörder machten einfach auf dem Absatz kehrt und gingen davon, als sei nichts geschehen.«

»Haben Sie sie erkannt?«, fragte Peter.

Ceit nickte. »Die beiden Kelly-Brüder, die in der Nacht auf der Dean-Brücke in Edinburgh mit dabei waren.« Sie sah Fin an. »Wissen Sie das?«

Fin neigte den Kopf. »Nicht alles.«

»Der älteste Bruder ist abgestürzt und umgekommen. Patrick. Danny und Tam haben Peter die Schuld gegeben. Sie dachten, er hätte ihn gestoßen.« Sie schüttelte verzweifelt den Kopf. »Gott weiß, wie die herausgekriegt haben, wo wir sind. Aber herausgekriegt haben sie's. Und sind gekommen, um Rache für ihren toten Bruder zu üben.« Sie schaute hinaus in die Bucht.

Beinahe so, als wolle sie den Augenblick spiegeln, färbte die Natur die See blutrot, als die Sonne am Horizont unterging.

»Als sie weg waren, bin ich zu der Stelle runtergerannt, wo Johnny über dem toten Peter kniete. Die Flut umspülte die beiden schon von allen Seiten. Blut auf dem Sand, der Schaum noch rosa. Und dann lernte ich, wie sich ein Tier anhört, wenn es um die Toten trauert. Johnny war untröstlich. Ich habe noch nie einen erwachsenen Mann gesehen, der so verzweifelt gewesen wäre. Nicht mal ich durfte ihn anfassen. Ich hab ihm gesagt, ich würde Hilfe holen, und da war er im Nu auf den Beinen und packte mich an den Schultern. Ich bekam richtig Angst.« Sie schaute zu Tormod hinüber. »Es war nicht Johnnys Gesicht, in das ich da sah. Er war besessen. Fast nicht wiederzuerkennen. Ich musste ihm bei allem, was mir heilig ist, schwören, dass ich darüber kein Sterbenswörtchen zu irgendjemandem verlauten lassen würde. Ich konnte das nicht verstehen. Die hatten gerade seinen Bruder ermordet. Ich war fast hysterisch. Aber er hat mich geschüttelt und geohrfeigt und gesagt, die hätten ihm klar zu verstehen gegeben, dass sie wiederkommen und dasselbe mit mir machen, wenn er jemals darüber spricht.«

Sie sah Fin und Marsaili an.

»Deshalb wollte er tun, was sie verlangt hatten. Sie hatten ihm befohlen, die Leiche selbst wegzuschaffen und kein Sterbenswörtchen zu anderen darüber verlauten zu lassen. Sonst würden sie mich umbringen.« Vor lauter Niedergeschlagenheit hielt sie die offenen Hände gen Himmel. »In dem Moment war mir das völlig egal. Ich wollte nur, dass Johnny zur Polizei geht. Aber das hat er rundweg abgelehnt. Er hat gesagt, er würde Peter irgendwo begraben, wo ihn niemand findet, und dann hätte er noch was zu erledigen. Er wollte mir nicht sagen, was er vorhatte. Nur dass er es seiner Mutter schuldig war, weil er sie enttäuscht hatte.«

Fin sah zu der Ruine des Hauses hinüber. Tormod war dorthin gegangen, hatte sich auf den Rest der vorderen Mauer gesetzt und starrte mit leerem Blick über Charlies Strand, hinter dem die Sonne schließlich versank und die ersten Sterne an einem graublauen Himmel erschienen. Ob Ceits Worte, in denen die Geschehnisse jener Nacht so lebendig wiederauferstanden, überhaupt in Tormods Bewusstsein vorgedrungen waren? Oder vermochte die einfache Tatsache, hier zu sein, so viele Jahre später, vielleicht an sich schon eine ferne Erinnerung zu wecken? Aber das, dachte Fin, würden sie wahrscheinlich nie erfahren.

ACHTUNDDREISSIG

Es ist so mühsam, sich an Sachen zu erinnern. Ich weiß, sie sind da. Manchmal fühle ich sie sogar, sehe sie aber nicht oder komme nicht ran. Ich bin so müde. Müde von dem vielen Herumfahren und den vielen Reden, denen ich nicht folgen kann. Ich dachte, die bringen mich nach Hause.

Das ist aber trotzdem ein netter Strand. Nicht wie die Strände auf Harris. Aber nett. Eine zarte silberne Mondsichel.

Oh! Ist das jetzt der Mond? Schau nur, wie der Sand fast strahlt in diesem Licht, so als wäre er von unten beleuchtet. Ich glaub, hier war ich schon mal. Ich weiß es genau, wo immer wir zum Teufel sein mögen. Irgendwie kommt der mir bekannt vor. Mit Ceit. Und Peter. Der arme Peter. Ich sehe ihn immer noch vor mir. Der Blick in seinen Augen, als er wusste, er stirbt. Wie das Schaf an dem Tag in dem Schuppen, als Donald Seamus ihm die Kehle durchgeschnitten hat.

Ich träume manchmal immer noch vom Zorn. Vom Zorn, der inzwischen erkaltet ist. Vom Zorn, geboren aus Kummer und Schuld. An diesen Zorn erinnere ich mich. Der hat mich innerlich aufgefressen, hat jedes Fitzelchen des menschlichen Wesens verschlungen, das ich einmal war. Und in meinem Traum sehe ich mich selbst. Als schaute ich mir einen flackernden alten Film an, in Schwarzweiß oder Sepiabraun. Ich warte. Und warte.

Die Luft auf meiner Haut war warm in dieser Nacht, obwohl ich geschlottert habe. Die Geräusche der Stadt sind ganz anders. Ich hatte mich an die Inseln gewöhnt. Es war fast ein Schock, wieder von hohen Gebäuden und Autos und Menschen umgeben zu sein. So vielen Menschen. Aber nicht dort, nicht in der Nacht. Es war still, und die Verkehrsgeräusche waren weit weg.

Inzwischen hatte ich vielleicht schon eine Stunde dort gewartet. Im

Gebüsch versteckt, so geduckt, dass meine Beine langsam steif wurden. Aber Zorn verleiht einem Geduld, wie Lust den Moment des Orgasmus verzögert und der umso schöner wird. Zorn macht einen auch blind. Für Möglichkeiten und für Folgen. Er stumpft die Vorstellungskraft ab, verengt die Konzentration auf einen einzigen Punkt und löscht alles andere aus.

Dann ging ein Licht auf dem Podest an, und meine Sinne waren alle hellwach. Ich hörte, wie der Riegel im Schloss scharrte und die Türangeln quietschten, noch bevor ich sah, wie sie ins Licht hinaustraten. Alle beide. Einer nach dem anderen. Danny beugte sich vor und zündete sich eine Zigarette an, und Tam wollte sich gerade nach hinten beugen und die Tür zumachen.

Und da kam ich hervor und trat auf den Weg. Ins Licht. Ich wollte sicher sein, dass sie mich sehen. Dass sie wissen, wer es ist und was ich gleich tun würde. Es war mir egal, ob mich sonst noch jemand sah – Hauptsache sie wussten es.

Das Streichholz leuchtete am Ende von Dannys Zigarette auf, und in dem Licht, das es auf seine Augen warf, sah ich, dass er wusste, dass ich ihn töten würde. In dem Moment drehte Tam sich nach vorn um und sah mich ebenfalls.

Ich wartete.

Ich wollte, dass er es begreift.

Und er hat es begriffen.

Ich erhob mein Gewehr und feuerte den ersten Schuss ab. Er traf Danny voll in die Brust, und die Wucht warf ihn rückwärts gegen die Tür. Ich werde ihn nie vergessen, diesen Blick purer Angst und Gewissheit in Tams Augen, als ich wieder abzog. Nicht ganz in die Mitte, aber genau genug, um ihm den halben Kopf wegzuschießen.

Dann machte ich kehrt und ging meiner Wege. Kein Grund zur Eile. Peter war tot, und ich hatte getan, was ich tun musste. Zum Teufel mit den Folgen! Ich zitterte nicht mehr.

Keine Ahnung, wie viele Male ich diesen Traum gehabt habe. So oft, dass ich nicht mehr weiß, ob das schon alles war. Aber sooft ich das auch träume, es wird nicht anders. Peter ist immer noch tot. Und nichts kann ihn wiederbringen. Ich hatte es meiner Mutter versprochen, und ich hatte sie enttäuscht.

»Komm, Dad. Es wird allmählich kalt.«

Als ich mich umdrehe, beugt sich Marsaili herunter und hakt mich unter, um mir auf die Beine zu helfen. Ich stehe auf und schaue sie mir im Mondlicht an, während sie mir die Mütze richtet. Ich lächle und streichle ihr das Gesicht. »Ich bin so froh, dass du da bist«, sage ich ihr. »Du weißt, dass ich dich gernhabe, nicht? Ich hab dich richtig, richtig lieb.«

NEUNUNDDREISSIG

Ceit runzelte die Stirn, als sie den Weg zu ihrem Haus hinauffuhren, und sagte: »Die Lampen sind nicht an. Die Zeitschaltuhr hätte die schon vor einer Ewigkeit einschalten müssen.« Doch erst als sie über den Weiderost ratterten, sahen sie den weißen Range Rover, der neben Fins Auto stand.

Fin warf Ceit einen Blick zu. »Sieht so aus, als hätten Sie Besuch. Kennen Sie den Wagen?« Ceit schüttelte den Kopf.

Sie stiegen alle aus dem Mercedes aus, und Dino lief bellend zur Haustür. Als sie im Dunkeln die Stufen zur Veranda hinaufstiegen, knirschte Glas unter Fins Schuhen. Jemand hatte die Glaskugel über der Tür zerschlagen.

»Nehmen Sie den Hund hoch!«, sagte er zu Ceit. Und irgendetwas in seinem Ton veranlasste sie, der Aufforderung sofort und ohne weitere Fragen nachzukommen. Fin war jetzt in Alarmbereitschaft. War nervös und besorgt. Leise schritt er zur Tür, die Hand zur Klinke ausgestreckt.

Ceit flüsterte: »Es ist nicht abgeschlossen. Mach ich nie.«

Fin drückte die Klinke nach unten und schob die Tür ins Dunkel. Er hielt die andere Hand hinter sich zum Zeichen dafür, dass die anderen ihm nicht nachkommen sollten, und trat mit vorsichtigen Schritten in die Diele. Noch mehr Glas bohrte sich knirschend in den Tartan-Teppich unter seinen Füßen. Die Lampe in der Diele war ebenfalls zerschlagen.

Mit gespitzten Ohren und angehaltenem Atem stand er da. Außer Dino, der auf Ceits Armen draußen auf der Veranda bellte, war aber nichts zu hören. Die Tür zum Wohnzimmer stand offen. Fin sah den Schatten des silbernen Panthers, den das hereinströmende Mondlicht auf das Panoramafenster geworfen hatte. Er machte einen Schritt in das Zimmer hinein und spürte sofort, dass da jemand war, noch bevor der erstickte Schrei eines Säuglings ertönte.

Ihm direkt gegenüber, hoch aufgerichtet und ganz vorn auf der Sofakante, saß Donna und presste ihr Kind an sich. Der schwarzhaarige junge Mann aus der Villa in Edinburgh stand neben ihr und hielt ihr eine abgesägte Schrotflinte an den Kopf. Der Mann sah nervös aus. Donna glich einem Gespenst. Sie wirkte eingefallen, die Augen dunkel umschattet. Sie zitterte erkennbar.

Fin vernahm hinter sich das Knirschen von Glas und Moragს Schreckenslaut. Der Hund war verstummt, aber Marsailis geflüstertes »O mein Gott!« klang fast ohrenbetäubend laut.

Niemand rührte sich, und in der sekundenlangen Stille, die nun folgte, kam Fin zu dem Schluss, dass ihre Aussichten düster waren. Kelly hatte die weite Fahrt nicht gemacht, um ihnen bloß Angst einzujagen.

Kellys Stimme war entsprechend ruhig. »Ich hab schon immer vermutet, dass es John McBride war, der meine Brüder ermordet hat«, sagte er. »Aber als unsere Leute hier ankamen, war er spurlos verschwunden. Als hätte es ihn nie gegeben.« Er machte einen Zug an seiner Zigarre. »Bis jetzt.« Er hob die Schrotflinte von seinem Schoß und stand auf. »Jetzt kann er zusehen, wie seine Tochter und seine Enkelin sterben, genau wie ich zusehen musste, als meine Brüder in meinen Armen starben.« Sein Mund verzog sich zu einer unbeherrschten Fratze, hässlich und drohend. »Ich war hinter ihnen in der Diele in der Nacht, als sie niedergeschossen und auf der Treppe liegen gelassen wurden, bis sie verblutet sind. Wenn man weiß, wie sich das anfühlt, weiß man, wie ich mich jetzt fühle. Ich habe mein ganzes Leben lang auf diesen Tag gewartet.«

Fin sagte: »Wenn Sie einen töten, müssen Sie uns alle töten.«

Paul Kelly lächelte. Er kniff vor Vergnügen die Augen zusammen. »Was Sie nicht sagen.«

»Sie erwischen uns aber nicht alle auf einmal. Erschießen Sie das Mädchen, kriegen Sie es mit mir zu tun.«

Kelly hob das Gewehr und schwenkte es auf Fin zu. »Nicht, wenn ich Sie zuerst erledige.«

»Das ist Wahnsinn!« Marsailis Stimme drang durch den stillen Raum. »Mein Vater hat eine fortgeschrittene Demenz. Menschen umzubringen hat doch keinen Zweck. Ihm würde das gar nichts bedeuten.«

Kellys Blick wurde kalt. »Mir aber schon. Auge um Auge, mir kommt das sehr gelegen.«

Ceit trat vor, Dino noch immer an die Brust gedrückt. »Nur dass es eben nicht Auge um Auge wäre, Mr Kelly. Sondern schlicht und einfach kalter Mord. Sie waren in der Nacht nicht auf der Brücke. Ich schon. Und Peter McBride hat Ihren Bruder nicht gestoßen. Patrick hat das Gleichgewicht verloren vor lauter Panik, als plötzlich die Polizei auftauchte. Er war im Begriff, abzustürzen. Peter hat sein Leben riskiert, als er auf das Geländer stieg und ihn noch festhalten wollte. Ein armer, schwachsinniger Junge, der in seinem ganzen Leben keiner Menschenseele etwas getan hat. Die haben gekriegt, was sie verdient haben. Es ist vorbei! Lassen Sie es dabei bewenden.«

Doch Kelly schüttelte den Kopf. »Drei meiner Brüder sind tot wegen der McBrides. Heute ist Zahltag.« Er machte eine halbe Drehung auf Donna zu, das Gewehr auf die Kleine gerichtet. Und während Fin in seiner Verzweiflung schon zum Sprung auf Kelly ansetzte, sah er noch, wie der jüngere Mann sein Gewehr herumwarf und genau auf ihn zielte.

Das Geräusch des Schusses war markerschütternd in dem begrenzten Raum des Wohnzimmers. Die Luft schien sich mit Glassplittern zu füllen. Fin spürte, wie er im Gesicht und an den Händen geschnitten wurde, als er sie hochriss, um sich zu schützen. Warmes Blut spritzte ihm über das Gesicht und den Hals, sein Geruch drang ihm in die Nase. Er nahm nur halb wahr, wie die massige Gestalt Paul Kellys unter der Wucht des Feuerstoßes rückwärts stolperte, war aber ganz verwirrt davon. Der große, kräftige Mann krachte in das Fenster auf der gegenüberliegenden Seite des Raumes, färbte es rot, ein klaffendes Loch in der Mitte seines Brustkorbs, das Gesicht in einem Ausdruck totaler Überraschung erstarrt, als er zu Boden glitt. Eine Frau schrie, Dino bellte. Eilidh weinte. Fin spürte den Wind auf dem Gesicht und sah Donald Murray auf der anderen Seite des Fensters stehen, das er mit seiner Waffe eben zertrümmert hatte. Er hielt sie still, hatte sie auf Kellys jungen Schützling gerichtet. Der Mann schaute ganz bestürzt, ließ seine Waffe fallen und hob schnell die Hände.

Fin rannte los und packte die Waffe und warf sie durchs Zimmer, und Donald nahm seine Waffe herunter. Hinter ihm im Dunkeln, sah Fin, stand Fionnlagh, bleich und mit großen Augen.

»Ich wollte ja die Polizei anrufen, aber er hat mich nicht gelassen. Er hat mich einfach nicht gelassen.« Der Junge war fast hysterisch. »Er hat gesagt, die würden es bloß vermasseln. Ich hab dich angerufen, Fin. Immer wieder. Warum bist du nicht ans Handy gegangen?«

Aus Donalds Gesicht war noch der letzte Rest Farbe gewichen. Ein verzweifelter Blick flatterte zu Donna und dem Baby. Seine Stimme war ein bloßes Flüstern. »Alles in Ordnung bei euch?«

Donna brachte kein Wort über die Lippen, stand nur da und drückte sich das weinende Kind an die Brust. Sie nickte, und die Augen ihres Vaters wanderten zu Fin, ruhten aber nur einen kurzen Moment auf ihm. Aus ihnen sprach die Erinnerung an die Nacht, in der sie sich betrunken im Regen geprügelt hatten, und an den Morgen danach auf den windumtosten Klippen. Was hatten sie sich nicht alles an Überzeugungen um die Ohren gehauen! Und mit einem Abzug der Waffe war alles dahin. Dann kehrte Donalds Blicks zu dem Mann zurück, den er erschossen hatte und der zwischen Glasscherben und Nippes in seinem eigenen Blut lag. Er verdrehte die Augen und verschloss sie vor dem Anblick.

»Gott verzeih mir«, sagte er.

VIERZIG

Ich verstehe nicht mehr, was hier vorgeht. Mir klingelt es immer noch in den Ohren, und ich bin fast taub. Etwas Schreckliches ist geschehen, das ist mir klar. Sie haben mich hier in die Küche gesetzt, damit ich aus dem Weg bin. In dem Zimmer da drüben sind alle möglichen Leute, und dieser blöde Hund bellt in einem fort.

Blaue Lichter und orange Lichter blitzen draußen im Dunkeln auf. Vorhin hab ich einen Hubschrauber gehört. So viele Polizisten hab ich noch nie auf einem Haufen gesehen. Der Mann, der im Solas mit mir gesprochen hat, ist auch dabei. An den erinnere ich mich bloß, weil er diesen spitzen Haaransatz hat. Da musste ich an einen Jungen im Dean denken.

Was macht der Priester eigentlich hier? Den hab ich auch schon vorhin gesehen. Er sah krank aus, gesund ist der Mann nicht. Er tut mir leid. An den Grips seines Vaters reicht der nicht heran. *Das* war ein feiner Mensch, gottesfürchtig. Sein Name fällt mir trotzdem nicht ein, verflucht.

Jetzt kommt diese Frau in die Küche. Die kenn ich von irgendwoher, das weiß ich. Ich hab bloß keine Ahnung, von woher. Die hat etwas an sich, das erinnert mich an Ceit. Aber was genau, weiß ich nicht.

Sie zieht sich einen Stuhl ran und setzt sich mir gegenüber, beugt sich vor und fasst mich an beiden Händen. Ich mag, wie sie sich anfühlt. Sie hat feine weiche Hände und so schöne dunkle Augen, die mich ansehen.

»Erinnerst du dich noch an das Herz-Jesu-Hospital, Johnny?«, sagt sie. Aber ich weiß nicht, wovon sie spricht. »Da haben sie dich und Peter hingebracht, als ihr die eine Nacht in die Klippen gestürzt wart. Du hast dir den Arm gebrochen. Und Peter hatte Lungenentzündung.«

»Da waren Nonnen«, sage ich. Seltsam, aber die seh ich noch in dem matten gelben Licht auf der Station. Schwarze Kleider, weiße Hauben.

Sie lächelt mich an und drückt mir die Hand. »Das stimmt«, sagt sie. »Das ist jetzt ein Pflegeheim, Johnny. Ich frag Marsaili, ob sie dich dort wohnen lässt. Und ich komme dich jeden Tag besuchen, und wir kommen zusammen hierher und essen zu Mittag. Und wir können an Charlies Strand spazieren gehen und uns über das Dean unterhalten und über die Leute, die wir hier auf der Insel gekannt haben.« Sie hat so wunderschöne Augen, wenn sie mich so anlächelt. »Würde dir das gefallen, Johnny? Ja?«

Ich drücke ihr auch die Hände und lächle sie an und muss an die Nacht auf dem Dach des Dean denken, als ich sie hab weinen sehen.

»Ja«, sage ich.

DANKSAGUNG

Ich möchte mich ganz herzlich bei all denen bedanken, die mir während meiner Recherchen zu diesem Buch so viel von ihrer Zeit geschenkt haben und mir mit Rat und Tat zur Seite standen. Mein besonderer Dank gilt dem Pathologen Steven C. Chapman, M.D., Gerichtsmediziner in San Diego, Kalifornien; Donald Campbell Veale, der »Insasse« des Dean war; der Schauspielerin Mary-Alex Kirkpatrick (Alyxis Daly) für ihre wunderbare Gastfreundschaft während meines Aufenthalts auf South Uist; Derek (Pluto) Murray für seine Hinweise zur gälischen Sprache; Marion Morrison, dem Leiter des Standesamts von Tarbert; Bill Lawson vom Seallam! Visitor Centre in Northton auf der Insel Lewis, der sich seit über vierzig Jahren auf die Familien- und Sozialgeschichte der Äußeren Hebriden spezialisiert hat.

ANMERKUNG

Das reale Dean-Waisenhaus schloss seine Pforten Ende der vierziger Jahre, und seine Kinder wurden auf andere Häuser verteilt. Für die Zwecke meiner Geschichte habe ich sein Leben um acht bis zehn Jahre verlängert. Die im Buch geschilderten Zustände in dem Heim waren jedoch genau so wie vom letzten »Insassen« berichtet, der seine Tore durchschritt.

Mehr von

PETER MAY

Leseprobe aus dem Roman

MOORBRUCH

Erscheint am 30. Januar 2017
im Paul Zsolnay Verlag

EINS

Als Fin die Augen aufschlug, lag ein seltsam rosa getöntes Licht in dem alten Steinhaus, in dem sie Schutz vor dem Sturm gefunden hatten. Träger Rauch stieg aus dem noch schwach glimmenden Feuer in die stille Luft auf. Whistler war nicht mehr da.

Fin stützte sich auf die Ellbogen. Der Stein am Eingang war zur Seite gerollt worden, und dahinter lag der rosa getönte Nebel, mit dem der Morgen in den Bergen anfing. Der Sturm hatte sich verzogen. Er hatte sich abgeregnet und eine unnatürliche Stille hinterlassen.

Unter Schmerzen schälte sich Fin aus seinen Decken und kroch am Feuer vorbei zu seinen Sachen, die über den Stein ausgebreitet waren. Sie waren zwar immer noch ein bisschen feucht, aber trocken genug, dass er sie wieder anziehen konnte, und er legte sich auf den Rücken und schob ruckelnd die Beine in die Hose, setzte sich dann auf, knöpfte das Hemd zu und zog den Pullover über den Kopf. Er streifte die Socken über, zwängte die Füße in die Stiefel und kroch hinaus zum Hang, ohne sie erst umständlich zuzuschnüren.

Die Aussicht, die ihn empfing, war fast übernatürlich. Steil ragten ringsum die Berge des Südwestens von Lewis auf, ihre Gipfel von niedrigen Wolken verhängt. Das unter ihm liegende Tal erschien ihm nun breiter als am Abend zuvor im Licht der Blitze. Die riesigen Felsbrocken, die an seinem Boden verstreut waren, erhoben sich wie Geistergestalten aus den Nebelschwaden, die von Osten heranzogen, wo eine noch nicht sichtbare Sonne schon ein unnatürlich rot leuchtendes Licht warf. Es war wie beim Anbeginn der Zeiten.

Whistler zeichnete sich umrisshaft neben den verfallenden Steinhütten ab, die hier Bienenkörbe genannt wurden und auf einem Grat standen, von dem man das ganze Tal überblickte. Noch wackelig auf den Beinen, stolperte Fin auf dem aufgeweichten Boden zu ihm hinüber.

Whistler schaute nicht her, tat überhaupt nichts dergleichen. Er stand einfach nur da, starr wie ein Ölgötze. Fin war bestürzt über Whistlers bleiches Gesicht, aus dem alle Farbe gewichen war. Der Bart sah aus wie Farbe, schwarz und silbern, auf weiße Leinwand gespachtelt, die Augen dunkel und unergründlich, in Schatten versunken.

»Whistler, was ist?«

Doch Whistler gab keine Antwort, und Fin sah nun auch zu der Stelle im Tal, die Whistler fixierte. Im ersten Moment konnte er den Anblick, der sich ihm dort bot, gar nicht einordnen. Er erfasste zwar, was er sah, es ergab aber keinen Sinn. Fin wandte sich um und sah an den Bienenkörben vorbei zu den noch höheren Felsen und dem mit Geröll bedeckten Hang, der zu dem Bergrücken führte, auf dem er am Abend zuvor gestanden und den Loch betrachtet hatte, auf dessen Wasser sich die Blitze spiegelten.

Dann schaute er wieder ins Tal hinab. Aber da war kein Wasser und kein Loch. Bloß eine große leere Senke. An dem deutlich abgegrenzten Rand war zu erkennen, wie sie sich im Verlauf von Äonen durch den Torf und den Stein eingegraben hatte. Der Vertiefung im Boden nach zu urteilen maß sie vielleicht eine Meile in der Länge, eine halbe Meile in der Breite und fünfzig oder sechzig Fuß in der Tiefe. Ihr Bett bildete ein dicker Brei aus Torf und Schlamm, getüpfelt mit großen und kleinen Felsbrocken. Am östlichen Ausgang, wo das Tal sich im Morgennebel verlor, zog sich ein breiter brauner Kanal, der vierzig oder fünfzig Fuß messen mochte, wie die Schleimspur einer Riesenschnecke durch den Torf.

Fin warf Whistler einen Blick zu. »Wo ist der Loch abgeblieben?«

Doch Whistler sagte achselzuckend nur: »Der ist weg.«

»Wie kann ein Loch einfach verschwinden?«

Whistler starrte noch eine ganze Weile weiter wie in Trance zu der leeren Senke. Dann sagte er unvermittelt, als habe Fin eben erst gesprochen: »So etwas ist früher schon mal vorgekommen, Fin. Ist aber lange her, du und ich waren noch nicht auf der Welt. In den Fünfzigern war das. Drüben bei Morsgail.«

»Ich verstehe kein Wort. Wovon sprichst du?« Fin konnte sich keinen Reim auf das Gehörte machen.

»Da war es genau dasselbe. Der Briefträger kam auf dem Pfad, der von Morsgail nach Kinlochresort führt, jeden Morgen an einem Loch vorbei. Ganz abgelegen, mitten im Nichts. Der Loch nan Learga. Tja, und eines Morgens kommt er wie üblich dort vorbei, da ist der Loch weg. Und an der Stelle bloß noch eine tiefe Senke. Ich bin selber schon viele Male da vorbeigekommen. War damals eine ziemliche Sensation. Da haben sich Journalisten aus London herbemüht, von Zeitungen und vom Fernsehen. Und was die spekuliert haben … Heute würde man sie für verrückt halten, aber damals haben sie den Äther und die Spalten ihrer Zeitungen damit gefüllt. Die beliebteste Hypothese war, dass ein Meteor in den Loch eingeschlagen und ihn zum Verschwinden gebracht hätte.«

»Und was war *wirklich* passiert?«

Whistler zuckte die Achseln. »Am plausibelsten ist noch die Theorie, dass es ein Moorbruch war.«

»Und das ist was?«

Whistler verzog die Lippen und konnte den Blick nicht von dem schlammgefüllten Becken des verschwundenen Lochs lösen. »Tja … so was kann in einer langen Phase ohne Regen schon mal vorkommen. Hier ist es aber eher selten.« Es fehlte nicht viel, und er hätte gelächelt. »Die oberste Torfschicht vertrocknet und reißt ein. Und wie jeder Torfstecher weiß, wird Torf, wenn er einmal trocken ist, wasserundurchlässig.« Er wies mit dem Kopf auf die Stelle, an der sich die Spur der Riesenschnecke im Dunst verlor. »Da hinten ist noch ein Loch, weiter unten im Tal. Wenn ich Geld hätte, würde ich es darauf verwetten, dass der Loch hier in den anderen gesickert ist.«

»Wie das?«

»Die meisten Lochs ruhen auf einer Schicht Torf und der wiederum auf Lewiser Gneis. Ganz oft sind sie durch Kämme aus einem weniger festen Gestein getrennt, Amphibolit zum Beispiel. Wenn es nach einer trockenen Zeit stark regnet, wie gestern Abend eben, läuft das Regenwasser durch die Risse im Torf durch und bildet eine Schlammschicht über dem Grundgestein. Gut möglich, dass der Torf zwischen den Lochs hier einfach auf dem Schlamm weggerutscht ist, und dann ist das Wasser im oberen Loch wegen seines Gewichts durch das Amphibolit durchgebrochen und alles zusammen ins Tal gesackt.«

Ein Lüftchen regte sich, die Sonne stieg ein Stückchen höher, und der Dunst hob sich. Genug, um den Blick auf etwas Rot-Weißes freizugeben, das an der wohl tiefsten Stelle des Lochs das Licht einfing.

»Was zum Teufel ist das?«, sagte Fin und fragte, als Whistler keine Antwort gab: »Hast du ein Fernglas dabei?«

»Im Rucksack.« Whistlers Stimme war kaum mehr als ein Hauch.

Fin lief zu ihrer Steinhütte zurück, kroch hinein und holte das Fernglas. Als er wieder auf dem Kamm war, stand Whistler noch genau so da wie zuvor. Und starrte weiter reglos auf die Senke, die einmal der wassergefüllte Loch gewesen war. Fin hob sich das Fernglas an die Augen und drehte so lange an den Okularen, bis der rot-weiße Gegenstand scharf zu sehen war. »Allmächtiger!«, murmelte er. Es war ihm herausgerutscht, wie er jetzt selber hörte.

Es war ein einmotoriges Kleinflugzeug, das dort, leicht schräg, zwischen Felsbrocken klemmte. Es wirkte fast unzerstört. Die Fenster des Cockpits waren von Schlamm und Schlick verdunkelt, Rot und Weiß des Rumpfs waren aber deutlich auszumachen. Nicht anders als die schwarzen Lettern des Rufzeichens.

G-RUAI.

Fin spürte, wie sich jedes einzelne seiner Nackenhaare aufstellte. RUAI, die Kurzform von Ruairidh, der gälischen Form von Roderick. Ein Rufzeichen, das einmal wochenlang in allen Zeitungen stand, als das Flugzeug – und Roddy Mackenzie mit ihm – vermisst wurde. Siebzehn Jahre war das jetzt her.

Der Nebel zog wie Rauch, vom Morgengrauen getönt, über die Berge hinweg ab. Es war vollkommen still. Kein Geräusch nirgends. Nicht einmal ein Vogelruf. Fin ließ Whistlers Fernglas sinken. »Du weißt, wessen Flugzeug das ist?«

Whistler nickte.

»Was zum Teufel macht es da unten, Whistler? Angeblich hat er laut eingereichtem Flugplan doch zur Isle of Mull gewollt und ist irgendwo über dem Meer vom Radar verschwunden.«

Whistler zuckte die Achseln, sagte aber nichts dazu.

»Das schau ich mir mal aus der Nähe an«, sagte Fin.

Whistler hielt ihn am Arm zurück, einen seltsamen Ausdruck in den Augen. Angst, hätte Fin gemeint, wenn er es nicht besser gewusst hätte. »Das sollten wir lieber lassen.«

»Warum?«

»Weil es uns nichts angeht, Fin.« Whistler seufzte. Ein tiefer Atemzug, mit dem er die Sache entschlossen abtat. »Melden werden wir es wohl müssen, aber ansonsten sollten wir uns nicht einmischen.«

Fin schaute ihn prüfend an, beschloss aber, keine Fragen zu stellen. Er befreite seinen Arm aus Whistlers Griff und sagte noch einmal: »Ich schau mir das aus der Nähe an. Du kannst mitkommen oder es lassen.« Er drückte Whistler das Fernglas in die Hand und ging los, kraxelte den Hang hinab zu dem leeren Becken.

Der Abstieg war steil und schwierig, führte über Geröll und harten Torf, glitschig geworden von Gras, das der Regen zu Boden gedrückt hatte. Gesteinsbrocken säumten das Ufer dessen, was einmal der Loch gewesen war, und Fin geriet immer wieder ins Schlittern, hatte Mühe, nicht auszugleiten, und breitete die Arme aus, damit er nicht das Gleichgewicht verlor. Immer tiefer stieg er hinab in den einstigen Loch, sank beim Waten durch Schlamm und Schmutz stellenweise bis zu den Knien ein, wenn er keine Felsbrocken als Trittsteine für die Durchquerung der Senke nutzen konnte.

Fin war schon fast bei dem Flugzeug angekommen, als er sich zum ersten Mal umdrehte und sah, dass Whistler nur wenige Schritte hinter ihm war. Whistler blieb keuchend stehen, und die beiden Männer schauten einander fast eine volle Minute frontal an. Dann glitt Fins Blick an ihm vorbei und über diverse Schichten aus Torf und Stein, die sich ausnahmen wie die Höhenlinien auf einer Geländekarte der Armee, aufwärts zu dem Rand, der noch zwölf Stunden zuvor die Uferlinie gewesen war. Wäre das Wasser des Lochs noch da, befänden sie sich inzwischen fünfzig Fuß unter der Oberfläche. Fin drehte sich wieder um und legte die restlichen Meter bis zum Flugzeug zurück.

Es lag mit sehr leichter Schräge zwischen den Brocken aus Fels und Stein am Fuße des Lochs, fast wie von Gottes Hand behutsam dort abgelegt. Whistler, merkte Fin, atmete neben ihm. »Weißt du, was komisch ist?«, sagte er.

»Was?« Es klang nicht so, als wolle Whistler es wissen.

»Ich sehe nicht die geringste Beschädigung.«

»Und?«

»Wenn das Flugzeug in den Loch gestürzt wäre, müsste es doch zertrümmert sein, richtig?«

Whistler gab keine Antwort.

»Ich meine, sieh doch mal selbst. Kaum eine Beule dran. Die Fenster sind alle ganz. Nicht mal der Scheibenwischer ist zerbrochen.«

Fin stieg über ein paar letzte Steine und zog sich auf der ihm zugewandten Seite an der glitschigen Tragfläche hoch. »Auch kaum sichtbarer Rost. Der Rumpf ist wohl zum Großteil aus Aluminium.« Er wagte nicht, sich auf der trügerisch glatten Tragfläche aufzurichten, und kroch deshalb auf allen vieren zur Tür des Cockpits. Das Fenster war so dick mit grünem Schleim überzogen, dass man nicht ins Innere sehen konnte. Fin fasste nach dem Türgriff und wollte die Tür aufziehen. Sie gab nicht nach.

»Lass gut sein, Fin«, rief Whistler ihm von unten zu.

Aber Fin war entschlossen. »Komm rauf und hilf mir mal.«

Whistler machte keine Anstalten.

»Herrgott, Mann, Roddy ist hier drin!«

»Ich will ihn nicht sehen, Fin. Das wäre wie Störung der Totenruhe.«

Kopfschüttelnd wandte sich Fin wieder der Tür zu, stemmte die Füße links und rechts davon gegen den Rumpf des Flugzeugs und zog mit aller Kraft. Mit einem lauten Geräusch, das wie berstendes Metall klang, gab die Tür nach, und Fin fiel rückwärts auf die Tragfläche. Zum ersten Mal seit siebzehn Jahren strömte Tageslicht in das Cockpit. Fin setzte sich auf, kam auf die Knie und zog sich so weit am Türrahmen hoch, dass er ins Innere schauen konnte. Whistler, hörte Fin, schwang sich jetzt hinter ihm auf die Tragfläche, aber er drehte sich nicht um. Ihm bot sich ein entsetzlicher Anblick, und der Gestank von faulendem Fisch stieg ihm in die Nase.

Das Armaturenbrett unter der Frontscheibe wölbte sich über das Cockpit, bestückt mit einer Vielzahl von Messgeräten und Anzeigen, deren Glas beschmiert und schmutzig und deren darunterliegende Zeiger vom Wasser und von Algen verfärbt waren. Der Platz des Passagiers oder des Kopiloten auf der Beifahrerseite war leer. Der rote, der schwarze und der blaue Steuerknopf zwischen den Sitzen waren voll sichtbar und auf Neutralstellung herausgezogen. Ein Toter war auf den Pilotensitz daneben geschnallt. Zeit, Wasser und Bakterien hatten das Fleisch abgenagt, zusammengehalten wurde das Skelett nur noch von den gebleichten Resten der Sehnen und festen Bänder, die sich bei den kalten Wassertemperaturen nicht zersetzt hatten. Die Lederjacke des Toten war praktisch noch ganz. Die Jeans waren zwar verblichen, hatten ansonsten aber durchgehalten. Ebenso die Turnschuhe, obwohl der Gummi der Sohle, sah Fin, aufgequollen war und die Schuhe sich um die Reste der Füße ausgedehnt hatten.

Kehle, Ohren und Nase hatten ihre ursprüngliche Form eingebüßt, die Schädeldecke lag frei, nur ein paar Haarsträhnen hafteten noch an Resten von weichem Gewebe.

All das war entsetzlich genug für die beiden alten Freunde, die den begabten, rastlosen jungen Roddy mit dem lockigen blonden Haar nicht vergessen hatten. Am meisten aber machte ihnen die grässliche Verletzung zu schaffen, die auf der rechten Seite von Gesicht und Hinterkopf zu sehen war. Der halbe Kiefer schien zu fehlen, eine Reihe gelber, abgebrochener Zähne lag frei. Das Jochbein und der obere Schädel waren bis zur Unkenntlichkeit zerschmettert.

»Allmächtiger!« Whistlers Fluch drang Fin direkt ins Ohr.

Er hatte die Szene nach dem Öffnen der Tür sofort aufgenommen, war unwillkürlich zurückgefahren und dabei mit dem Kopf an Whistlers

Schulter gestoßen. Schlug die Tür wieder zu, machte kehrt und ließ sich an ihrer Außenseite hinabgleiten, bis er saß. Whistler ging in die Hocke und sah ihn aus weit aufgerissenen Augen an.

»Du hast recht«, sagte Fin. »Wir hätten die Tür nicht aufmachen sollen.« Whistler war so blass, dass Fin in seinem Gesicht nun Pockennarben ausmachen konnte, die ihm bisher nie aufgefallen waren – vielleicht das Zeichen dafür, dass Whistler als Kind Windpocken gehabt hatte. »Aber nicht, weil wir die Totenruhe stören, Whistler.«

»Sondern?«, sagte Whistler finster.

»Weil wir einen Tatort verunreinigen.«

Whistler sah ihn erst eine ganze Weile an, Unverständnis im Blick seiner dunklen Augen, bevor er kehrtmachte, sich vom Flügel auf den Boden hinabließ und davonging, mit entschlossenen Schritten die Kraterwand hinauf und weiter zu den Bienenkörben in der Höhe stieg.

»Whistler!«, rief Fin ihm nach, aber der blieb nicht einmal stehen und schaute auch nicht zurück.

ZWEI

Fin saß in Gunns Büro und blickte auf die Berge von Papierkram, die sich wie Schneewehen auf dem Schreibtisch des Detective Sergeant aufgehäuft hatten. Ab und zu rumpelte draußen in der Church Street ein Fahrzeug vorbei, und sogar aus der Entfernung hörte Fin die Möwen, die ihre Kreise um die im Hafen liegenden Trawler zogen. Düstere, verputzte Häuser mit steilen Dächern füllten die Aussicht vor dem Fenster, und er stand auf und ging hinüber, um einmal etwas weiter sehen zu können. Die Metzgerei Macleod & Macleod, nicht verwandt und nicht verschwägert. Blythwood Care, der Secondhandladen an der Ecke, mit dem handschriftlichen Hinweis im Schaufenster: *Wir akzeptieren keine Restbestände von Wohltätigkeitsbasaren.* The Banglia Spice, das indische Restaurant, und das Thai Café. Menschen, sehr weit weg von ihrem Zuhause.

Für andere ging das Leben weiter, als sei nichts geschehen. Bei Fin hatte der Fund der sterblichen Überreste Roddys in dem Flugzeug am Grund des Lochs sämtliche Erinnerungen auf den Kopf gestellt. Seine Vorstellungen vom Gang der Geschichte und davon, wie alles gewesen war, würden nie wieder so sein, wie sie waren.

»Ein Moorbruch, das klingt einleuchtend. Ihr Freund Whistler weiß, wovon er spricht.«

Fin wandte sich um, als Gunn mit einem Stoß Papieren in der Hand hereinkam. Das runde Gesicht unter dem spitzen Haaransatz war so glattrasiert, dass es im Kontrast zu dem dunklen Haar regelrecht leuchtete. Gunn hatte ein Adstringent und ein stark parfümiertes Aftershave auf die rosige Haut aufgtragen. Fin sagte: »Es gibt nicht viel, was Whistler nicht weiß.« Und fragte sich im Stillen, was Whistler noch wissen mochte, aber nicht sagte.

»Der Loch bei Morsgail ist verschwunden, stimmt. Und Anfang der

Neunziger hat es an steilen Nordhängen auf Barra und Vatersay offenbar auch ein paar große Erdrutsche gegeben. Das ist also nichts Neues.« Gunn ließ seine Papiere – noch mehr Schneegeriesel – auf den Tisch fallen und seufzte. »Kein Glück hatten wir allerdings mit der Familie des Verstorbenen.«

Fin war sich nicht sicher, warum, aber Roddy als *Verstorbenen* bezeichnet zu hören war fast schmerzlich. Obwohl er schon seit siebzehn Jahren tot war. Der begabteste und erfolgreichste keltische Rockstar seiner Generation, in der Blüte seiner Jahre gefällt.

»Der Vater ist vor fünf Jahren verstorben, die Mutter im vorigen Jahr in einer geriatrischen Einrichtung in Inverness. Keine Geschwister. Entfernte Verwandte gibt es sicher noch irgendwo, denn das Haus auf Uig wurde von der Familie verkauft. Die aufzutreiben kann aber dauern.« Gunn fuhr sich durch die dunklen geölten Haare und wischte die Hand mechanisch an der Hose ab. »Ihr Freund Professor Wilson steigt, während wir hier sprechen, gerade in Edinburgh in ein Flugzeug.«

»Angus?«

Gunn nickte. Er hatte nicht die angenehmsten Erinnerungen an seine bisher einmalige Begegnung mit dem sarkastischen Pathologen. »Er möchte den Leichnam *in situ* untersuchen, und wir lassen den gesamten Fundort fotografieren.« Gunn rieb sich nachdenklich das Kinn. »Das wird durch alle Zeitungen gehen, Mr Macleod. Die verdammte Presse wird wie ein Schwarm Geier hier einfliegen. Tja, und die Obrigkeit noch dazu. Aus Inverness. Würde mich nicht überraschen, wenn die Allerobersten persönlich aufkreuzen. Die stellen sich gern vor Kameras und sehen sich ihre wohlgenährten Gesichter dann im Fernsehen an.« Er hielt kurz inne, drehte sich um und schob die Tür zu. »Sagen Sie schon, Mr Macleod. Warum glauben Sie, dass Roddy Mackenzie ermordet wurde?«

»Das würde ich lieber lassen, George. Ich möchte Ihre Wahrnehmung des Schauplatzes nicht beeinflussen. Ich finde, das ist eine Einschätzung, die Sie selber treffen sollten.«

»Meinetwegen.« Gunn ließ sich auf seinen Stuhl fallen und drehte sich herum, sodass er Fin direkt gegenübersaß. »Was zum Teufel haben Sie und Whistler Macaskill überhaupt bei Sturm in den Bergen gemacht, Mr Macleod?«

»Das ist eine längere Geschichte, George.«

Gunn hob die Arme und verschränkte die Finger hinter dem Kopf. »Ach, wir haben noch Zeit, bis die Maschine des Pathologen landet …« Er ließ den Satz in der Schwebe. Eine Aufforderung an Fin. Und Fin wurde klar, dass er und Whistler sich nach einem halben Leben erst vor wenigen Tagen wiedergetroffen hatten. Die ihm schon wieder vorkamen wie eine Ewigkeit.